LE MONDE D'EN BAS

Phyllis Rudin

LE MONDE D'EN BAS

ROMAN

Traduit de l'anglais (Canada)
par Antoine Guillemain

MERCVRE DE FRANCE

BIBLIOTHÈQUE ÉTRANGÈRE

Titre original :
TUCKED AWAY

AVANT-PROPOS DU TRADUCTEUR

Le monde d'en bas de Phyllis Rudin met en scène des personnages canadiens qui résident à Montréal. Certains (comme Nora) sont originaires du Canada anglophone, d'autres (comme Chantal) ont toujours vécu au Québec, d'autres encore (comme Daphne) sont biculturels. Dans l'original, tous s'expriment bien sûr en anglais, mais le lecteur se doute que, si la scène était réelle, les francophones parleraient français. L'autrice le lui signale d'ailleurs subtilement en glissant çà et là des termes français dans le texte, ou encore (lorsque Ludovic, personnage québécois, parle à Daphne) en écrivant exceptionnellement « Daphné » avec un accent aigu.

Par conséquent, dans le texte anglais, les propos des personnages québécois sont déjà, en quelque sorte, une « traduction » d'un français fantasmé. Mon défi consistait donc non pas à réaliser une traduction mais, d'une certaine façon, à produire l'original à partir d'une traduction.

Pour éviter de devoir neutraliser les nombreux idiomatismes de l'original en recourant à un français « standard », et donc d'appauvrir le texte, j'ai préféré que tous les personnages canadiens s'expriment comme des Québécois. Par soucis de cohérence, et pour ne pas perturber le lecteur, il en est ainsi en toutes circonstances, qu'ils s'adressent à des anglophones ou à des francophones. Comprenons bien :

cela ne signifie pas que tous soient canadiens francophones ; certains, comme Nora, sont anglophones. Ils s'expriment en français québécois de la même manière qu'un personnage de roman américain s'exprimerait en français de France dans la version française dudit roman, rendant possible cette fantastique illusion qu'est la traduction.

Reproduire la « parlure » québécoise n'est pas chose aisée, car il s'agit de transposer de l'oral sous forme écrite. Il a fallu chercher l'équilibre entre réalisme, clarté, conventions grammaticales et qualité littéraire, sans déstabiliser ni le lecteur français, généralement peu coutumier des tournures québécoises, ni le lecteur québécois, qui aurait raison de se vexer si la traduction versait dans la caricature. Bien sûr, la fréquence des québécismes varie en fonction des situations (formelles ou informelles) ainsi que du profil et de l'humeur des personnages.

Quant à la narration, en concertation avec l'éditrice, et avec l'accord de l'autrice, j'ai choisi de la rendre en français de France (teintée toutefois de quelques québécismes, signalés en italique). Le narrateur dira donc « petit-déjeuner » et « anniversaire » là où, dans les dialogues, les personnages canadiens diront « déjeuner » et « fête ».

Enfin, pour éclairer le lecteur français, nous avons décidé d'ajouter quelques notes de bas de page, que j'ai voulues les plus succinctes et discrètes possibles, et seulement là où elles nous paraissaient indispensables, afin de ne pas interrompre trop souvent sa lecture et lui laisser le plaisir d'une immersion.

Je n'ai pas relevé seul ce défi inédit. J'adresse toute ma reconnaissance et tous mes remerciements à Myriam Joly, qui a patiemment relu et amendé les dialogues. Rien n'aurait été possible sans son expertise.

On dit parfois des romans de littérature étrangère qu'ils perdent à la traduction, mais on oublie de dire ce qu'ils gagnent en compensation. En l'occurrence, j'espère avoir contribué à ce que *Le monde d'en bas* gagne l'exotisme que le texte original anglais, dans le langage, ne pouvait que suggérer.

À Ron et David

l'expression est le besoin qui agite mon âme
naguère chantre du vers libre
je suis mort et mon âme s'est réincarnée dans un cancrelat
depuis j'ai changé de perspective sur la vie

je vois les choses d'en bas maintenant

DON MARQUIS
archy and mehitabel

1

Chantal partit sur un coup de tête – si tant est que cette expression puisse s'appliquer à une idée ruminée depuis plusieurs mois – avec les maigres économies qu'elle avait cachées dans sa tirelire Hello Kitty. Malgré son empressement à quitter définitivement cette maison, elle eut tout de même la présence d'esprit de ne pas emporter sa carte bleue. Dans le *Manuel de la cavale*, c'était la règle numéro un, dont plusieurs années de rediffusions de *La Loi et l'Ordre* et de *CSI : Les Experts* avaient confirmé l'importance. Généralement, les traces laissées par les cartes bancaires permettaient aux flics de traquer les fugitifs. À défaut, ils interceptaient le signal de leur smartphone, qui mouchardait leur localisation. Se séparer de son téléphone fit à Chantal l'effet d'une amputation. Elle laissa carte bleue et portable sur le plan de travail de la cuisine, devant la cafetière Nespresso : là, ses parents ne risquaient pas de passer à côté. Message on ne peut plus clair ; inutile de leur laisser un mot. Sur le moment, elle se félicita de l'élégance de cet acte.

Même si c'était la première fois qu'elle fuyait le domicile, Chantal eut la sagesse de voyager léger : un simple sac en plastique rempli du strict nécessaire. Là où elle se rendait, il n'y aurait ni dépose-bagage ni consigne pour lui permettre de stocker ses affaires et de les récupérer à l'heure qui l'arrangerait. Elle allait devoir garder tout son bastringue à portée de main. Qui savait à quels zigues elle se frotterait là où elle installerait ses pénates ? S'ils étaient dans une situation aussi désespérée que la sienne, même moitié moins désespérée, ils n'auraient aucun scrupule à lui faucher son sac.

Trouver refuge. Voilà le problème. Auparavant, dans le centre de Montréal, elle avait aperçu des enfants, sans doute des gamins des rues, en train de racler des pare-brise ou de faire la manche, mais toujours pendant la journée. Où se reposaient-ils, la nuit ? Mystère. Peut-être dans une structure pour les sans-abri, mais pas question pour elle d'envisager cette possibilité. Elle refusait de s'inscrire où que ce soit. Certains devaient avoir des amis chez qui crécher. Pas Chantal. Elle était seule. Livrée à elle-même. Elle avait bien un embryon d'idée qui lui trottait dans la tête, un endroit où elle pourrait rester au sec, au chaud, anonyme, et se planquer le temps de cogiter à la suite. Elle connaissait bien la disposition des lieux, pour y être allée plusieurs fois. Le jour, ça grouillait de gens qui *magasinaient*[1] ou se rendaient au bureau. Elle pourrait facilement se fondre parmi eux. Le soir, c'était plus calme : des mélomanes et des cinéphiles qui fréquentaient les salles de concert et de cinéma, des couples qui sortaient manger un morceau… mais l'endroit restait suffisamment animé pour qu'on y passe inaperçu. Dans l'interminable dédale de couloirs qui formaient le complexe, elle pourrait sûrement se trouver un coin isolé où coucher une fois que tout le monde serait rentré chez lui. Plus elle y réfléchissait, plus c'était le lieu idéal. En plein

1. « Faisaient les magasins. » Tout au long du roman, la narration est en français de France et les lignes de dialogue des personnages canadiens sont en français du Québec. Quelques québécismes ponctuent cependant la narration : ils sont alors repérés en italiques. *(Toutes les notes sont du traducteur.)*

centre-ville, et pourtant à l'écart. Le Montréal souterrain lui offrirait une cachette au grand jour. Très civilisée. Mille fois mieux qu'une ruelle nauséabonde ou qu'un squat. Chantal extirpa de son sac son dernier ticket de bus et l'utilisa pour rejoindre sa destination, bien décidée à refaire sa vie hors des radars.

Civilisée ? Qu'avait-elle donc imaginé ? Les premières nuits, ce fut l'horreur. Chantal fit son trou parmi des caïds qui vivaient à la dure depuis des années et des fêlés qui avaient arrêté leurs médocs. Sans le vouloir, elle usurpa des territoires où d'autres avaient leur paillasse attitrée depuis des lustres. Comment la novice qu'elle était aurait-elle pu se douter que les bouches d'air chaud étaient le pré carré des sans-abri de la haute, et qu'on la chasserait de ces sites de luxe, l'obligeant à coucher dans les coins les plus minables où, raide comme un piquet, elle écouterait ses voisins vociférer contre leurs démons intérieurs ? Les bruits environnants ne s'arrêtaient jamais : des toux rauques à retourner les poumons, des ronflements à déneiger des trottoirs, des pets à propulsion nucléaire, des expectorations de glaires, et le grattement ininterrompu de minuscules griffes dont elle tenta de se convaincre qu'elles appartenaient à des chats. Elle se négocia une place parmi les poivrots, les camés et le tout-venant des crève-la-faim, cherchant un expédient pour se boucher les narines et masquer leur pestilence.

Ce fut l'enfer mais, au moins, elle était en sécurité.

2

La pile de factures sur le bureau commençait à présenter une inclinaison préoccupante. Elle accusait un déséquilibre d'un ou deux degrés supplémentaires chaque fois que, dans un moment d'énervement, Daphne avait la main un peu trop lourde sur son clavier. Ouvrir un tiroir pour en sortir un timbre ou un trombone constituait un geste tout aussi risqué. Dernièrement, la stabilité du monticule était devenue si incertaine que même les coups de bélier qui faisaient vibrer les canalisations murales menaçaient de lui infliger la secousse fatale. Tout se serait déjà renversé sur le plancher il y a longtemps pour former une sombre flaque de dettes si Daphne n'avait pas pris soin d'opter pour la facturation électronique partout où c'était possible, jouant avec elle-même un jeu de dupes… qu'elle était en train de perdre.

Tous les matins, en s'installant à son bureau, Daphne expertisait ce tas de paperasse. Il semblait croître de lui-même, comme si les factures s'étaient fait des cajoleries nocturnes et avaient engendré une descendance pendant son sommeil. Que la pile s'élève inexorablement, centimètre par centimètre, passe encore. À condition qu'elle ne s'écroule pas. Tant que le monceau conservait son aplomb et son immobilité, Daphne pouvait nourrir l'illusion de contrôler la situation. Par précaution, elle œuvrait à réduire au minimum l'activité sismique de la maison, molletonnant le moindre de ses mouvements. Seulement voilà, sa grand-mère, qui n'avait jamais vraiment approuvé le décret de Daphne proscrivant toute déambulation hippopotamesque sous son toit, ou qui l'avait simplement oublié, fit claquer la porte de la salle de bains avec un peu trop d'ardeur, causant la dégringolade de la colonne.

— Tu as fait exprès, non ? lui demanda Daphne, un peu plus tard.

Elles étaient assises sur les marches devant la maison et sirotaient un smoothie. Sa grand-mère croyait profondément aux vertus des factions nocturnes sur le perron. Elles lui permettaient de surveiller le quartier où elle avait vécu toute sa vie et, d'un point de vue topographique, présentaient cet avantage que la maison se retrouvait alors placée derrière elle. Non pas que le simple fait de regarder la résidence d'en face eût suffi à lui faire oublier l'inventaire des réparations que sa maison avait dressé, mais au moins cela lui offrait un sursis. La peinture du châssis des fenêtres n'en serait pas moins écaillée quand elle se retournerait, les poteaux du porche pas moins pourris. La fissure qui zébrait le mur de briques et laissait deviner des fondations vouées à la ruine ne risquait pas de se volatiliser sous prétexte que son regard était fixé sur les bobos d'en face et leurs poubelles.

— C'était peut-être pas complètement accidentel, tsé, répondit Nora. Je sais pas si ça peut plaider en ma faveur, mais c'était pas prémédité, en tout cas. J'ai fait ça sous le coup de l'impulsion.

— Pour que je me bouge le cul.

— Es-tu obligée de me parler mal ? C'est-tu comme ça que je t'ai élevée ? Mais, oui, puisque tu me le demandes. Je me suis dit que t'avais besoin qu'on te *shake* un peu. Tu fais l'autruche en ce moment. Encore plus que d'habitude.

— J'avoue.

— Les aveux, c'est bien pour se repentir, Babka, mais je veux juste savoir ce que t'as l'intention de faire.

— Je suis en train d'échafauder un plan pour payer les factures. Laisse-moi juste un peu de temps pour régler les détails.

— Du temps, tu en as eu à la pelle… pis pour quel résultat ?

La petite-fille de Nora n'avait pas été vaccinée contre la procrastinite étant enfant. Par conséquent, « tout de suite » était un concept qui lui était étranger. En matière de résolution de problèmes, Daphne avait toujours du retard au décollage : elle attendait que le ciel se dégage.

— Tu ne m'as pas encore sorti : « L'enfer est pavé de bonnes intentions », observa Daphne.

— Je gardais ça pour ma réplique finale.

— Mamie, je gère l'affaire. Je te l'ai déjà dit. Arrête de me rusher.

— Pas facile de se défaire de ses vieilles habitudes, Daff. Fais-moi donc le plaisir de t'attaquer à tes factures et de régler leur compte à ces dettes-là, pis je te jure que j'arrêterai de te pousser dessus pour le restant de tes jours, sur la tête de Dieu.

Ce n'était pas entièrement la faute de Daphne si elle était aussi fauchée. C'était un concours de circonstances, pour ainsi dire. Au cours d'un même mois de janvier particulièrement vindicatif, son boulot à mi-temps dans une entreprise de déchiquetage de documents avait fait pschitt, un petit voyou chez Thaï Express lui avait piqué sa sacoche avec son téléphone et l'ordinateur portable qu'elle comptait faire assurer depuis le jour où elle avait englouti tout son argent dedans, et son propriétaire avait augmenté le loyer du gourbi qu'il qualifiait pompeusement d'appartement. Elle aurait pu rebondir si seulement le fonds d'aide sociale aux étudiants, sa bonne vieille roue de secours, n'avait pas choisi ce même moment pour se tarir. Elle tardait tant à boucler sa thèse que la bourse qui auparavant lui servait d'allocation de subsistance avait été octroyée à une étudiante plus jeune et plus prometteuse. On lui avait arraché son filet de sécurité universitaire au moment où elle en avait le plus besoin, ce qui l'avait plongée dans une dangereuse précarité. Désormais en état d'hypothermie, elle ne savait que faire de ses factures sinon rester en contemplation devant.

L'année 2015 était déjà là, et Daphne était toujours membre d'un club dont elle n'était pas fière, celui des « Thèse en attente », où l'université l'avait reléguée. Voilà sept ans qu'elle y languissait. La plupart des autres étudiants qui avaient été orientés vers ce cul-de-sac finissaient par renoncer à la besogne et accepter une offre d'emploi chez Midas émanant de leur oncle. Pas Daphne. Et pas seulement parce qu'il n'y avait personne dans sa famille pour la pistonner. Il lui tenait à cœur d'exercer une profession non salissante. Une profession sans bleu de travail. Une profession sans parka fluo. Une profession sans filet à cheveux. Une profession sans masque anti-poussière. Et une profession qui s'exerçait assis. Après avoir enchaîné les boulots moisis au fil des années pour financer ses études et aider sa grand-mère à joindre les deux bouts, sa liste de conditions non négociables était longue et pas piquée des hannetons. De tous les noms de métiers qu'elle avait mis sur le gril, un seul avait tenu le choc : « professeure des universités ». Alors elle avait pris sa décision. Elle enseignerait, resterait assise à la bibliothèque à cogiter, pondrait des articles et des monographies, et assisterait à des colloques dans des régions à palmiers. C'était une vie hygiénique, une vie syndiquée, une vie avec la sécurité de l'emploi.

Et elle progressait, quoique par intermittence. Ses recherches théoriques et ses investigations sur le terrain étaient terminées, ses notes organisées à la perfection, et ses références bibliographiques irréprochables. Il ne lui restait plus qu'à noircir les pages.

C'était là le hic. Si seulement ce premier paragraphe récalcitrant pouvait accoucher de lui-même, le reste des mots, elle en était certaine, suivrait diligemment. Ceux de ses amis qui étaient encore dans la course lui offraient peu de réconfort. Aucun n'avait l'air de partager son problème. Ils semblaient intarissables, pour peu que cet adjectif puisse s'appliquer à l'écriture, avec leurs thèses bouffies dont certaines affichaient cent cinquante mille mots au compteur, et leur prose était si précieuse qu'ils se refusaient à tout élagage. Daphne, seule au milieu d'eux, ne pouvait empêcher ses batteries rédactionnelles de se décharger.

Elle se trouvait au point mort sur tous les tableaux. Non seulement elle était à des années-lumière de boucler son doctorat, mais elle ne touchait presque aucune rémunération, ses créanciers la harcelaient, et sa grand-mère en remettait une couche. Alors qu'elle réfléchissait à sa situation, le perron devint inhospitalier. Il commença à lui geler les fesses. Elle eut l'impression qu'il lui envoyait un message. Il était temps de se relever, lui disait-il. D'agir.

C'est donc ce qu'elle fit.

— Tu t'en vas où ? lui demanda sa grand-mère.

Le verre de smoothie de Nora, clepsydre indiquant combien de temps il lui restait sur le perron pour exhorter Daphne à se prendre en main, était encore à moitié plein.

— Je m'en vais courir.

— À cette heure-là ? Il commence à faire noir. Tu vas te faire écraser par un fou en char qui te verra pas parce qu'il sera en train de texter sur son *cell*. Rends-moi donc service : oblige-moi pas à aller identifier ton corps sur une civière.

— Inquiète-toi pas. Je vais rester sur le trottoir. Juste pour toi.

— T'es un ange. Tu sais ben que je capote quand tu sors

courir le soir. Au moins, oublie pas de porter toute ton amanchure réfléchissante.

— C'est promis. Je scintillerai comme la fée Clochette.

Avant de rentrer s'équiper, Daphne se pencha pour embrasser sa grand-mère sur le haut du crâne. Nora ne lui rendit pas la pareille. À la place, elle saisit la main de Daphne, y colla sa bouche et péta bruyamment du bout des lèvres contre sa paume. Elle ne donnait pas dans les témoignages d'affection immodérés, Nora, ni même dans les modérés. Heureusement que Daphne possédait le décodeur pour traduire les émotions cachées sous les manières frustes de sa grand-mère. Autrement, elle aurait pu les prendre pour un manque d'amour.

Pour elle, la course n'était pas affaire de locomotion. Daphne n'était pas une obsédée du running qui ne jurait que par ses temps de passage ou consignait ses chronos et ses distances dans des feuilles de calcul. Les ischios ? Elle ne savait ni où ils étaient situés ni à quoi ils servaient. La seule partie du corps qui comptait pour Daphne quand elle courait se trouvait à l'intérieur de sa tête. Son parcours était propice à la réflexion ; elle sillonnait les rues ridées de Montréal en priant pour ne pas tomber dans un nid-de-poule et se retrouver en Chine. Les bons jours, ses séances de jogging mobilisaient tout son cerveau et lui offraient un nettoyage en profondeur, comme si un hygiéniste perché à l'intérieur de sa boîte crânienne s'était attaqué aux sillons avec sa curette, grattant le tartre accumulé. Elle aurait trouvé sans problème sur simple demande une solution pour rétablir la paix dans le monde. Ses entrechats mentaux étaient dignes de Billy Elliot. Mais ce jour-là, les dieux du jogging étaient d'humeur massacrante. Ou simplement paresseux. Ils chargèrent la playlist « Tu n'es qu'une profiteuse » sur son iPod et activèrent l'option « Répéter » pendant qu'ils s'allongeaient pour faire la sieste. Elle eut beau prendre un virage en direction de la voie express dans l'espoir que ce message divin se trouverait étouffé par le ronflement des poids lourds, il s'infiltra dans sa conscience tel un narcotique. Comment pouvait-elle continuer à vivre aux crochets de sa grand-mère, qui parvenait à peine à subvenir à ses propres besoins ? Les calculs minutieux que Nora avait effectués avant de décider de partir à la retraite reposaient sur un scénario où elle vivait seule.

La retraite n'était même pas à l'ordre du jour pour sa grand-mère à l'époque où Daphne l'avait poussée à la prendre. Daphne lui avait présenté l'idée comme un cadeau d'adieu car elle se préparait alors à déménager :

— Tu t'es tuée à la tâche toute ta vie, mamie. Tu mérites de souffler un peu.

— Je suis une dure à cuire. J'ai encore de l'énergie pour travailler ben des années. Le service d'abattage de la ville a pas encore peinturé de marque orange sur mon tronc d'arbre.

— Mais pourquoi continuer à travailler ?

Daphne avait envie de rentrer sous terre dès qu'elle se remémorait ce moment de la conversation. Elle avait dit à sa grand-mère :

— Je te jure que je ne serai pas comme les filles qui finissent par redéménager au sous-sol de la maison.

— Ta chambre est en haut.

— Le sous-sol, c'est une métaphore. Tu sais, le retour au bercail des rejetons-parasites.

Nora s'était laissé convaincre. Après tout, Daphne avait fait des études, qui plus est à l'université. Elle devait bien savoir ce qui valait mieux pour elle. Et pourtant… Sa petite-fille n'était-elle pas réapparue sur le pas de sa porte seulement quelques années plus tard, le regard empli d'une expression qui semblait dire : « Prends-moi sous ton toit » ?

Daphne avait l'âge de verser au pot commun, de rapporter de

la viande pour l'ajouter aux carottes et aux pommes de terre dans la marmite bouillante. Elle aurait dû apaiser les inquiétudes financières de sa grand-mère, pas les accentuer. Au lieu de cela, elle avait réintégré son ancienne chambre. Pique-assiette. Autant parler franchement.

Elles ne vivaient peut-être pas dans une indigence totale, mais au cas où elles auraient dû se serrer encore un peu plus la ceinture, elles n'auraient plus eu grand-chose à serrer. Les virées de Nora au casino avec sa copine Ethel Marcil, sa voisine d'en face, avaient été le dernier de ses petits plaisirs à mordre la poussière. Leurs soirées cocktails et machines à sous entre filles, avec plus de cocktails que de sous, constituaient son unique sortie mensuelle, le seul moment où elle se laissait aller. Cette fois, elle devrait faire une croix sur les massages grâce auxquels son dos d'ouvrière cessait de grincer pendant quelques jours d'affilée. Il n'y avait plus la moindre place pour les petits extras, et n'étaient-ce pas justement les extras qui rendaient la retraite supportable ?

La séance de running de ce soir-là, avec son petit refrain impérieux et sa réverb culpabilisatrice, incita Daphne, d'ordinaire peu dynamique, à se mettre en branle. Dès qu'elle fut rentrée, elle expédia un courriel qui ne serait peut-être qu'un coup d'épée dans l'eau, mais qui portait l'espoir d'un changement.

3

Envahissante ? Non. C'était exagéré. Accaparante, peut-être ? Non, ce n'était pas exactement ça non plus. En recherche d'attention. Oui, voilà. D'attention.

— D'attention ? s'exclama Iris, rebondissant sur l'expression tiédasse que venait d'utiliser son mari. Ce n'est pas juste l'attention qu'elle cherche.

— Comment tu peux la juger ? Tu ne l'as même pas rencontrée.

— Pas besoin, voyons. Depuis qu'on est mariés, j'ai l'impression de passer le plus clair de mon temps à t'écouter blablater à son sujet. C'était quand, déjà, la dernière fois qu'elle a laissé s'écouler tout un mois sans envoyer un courriel à son « Cher Professeur » pour quêter un rendez-vous dans l'intention de discuter de sa thèse agonisante ?

Derek plongea de nouveau la tête dans son ordinateur. Il connaissait l'issue de cette conversation. Il n'aurait jamais dû lire tout haut le message de Daphne à la table du petit déjeuner lorsque celui-ci était apparu dans sa boîte de réception. Il n'avait pas voulu envenimer les choses. D'autant qu'il n'avait même pas pris son café.

— C'est d'un père qu'elle a besoin, observa Iris, pas d'un

directeur de thèse. Tu ne pourras pas dire que je ne t'avais pas prévenu.

Parmi le cheptel de doctorantes de son mari, seule Daphne avait piqué l'intérêt d'Iris en raison de sa longévité et de la fréquence à laquelle elle interrompait les journées de Derek.

— Ou peut-être que je me trompe, poursuivit-elle, essorant le sujet jusqu'à la dernière goutte. Pas d'un père. Si ça se trouve, elle s'intéresse à toi pour une tout autre raison…

Iris abusait avec cette dernière remarque, ils le savaient tous les deux. Derek n'était pas le genre sur lequel les étudiantes avaient des vues. Il était bien trop compassé. En bonne épouse, elle cherchait simplement à flatter sa vanité avec ce sous-entendu. Daphne entretenait avec son directeur de thèse une relation en tout bien tout honneur. C'était presque comique. Il n'arrivait même pas à la convaincre de l'appeler par son prénom. Les autres étudiants lui donnaient du « Derek » tous azimuts, même les opportunistes avec qui il aurait préféré garder une certaine distance professorale, mais Daphne, elle, restait à sa place. Jamais il n'aurait admis cela à la maison, ç'aurait été fournir à Iris bien trop d'arguments à réutiliser contre lui, mais il trouvait sa déférence touchante : elle lui rappelait des manières d'un autre âge, un âge où il avait eu son âge.

À bien des égards, Daphne était la doctorante idéale. Pas seulement parce qu'elle était brillante ; sa promotion comptait plein de gros cerveaux qui retardaient le moment où le marché de l'emploi leur administrerait leur première déculottée. Elle était la seule à posséder cette étincelle que les professeurs d'université désespéraient de voir parmi les limaçons qui encombraient leurs salles de cours. Au cours du semestre où elle avait participé aux séminaires de Derek sur la méthode archéologique avec les autres doctorants de première année, c'était toujours Daphne qui mettait le doigt sur l'essentiel, là où les autres tricotaient sur le bas-côté en espérant trébucher sur l'idée directrice. Et sa recherche ? Impeccable. Elle pouvait passer au crible des sources déjà décortiquées par des centaines de paires d'yeux et trouver un angle de réflexion inédit. Idem pour ses écrits : les conclusions qu'elle tirait étaient originales, mais pas décalées au point de déboussoler un jury. Si tant est qu'un jury soit un jour en mesure d'examiner sa thèse, ce document-ermite. Daphne était de ces étudiants qui voyaient la page blanche comme une ennemie. Dès qu'il s'agissait de s'atteler à la rédaction, elle était paralysée.

En présence d'Iris, Derek s'efforçait de faire passer Daphne pour une perfectionniste. Il fallait bien justifier ses progrès laborieux. Il expliquait à sa femme que son étudiante éprouvait une peur viscérale de l'erreur, alors qu'il savait que c'était autre chose qui l'empêchait d'avancer. Derek avait une théorie, qu'il s'efforçait d'articuler depuis un moment : Daphne estimait avoir usurpé sa place sur le campus. Elle semblait constamment sur ses gardes, comme si elle craignait qu'une figure d'autorité l'arrête et la remette sèchement à sa place de charlatane des universités. S'il était plutôt confiant dans ses déductions s'agissant de la vie intérieure secrète de son étudiante, la vie quotidienne de Daphne, en revanche, qui aurait pourtant dû être plus facile à décrypter, demeurait pour lui un mystère.

Il la rencontrait régulièrement depuis des années et n'avait pas appris grand-chose pour autant de ces rendez-vous. Était-elle en couple ? Iris avait posé la question à Derek. Il n'en savait rien. Dans quel quartier résidait-elle ? Il n'en savait rien. Quel était son parcours ? Idem. Était-elle à voile ou à vapeur ? Ah ça, aucune idée. Iris ne parvenait pas à s'expliquer le grand puits d'ignorance de son mari vis-à-vis de ses étudiants. Il était pourtant si simple de faire la connaissance d'un inconnu en deux heures de trajet à bord d'un Greyhound direction Ottawa.

— Elle me fait penser à ta sœur, lui dit-elle. Tellement corsetée qu'elle pourrait faire péter le record de plongée en apnée.

Sa femme n'avait pas tort. Il était anormal d'en savoir si peu sur une personne avec qui il cumulait autant d'heures de travail. Iris lui avait toujours dit qu'il était né sans le gène de la sociabilité. Mais ce n'était pas comme si ses entrevues avec Daphne étaient entrecoupées de gros blancs. C'était une thésarde, pas une taiseuse. Leurs conversations se limitaient à son sujet d'étude, voilà tout, elles ne bifurquaient jamais sur les amis, la famille. Un beau jour, toutefois, Derek avait réussi à entrevoir un point crucial de la vie personnelle de son étudiante modèle.

Il était descendu prendre un *café deux crèmes deux sucres* et un bagel à la cafétéria, au sous-sol de son bâtiment, pour survivre à une réunion de son département, lorsqu'il avait aperçu Daphne dans la file d'attente, quelques personnes plus loin. Elle avait glissé sa carte dans le terminal de paiement pour régler son donut, mais la transaction avait échoué. Le caissier l'avait encouragée à réessayer : ces lecteurs de carte étaient parfois capricieux. Nouveau refus. Elle avait effectué une troisième tentative, pour un résultat identique. Les étudiants qui faisaient la queue derrière elle avaient commencé à s'agiter – leurs cafés refroidissaient –, le sourire du caissier s'était figé. Daphne avait fouillé dans son sac sans toutefois y trouver assez de monnaie pour payer son dû. Elle avait récupéré sa carte, laissé le donut derrière le comptoir et décampé. Sans savoir pourquoi, Derek avait lui aussi abandonné sa commande et suivi son étudiante. Elle avait grimpé les escaliers jusqu'au hall d'entrée et s'était dirigée vers le distributeur de billets. Elle avait inséré sa carte dans la fente, et la machine l'avait aussitôt recrachée. Comme à la cafétéria, elle avait retenté le coup. Cette fois, la carte était ressortie encore plus brusquement, comme si l'appareil lui tirait la langue. Elle avait compris le message.

Pour la première fois de sa carrière universitaire, Derek s'était rendu à sa réunion sans caféine dans les veines, mais peu lui importait. Sa mission d'espionnage l'avait réveillé. Comment pouvait-on être fauché au point de ne pas pouvoir s'acheter un donut recouvert d'un simple glaçage au sirop d'érable ? Au lieu de contribuer à la discussion sur les priorités du département en matière de recrutement, il avait mis à profit le temps de la réunion pour concocter des stratégies visant à ressusciter l'amitié entre son étudiante et les distributeurs de billets.

Depuis ce jour, Derek s'était donné pour tâche de porter à la connaissance de Daphne un maximum d'offres d'emplois à temps partiel : quelques heures de cours par-ci, quelques heures par-là, tout ce qu'il pouvait grappiller. Et elle ne l'avait jamais déçu. Contrairement à lui, l'homme de fer-blanc, Daphne ne manquait pas de cœur, c'était une enseignante douée et aimée de ses étudiants, disponible pour eux à n'importe quelle heure du jour ou de la nuit. Les évaluations qu'elle avait reçues pour son module de Cultures archéologiques avaient explosé les statistiques. Le problème, c'était que ces emplois censés l'aider financièrement à rédiger sa thèse étaient devenus une excuse pour en différer la rédaction. *Cercle vicieux* aurait pu être le titre de sa biographie.

Bien que le courriel de Daphne ne fût pas explicite, il avait lu entre les lignes et deviné qu'elle était en quête de travail, mais aucun poste n'était actuellement vacant au sein du département d'archéologie à sa connaissance. Du moins, aucun poste sur lequel il pût exercer une influence. Elle avait choisi le mauvais moment. Tous les cours étaient déjà assurés. On n'avait besoin de personne pour des corrections ou des surveillances. Le budget était verrouillé, chaque centime alloué à un objectif précis. Il redoutait de devoir lui annoncer la mauvaise nouvelle. Chaque fois qu'elle s'asseyait dans le fauteuil de Derek réservé aux invités, elle affichait une mine fermée qui donnait envie au professeur d'allonger un bras par-dessus son bureau pour lui presser l'épaule, l'air de dire : « Courage ! ». Bien sûr, tout contact physique était exclu. Derek aurait été on ne peut plus heureux de la dépanner de sa poche, mais ç'aurait été humiliant pour elle, même parfaitement inconvenant, professionnellement inadmissible, et tout plein d'autres choses en « in » qui lui auraient valu de se faire licencier. Dommage. Il aurait juste aimé la voir détendue, pour une fois. Elle ne cherchait peut-être pas un père à travers lui, mais le professeur des universités sans enfants qu'il était s'avisa, pour la première fois, que lui-même cherchait peut-être une fille à travers elle.

Derek se surprit à se remémorer la première fois que Daphne était entrée dans son bureau, la façon dont elle s'était assise sur le bord de son fauteuil, comme prête à déguerpir à tout moment, sans retirer son manteau, se voûtant comme pour parer les coups. Derek l'avait invitée à lui exposer ses centres d'intérêt universitaires pour déterminer s'il serait à même de la guider dans ses recherches, mais elle avait préféré laisser parler son mémoire de master, qu'elle lui avait préalablement soumis. À l'époque, cette fille ne l'avait pas convaincu, même si son dossier en disait long sur ses capacités. Les efforts qu'il avait déployés pour lui arracher quelques syllabes s'apparentaient à une extraction dentaire, même si, les rares fois au cours de leur entretien où il avait réussi à la faire parler, elle forçait doucement le respect. Avec un peu de chance, la présence dans sa classe d'une étudiante qui maîtrisait son sujet sur le bout des doigts et la pointe des orteils le changerait, Dieu merci, de ces « mecsplicateurs » qui avaient récemment commencé à envahir ses cours tel un banc de moules zébrées. Pour peu qu'il réussisse à lui faire ouvrir la bouche. Et, à la longue, il y était parvenu.

Il redoutait leur prochaine entrevue, qu'il avait fixée à ce matin pour s'en débarrasser. Pour la première fois depuis leur rencontre, Daphne allait devoir rentrer chez elle bredouille. Comment survivrait-elle ? Sa situation le préoccupait plus qu'il ne voulait bien se l'avouer. Aussitôt après le petit déjeuner, il prépara sa sacoche pour se rendre à son bureau, en ville. D'ordinaire, en arpentant l'avenue Victoria ombragée, il se concentrait sur la journée qui s'annonçait mais, ce jour-là, la colline escarpée lui fit l'effet inverse, et les branches basses des érables crevèrent toutes les bulles que dessinaient ses pensées, de sorte qu'à son arrivée sur le campus il n'était pas plus avancé sur le cas Daphne qu'au moment de partir de chez lui.

Derek tenta de s'installer à son bureau mais fut incapable de se concentrer sur le cours qu'il devait rédiger. Le curseur, qu'il remarquait à peine en temps normal, clignotait sur l'écran blanc tel un spasme oculaire parasite. Il le narguait : « Aucune idée neuve, mon vieux ? » Au bout d'un quart d'heure, Derek accepta la défaite et rabattit d'un coup sec le capot de son ordinateur portable. Il fallait qu'il trouve une occupation jusqu'à l'heure de son rendez-vous avec Daphne, mais une fois qu'il eut arrosé le ficus et secoué son clavier pour en déloger les miettes et les particules de poussière, il avait épuisé toutes les possibilités que lui offrait son bureau. Sa seule autre idée pour passer le temps fut de se rendre à la grande salle du personnel de son département, où se trouvait son casier, pour ranger le fatras qui s'y amoncelait. Personne ne recevait plus aucun courrier digne d'intérêt par voie postale, aussi avait-il pris l'habitude, comme ses collègues, de tout laisser s'accumuler pendant des semaines. Il trouva majoritairement des catalogues d'éditeurs et des prospectus pour des conférences dont la date était déjà passée. Il bazarda la quasi-totalité de ces documents dans le gigantesque conteneur de recyclage à roulettes stratégiquement placé sous les casiers. Décachetage, poubelle ; décachetage, poubelle ; décachetage, poubelle. Le rythme avait quelque chose d'apaisant. Mais en ouvrant une enveloppe en carton manille située au bas de la pile et présentant *a priori* tout aussi peu d'importance que les autres, il fit une découverte surprenante et porteuse d'espoir. Finalement, il allait peut-être pouvoir donner un os à ronger à sa doctorante préférée.

Le bureau aux allures de cagibi la déprimait chaque fois. Les murs en parpaings étaient peints en gris souris et le plancher était recouvert d'un linoléum industriel dont les motifs lui rappelaient un vomi à la Pollock. La pièce se trouvait dans un couloir intérieur : aucune fenêtre, seulement des néons fluorescents. Les dalles du plafond suspendu gondolaient sous l'effet de l'humidité dans un coin de la pièce par lequel sortait une canalisation rouillée. La seule tache de couleur provenait de l'extincteur. Il faut dire, pour être juste, que le professeur Séguin avait tenté d'égayer son bureau en y éparpillant des antiquailleries, mais autant essayer de pimper une cabine de toilettes publiques. Daphne espérait que l'université qui un jour l'embaucherait aurait vu tous les films avec des profs de fac sur Netflix et s'en inspirerait pour aménager son bureau, sans lésiner sur le chêne.

Daphne dut s'armer de courage avant de toquer. Elle allait quémander du travail. Une fois de plus. Ces derniers temps, elle avait dû sortir si souvent sa sébile de son sac à dos qu'elle envisageait de la faire graver à ses initiales. Le professeur Séguin se montrait d'une indéfectible bienveillance avec ses demandes. Il lui faisait toujours croire qu'elle avait de la chance de passer dans le coin parce que, heureux hasard, il avait justement besoin de quelqu'un pour prendre en charge un cours ou remplacer un collègue au labo, mais elle pressentait qu'au fond, il avait pitié d'elle. Il n'avait pourtant rien dit de tel, mais tout était dans le regard : on aurait cru qu'il réprimait un soupir.

— Mademoiselle Elman, entrez donc. Assoyez-vous.

— Bonjour, professeur Séguin. Merci d'avoir accepté de me recevoir immédiatement.

— Pas de problème. C'est toujours bien de faire le point sur l'avancement de votre travail.

Quel saint homme. On le prenait peut-être pour un vieux chnoque, mais il suffisait d'ouvrir les yeux pour voir que déjà il la complimentait, alors même que tous deux savaient que les progrès de Daphne se chiffraient en valeurs négatives.

Elle s'efforça de sculpter sur ses lèvres une moue supplicatoire, mais Derek lui coupa l'herbe sous le pied.

— Votre courriel n'aurait pas pu tomber à un moment plus opportun, commença-t-il. Avez-vous vu ce prospectus ?

Il lui passa un épais papier brillant et lui laissa une minute pour le parcourir.

— Vous devriez postuler. Vu votre parcours, vous serez prise en criant lapin[1]. Vous pouvez compter sur moi pour vous écrire une recommandation si nécessaire, comme d'habitude. Foncez, mademoiselle Elman. Saisissez la balle au bond.

1. « Les doigts dans le nez. »

4

Peut-être n'existait-il pas de saisons distinctes sous la terre, pas d'événements climatiques remarquables pour jalonner le calendrier, toujours est-il que l'équipe de maintenance du réseau piétonnier souterrain de Montréal s'était emmêlé les pinceaux et avait commencé à installer les décorations de Pâques bien trop à l'avance, alors qu'à l'extérieur, le monde luttait encore sans relâche contre les rafales de neige. Chantal se posa sur un banc de la place Montréal Trust pour assister au spectacle. Ce débordement d'activité la distrayait, et personne ne prêtait attention à elle.

Un poussin de Pâques, l'attraction principale du centre commercial, s'élevait, titanesque, sur trois étages au centre de l'atrium. De l'avis de Chantal, ce volatile gros comme Godzilla manquait de douceur et de chaleur, deux qualités indispensables en cette période festive. Son bec tranchant comme un rasoir évoquait un rapace, et ses griffes, si mignonnes et inoffensives dans la version mini, semblaient pressées de se refermer sur les lapins en peluche éparpillés à sa base et de les éventrer. Plus d'une semaine avait été nécessaire aux ouvriers pour mettre sur pied et habiller cette installation. L'opération terminée, Chantal avait constaté que les hordes de mouflets venus admirer les décorations avec leurs parents conformément à un rituel annuel ne semblaient pas partager sa répulsion. Ils contemplaient ce poussin monstre avec adoration. Le regard de Chantal, lui, était rivé plus bas, sur un élément du décor tout à fait différent.

L'ornement qui retenait son attention, pour peu que l'on puisse parler d'ornement, était la bande de textile censée représenter un pré verdoyant. Le rectangle de tissu était si large que, lorsque les ouvriers l'avaient tenu de part et d'autre de l'atrium pour le tendre avant de le draper autour du socle, on aurait dit des femmes de chambre s'apprêtant à plier un gigantesque drap de lit. Ils l'avaient positionné avec précaution en le fronçant stratégiquement pour camoufler tous les câbles électriques.

C'était un morceau de tissu luxueux et velouteux, d'un vert aussi vif qu'un terrain de golf, avec un poil si long que l'empreinte d'une main aurait pu s'y imprimer. Chantal n'eut pas besoin de le toucher pour savoir qu'il offrait le confort douillet d'un peignoir de bain dominical. Dans cette ville intérieure ombreuse où elle avait élu domicile, toutes les surfaces étaient froides et inhospitalières. Le mince bout de carton sur lequel elle dormait la nuit ne faisait pas le poids contre le béton. Il ne lui servait qu'à marquer son territoire, et rien que pour cela, elle était contente de l'avoir. Seuls les plus miséreux dormaient avec le dos à même le sol.

Jamais Chantal ne se serait doutée que dormir, ou tenter de dormir, serait le pire moment de sa morne journée, plus pénible encore que grappiller de la nourriture, autre corvée pour laquelle elle ne se montrait pas particulièrement douée. À première vue, passer huit heures dans les brumes de l'oubli aurait dû être un délice, une échappatoire aux horreurs qui l'avaient chassée de chez elle et à l'incertitude qui la rongeait quant à la trajectoire que prendrait sa vie. Sauf que ses nuits n'étaient pas paisibles. Tant s'en faut. Elle dormait toujours avec une paupière de travers pour s'assurer que ses voisins n'étaient pas en train d'initier quelque chose contre sa personne ou ses affaires. Elle somnolait, crispée et sur ses gardes, et quand venait le matin, elle se sentait aussi épuisée que la veille au moment de se coucher. Certes, elle dormait avec un toit au-dessus de sa tête et pas à la belle étoile, mais à l'heure de fermer l'œil, quand elle se retrouvait dans une promiscuité forcée avec des olibrius qu'elle trouvait déjà flippants éveillée, elle se demandait si elle avait pris la bonne décision en déménageant dans le Montréal souterrain.

Chantal y avait trouvé refuge il y a peu de temps et elle avait déjà remarqué la versatilité du lieu : la ville souterraine était tour à tour terrifiante et accueillante. Elle l'étourdissait, lui donnait l'impression de ne jamais savoir à quelle facette se fier. À ce moment précis, par exemple, la ville lui faisait miroiter la perspective d'un petit séjour cocooning au pied de son poussin de Pâques où elle pourrait se blottir sous une couverture somptueuse qui promettait d'oblitérer tout son passé. Elle aurait dû avoir la sagesse de se méfier d'une telle générosité, de peser sérieusement le pour et le contre. Au lieu de cela, elle fonça. Elle décida de s'offrir une nuit, peut-être plus, loin des guenilleux, même s'il fallait bien admettre que les guenilleux, désormais, c'était sa tribu.

Bien après la tombée de la nuit, une fois que le réseau souterrain eut recraché les derniers clampins et verrouillé ses portes, Chantal retourna à l'installation de Pâques, rasant les murs tout au long du chemin pour éviter les caméras et les agents de sécurité. Aucune barrière digne de ce nom n'étant là pour l'arrêter, elle s'approcha directement de la couverture pour en soulever un coin et se glisser dessous, et elle constata que ce nid qu'elle avait convoité de loin était tout aussi moelleux qu'escompté. Elle sombra en à peine deux secondes.

Au plus profond d'un doux sommeil sans rêves, un sommeil d'une profondeur sans précédent depuis qu'elle s'était enfuie, elle fut réveillée en sursaut par un coup de pied vigoureux porté à son épaule.

— Deboutte[1]. Tu peux pas rester là.

Un agent de sécurité se dressait au-dessus de Chantal, les mains sur les hanches. Elle avait le cerveau tellement embrumé qu'il lui fallut une minute pour se rappeler où elle était. L'agent, offusqué qu'elle tarde à lui répondre, la cogna de plus belle pour la faire bouger. En vain. Sa méga-dose de coaltar obligeait ses membres à fonctionner au ralenti.

— Tu veux jouer à ça ? dit-il quand elle fut trop lente à s'exécuter. OK d'abord. J't'embarque.

Il se pencha pour lui attraper le poignet et tira un grand coup pour l'obliger à se lever. Elle s'efforça de se libérer de son emprise pour se sauver, mais le duel était inégal. Chantal manquait de forces, de repos et de toute autre source d'énergie quantifiable. Il ne faisait aucun doute qu'il aurait l'ascendant. Le vigile la traîna à travers le complexe. Elle s'imagina qu'il la ficherait dehors dans le froid à la première occasion et la laisserait se débrouiller seule dans la rue, mais il évita toutes les portes donnant sur l'extérieur et lui fit plutôt traverser un étroit couloir de service. Il finit par s'arrêter devant une porte vert-de-gris arborant l'inscription « Sécurité ».

— Écoute, lui dit-il en se tournant pour lui faire face. C'pas une fatalité.

— Comment ça ?

— T'as nulle part de correc' où passer la nuit, c'est ça ?

Il la jaugea du regard, considéra ses cheveux bleus pleins de nœuds et la couche de crasse dont elle était couverte.

— Crois-moi, y a des solutions, ajouta-t-il.

Chantal ne s'attendait pas à ce comportement de la part d'un

1. « Debout. »

gars qui donnait des coups avant de poser des questions. Son agresseur était en réalité un dur au cœur tendre. Il entendait lui donner un coup de main, lui conseiller un abri, ou lui glisser un billet de vingt.

Il sortit son porte-clefs et ouvrit la porte.

— Viens donc par là avec moi : tu m'dédommages pis tu r'trouveras ta déco de Pâques dans l'temps de l'dire.

— J'vous dédommage ? Comment ça ? J'suis cassée. J'ai pas un sou sur moi.

— Fais pas ton épaisse. Tu connais la *game*. Si j'voulais d'l'argent, pourquoi j't'aurais ramassée ? Heureusement pour moi, t'as d'aut' choses qui m'intéressent.

Il eut un sourire complaisant quand Chantal laissa échapper un appel au secours, qui ricocha le long du couloir et demeura sans réponse.

— Lâche-toi, lui lança-t-il. Y a personne dans les parages qui peut t'entendre.

Elle possédait désormais assez d'expérience sous terre pour savoir qu'il avait raison, mais son instinct lui dicta de crier, alors elle cria.

— C'est bon, tu t'es défoulée ? lui dit-il après son ultime tentative, qui tint davantage du croassement. Sois réaliste. On est juste nous deux. Maintenant suis-moi dans mon bureau, p'tite plotte. Viens voir un peu comment l'autre moitié du monde vit sous la terre. On sait jamais… Ça se pourrait qu't'y prennes goût…

Elle plongea la tête en signe de soumission. Elle la plongea même suffisamment bas pour lui mordre la main à pleines dents sans qu'il voie venir. Le goût de la chair imprégnée de sang déclencha chez Chantal un haut-le-cœur, et de la bile s'accumula dans le fond de sa gorge. Par réflexe, elle voulut desserrer les mâchoires et cracher le bout de viande rance qu'elle était en train de mâcher, mais elle tint bon et s'y accrocha avec la ferveur d'une chienne enragée. Chantal ne possédait pas de plan B. Si le mordre ne suffisait pas à ce qu'il lui lâche le poignet, il refermerait cette porte derrière eux – une porte qui se moquait bien d'elle avec son inscription trompeuse : « Sécurité ». Ce fut seulement lorsque ses dents s'enfoncèrent assez profondément pour lui sectionner les tendons et lui gratter les os que la main de l'agent s'ouvrit, brusquement, offrant à Chantal une occasion de fuir. Plus tard, elle se rendrait compte de l'ironie de la situation : c'était pour échapper à des bêtes comme lui qu'elle avait dû fuir vers la ville souterraine, et voilà que la destination qu'elle avait choisie la transformait en bête traquée.

5

— OK, bande de cabochons, lança Larry. Garrochez-moi vos trouvailles. Pis sont mieux d'être crissement meilleures que celles de la semaine passée.

C'était leur troisième réunion de réflexion générative pour la campagne publicitaire du réseau piétonnier souterrain de Montréal. Les deux premières avaient été un fiasco. Ce n'était pas ainsi que le projet était censé progresser. Dans la salle de conférence se trouvaient rassemblés les plus grands esprits créatifs du métier, des talents qu'il avait personnellement découverts et fauchés à d'autres agences montréalaises qui sous-estimaient leur génie. Ces professionnels auraient dû déborder d'idées. Pourtant, jusqu'alors, ils ne lui avaient servi que des redites du concept imaginé par la boîte qui avait perdu le client, l'agence qui s'était fait larguer parce qu'elle était incapable de ressusciter la campagne. Vu comme le travail avançait, le petit personnel de Larry n'avait pas été formé, lui non plus, à la réanimation cardiaque.

— Notre mission, les enfants, au cas où un traumatisme crânien vous aurait fait perdre la mémoire depuis notre dernière réunion, c'est de booster le réseau souterrain. Tourisme Montréal nous offre un joli pactole pour augmenter la fréquentation de la ville souterraine et marketer l'endroit comme une destination hivernale de premier plan, histoire que ces maudits Américains débarquent ici en masse au lieu de fuir au premier flocon de neige. Pis qu'ils arrêtent d'avoir automatiquement le mot « sud » en tête.

— Faudrait vraiment pas avoir de bon sens pour préférer venir ici à moins vingt-cinq au lieu d'aller à Sainte-Lucie...

— J'ai lu dans *Métro* que les hivers étaient plus doux à Irkoutsk que chez nous.

— Ouais, on est un vrai paradis du tourisme hivernal...

— Même avec leur dollar plus fort que le nôtre, pourquoi ils s'emmerderaient à monter jusque chez nous ? Juste pour le plaisir de faire des glissades sur notre banquise ?

— Je vous rappelle que c'est justement ça la question, intervint Larry pour les recadrer. Le réseau piétonnier souterrain est couvert, il est pas à l'extérieur. Il nous garde au sec, nous éclaire et nous tient au chaud. Il y a tout ce qu'il faut à une seule place, pis tout est relié. On a le métro pour se déplacer. On a des boutiques, des cinémas, des apparts, des patinoires, des musées, des hôtels, des restos, des spas, des épiceries, des bibliothèques, des hôpitaux. Même un orchestre symphonique et un opéra, tabarouette. Tout ça sans jamais avoir besoin de mettre le nez dehors. Faque[1] faites chauffer vos méninges atrophiées, si ça vous dérange pas trop. C'est pour ça qu'on est là aujourd'hui, me semble. À moins que j'en aie perdu un boutte ?

Une agence créative. Bah ! Une halte-garderie, plutôt. Ce n'était pas la première fois que Larry se demandait ce qui lui avait pris de monter sa propre affaire. Lors de journées comme celle-ci, il regrettait de ne pas avoir fait comptable comme son père. Larry n'était pas doué pour motiver ses troupes. L'agence prospérait en dépit de lui. D'habitude, il se terrait dans son

1. « Alors, donc, du coup. »

bureau avec ses recettes et ses dépenses, laissant œuvrer ses mercenaires. Mais s'agissant de ce dossier, le client était extrêmement mécontent de leur œuvre. Au point que, fait rarissime, Larry doive s'ingérer dans leurs réunions. Sa présence, comme chaque fois, avait réfrigéré l'atmosphère. Après leurs premiers commentaires désinvoltes, ses collaborateurs se fermèrent comme des huîtres, lui transmettant un message subliminal : il n'avait pas à venir pisser dans leur bac à sable.

Au milieu du silence assourdissant, Marius, le stagiaire, fit entendre le son de sa voix :

— Et si on axait ça sur l'idée que la ville souterraine permet de passer une vie entière sous terre sans jamais manquer de rien ?

Marius qui émettait un avis, c'était un bond gigantesque. Il les avait rejoints une semaine plus tôt seulement et savait à peine combien de sucres ils prenaient dans leur café. Larry fut aussi stupéfait que les autres de son intervention. Il ne lui avait pas soupçonné la moindre force de caractère, c'était d'ailleurs en partie pour cela qu'il l'avait choisi. Au moment où Larry avait créé son agence, il n'avait pas prévu d'embaucher de stagiaire, mais en découvrant que tous ses concurrents disposaient d'un assistant personnel qu'ils pouvaient malmener sans le rémunérer, il avait décidé qu'il lui en fallait un.

— T'étais pas encore ici quand on a commencé à parler de cette affaire-là, Marius, faque t'es pas au courant, expliqua Larry en contenant à peine son impatience, mais c'est grosso modo ce que l'agence précédente avait proposé. L'idée a jamais décollé, pis c'est pour ça qu'on a hérité de la campagne. Pour trouver autre chose. De plus percutant.

Marius n'avait toujours pas intégré que, bien qu'autorisé à prendre part à la réunion, il n'était pas officiellement à la table des grands mais simplement assis sur les genoux de Larry avec ses petites jambes nues qui pendaient dans le vide. Le protocole tacite qui voulait que Marius observât ses aînés en silence pour s'imprégner de leur infinie sagesse lui était clairement passé au-dessus. Il continua à parler comme si ses contributions étaient véritablement bienvenues :

— Mais on pourrait transformer ça en défi, en compétition, quelque chose du genre. Prouver que c'est vraiment possible de vivre sous terre sans se priver. Comme tu l'as dit, la ville souterraine a tout ce qu'il faut. Et si on demandait à quelqu'un d'habiter là toute une année sans jamais sortir, même pas une seule fois ? Avec une récompense financière au bout, par exemple. Les gens pourraient suivre cette personne tout au long de l'année, ou elle pourrait tenir un blogue…

Le stagiaire au visage empourpré balaya la table du regard pour évaluer l'accueil réservé à son idée. Le spectacle qui s'offrit à lui fut celui de visages figés ; des visages pris de court par un subordonné tout juste pubère qui s'était montré plus futé qu'eux. Innocent qu'il était, il se méprit sur la cause de la fureur dans leurs regards.

— C'était juste une idée, ajouta-t-il, tentant de s'effacer derrière un croissant aux amandes.

Le visage de Larry, en revanche, prit une expression que personne dans la pièce ne lui avait jamais connue. Il rayonnait. Le vague air de famille que Marius présentait avec Tintin avait peut-être faussé le jugement que son patron avait initialement porté sur son intellect, mais à présent Larry révisait son appréciation à la hausse.

Marc-Olivier, qui se voyait comme le Don Draper du groupe, ne tarda pas à déterminer que la situation nécessitait un retournement de veste et se hissa sur le canot de sauvetage piloté par le jeune rouquin qui branlait du chef :

— Shoote voir, Marius. Cette compétition, tu l'imagines comment, exactement ?

6

De tous les jours de la semaine, les dimanches étaient généralement les plus maussades dans le réseau souterrain, quoique aucun des autres jours dans la vie de Chantal ne pût être considéré comme joyeux. Boutiques et bureaux fermés pour la plupart ; plus de musique d'ambiance aseptisée ; lumières tamisées. Tout le complexe semblait avoir été vidé de sa substance. Elle ne pouvait même pas s'octroyer de grasse matinée pour accélérer le passage au lundi. Endormie, elle constituait une proie facile. Si l'agent de sécurité devant le décor de Pâques lui avait prouvé une chose, c'était bien cela. Depuis cette nuit-là, Chantal préférait être une cible mobile : elle dormait le strict minimum, gardait les yeux grands ouverts dès l'aube et restait sur le qui-vive, perchant çà et là quand elle trouvait un endroit sécurisé au cours de ses pérégrinations souterraines.

Dernièrement, Starbucks était devenu son lieu de repli favori. Chantal n'avait pas d'argent à gaspiller dans un café comme celui-là, où les consommations étaient hors de prix, mais il lui arrivait de trouver par terre un gobelet Starbucks vide, de le défroisser et de s'en servir pour légitimer sa présence à une table. Tel un parrain de la mafia, elle s'asseyait toujours le dos contre un mur. Une fois dûment installée, elle lisait tous les tabloïds en libre-service sur un présentoir jusqu'à les connaître par cœur.

Au terme d'un énième dimanche de torpeur passé à siroter un café invisible, Chantal reprit le chemin du recoin qui lui tenait lieu de domicile. L'accès aux couloirs qu'elle traversait pendant la semaine était souvent bloqué : des grilles se dressaient en travers, la forçant à tester des itinéraires inédits. Pour stimuler ses neurones, elle imaginait que les innombrables détours et autres culs-de-sac formaient une sorte de jeu de l'oie souterrain avec des raccourcis et des passages secrets. Elle suivait sans but les méandres de ce labyrinthe, revenant sur ses pas et changeant de niveau au besoin. Une cartographie aérienne de son parcours aurait ressemblé à l'échangeur Turcot. C'est en zigzaguant dans la ville souterraine au gré de ses galeries secondaires qu'elle se retrouva pile devant l'entrée de la cathédrale Christ Church. Chantal lut la plaque en diagonale. Elle apprit qu'il s'agissait d'un édifice anglican néogothique qui, du haut de ses cent cinquante ans, constituait le plus vénérable maillon de la chaîne souterraine de Montréal, avec des vitraux conçus par William Morris. Un gars dont elle n'avait jamais entendu parler. Elle décida que cette église valait le détour. En même temps, elle n'avait guère mieux à faire.

En entrant, elle fut accueillie par une paroissienne d'un âge avancé qui déposa dans sa main le programme d'un récital d'orgue sur le point de débuter.

— Si vous n'avez jamais entendu jouer M. Saint-Laurent, dit-elle à Chantal, vous allez vous régaler.

Chantal en doutait, même si la foule grouillante témoignait de la véracité de ce commentaire éclairé. Elle ne s'était jamais enthousiasmée pour les orgues, qui produisaient un son particulièrement austère, mais ce concert lui fournirait une excuse pour profiter quelque temps de la splendeur de la cathédrale, alors en contrepartie, elle était prête à supporter les flonflons et les mugissements. Elle s'assit en retrait et laissa la musique l'envelopper. Le concert ne parvint pas à lui faire véritablement changer d'avis sur la musique d'orgue, même si ses oreilles inexpérimentées trouvèrent l'organiste doué d'un certain talent, mais elle apprécia tout de même cet interlude : le temps d'une heure, il lui permit d'oublier l'immense pagaille de son existence, que le sommeil ne réussissait pas à oblitérer.

Le récital achevé, l'organiste descendit de son perchoir et recueillit les applaudissements du public. Il était bel homme, jeune, avait la boule à zéro et des tatouages qui lui couraient le long des bras. Elle fut surprise par son apparence. Elle s'était attendue à ce qu'un musicien jouant d'un instrument aussi suranné ressemble à Beethoven. Il salua modestement à plusieurs reprises puis bavarda avec ses admirateurs groupés autour de lui. Une fois les dernières mains serrées et les bancs vidés, Chantal s'éternisa, retardant autant que possible le moment de reprendre la direction du complexe souterrain et de recommencer à traîner ses guêtres. Sous ses yeux, l'homme retourna vers la grille menant à la tribune d'orgue, la referma et suspendit la clef à un crochet derrière le chambranle. C'était ça, leur système de sécurité ? Autant cacher la clef de la porte d'entrée sous le paillasson. Même le vélo de l'organiste, attaché à une colonne près du portail, bénéficiait d'une meilleure protection. Les huiles de la paroisse avaient dû calculer qu'un tel orgue, qui portait le poids de ses 2 778 tuyaux – à en croire le programme qu'elle avait lu – ne risquait pas de s'envoler, et ils avaient évidemment raison. Mais leurs mesures de sécurité laxistes n'avaient pas vocation à empêcher l'intrusion d'une visiteuse qui comptait faire de la tribune d'orgue son nouveau chez-elle.

7

— On dîne ensemble, à midi ?

— Pas possible.

— Pourquoi ?

— Toujours en chasse.

— Tu m'avais pas dit dans un texto avoir passé une entrevue prometteuse pour je sais plus trop quoi hier ? lui demanda Theo.

— C'est vrai.

— Ben si ça s'est aussi bien passé que tu le dis, tu vas sûrement avoir la job. T'es pas du genre à en beurrer épais. Je te gage que tu as été écœurante et qu'on va te rappeler demain. C'est bon, Daff, tu peux bien prendre un peu de bon temps. Poutine à La Banquise ? C'est moi qui paye. On fête ta nouvelle job avec un peu d'avance.

— Tu n'as jamais entendu parler du mauvais œil ?

— Tu vas pas remettre ça avec ton vaudou, j'embarque pas dans ces niaiseries-là.

— Il se trouve que je descends d'une longue lignée de superstitieux qui croient au pouvoir mystique du mauvais sort.

— Longue, ben voyons donc. Elle remonte à ta grand-mère.

— Quand même, c'est pas bien récent.

— Pis pas ben rationnel.

— Commence pas à critiquer ma grand-mère, je te préviens.

— OK, OK. T'es pas obligée de m'agresser. Faque c'est non pour le dîner ?

— Oui, c'est non.

Theo possédait une expérience plutôt limitée de la prospection du marché de l'emploi, si bien qu'il avait du mal à comprendre la situation de Daphne. Contrairement à sa *blonde*, il n'avait jamais été contraint de passer l'été à dépérir derrière la presse à repasser d'une teinturerie, de balayer les touffes de cheveux échouées sur le plancher d'un salon de coiffure, ni de moisir des nuits entières derrière le comptoir de la blanchisserie d'une maison de retraite. Ses parents avaient mis leur chérubin dans le privé, à Selwyn House, et veillé à ce qu'il consacre chacun de ses étés à des projets éducatifs ou inspirants. Une année, pendant les grandes vacances, Theo avait rencontré Jimmy Carter qui construisait des maisons ; il conservait une photo de lui et du président des États-Unis côte à côte, l'air virils et capables, casque de chantier sur la tête, bien que Daphne sût, pour l'avoir pratiqué (Theo, pas Jimmy Carter), qu'il était tout juste capable de planter un clou. D'habitude, Theo ne faisait pas étalage de ses privilèges, mais quelquefois la fusion de son BCBGisme à tous crins et de son absence d'appartenance ethnique, autrement dit son côté « Blanc pur jus de bonne famille », avait le don de l'horripiler. Peut-être était-ce de la jalousie. À moins qu'il n'ait été un véritable connard. Elle n'avait pas encore tranché.

Daphne avait choisi de ne pas révéler à Theo la nature de son entretien. Passer une année entière sous terre pour un coup de pub, c'était du délire, il aurait pensé qu'elle avait dégoté l'offre dans un canard parodique. Elle n'avait pas envie de devoir défendre ce projet hasardeux auprès de lui alors qu'elle-même avait des réserves. Certes, elle n'aurait pas pu lui en vouloir de tourner en dérision une idée incontestablement risible. Mais il n'aurait qu'à le faire plus tard, une fois que toute cette histoire serait tombée à l'eau et qu'ils pourraient en rire tous les deux ; pas maintenant, à un moment où elle risquait d'être le dindon de la farce.

Quel dessein avait bien pu animer le professeur Séguin pour qu'il porte à sa connaissance un truc si lunaire, si peu académique ? Cela ne lui ressemblait pas de la mêler à un projet aussi nébuleux à moins, bien sûr, que ce fût là un subterfuge pour critiquer son absence de progrès, un avertissement funeste sur l'air de « Gare à vous si vous renâclez à la besogne ». Et, pour peu que ce présage se réalise, cela aurait donné raison à sa grand-mère. Daphne n'avait posé sa candidature que pour éviter de le froisser – elle avait besoin de rester dans ses bonnes grâces – mais elle supposait, même si l'entretien s'était bien passé, qu'on ne la rappellerait pas. Pour espérer toucher de nouveau un salaire dans un avenir proche, elle allait devoir chercher un travail plus conventionnel.

Situé dans La Petite Italie, le marché public Jean-Talon était vaste, avec ses innombrables étals ouverts sur l'extérieur qui prolongeaient les boutiques permanentes au cœur de la halle centrale, ouvertes toute l'année. C'était un marché pour locavores. La quasi-totalité des produits exposés étaient frais du matin, tout droit venus de fermes québécoises par camion de transport. Les fleurs de courgettes, l'ail sauvage, les têtes-de-violon : tout était *pure laine*[1]. Même le miel proposé à la vente provenait d'abeilles qui butzzzinaient de fleur en fleur en jasant en québécois. Quand, sur leur lit de mort, les gourmets de Montréal tâchaient de se représenter le paradis, des images du marché Jean-Talon défilaient dans leur tête, les problèmes de stationnement en moins.

1. « Authentiquement québécois. » À l'origine, se dit de quelqu'un qui descend en droite ligne des premiers colons français.

Daphne adorait ce marché au printemps. Au sortir du blizzard hivernal, ses éventaires lui réchauffaient le cœur, avec leurs toutes premières barquettes de fraises et de framboises téméraires, leurs bouquets de rhubarbe précoces et leurs pointes d'asperges nubiles. C'était là-bas qu'elle se trouvait quand Theo lui avait téléphoné pour tenter de l'appâter avec une assiette de poutine gratuite. Depuis deux heures, elle distribuait des CV à la chaîne, s'arrêtant devant chaque primeur, chaque fromagerie artisanale, chaque crêperie, chaque poissonnerie, chaque marchand d'œufs, chaque charcuterie, mais elle avait beau leur déposer une version de son curriculum tout spécialement allégée pour la circonstance, c'est-à-dire dégarnie de la plupart de ses titres universitaires afin qu'elle n'ait pas l'air trop érudite pour porter un tablier, personne ne mordait à l'hameçon, pas même le boucher chevalin. Avant que les choses tournent mal au marché, Daphne avait cru que la liste de ses précédents emplois, longue de trois pages sur son CV, ferait d'elle une candidate admirablement polyvalente, mais désormais elle était forcée d'envisager la possibilité qu'elle lui donnait l'air instable. Seul le propriétaire du kiosque à champignons sauvages lui avait accordé, par courtoisie, un début d'entretien, mais quand elle n'avait pas su expliquer la différence entre une oreille-de-judas et une collybie, il avait fini par la congédier.

Cette rafale de refus ébranla Daphne. Si elle était incapable de dégoter un emploi dans cet endroit où son rôle se serait borné à rendre la monnaie et à emballer des concombres, c'était donc que personne n'aurait jamais envie de l'embaucher. Elle savait qu'en revenant dans quelques semaines elle trouverait ici une multitude de gamins fraîchement sortis du *cégep*[1]

1. Collège d'enseignement général et professionnel (suit les études secondaires et prépare aux études universitaires).

qui assureraient la main-d'œuvre contre un salaire inférieur au minimum légal. Qu'avaient-ils de plus qu'elle ? Elle regarda la dernière enfilade de kiosques qu'il lui restait à prospecter, une allée qui semblait s'étendre à l'infini. Elle n'avait plus assez de carburant pour s'exposer à un nouveau rejet. Son marché bien-aimé l'avait terrassée.

Alors qu'elle se traînait rue Saint-Dominique jusqu'au métro, Daphne opéra une redéfinition stratégique de ses priorités. Elle émit le constat qu'à ce moment précis, ce n'était pas du tout un emploi qu'il lui fallait, mais un câlin. Un câlin si gros qu'il lui ferait passer l'envie de s'étendre sur son lit en position fœtale, comme elle le faisait habituellement face à l'adversité. Même si Daphne pouvait toujours compter sur sa grand-mère pour lui prodiguer un soutien intarissable, Nora ne répondait pas toujours présente niveau câlins. Daphne savait déjà ce qui se passerait si elle rentrait chez elle sans emploi et lessivée par tous ses efforts. Nora lui tiendrait un rapide discours de remotivation puis l'obligerait à faire demi-tour, direction la porte d'entrée, et elle s'attendrait à ne pas la voir revenir avant le crépuscule. Pour Nora, chercher un travail était un travail à temps plein ; on ne pouvait pas s'offrir le luxe d'une pause. Et elle avait sûrement raison. Mais vu son état d'abattement, Daphne était d'humeur à parler à quelqu'un de plus tendre, qui la jugerait un peu moins sévèrement. Seule sa mère était de taille à accomplir cette tâche.

S'y rendre en courant : voilà la solution. Peut-être le frôlement de l'air frais sur ses joues décaperait-il au moins la couche superficielle de son vague à l'âme, ce qui faciliterait les choses à sa mère. Le hic, c'était que la tenue de Daphne était inadaptée au jogging. Elle s'arrangea pour effectuer un court arrêt technique chez elle, à l'heure où Nora prenait son cours de « yoga chaise », afin de se changer sans risquer une réprimande. Elle s'habilla en un temps record. En ressortant, elle ramassa un caillou avec une forme attrayante dans le jardin, puis se mit en route à une allure tonique pour aller voir sa mère. Son comportement lui vaudrait les foudres de Theo, si toutefois elle lui racontait, évidemment. Ces temps-ci, lui cacher la vérité semblait être la tactique la plus simple. Theo trouvait irrespectueux que l'on aille trotter dans les cimetières court-vêtu et trempé de sueur. Un cimetière, selon lui, était un lieu qui supposait une certaine tenue. Ce qu'il pouvait être bégueule, parfois. Elle ne faisait que rendre visite à sa mère, après tout. Inutile de s'endimancher.

Ça montait raide. Ce cimetière s'étageait sur les flancs du parc du Mont-Royal, surplombant la ville, mais sa beauté compensait son manque d'accessibilité. Les Montréalais le considéraient comme un prolongement du parc et ne se gênaient pas pour se promener entre les sépultures afin de communier avec la nature, d'admirer la vue ou de réfléchir à la Bérézina de leur existence. Même si la tombe de sa mère justifiait sa présence, Daphne entrait dans cette troisième catégorie, probablement.

Daphne se posa sur l'herbe et se pelotonna contre la tombe de sa mère. Elle sentit le granit moite contre son dos humide, et les bords mal équarris du socle qui frottaient contre ses reins, mais elle éprouva tout de même du réconfort, l'impression que sa mère la prenait dans ses bras. La physionomie de Miriam était le fruit de l'imagination de sa fille. Toutes les deux avaient à peine eu le temps de se connaître ; elles s'étaient juste croisées au moment où Daphne glissait dans ce monde et Miriam dans l'autre, ce que la date de naissance de Daphne gravée sur la pierre tombale ne cessait de lui rappeler – comme si elle risquait de l'oublier. Ces visites à sa mère défunte ne suivaient aucun calendrier. Daphne attendait d'être irrémédiablement au fond du trou, au point d'avoir besoin de quelqu'un pour la déterrer. Cela semblait contre-intuitif de confier cette tâche à une personne qui gisait six pieds sous terre, mais la mère de Daphne possédait ce talent.

Petite, Daphne restait muette au cimetière. Malgré de nombreux efforts, pas moyen de lui délier la langue. Elle se contentait de déposer son caillou et de rester debout devant la tombe en se cramponnant à sa grand-mère. Le récit de ses récents exploits incombait à Nora. C'était elle qui avait raconté à Miriam le compliment de Mme Jocelyne quand Daphne avait réussi à colorier sans dépasser, la première fois où elle avait noué ses lacets toute seule, celle où elle avait appris à patiner en marche arrière : tous les moments marquants que Miriam manquait. Quand Daphne avait gagné suffisamment d'assurance pour s'exprimer par elle-même, Nora n'avait pas entièrement disparu du tableau. Elle s'était mise à la coacher avant qu'elles quittent la maison, tel un lutin au village du Père Noël posant des questions aux enfants pour faciliter la rencontre imminente avec le vieux barbu, séparant les bonnes actions de l'ivraie. Ainsi, Nora avait pris l'habitude d'orienter positivement la teneur des conversations entre sa petite-fille et l'outre-tombe, car Daphne se montrait trop dure avec elle-même par nature, déjà à l'époque. Elle était peinée d'entendre sa Daphne, une crème d'enfant, prendre le cimetière pour un confessionnal et y déverser ses fautes, ses offenses de fillette, mais sa petite-fille avait fini par ritualiser ce fonctionnement, même une fois en âge d'aller voir sa mère seule.

Cette sortie au cimetière après le marché Jean-Talon pour une énième chronique de sa vie en morceaux ne faisait pas exception. Pour autant, il n'était jamais venu à l'idée de Miriam de minimiser les inquiétudes de sa fille, fussent-elles disproportionnées, pour la simple raison que le sentiment d'insécurité de Daphne, sa propension à se rabaisser lui venaient directement d'elle – certainement pas de la branche paternelle, qui pliait sous le vent mais jamais ne rompait. Au fil des années, elle avait guidé

Daphne du mieux possible en puisant dans la réserve d'expériences qu'elle s'était constituée du temps où elle était un être doué de vie et de mouvement. Elle ne lui parlait pas tant à voix haute qu'elle lui envoyait des ondes télépathiques, que Daphne captait par le truchement de quelque soupape d'admission cosmique.

Dernièrement, cependant, Miriam s'était mise à douter de ses propres conseils. Ce flottement s'était manifesté le jour du dernier anniversaire de Daphne, moment charnière puisque sa fille était devenue plus âgée qu'elle au moment de sa mort. Cette étape était venue chatouiller leur équilibre. Comment pouvait-elle prétendre fournir à sa fille des repères solides alors que son autorité vacillait ? Heureusement que Miriam faisait confiance à sa belle-mère. Nora appartenait au monde tangible et en connaissait un rayon sur la vie, mais Miriam ne pouvait pas raisonnablement démissionner et refiler la responsabilité de sa fille à Nora comme un témoin dans une course de relais. Ç'aurait été imprudent. Miriam n'avait personne à qui s'adresser. Toutes ses camarades des concessions voisines étaient mortes dans leurs vieux jours comme l'exigeait la bienséance. Leurs visiteurs ne les dépassaient jamais en âge, si bien que, même si elles avaient des tas d'avis sur la question, elles n'étaient pas coutumières de sa situation. Miriam était seule. Elle avait fini par opter en faveur d'un partage des tâches : Nora s'occuperait des aspects pratiques tandis qu'elle se chargerait de remonter le moral à Daphne. À elles deux, elles feraient en sorte que leur petite tienne bon. Du moins, en théorie. Elle n'était pas certaine de l'efficacité de cette nouvelle gouvernance, toujours est-il que Daphne revenait la voir, encore et toujours.

8

— Vous comprenez bien ce qu'on vous demande, madame Elman ? lui dit Larry.

Daphne était déjà parvenue au troisième entretien – le dernier, en théorie. La procédure avait été expédiée bien plus diligemment que prévu, sa candidature bousculant toutes les autres pour se hisser en haut de la pile puis sauter dans les mains du patron, sans doute grâce à quelques ficelles tirées depuis les coulisses par le professeur Séguin.

— Oui, j'ai lu le dossier plusieurs fois, lui répondit Daphne. Je suis parfaitement consciente de vos attentes.

Parfaitement consciente, peut-être, mais savoir si elle répondrait à ces attentes était une tout autre affaire. Le blogue, par exemple. Le problème d'un blogue promotionnel, c'était qu'il devait tonitruer sans répit. Ils embauchaient un porte-voix pour le réseau souterrain de Montréal, mais elle n'était pas du genre à crier sur les toits. Elle tâcha de ne pas laisser ses doutes déteindre sur son visage.

— Je suis quand même obligé de vous poser la question, madame Elman, pour éviter tout futur malentendu. Il n'y a aucune obligation, familiale ou d'une autre nature, qui vous empêcherait de vivre toute une année dans la ville souterraine sans en sortir une seule fois ?

Larry s'exprimait avec solennité, pesant chaque mot pour en souligner l'importance, à croire qu'il s'apprêtait à scander : « Qu'elle parle maintenant ou se taise à jamais. »

Non, elle n'avait pas d'obligations. Ça, c'était clair et net. La veille au soir, elle s'était exercée à compter toutes ses relations actuelles. L'initiative, censée préparer son entretien, lui avait finalement plombé le moral en beauté. La liste était si minuscule qu'elle ne remplissait même pas un Post-it. La vie de Daphne retentissait sur si peu de gens qu'elle pourrait s'enfoncer dans le schlamm de la ville souterraine sans pour autant déranger d'un iota l'ordre normal de l'univers, ni même celui de son propre univers rabougri.

À qui allait-elle manquer ? À sa grand-mère, d'accord, mais Nora finirait par retomber sur ses pieds. Elle se faisait du souci pour Daphne où qu'elle se trouve, mais quand sa petite-fille habitait sous son toit, c'est-à-dire assez près d'elle pour lui permettre d'exercer facilement sa surveillance, ses inquiétudes se trouvaient décuplées. Chaque fois que Daphne sortait tard le soir, Nora se retournait dans son lit jusqu'à entendre la clef de sa petite-fille dans la serrure. Daphne lui rendrait service en déménageant : elle lui offrirait des nuits paisibles. À part Nora, cependant, personne d'important ne s'apercevrait de son absence. Elle avait des amis, oui, mais virtuels pour la plupart, personne qui fût susceptible de regretter l'odeur de son parfum. Theo ? Bah, il valait mieux éviter le sujet. Elle devait voir la réalité en face : la Terre la trimballait sur son dos comme un excédent de bagages.

Daphne n'était pas née solitaire : enfant, elle était enjouée et sociable. Ce syndrome l'avait gagnée plus tard. Il s'était manifesté quand Daphne avait eu l'âge d'entendre que ses parents avaient trouvé la mort alors qu'elle n'était encore qu'un bébé : sa mère, d'abord, puis, peu après, son père. Nora lui avait raconté que sa famille proche avait la manie de sombrer dans le grand précipice, et Daphne en avait retenu la morale suivante : pour ne pas perdre qui que ce soit, il valait mieux ne jamais trouver quiconque. En conséquence, elle s'était repliée sur elle-même tel un cygne en origami. Au fil des ans, quelques personnes avaient réussi à percer ses défenses, mais elles ne restaient jamais bien longtemps dans son entourage. La froideur qu'elle dégageait ne leur donnait pas envie de s'attarder sur son cas. Ainsi donc, si Daphne n'était bonne à rien sur le plan relationnel, au moins elle se montrait fidèle à ses principes, quoique cette pensée ne fît rien pour la réconforter à cet instant précis où elle se trouvait assise face au recruteur en chef du panel chargé de conduire l'entretien. Quand il lui demanda s'il existait le moindre obstacle à ce qu'elle mène une vie de taupe pendant une année entière, elle n'eut d'autre choix que de faire preuve d'une infamante honnêteté et de lui répondre « non ».

Daphne présumait qu'ils étaient favorables à sa candidature en raison de son expertise sur le sujet. Ses travaux de recherche sur les villes souterraines de la Cappadoce, sous la direction du professeur Séguin, faisaient d'elle la candidate parfaite. La vie sous la surface terrestre n'avait aucun secret pour elle. Du moins, celle de la Turquie d'autrefois. Cependant, tel que Daphne voyait les choses, les réseaux souterrains de la Cappadoce et de Montréal n'étaient pas bien différents, même si des millénaires séparaient l'âge d'or de leurs constructions respectives. Tous deux comportaient des kilomètres de tunnels tous azimuts reliant boutiques, habitations, églises, écoles et entrepôts à la manière d'une fourmilière. Tous les jours, des milliers de personnes arpentaient chacun de ces réseaux, vaquant à leurs occupations et assouvissant leurs besoins, sous plafond plutôt que ciel. La Cappadoce était la jumelle de Montréal, moins les halogènes.

Daphne aurait été stupéfaite d'apprendre que son hypothèse sur sa candidature tombait totalement à côté. Si elle avait plu au comité, c'était en premier lieu parce qu'elle était libre et sans attaches. Aucun des autres prétendants au poste n'était à ce point solitaire. Toutes sortes de parasites compliquaient leur vie : époux et épouses, enfants, ex, parents infirmes, animaux de compagnie. Ils n'auraient jamais tenu l'année. Avec Daphne, Larry et son équipe avaient trouvé une recluse. À l'exception d'une aïeule, qui alléluia tenait encore sur ses jambes, elle n'avait miraculeusement personne. Par surcroît, elle était plutôt photogénique, et bilingue. Ses connaissances en vie souterraine, c'était *la cerise sur le sundae*. Pour un blogue, son échantillon d'article était un peu sec sur les bords, avec son style scolaire friand des notes de bas de page, mais ils trouveraient bien quelqu'un pour l'aider à le débrutir. Oui, Daphne était la candidate idéale. Ils avaient hâte qu'elle accepte pour qu'ils puissent officialiser tout cela.

Mais ils arrivaient désormais à un moment de l'entretien où tout risquait d'imploser.

— Vous comprenez, reprit Larry non sans un certain malaise, qu'il nous faut un moyen de prouver à Tourisme Montréal que la candidate retenue accepte que sa liberté de mouvement soit restreinte à la ville souterraine.

Daphne acquiesça pour signifier qu'elle comprenait.

— Pour ça, continua-t-il, une des conditions est que vous soyez équipée d'un bracelet électronique.

Ces deux derniers mots s'échappèrent de sa bouche comme deux molaires pourries. Le dispositif de surveillance avait fait polémique au cours des délibérations du comité. Franchement, cela faisait, disons-le, pédophile en semi-liberté. Ils avaient retourné la question dans tous les sens pendant des heures mais n'avaient pas pu faire autrement. Ce n'était pas comme si

Tourisme Montréal allait se satisfaire d'un serment sur l'honneur de la part de Daphne, quoique Larry eût bataillé en ce sens. Non, ces *niaiseux* voulaient la preuve scientifique qu'ils en auraient pour leur argent, et Larry avait dû finir par céder.

— Il est complètement étanche, poursuivit-il de façon absurde, vous pourrez donc prendre votre douche et nager avec. Il est fin et discret. Il ne vous dérangera pas dans votre vie quotidienne.

Un piège, voilà ce que c'était. Ni plus ni moins qu'un piège. Lors des précédents entretiens, ils l'avaient appâtée avec une débauche de cadeaux dignes d'un mariage de princesse qu'ils avaient laissés s'entasser à ses pieds, et voilà que ces salauds balançaient ce caillou dans sa chaussure ? Cela n'aurait pas dû avoir d'importance, sauf que Daphne était partie du principe qu'elle pourrait sortir de la ville souterraine en catimini de temps en temps. Pas pour des raisons futiles ; c'était une femme d'honneur. Juste pour s'assurer ni vu ni connu que sa grand-mère se portait bien. Hélas, ses futurs geôliers avaient déjà enfumé et cimenté toutes les issues.

L'espace d'une milliseconde, Daphne fut tentée de leur indiquer où ils pouvaient se mettre leur bracelet électronique, mais elle n'aimait pas la confrontation. En outre, elle aurait eu tort de cracher sur les avantages : un appartement dans la ville souterraine sans loyer à payer pendant un an, un pécule mensuel de cinq mille dollars et un bonus de vingt-cinq mille si elle franchissait la ligne d'arrivée. Et puis, il y avait les autres petits plus. Pour lui prêter main-forte avec le blogue, on lui remettait un nouvel ordinateur portable et un authentique appareil photo. On lui offrait aussi une carte OPUS pour prendre le métro à volonté, un abonnement au Y, le centre de conditionnement physique, un épais carnet de bons d'achats valables dans plusieurs restaurants et boutiques de la ville souterraine, et des chèques-cadeaux pour la Place des Arts et la Maison symphonique. Elle n'aurait presque rien à débourser.

Surtout, ce challenge la couperait des distractions qui l'empêchaient tout le temps de se concentrer sur sa thèse. Une fois que le compte à rebours de son séjour souterrain aurait commencé, fini les virées à minuit à Fairmount pour un bagel « tout garni » à la moindre baisse d'attention, adieu le footing autour des étangs et des cascades du parc La Fontaine, et ciao les sorties aux Tam-Tams les dimanches après-midi pour faire le plein d'inspiration parmi une foule de joyeux lurons. Le Montréal souterrain, dans toute sa splendide stérilité, n'exercerait jamais sur elle le même attrait que le Montréal écorché vif. Confinée dans ce terrier, que pourrait-elle faire d'autre qu'écrire ? À la fin de l'année, elle prendrait son paquet de feuilles, le ferait relier en bougran, à supposer qu'il existe un atelier de reliure dans ces profondeurs terrestres, et le fourguerait au professeur Séguin. Elle entendait déjà d'ici le bruit satisfaisant du pavé s'écrasant sur le bureau de son maître.

— Ce bracelet-là, à votre cheville, vous en pensez quoi, mademoiselle Elman ? Est-ce qu'il vous paraît acceptable ?

Songeant qu'il risquait de se retrouver au point mort et de devoir tout recommencer, Larry attrapa un nouveau comprimé de Gaviscon. Ses pansements gastriques l'accompagnaient en permanence depuis le début de cette histoire de Montréal souterrain à la mords-moi-le-nœud. Cette idée de challenge étalé sur une année entière qu'avait eue Marius était fameuse, théoriquement, mais tout reposait sur leur capacité à trouver la bonne personne, et Daphne Elman était justement la bonne personne. Les candidats en réserve étaient des nullos du premier jusqu'au dernier : ils étaient si tristement inadaptés qu'il serait forcé de passer une nouvelle annonce si elle leur claquait entre les doigts, ce qui les retarderait de plusieurs mois. Et foutrait en l'air le timing pour le lancement de leur campagne.

Daphne soupesa une dernière fois les possibilités et finit par s'aviser que celles-ci n'avaient, en réalité, aucun caractère pluriel. Dans sa situation précaire actuelle, un seul choix s'offrait à elle.

— Oui, je suis partante, affirma-t-elle. Le bracelet ne me dérange pas.

Le soulagement de Larry était palpable.

— Dans ce cas-là, bienvenue à bord.

Il fourra sous son nez un contrat écrit en avocat, et elle signa l'expropriation de trois cent soixante-cinq jours de sa vie. Au moins, cette année n'était pas bissextile.

9

Alors que Chantal traversait le Centre de commerce mondial à la recherche d'un banc accueillant où s'asseoir et lire un roman pris à une boîte « Livre-service », elle remarqua une famille de touristes qui jetaient des pièces dans le miroir d'eau. Ils s'apprêtaient sans doute à rentrer aux États-Unis et ne souhaitaient pas que de la ferraille canadienne contamine leur menue monnaie. Pour autant, elle fut choquée par ce gaspillage. Ces flambeurs faisaient des vœux avec une piasse, deux piasses... Resquilleurs, brûleurs de politesse, voilà ce qu'ils étaient, ces vœux, certains d'être exaucés avant ceux dont le financement avait été assuré par de misérables pièces de cinq sous laissées par des familles de moindre stature.

Chantal plongea son regard à l'intérieur de l'eau une fois qu'ils furent partis et calcula. Il n'y en avait que pour treize dollars, mais les pièces lui scintillaient aux yeux comme des louis d'or. Si elle les repêchait, elle aurait de quoi s'offrir une assiette Taco-Taco, celle avec supplément avocat et haricots rouges. Il lui resterait même de la monnaie à coincer sous son soutien-gorge pour les mauvais jours – plus mauvais que son quotidien ne l'était déjà. Ce ne serait pas vraiment du vol, raisonna-t-elle, puisque des idiots avaient bazardé leur argent et le laissaient croupir au fond d'une pièce d'eau publique. S'ils l'avaient fait tomber par terre, personne n'aurait bronché en la voyant se baisser pour le ramasser. Alors, quelle différence ? D'un point de vue éthique, aucune, mais aux yeux des gens, elle était énorme. Personne ne ratissait les fonds de bassins, personne ne pillait les fontaines. Cela brouillait la communication entre les croyants et les fées, ou autres farfadets préposés aux vœux à base de pièces de monnaie.

Quand bien même Chantal eût été disposée à défier les lois du karma, elle espérait, avant toute chose, éviter de trop se faire remarquer, déjà qu'elle passait difficilement inaperçue avec ses cheveux teints en bleu. Ce coin était l'un des plus huppés de la ville souterraine, peu fréquenté par les sans-abri. C'était ce qui l'avait attirée ici au départ. Le quartier se voulait un chef-d'œuvre d'art moderne. Une fontaine datant du XVIIIe siècle, importée tout spécialement de France pour ennoblir l'endroit, trônait, impériale, au-dessus du miroir d'eau. Le lieu, tel un musée, intimait le silence. Un certain décorum était de rigueur. Mais, tout bien pesé, face à treize dollars, le décorum perdait le match. En se réfugiant dans la rue, elle avait choisi de laisser derrière elle sa bienséance et les convenances. Elle devait se résoudre aux exigences de sa nouvelle vie.

Elle projetait de plonger furtivement la main le temps d'un simple aller-retour, d'une rafle éclair subaquatique, mais la pièce d'eau était plus profonde qu'elle l'avait estimé. Elle étira son corps autant que possible au-dessus du bord, mais sa main ne touchait toujours pas le fond ; un vieux chewing-gum collé au bout d'un bâton aurait pu l'aider. Elle effectua une dernière tentative, penchant dangereusement par-dessus la margelle. Les pièces de monnaie étaient presque à sa portée, elle les effleurait de ses ongles, quand soudain elle sentit une main attraper le pied qu'elle avait gardé à terre, et le propriétaire de cette main la fit basculer sous l'eau.

Cette immersion la surprit tellement qu'elle but la tasse et s'étouffa, toussa, recracha. Elle avait sans doute pied mais crut se noyer car ses vêtements et ses chaussures trempées l'ancraient au fond du bassin. Elle se trouvait suffisamment près du bord pour que l'un de ses bras devenus fous finisse par heurter le contour du bassin, et elle parvint à se hisser hors de l'eau pour affronter l'adversité. Mais, quand elle émergea, quelqu'un se faisait déjà réprimander à sa place : quelques boutiquiers s'étaient rassemblés autour d'un vigile, probablement le responsable, et lui passaient un savon pour avoir transformé en drame ce qui aurait pu n'être qu'un incident mineur. Elle profita du tumulte pour s'éclipser dans un floc-floc humide, avec quatre dollars seulement en dépit de tout le mal qu'elle s'était donné.

10

Les projets culottés, c'était une chose. Nora n'avait rien contre. Les projets décalés, c'en était une autre, mais passe encore. Là, en revanche, Daphne empruntait un virage à la lisière de la démence avec cette décision incongrue. Qu'est-ce qui lui prenait de s'embarquer dans ce challenge souterrain insensé ? Elle aurait dû se concentrer sur ses études. Elle deviendrait docteure pour peu qu'elle réussisse à les terminer, même si ce n'était pas docteure au sens noble. Au lieu de ça, voilà qu'elle se mettait à vouloir tout révolutionner.

En réalité, Nora n'avait entendu qu'une ébauche de description du projet dans lequel se lançait sa petite-fille ; elles n'avaient été en contact que brièvement, au téléphone, après la signature du contrat. Avait-elle bien compris ? Daphne s'apprêtait-elle à vivre sous terre pendant un an ? D'ailleurs, était-ce humainement possible ? Elle allait devoir lui extorquer tous les détails au dîner. Nora appela Ethel Marcil pour décommander leur habituel chili du mardi soir afin de se trouver seule à seule avec Daphne à table au cas où les choses dégénéreraient.

— Elle est complètement virée su'l'top, Ethel. Je l'ai tellement poussée à rembourser ses dettes qu'elle a sauté sur la première job capotée qui lui est passée sous le nez.

— Culpabilise pas, Nora. C'est pas de ta faute. Elle est rendue adulte. Elle prend ses propres décisions.

— Tu appelles ça un comportement d'adulte ? Je suis pas ben sûre.

— Daphne a une tête sur les épaules. Pis elle est plus calée que toi et moi réunies. Elle doit ben savoir ce qu'elle fait.

— Ben voyons donc, Ethel. Elle accepte de devenir leur cobaye. De se faire utiliser. Tu penses-tu qu'il se bâdre, ce monde-là, de ce qui va lui arriver ? Ils s'en fichent pas mal qu'elle se transforme en compost là-bas. Si elle est prête à s'embarquer dans cette patente-là[1] qui a pas de bon sens, pourquoi elle s'est pas juste inscrite pour participer à un des essais cliniques qu'on voit sur les publicités du métro ? Ça, au moins, c'est réglementé. Ça se passe dans un labo. Y a des contrôles.

— Quoi, aimerais-tu mieux qu'elle se laisse gaver de médicaments expérimentaux pour gagner de l'argent, avec je sais pas quel effet sur son organisme ? Trouverais-tu ça normal ?

— Là, comme ça, je dirais que oui.

— Nora, t'es complètement dans le champ. Tu devrais te compter chanceuse. Tu sais ben ce que certaines filles font pour se remplumer. T'as-tu entendu ce qu'on raconte sur la petite Jacinthe de la rue d'à côté ? Tsé, la dernière de Maude, qui travaille au Dollarama ?

— Veux-tu dire que je devrais être ben contente qu'elle soit pas dehors à faire la guidoune sur le trottoir ?

Ethel n'avait pas d'enfants : sa parentalité virtuelle laissait à désirer.

— Tout ce que je dis, Nora, c'est que cette job-là qu'elle a trouvée, elle est honnête. Donne-lui donc l'occasion de s'expliquer pendant le souper, à la petite.

1. « Ce truc-là, cette affaire-là. »

— D'accord, veux-tu me récapituler tout ça ? dit Nora. Plus lentement, cette fois-ci.

Elles en étaient au dessert, et Nora n'y voyait pas beaucoup plus clair dans les projets de sa petite-fille que lorsque Daphne s'était attablée pour la soupe. Il faut dire que Daphne parlait dans tous les sens. Le mélange de soulagement et de peur qu'elle avait éprouvé après avoir signé le contrat l'avait rendue à la fois euphorique et incohérente. Elle tâcha de se ressaisir.

— Ils veulent vendre le Montréal souterrain comme une destination touristique. Idéale en toute saison. Je vais en faire la promotion sur mon blogue. Je serai payée pour ça. Il va s'appeler *Vue du dessous*.

Nora n'avait qu'une idée floue de ce que tenir un blogue signifiait, mais elle ne s'attarda pas sur le sujet. Elle ne souhaitait pas que sa petite-fille se lance dans un laïus sur les tweets, les hashtags et tout ce charabia d'Internet dont elle s'était passée jusqu'à présent sans préjudice apparent pour son bien-être. Daphne était douée pour détourner la conversation.

— T'auras pas besoin que je vienne vivre là-bas avec toi, je suppose, si t'es trop occupée à bloggailler toute la journée pour gagner ta croûte ? lui demanda Nora.

Sa tournure négative était hypocrite. Malgré l'attachement profond qu'elle vouait à sa bicoque, elle mourait d'envie d'être invitée pour pouvoir assurer le relais entre sa petite-fille et le monde extérieur, mais cela ne menait jamais à rien de paraître empressée.

— Non, je pourrai juste héberger des « personnes sans liens affectifs », comme ils disent.

— Comment ils peuvent être sûrs que tu vis pas accotée avec quelqu'un ?

— Ils procèdent à des contrôles inopinés, apparemment. Quelqu'un va être chargé de surveiller mes faits et gestes.

— Pis ça te dérange pas ? Qu'on écornifle dans ta vie privée ? Comment tu peux être sûre qu'ils vont pas installer des caméras dans ton appartement gratuit pour jouer les gardiens, s'ils sont autant à cheval sur la surveillance ?

Daphne leva les yeux au ciel en entendant les craintes de sa grand-mère, même si elle éprouva tout de même un frisson fugace.

— J'ai l'impression que tu pars en prison, poursuivit Nora.

Daphne estima que ce n'était pas le moment d'évoquer le bracelet électronique.

— Tu ne comprends pas, objecta Daphne en se redressant légèrement, je vais devenir l'ambassadrice du Montréal souterrain.

Elle avait imaginé que cela convaincrait peut-être sa grand-mère, mais Nora ne sembla pas s'en émouvoir. Elle n'allait pas se laisser influencer par un titre inventé de toutes pièces. Le roi des cafards n'en demeurait pas moins un cafard.

— Et je gagnerai bien ma vie, ajouta Daphne. Je devrais pouvoir me renflouer largement avant la fin de l'année. C'est bien ce que tu voulais, non ?

— Je pensais que tu trouverais une job de serveuse, ou dans le télémarketing, quelque chose de plus conventionnel. Tu pourrais peut-être retravailler au garage de Boris. Il te payait bien.

— Je ne retournerai jamais là-bas.

— OK, OK. Scuse-moi. Oublie ça. Mais t'enfermer dans une tombe pendant un an contre de l'argent, c'est juste, euh, c'est excessif, c'est tout. On t'a jamais demandé de te transformer en martyr. Doit ben y avoir autre chose que tu peux faire.

— C'est pas une tombe. Tu es déjà allée. Tu connais la place. C'est plutôt comme si j'étais enfermée pendant un an à l'intérieur du Carrefour Laval. Pis je pourrai mettre le nez dehors, *anyway*. L'appartement qu'on met à ma disposition a un balcon, alors je ne vais pas mourir de rachitisme à cause d'un manque de soleil. Je ne vais pas finir avec des cernes noirs de zombie sous les yeux.

— Je suis un peu mélangée. Comment il peut être classé comme faisant partie de la ville souterraine s'il y a un balcon qui te permet de sortir au grand air ?

— Je te l'ai déjà dit, répondit Daphne. N'importe quel immeuble de Montréal avec une entrée située dans la ville souterraine appartient officiellement au réseau piétonnier. C'est pour ça que plusieurs gratte-ciel en font partie. Et même l'observatoire du stade olympique – peu importe que la tour s'élève sur des centaines de mètres. En autant que[1] le bâtiment possède une entrée souterraine, ça compte.

— Toute cette histoire-là me paraît quand même ben ahurissante. Qui serait assez fou pour vivre dans un espace tout d'acier, de vitres et de ciment, au milieu des magasins, des magasins et… quoi d'autre ? Des magasins. Bonjour le cadre de vie ! Il fait frette. Tout est aseptisé. On est entouré d'inconnus. Je te gage même que tous ces corridors sont dangereux, la nuit, pis qu'on se sent ben seul une fois la plupart des gens rentrés chez eux après le travail. Il pourrait t'arriver n'importe quoi là-bas, sans personne à côté…

Nora pensa à sa liste de choses à faire et griffonna mentalement une note dessus pour se souvenir d'acheter à sa petite-fille un de ces gadgets qu'ils essayaient toujours de fourguer aux vieux à la télé : une alarme de protection personnelle.

En vérité, Daphne ne s'enthousiasmait pas beaucoup plus que sa grand-mère pour la ville souterraine, mais maintenant qu'elle

1. « Tant que. »

s'était approprié l'endroit, elle se faisait un devoir de le défendre contre les dénigreurs. Elle décida de commencer sa mission diplomatique à ce moment précis, avant même la publication des bans. Elle réfuta aisément les critiques de Nora, régurgitant toute la propagande qu'elle avait assimilée en préparant ses entretiens, noyant sa grand-mère sous les faits et les chiffres. C'est alors que les choses prirent un tour personnel.

— Pis si tu tombes malade ? lui demanda Nora.

— Il y a des tas de cliniques médicales dans la ville souterraine au cas où j'attraperais quelque chose. Et le super-hôpital est relié, tu te souviens. Je vais pouvoir me faire greffer un cœur sans même quitter le réseau.

— Niaise pas avec ces choses-là, rétorqua Nora. Ça attire le mauvais œil.

Elle n'était pas assez folklo pour cracher trois fois, mais elle vouait un immense respect aux traditions.

— Pis moi ? demanda-t-elle, jouant son va-tout. Si moi je tombe malade ?

— Tu ne vas pas tomber malade, lui répondit Daphne, même si elle partageait secrètement cette inquiétude, car son contrat ne comportait aucune clause dérogatoire en cas de maladie ni même de proche agonisant. Je te croyais forte comme un bœuf. Tu me le répètes tout le temps.

— Même les bœufs peuvent tomber malades.

— On dit *bœufs*. Comme *vœux*, pas comme *veufs*.

Nora lui darda son regard, celui qui voulait dire : « Tu as peut-être toute la culture livresque du monde, ma grande, je n'en reste pas moins ta grand-mère, alors tu ferais mieux de ne pas me manquer de respect. » Daphne faisait occasionnellement peser sur elle tout le poids de son érudition. Maintes fois au fil des années, Nora s'était défendue en arguant qu'elle était allée à rude école, mais Daphne lui riait au nez car son cursus ne comportait aucun passage par une institution habilitée à décerner des diplômes. Toute fière qu'elle était de la scolarité exemplaire de Daphne, Nora se rebiffait quand sa petite-fille lui lançait des piques un peu trop faciles au sujet de son chétif bagage scolaire à elle. Le regard de Nora ne laissa pas de place à l'ambiguïté.

— Tu sais que si jamais tu avais besoin de moi, je serais là, répliqua Daphne en modérant ses ardeurs pour se rattraper, consciente qu'il lui arrivait d'ouvrir la bouche trop vite. Et puis on se skypera. On se verra tout le temps, virtuellement en tout cas.

— Mais je suis poche[1] avec l'ordinateur.

— C'est facile. Je te montrerai tout ce que tu dois savoir. Pis tu pourras passer me visiter n'importe quand. Y a rien qui t'en empêche. C'est pas bien loin.

— C'pas tout près non plus.

La solitude qu'éprouvait Nora par anticipation la rendait acerbe.

— S'il te plaît. Sois pas comme ça. Réjouis-toi pour moi.

— Je veux pas que tu te fasses niaiser, Babka, c'est tout.

— Qui pourrait bien me niaiser ? Des tas de gens sont partis accomplir des tas de choses pendant une année entière pour prouver qu'ils en étaient capables. Ce que je m'apprête à faire, ce n'est pas plus fou. Tu te souviens du gars dont ils avaient parlé à la radio qui avait pris la Bible au pied de la lettre pendant un an ? Il avait suivi la moindre miette de précepte. Personne ne l'a niaisé.

— Bien sûr que oui. Il est passé pour un illuminé. Mais c'est un illuminé professionnel des ondes radio. Il sait quoi faire.

1. « Nulle. »

— Moi aussi je saurais quoi faire si ça devait arriver, mais ça n'arrivera pas. Personne ne va se payer ma tête à cause de ça.

Nora se tut un moment. Prise dans son propre ping-pong argumentatif intérieur, elle n'était pas sûre de savoir si elle voulait que Daphne vole de ses propres ailes. Elle changea de tactique.

— Pis ta relation avec Theo ? Est-ce qu'ils autorisent les… comment ça s'appelle… visites conjugales ?

— Il n'y a rien de conjugal entre nous, mamie. On est bons amis, c'est tout. Même pas si bons que ça, en réalité.

— Pis Seigneur Dieu, pourvu qu'il y ait jamais rien de conjugal.

— On ne va pas aller sur ce terrain-là, OK ?

Nora aurait pu jouer une meilleure carte que celle de Theo. Cette carte eut pour effet de tendre Daphne. Elle n'arrivait jamais à les comprendre, ces deux-là. Leur relation était tellement décousue qu'il suffisait d'une seconde d'inattention pour manquer le dernier revirement en date. Tout ce qu'elle avait réussi à accomplir en glissant le nom de Theo dans la conversation, c'était mener celle-ci plus vite à son terme. De toute façon, la conclusion de leur négociation, puisque Daphne s'était déjà engagée contractuellement, était courue d'avance. Nora aurait beau vitupérer, Daphne était astreinte à cette année abracadabrante dans les profondeurs terrestres.

— Tout le monde va te prendre pour une fêlée, dit Theo le lendemain soir.

Un refrain commençait à revenir…

— Tu veux dire que *toi*, tu me prends pour une folle.

— Bah, regardons les choses en face, c'est pas la décision la plus rationnelle que tu aies prise dans ta vie.

— Moi, je pense que oui. C'est parfaitement rationnel. Grâce à ça, je vais avoir de l'argent, chose dont je manque cruellement, un autre toit au-dessus de ma tête que celui de ma grand-mère, et la liberté de finir ma thèse. C'est quoi qui est pas rationnel, là-dedans ?

— Tu es sérieuse ? Tu as besoin que je te dise c'est quoi qui est pas rationnel ? Premièrement, tu te coupes du monde, tu rétrécis ton cadre de vie.

— Pantoute[1]. Je serai plus connectée au monde que je le suis présentement, embarrée dans ma chambre à écrire. Pis mon monde sera pas restreint. Savais-tu que la ville souterraine s'étendait sur plus de douze kilomètres carrés ?

— Garde les statistiques pour ton blogue, Daff. Tu m'as compris.

— Non. Scuse-moi, mais je te suis pas. Tu devrais peut-être me faire un dessin pour que je sois sûre de comprendre.

Le radar de Theo devait être embué. Autrement, il lui aurait signalé de lâcher l'affaire.

— Sois réaliste, Daff, la persévérance, c'est pas ton fort. Je te donne pas deux mois pour exploser.

— J'ai dû persévérer pour que notre couple tienne aussi longtemps, non ? C'est pas faire preuve d'une ténacité viscérale, ça, peut-être ?

Ne sachant pas bien s'il devait prendre cette remarque au sérieux, Theo continua son entreprise de démolition :

— C'est juste un coup de marketing. C'est bon pour la téléréalité. Comment tu vas expliquer ça à tes futurs recruteurs ? Ça va faire une tache sur ton CV.

Le CV de Theo, qu'il soumettait à un sempiternel passage de brosse à reluire, était immaculé, lui. Ce n'était plus qu'une question de temps avant que la perfection de ce document lui

1. « Pas du tout. »

permette de décrocher son premier poste. Contrairement à celui de Daphne, il n'était pas souillé par des petits boulots. Parfois, quand elle prenait le temps de la réflexion, elle avait l'impression que Theo s'abaissait à sortir avec elle. Daphne n'était pas une fille des HLM, mais toutes celles qui l'avaient précédée dans le cœur de Theo étaient des princesses éduquées dans le privé dont le CV d'élite s'assortissait mieux avec le sien.

— C'est parfaitement logique que ça figure sur mon CV, quand on y pense, objecta-t-elle. Je suis censée être une spécialiste de la vie sous la terre, non ? Ça cadre parfaitement. Je vais vivre sur le terrain. Sous le terrain, même. Tu imagines, un jour on me décrira comme la Margaret Mead de la ville souterraine. Ou la Jane Goodall. Une de ces deux anthropologues.

— Ha ! Bah voyons. Plutôt comme la Mike Myers.

Daphne se leva. C'en était fini de cette conversation. Et pas que de cette conversation. Elle décida qu'elle ferait son entrée dans la ville souterraine en chercheuse affranchie, dégagée de toute négativité masculine. Que les réjouissances commencent.

11

Était-ce cela que ressentaient les parents au moment de déposer leurs filles au couvent pour les faire entrer dans les ordres ? Association d'idées absurde, bien sûr. Nora pourrait aller voir sa petite-fille dès qu'elle le souhaiterait mais, quelque part, cet au revoir avait une pesanteur bien plus écrasante que toutes leurs autres séparations au fil des années, quelque chose d'un départ en exil inédit.

— Arrête de dramatiser, dit Daphne lorsque sa grand-mère lui révéla sa vision monacale. C'est plutôt comme si tu me déposais devant une résidence universitaire. Je ne pars pas rejoindre l'armée ou une secte. Je suis à quelques kilomètres de chez toi. Tu as juste un autobus à prendre de porte à porte.

— Mais je suis habituée à te voir rentrer toutes les semaines pour vérifier que tu te laves bien derrière les oreilles.

— C'est toi qui viendras ici, à la place. Toi et Mme Marcil serez mes premières invitées à souper, pour inaugurer l'appart.

— Dans ce cas-là, laisse-moi t'aider à défaire tes bagages. Tu seras installée dans le temps de le dire.

— Pas besoin. Tu sais que mes valises sont quasiment vides.

Daphne avait fait ses bagages comme une jeune retraitée fuyant l'hiver pour la première fois vers des latitudes plus clémentes. Elle avait remisé à la cave de sa grand-mère l'intégralité de ses parkas, chaussures, gants et bonnets, superflus dans sa nouvelle vie. Elle s'était contentée d'emporter les vêtements de sa garde-robe qui n'étaient ni trop chauds ni trop froids, un assortiment à la Boucle d'Or. Quant au parapluie biscornu que Daphne s'était promis de continuer à utiliser jusqu'à ce qu'il rende l'âme, elle le relégua à la poubelle en quittant la maison. Elle était prête, du moins sur le plan textile, pour sa vie à saison unique.

Nora n'avait aucune excuse pour s'éterniser. À l'évidence, Daphne était impatiente d'emménager, et ce au prix de ses propres efforts. L'appartement n'avait nul besoin des bons soins d'une grand-mère, si bien que Nora ne pouvait pas s'occuper en aspirant des moutons de poussière sous le lit ni en organisant les placards. Tout était parfaitement rangé et acceptable, comme Daphne le lui avait promis : un studio entièrement meublé, jusqu'à la vaisselle sur les étagères et le papier toilette sur le porte-rouleau. Si l'endroit avait connu de précédents locataires, toute trace de leur existence avait été oblitérée à grands coups de Javel. Il n'était pas sans évoquer une suite d'hôtel, mais Nora ne lui trouvait pas le moindre vice à l'exception de son caractère impersonnel, encore que celui-ci fût tempéré par le bouquet de bienvenue de Tourisme Montréal qui trônait sur la table basse à leur arrivée.

— Tant mieux, observa Nora. Tu en auras besoin. Une grande et jolie plante comme celle-là, elle va dégager plein d'oxygène.

— Au cas où ma bouteille de plongée me lâcherait, tu veux dire ?

Nora avait instauré ces badineries pour que leur relation demeure aussi insouciante et désinvolte que possible, et Daphne, reconnaissante, lui donnait la réplique. Extérieurement, elles se comportaient désormais comme si la décision de Daphne de vivre sous terre n'était qu'une vaste plaisanterie entre elles deux, une comédie de boulevard qui les rendrait hilares du début à la fin.

En leur for intérieur, c'était une tout autre affaire. La conscience de Daphne, outil plutôt passif en temps normal, avait récemment commencé à faire des caprices, réveillée par l'imminence du changement de situation de sa propriétaire. Elle lui envoyait régulièrement des éclairs de culpabilité dans les tripes. Qui déneigerait l'allée de sa grand-mère pour la délivrer des trente-cinq centimètres déversés par le blizzard ? Qui irait emprunter l'échelle coulissante de M. Hamel quand viendrait le moment de déboucher la gouttière du toit ? Qui changerait les bâches de protection après une tempête ? Ces tâches avaient toujours été dévolues à Daphne, même lorsqu'elle vivait ailleurs. À la maison, elle jouait à la fois le rôle de l'homme fort et celui de la funambule. Elle savait que Nora n'aurait jamais engagé qui que ce soit pour la remplacer, car elle aurait considéré cette dépense comme excessive. Sa grand-mère se chargerait elle-même de tous ces travaux, préparant le terrain à l'infarctus ou à la fracture de la hanche qui s'ensuivrait et qui serait entièrement la faute de Daphne.

Nora, pour sa part, était devenue si stridente à l'approche du départ de Daphne qu'elle tolérait à peine le son de sa propre voix. Elle était sur son dos pour un oui ou pour un non. Si elle continuait, sa petite-fille quitterait leur foyer avec soulagement, cas de figure que Nora voulait éviter à tout prix. Alors elle s'était forcée à changer d'approche. Elle avait coincé sous son matelas toutes les inquiétudes responsables de son irascibilité afin de les garder pour les moments où elle serait seule dans son lit. Pendant la nuit, elles reprenaient l'ascendant, mais le matin avant le petit déjeuner, Nora les bordait étroitement, telle une infirmière militaire faisant le lit au carré. C'est ainsi qu'elle avait pu adopter un nouveau ton mielleux et dégagé. Il lui déclenchait un frisson désagréable au niveau des dents, plus habituées au vinaigre et aux piments, mais au moins elle ne faisait plus fuir sa petite-fille.

Daphne initia l'étreinte qui guida sa grand-mère vers la porte.

— Je vais être bien, ici, lui affirma-t-elle.

— Pis moi là-bas.

— Alors les femmes du clan Elman sont prêtes.

— Fin prêtes.

Nora lui remit une grande barquette en aluminium débordant de biscuits qu'elle avait produits en quantités industrielles au cours de la semaine passée – sablés à la cannelle, brownies tout ronds parsemés de sucre glace et cookies fourrés à la confiture de framboise –, dont sa petite-fille raffolait plus que tout et dont les fiches-recettes maculées de taches étaient presque illisibles. Nora les confectionnait de mémoire. Un cadeau d'adieu qui revenait à offrir un frigidaire à un Esquimau – on ne pouvait pas faire cinq pas dans le Montréal souterrain sans se trouver nez à nez avec une pâtisserie – mais Nora tenait à ce que Daphne dispose d'un rempart comestible contre le blues lorsque la maison lui manquerait. Elle attrapa une poignée de cheveux de sa petite-fille et tira dessus en guise d'au revoir, puis disparut.

Au lieu de rentrer directement chez elle comme elle l'avait prévu, lorsque l'ascenseur ouvrit ses portes au rez-de-chaussée, Nora décida tout à trac de faire une petite promenade dans la ville souterraine, histoire de se forger sa propre opinion. Cette initiative contrariait son instinct. Elle possédait pour la ville souterraine une féroce aversion qui ne s'expliquait pas seulement par le fait que celle-ci avait kidnappé sa petite-fille. L'architecture du lieu ne lui inspirait pas confiance. Par quel principe d'ingénierie fallacieux cette cité des profondeurs tenait-elle debout alors que, perchée sur sa tête, l'entièreté de la ville de Montréal pesait de tout son poids ? En imagination, elle voyait les semelles de fondation des bâtiments du centre-ville fouiller le périmètre et ne trouver que de l'air pour toute assise. Nora savait pertinemment que l'air n'était pas constitué que de vide ; il possédait des vertus porteuses. Elle en voulait pour preuve sa confiserie fétiche, Aero, du chocolat qui tenait grâce à des bulles d'air. Mais plus elle y songeait, plus cet exemple révélait ses limites. Peut-être les bulles d'air possédaient-elles les biscotos pour permettre la solidification de cinquante grammes de chocolat, mais celle de tonnes et de tonnes de béton ? Non, madame.

Nora avait beau être une femme intelligente, par moments elle faisait de la résistance contre l'enseignement supérieur, les faits scientifiques et autres formules mathématiques, et elle ne pigeait rien au travail des ingénieurs. Qu'ils aient réussi à maintenir le pont Victoria en hauteur et le tunnel sous la Manche sous la Manche n'effaçait nullement son mépris pour cette espèce. Elle avait vu plein de documentaires sur la fracturation hydraulique. Quel ingénieur doué de raison pouvait bien choisir de planter des gratte-ciel sur des fondations aussi poreuses ? Un élève de sixième année se présentant à l'Expo-sciences de son école primaire avec un moulage en plâtre du centre-ville de Montréal en coupe transversale serait reparti sous les quolibets.

Elle gardait un vague souvenir de Daphne lui expliquant que la construction s'était faite dans l'ordre inverse, qu'on avait créé la ville souterraine en creusant des galeries sous des bâtiments préexistants, mais l'œuf ou la poule, quelle importance ? Il n'en demeurait pas moins que l'existence de ce complexe souterrain était en sursis, selon les calculs de Nora. Il ne lui restait plus qu'à prier pour que la ville souterraine n'ait pas l'idée de s'effondrer justement cette année, et pour que sa chère petite Daphne en soit depuis longtemps sortie quand adviendrait ce scénario apocalyptique.

La tentation de quitter cet endroit était presque irrésistible. L'extérieur l'appelait. Beau temps, ciel dégagé, temps à *chandail* léger, journée propice à la promenade. L'immeuble de Daphne se trouvait du côté du quartier chinois. Si elle sortait par la double porte juste devant elle, Nora pourrait aller chercher des légumes chez l'épicier rue de La Gauchetière, son préféré quand elle passait dans le quartier. Il avait tout un tas de laitues du tiers-monde bizarroïdes qu'elle achetait à l'occasion pour sublimer ses salades composées quand elle était d'humeur aventureuse. Et les prix étaient imbattables. Mais elle se força à rester à l'intérieur et à partir reconnaître le terrain pour lequel sa petite-fille s'apprêtait à jouer les VRP.

Sa première impression ne fut pas folichonne. Le hall de l'immeuble de Daphne donnait sur un secteur de la ville souterraine qui abritait les bureaux du gouvernement fédéral du Complexe Guy-Favreau. C'était là qu'il fallait se présenter pour un renouvellement de passeport ou une expulsion du territoire. C'était un immense espace dénudé, ponctué d'escalators, de grooms et d'arbres ignifuges à feuillage persistant. Il était propre, elle devait bien l'admettre : de toute évidence, le personnel d'entretien de la ville souterraine savait manier la serpillière. Il était lumineux, aussi, remarqua-t-elle. Mais elle ne lui trouva rien d'autre que ces quelques points forts bien faiblards, le lieu étant à peu près aussi intéressant à contempler qu'un terminal d'aéroport à 3 heures du matin. Daphne allait devoir se lever tôt pour chanter les louanges de cette *dead zone* pasteurisée de la ville souterraine. Dire qu'il lui faudrait faire de l'or avec de la bouse pendant une année entière ! Sa Babka allait devoir se former à l'écriture de fiction…

Nora s'ennuyait déjà. Rien dans ce lieu ne valait le détour. N'importe quel touriste ayant débarqué avec l'illusion que le Montréal souterrain rutilait du sol au plafond était voué à en ressortir avec le sentiment de s'être *fait passer un sapin*. D'une méga-arnaque.

Elle revint à son plan initial. Elle sortirait faire son marché au grand air comme Dieu l'avait voulu. S'Il n'avait pas souhaité que l'humanité soit soumise aux éléments, Il ne les aurait jamais inventés. Une fois en liberté dehors, Nora laisserait la brise déranger sa coiffure, les impuretés de la ville lui boucher les pores, et les fumées d'échappement lui brûler les fosses nasales. Ainsi allait le monde. Elle était sur le point de pousser la porte de sortie lorsque la honte de sa pulsion déloyale l'en empêcha. Elle venait de penser pis que pendre de cet endroit sans même lui avoir donné la moindre chance. Elle devait une plus grande considération à la ville souterraine. Après tout, si son unique petite-fille entendait s'y dévouer corps et âme pendant un an, elle pouvait au minimum laisser à ce lieu l'occasion de faire ses preuves. Pourquoi était-elle si pressée, de toute façon ? Qui l'attendait à la maison ? Nora tourna le dos à la sortie, marcha jusqu'au milieu de l'entrée du Complexe Guy-Favreau et, lentement, pirouetta à trois cent soixante degrés pour se faire une meilleure idée du territoire. Le temps de retrouver son point d'équilibre, elle s'était déjà fixé une tâche à accomplir. Le vade-mecum pour vieux vifs et vaillants que Daphne avait emprunté pour elle à la bibliothèque conseillait aux retraités de se trouver des activités pour repulper leurs journées. À présent, elle l'avait, son activité. Du moins, pour ce jour-là. Elle consacrerait son après-midi à fureter partout et à dénicher des pépites, telle une blogueuse, dans les pas de Daphne.

Nora l'exploratrice s'éloigna du hall principal et arpenta un couloir secondaire étroit rempli de boutiques et de services où se ravitaillaient les fonctionnaires sortis de leur bureau. Elle aperçut un *dépanneur* et s'y arrêta. Ses grandes théories sur la portance des tablettes Aero lui avaient donné envie d'en déguster. Rien de tel qu'une bonne dose de chocolat et de sucre pour effacer toute bougonnerie résiduelle à l'égard de la ville souterraine. Tandis que Nora, face au présentoir, hésitait entre nature et menthe, une ribambelle d'employés de bureau passa derrière elle d'un pas décidé en direction du fond du magasin. Pour une épicerie aussi minuscule, l'établissement était fréquenté par un nombre de clients remarquablement disproportionné. Nora dompta l'appel du sucre et suivit le cortège pour voir par quelle force d'attraction il était mû.

Elle huma avant de voir : on était en train de déposer différents plats fumants sur un buffet chauffant en prévision de l'afflux de midi imminent. Son œil inexercé ne reconnut aucune des spécialités chinoises proposées, mais si tous ces gens qu'elle voyait faire la queue étaient venus avant la bataille pour faire valoir leur droit de préemption sur la nourriture, c'est qu'elle devait être bonne. Elle fit un trait sur sa tablette de chocolat, décida de prendre plutôt un vrai repas, et se greffa à la queue qui avançait à une allure cahotante. Quand vint le tour de Nora, la femme qui tenait le comptoir lui expliqua ce que renfermait chaque chauffe-plat, mais même éclairée par ses descriptions sommaires, Nora demeura interdite. Elle ignorait comment associer les différents mets. Pour empêcher sa cliente velléitaire de créer un goulet d'étranglement dans la file, qui serpentait à présent à travers toute l'épicerie jusqu'à l'entrée, la serveuse lui conseilla de goûter un assortiment et lui prépara une barquette en polystyrène contenant le mélange sur lequel elles venaient de s'entendre. Nora paya et quitta le *dépanneur* pour chercher un endroit où s'asseoir.

La plupart des bancs étaient pris, réquisitionnés par diverses espèces de secrétaires munies de Tupperware qu'elles avaient passés au micro-ondes dans leur bureau. Entre la foule qui grouillait autour d'elle et les effluves qui se bagarraient dans l'air, il régnait désormais une atmosphère plus accueillante et plus enjouée qu'au premier abord, lorsque l'endroit ressemblait à une salle de bal déserte. Le temps que Nora fasse la queue pour son repas à emporter, le complexe s'était déjà tellement rempli qu'elle dut marcher presque jusqu'au bout du couloir pour trouver un banc libre. Elle aurait préféré s'emparer de l'une des tables, mais toutes étaient occupées par des groupes de quatre qui donnaient leurs derniers coups de fourchette dans leur moussaka et leur poulet sauce piquante, à l'exception du quatuor juste devant elle, dont la table n'accueillait aucun repas.

Les quatre hommes asiatiques attablés là étaient en pleine partie de mah-jong. Nora les étiqueta « habitants du quartier » plutôt que « cols blancs des tours de bureaux ». Ils n'étaient pas en costume. Ils étaient habillés en retraités sur mesure : vêtements confortables et chaussures pratiques. Le clac-clac des tuiles produisait à ses oreilles un son familier. La mère de Nora, en son temps, était une fervente adepte de mah-jong, alors Nora avait grandi avec cette bande-son en arrière-fond. Parfois, quand sa mère recevait ses estimées camarades de jeu, elle autorisait Nora à participer, le temps d'assembler une main gagnante, avant de l'envoyer se coucher. La petite Nora adorait chaque aspect de ce jeu, depuis le coffret, revêtu d'un similicuir d'alligator, jusqu'aux réglettes porte-tuiles en bakélite nacrée. Naïve, elle croyait les tuiles en ivoire véritable, bien qu'aucun éléphant n'eût été sacrifié pour la fabrication du modeste jeu de sa mère.

Nora entama son déjeuner, qui se révéla tout aussi savoureux qu'escompté, et regarda les hommes jouer. Elle mit du temps à le terminer, pas dégourdie pour deux sous avec ses baguettes, et lorsqu'elle prit conscience du temps écoulé, tous les serviteurs de l'État avaient déjà disparu depuis longtemps pour regagner leur bureau, si bien qu'elle se retrouva seule avec les joueurs de mah-jong. Ils avaient noté sa présence et décelé dans son regard une connaissance du jeu, mais ils n'échangèrent pas un mot avec elle. Quand enfin ils se levèrent et s'en allèrent, elle fit de même. Cette ville souterraine n'était peut-être pas si naze, après tout.

12

— À propos de votre blogue. Je dois dire que je l'ai trouvé… ben… comment dire… un tantinet pédant.

— Il n'est pas pédant. Il a une fonction éducative, corrigea Daphne. J'essaie d'instruire les gens sur le Montréal souterrain.

— Je sais. Et à l'agence, personne n'est contre. C'est un des objectifs de la campagne. Mais il y a éducatif et éducatif. Regardez, ouvrez les oreilles et écoutez le début de votre blogue comme si vous ne le connaissiez pas.

Marius s'éclaircit la voix dans un élan oratoire et commença à lire tout haut le texte de Daphne sur l'écran :

— « Le réseau piétonnier souterrain de Montréal naquit en 1962. Son premier passage souterrain permit de relier modestement la place Ville-Marie au Reine Elizabeth, l'hôtel de luxe, ainsi qu'à la gare centrale, mais il a connu un essor fulgurant depuis cette époque pour former aujourd'hui un réseau tentaculaire maillant plus de douze kilomètres de territoire souterrain au cœur de la ville. Comble de l'oxymore, de nombreux maillons de cette chaîne se trouvent en fait à la surface. Si l'on adhère à la définition proposée par le professeur Andreas B. Littenberg, de l'université de Tübingen, dans son ouvrage fondateur *Étude critique de la nature des villes souterraines de la préhistoire à 1972*, on gagnerait, par souci de précision, à qualifier le complexe montréalais de ville intérieure plutôt que de ville souterraine. » Je dois poursuivre ma lecture ? Déjà, vous employez l'expression « comble de l'oxymore »...

Marius désigna la tournure incriminée avec la boule percée de son Bic quatre couleurs. Elle était auréolée d'une bulle de commentaire jaune, comme plusieurs autres. En fait, il n'aurait pas été faux d'affirmer que la majorité des mots de son texte d'origine étaient surmontés d'un commentaire.

— Pour vrai, cette expression-là passe mal auprès du grand public, me semble. Vous seriez peut-être mieux de targetter un profil d'audience plus, disons, M. et Mme Tout-le-Monde.

— Vous voulez que je cible les masses. Que j'aille au plus grand dénominateur commun.

— Non. Certainement pas. Mais je ne vais pas prendre des gants blancs, Daphne. Je peux vous appeler Daphne ? « Comble de l'oxymore », ça ne coule pas. On ne peut pas appeler ça du langage *mainstream*. Vous pourriez écrémer une petite affaire. Les figures de rhétorique, c'est un peu *too much* pour ce genre de billet, vous ne trouvez pas ? Ça brouille le message. Faut faire plus *light*, plus relax.

Marius fit danser ses épaules de droite à gauche dans l'espoir qu'elles fassent mieux passer le message que ses paroles.

— Pis peut-être bien faire sauter les références bibliographiques.

— Vous voulez dire pratiquer le nivellement par le bas. Je refuse d'insulter mon public.

— Ce n'est pas ce que je veux dire, objecta Marius, quoique ce fût bel et bien ce qu'il voulait dire. Je vous conseille juste d'utiliser un vocabulaire plus proche de la langue parlée. Moins formel, plus familier.

Il voulut ajouter : « Ou vous n'aurez plus aucun public à insulter », mais il se retint.

— Quand vous rédigez ce blogue, ça doit être comme si vous étiez en train de placoter en chillant avez vos copines.

Mais, si ça se trouve, ses copines et elle avaient coutume d'émailler leurs conversations de figures de style quand elles se retrouvaient au café pour un macchiato.

Ça allait être plus dur qu'il ne l'avait imaginé. Quand l'agence de com' avait confié cette tâche à Marius – dégrossir le blogue de Daphne –, il s'était dit qu'il devrait mener un simple travail de relecture et de correction de coquilles, déplacer deux ou trois virgules, et non procéder à une intervention chirurgicale lourde.

Impossible pour lui de se réfréner, même si critiquer n'était pas dans sa nature, encore moins en face de son interlocutrice. C'était son premier vrai travail, sa première prise de responsabilités, et il ne voulait pas tout gâcher. Leurs deux destins dans cette entreprise étaient mêlés. Si Daphne échouait dans la blogosphère, il échouait avec elle.

— Et puis, ajouta-t-il, se forçant à continuer, vous avez tendance à être un peu *tough* par endroits, comme dans cette section, ici, dit-il en faisant défiler l'écran, sur « la surabondance de chaînes de restaurants ». Pour le moment, je passe sur le terme « pléthore » dans ce paragraphe. Disons que vous semblez oublier que vous êtes censée mettre en avant la ville souterraine, pas la critiquer. Notre angle, ce n'est pas l'honnêteté brusque. Votre blogue est une vitrine marketing.

— Je refuse de tromper intentionnellement les gens.

— Tromper, non. Mais, d'une manière générale, vous pourriez peut-être éviter d'écrire sur ce que vous n'aimez pas, et mettre l'emphase sur ce que vous aimez. Vous pensez quoi de cette solution-là ?

— Je veux que ce soit équilibré.

— Pis l'agence veut que ça ramène du monde. C'est pour ça qu'elle vous soutient dans cette aventure-là, non ?

— Pas question que je subisse la censure.

— Personne ne cherche à censurer quoi que ce soit. Ce billet-là, c'est juste un exemple, de toute façon, une sorte d'exercice pour que vous vous fassiez la main. Je suis là pour vous aider à trouver votre voix de blogueuse, c'est tout.

— J'ai une voix.

Elle en avait une, pour sûr, et Marius pressentait qu'il ne tarderait pas à se lasser de l'entendre, mais il persévéra.

— Disons que c'est plutôt ce qu'on pourrait appeler une voix académique. Idéale pour un article dans une revue universitaire. Trop de « conséquemment » et de « nonobstant ». Des deux-points et des points-virgules dans tous les coins.

— Mes choix de ponctuation ne vous conviennent pas, eux non plus ?

— Disons que vos textes sont ponctués comme un acte notarié. Vous ne pourriez pas essayer de rendre l'ensemble un peu plus… (Il savait, même s'il l'avait encore peu fréquentée, que Daphne n'accueillerait pas favorablement sa proposition.)…frétillant ?

— Frétillant ? Vous voulez du frétillant ?

Il aurait pu dire « *punchy* » pour faire plus d'effet, ou « moins touffu ». « Frétillant », ça faisait trop cocker anglais.

— Vos oreilles sont peut-être sourdes à l'écriture, observa-t-elle.

Un vieux reste scolaire égaré depuis des années dans les eaux stagnantes de la mémoire de Marius remonta à la surface :

— Ça ne s'appelle pas une antithèse, ça ?

— Quel est votre parcours professionnel, si je peux me permettre ? s'enquit Daphne.

La question parut trop condescendante à ses propres oreilles.

— Dans l'écriture ? Rédacteur dans la pub, principalement. Dernièrement, en tout cas.

— Donc je suppose que cette expérience vous a servi de formation, faisant de vous un redoutable critique littéraire ?

— Je sais reconnaître un bon blogue.

Constatant que les rouages défectueux de leur conversation grinçaient et se grippaient, ils se turent un moment et sirotèrent leur café au milieu de la halle gastronomique en contemplant le remous de la cohue souterraine.

— Donc, si je comprends bien, vous n'êtes pas seulement mon conseiller. Vous êtes aussi le petit chanceux qu'ils ont désigné pour me servir de factotum, reprit Daphne, dont le registre de langue avait tendance à monter d'un cran dès qu'elle se laissait gagner par la nervosité.

« Factotum » ? Qui disait un truc pareil ? Discuter avec elle était déjà assez difficile comme ça. Qu'est-ce que ce devait être de l'affronter au Scrabble !

— Voyez-moi comme votre contact privilégié, lui répondit-il. Si vous avez besoin de quoi que ce soit pour votre challenge souterrain, ou au moindre problème, vous me le dites et je vous recontacte aussitôt. Je suis de garde vingt-quatre heures sur vingt-quatre.

Bien qu'il fût parfaitement au courant que l'agence avait déjà fourni ses coordonnées à Daphne, Marius lui tendit une de ses cartes de visite. Il en était incommensurablement fier. Elles étaient en relief. L'agence lui en avait procuré une boîte de cinq cents, et le nombre total de cartes qu'il avait distribuées se montait désormais à deux, la première ayant été pour sa mère.

Jamais Marius n'aurait imaginé se faire embaucher par cette agence. Dans l'ordre normal des choses, les stages aspiraient les jeunes et les recrachaient trois mois plus tard avec une lettre de référence dithyrambique et un brevet supérieur d'ingénieur en photocopie. Mais Marius s'était révélé l'exception qui confirmait la règle. Larry s'était pris de sympathie pour le petit stagiaire compétent et l'avait recruté pour l'affecter à une mission spéciale, celle du projet « Challenge souterrain ». Marius s'était dit qu'à côté de la besogne ingrate à laquelle il avait survécu pendant son stage, ce serait du gâteau maintenant qu'il gagnait véritablement sa vie, mais cette Daphne qu'il devait gérer était une vraie pelote d'épingles. Tout ce qu'elle avait à faire, c'était pondre un maudit billet de blogue par jour, et pourtant elle se prenait pour Tolstoï. Larry n'ayant pas encore tiré Marius de l'équipe des poussins pour le faire évoluer en ligue majeure, l'ex-stagiaire n'était pas dans le secret des négociations qui leur avaient valu de se retrouver avec Daphne sur les bras. S'il y avait participé, peut-être aurait-il soutenu sa candidature lui aussi. Apparemment, son dossier était exceptionnel. En personne, c'était une autre affaire.

La dissection du blogue avait beau prendre une tournure désastreuse, Marius aurait volontiers continué indéfiniment à se vautrer dans cette bauge de vocabulaire et de ponctuation si cela avait pu lui éviter d'aborder le prochain point à l'ordre du jour, validé en concertation avec lui-même, mais il avait achevé de déconstruire le blogue et il ne restait plus rien dans son viseur. Il n'eut d'autre choix que d'enchaîner.

— Comment trouvez-vous votre appartement ?

— Pleinement satisfaisant.

— Bien. Tant mieux. Euh, juste pour rappel… À partir de maintenant, je passerai de temps en temps, histoire de m'assurer que vous observez les règles du challenge.

Il avait évité de dire : « Histoire de m'assurer que votre *chum* n'a pas installé ses pénates dans votre appart. » Il tâchait de ménager leur relation.

— Je n'ignore pas que c'est une des conditions du contrat. Je n'ai pas oublié. Des contrôles inopinés pour vérifier que je ne dévie pas du chemin. Vous n'allez pas me faire uriner dans un pot, quand même ?

Marius commençait doucement à comprendre pourquoi Larry avait été si désireux d'agir contre le protocole entrepreneurial en embauchant son stagiaire pour cette mission au lieu de la confier à un collaborateur plus aguerri. Envahir à l'improviste l'espace privé de quelqu'un, c'était le meilleur moyen de s'attirer des ennuis. Le recrutement de Marius ne récompensait pas l'idée de génie qu'il avait eue avec ce challenge : Larry avait besoin d'un fusible.

Alors que la réunion touchait à sa fin, Marius se sentait purement et simplement vidé. Qui eût cru qu'un jour viendrait où son expérience de stagiaire bénévole et corvéable lui paraîtrait plus agréable que son emploi rémunéré de conseiller en milieu carcéral doublé d'un grammairien ? Les avantages de la vie active étaient clairement surfaits.

13

Chantal était en train de devenir une véritable spécialiste de l'histoire de l'art, en particulier de l'art canadien. Elle avait commencé à suivre des cours en tant qu'auditrice libre au Collège Dawson, à la frontière ouest de la ville souterraine. C'était officieux, bien sûr : elle se faufilait à l'intérieur de l'amphithéâtre 3F.6 tous les mardis et jeudis à 11 heures, prêtait l'oreille et s'ouvrait l'esprit. Au cours de sa vie pré-souterraine, elle ne s'était jamais montrée très studieuse. Elle avait toujours eu trop de soucis pour se concentrer à l'école. Désormais, elle se rendait compte qu'elle appréciait la régularité des cours et ses petites habitudes. Cela conférait à sa vie un semblant de normalité. En guise de bonus, elle avait l'occasion de côtoyer des gens d'à peu près son âge. Pas une fois elle n'avait pourtant adressé la parole aux autres étudiants. Faire des rencontres était trop risqué dans sa situation. Dès qu'elle entrait dans l'amphi, elle s'obligeait à choisir un siège avec une ou deux places libres de part et d'autre, donnant l'image de quelqu'un de passivement distant. Mais, comme la plupart de ses camarades, elle gravitait toujours vers le même coin de la salle, si bien qu'elle finissait par connaître, de vue en tout cas, les quelques étudiants qui partageaient ses inclinations spatiales.

Quelques semaines après le début du semestre, Chantal étudiait une diapositive projetée sur l'écran de l'amphithéâtre et montrant un paysage peint par Emily Carr, lorsqu'elle remarqua que l'un de ses congénères semblait avoir posé les yeux sur elle. Elle n'eut pas l'impression que ce fût l'œuvre de son imagination, qui travaillait pourtant à plein régime depuis son départ de la maison, lui faisant voir des gens à sa poursuite dans tous les coins. Elle décida de mettre son intuition à l'épreuve en le dévisageant fixement. Immédiatement, il détourna le regard. Mais, plus tard, quand elle lui glissa un nouveau coup d'œil, même constat, encore cette présence visuelle, pénétrante. L'idée qu'on pouvait continuer à la trouver un tant soit peu attirante dans son état de délabrement actuel regonfla son moral. Ses vêtements n'avaient pas vu de machine à laver depuis des lustres, et les semelles de ses chaussures, avec tous les kilomètres qu'elle arpentait sous terre, commençaient à se décoller et à claquer comme aux pieds d'un clown. À cet instant, cependant, elle découvrit l'un des avantages des cours dans le supérieur : des tas d'étudiants avaient l'air un peu crasseux sans que personne semble trouver cela inhabituel. Elle se fondait parfaitement dans le décor.

Chantal n'encouragea pas davantage son admirateur qu'elle ne le découragea ; elle se contenta de savourer l'éclat de ses yeux sélénites. Elle avait entendu les autres l'appeler Hugo. Il était adorable à l'extrême, grand, avec des cheveux sable et une profusion de piercings. Flattée par ses égards, Chantal vit se modifier son comportement nocturne. Elle laissa ses pensées pour Hugo balayer temporairement ses cauchemars. Dans ses rêves, elle passait un ruban à travers l'un des anneaux qu'il portait au nez et le conduisait à un boudoir secret de la ville intérieure où, seuls, ils pouvaient se rapprocher et se découvrir.

Peut-être Hugo rêvait-il de Chantal la nuit, mais pendant la journée il était manifestement trop timide pour l'aborder. À chaque cours, il s'asseyait un peu plus près, à croire qu'il rassemblait petit à petit son courage avant de lui adresser la parole. Ses progrès étaient terriblement lents, à tel point que lorsque viendrait la fin du semestre, il y aurait sans doute encore quatre rangées entre eux deux. Chantal savait que la meilleure conduite à tenir aurait été de s'asseoir ailleurs dans l'amphithéâtre ou, mieux encore, de carrément manquer les cours, d'étouffer cette affaire dans l'œuf, mais l'attention qu'il lui portait maintenait son moral à flot – alors même que la vie souterraine de Chantal reposait entièrement sur sa faculté à ne pas attirer l'attention.

Directement après les cours, qui finissaient à midi, Chantal décampait. Elle ne restait jamais dans les parages pour se mélanger aux autres étudiants qui s'assemblaient pour déjeuner ensemble, même si son plus grand plaisir eût été de planter une seconde paille dans le cappuccino glacé d'Hugo et de le siroter en sa compagnie. À la place, elle filait au Centre Eaton. Son objectif était d'arriver là-bas à midi et demi au plus tard. L'heure à laquelle la collecte de sang battait son plein.

Le Centre de donneurs était riquiqui, quatre chaises seulement, mais le buffet offert après le don était somptueux, en tout cas du point de vue de Chantal. Digne d'une réception de mariage au Ritz. Au cours de ses déplacements, elle avait observé que le personnel des magasins et les employés de bureau du coin affluaient à la banque du sang pendant leur pause du midi, cherchant à caser une bonne action dans leur journée de travail. Souvent, ils s'y rendaient en groupe pour s'encourager, si bien que l'endroit débordait de monde, de rires et de bravades, pendant que le sang prélevé de leurs bras circulait vers les poches en attente de remplissage. Si Chantal arrivait à l'heure de pointe, elle pouvait entrer en douce, se gorger de jus de fruits et de confiseries au banquet pantagruélique d'Héma-Québec, et repartir ni vu ni connu.

Chantal était en train de boulotter des cookies aux pépites de chocolat (Chips Ahoy, ses préférés), quand elle prit conscience qu'un corps étranger empiétait sur son espace personnel. Il ne s'agissait pas simplement d'un individu qui s'était échappé de la foule et l'avait effleurée au passage ; il dégageait une tout autre énergie. Il agissait sciemment. Comme s'il se rapprochait d'elle pour la coincer. La panique la saisit. Ils avaient réussi ; ils avaient retrouvé sa trace. Elle ne pensait pas que, lorsque ce moment finirait par arriver, elle se ferait prendre comme ça, au dépourvu, mais aujourd'hui, la faim l'avait rendue négligente. La seule idée que lui souffla son esprit brumeux fut de pousser le prédateur de toutes ses forces et de tenter de regagner la porte. Une fois dehors, dans la ville souterraine, elle reprendrait l'avantage grâce à sa connaissance du territoire. Chantal se tourna pour lever la main sur son agresseur, mais quand elle vit son visage, une vague de soulagement monta en elle. Devant elle se tenait Hugo. Il avait dû la suivre depuis Dawson. Ce fut à la fois glaçant et gratifiant pour Chantal de comprendre qu'il était prêt à la pister pour satisfaire son envie dévorante d'être auprès d'elle. Si elle n'avait pas eu la bouche pleine, elle lui aurait offert un sourire, à condition de se souvenir comment en façonner un. Chantal était impatiente d'entendre la déclaration de son Roméo timoré maintenant qu'il s'était armé de culot, et elle leva le menton pour mieux boire ses paroles. Il commença à s'exprimer mais joua la mauvaise partition. D'une voix braillarde couvrant le tohu-bohu de la pièce, il lui dit :

— Tu voles de la nourriture au don du sang ? T'es vraiment prête à toutes les écœuranteries ?

Un silence s'abattit sur les donneurs et les techniciens. Toute l'attention se porta sur Chantal, qui avait des preuves à charge plein les mains. Que pouvait-elle faire sinon s'enfuir ? C'est donc ce qu'elle fit. Adieu « Histoire de l'art 205 », adieu les flirts clandestins, adieu les rêves peuplés de beaux éphèbes, adieu les biscuits du buffet à friandises. Elle se promit, tandis qu'elle courait à toutes jambes, qu'après avoir repris sa vie en main, enfin pour peu qu'elle y parvienne, elle donnerait son sang tous les mois et ne mangerait jamais rien sur place. Rédemption.

14

Une fois montée sur ses grands chevaux, Daphne avait généralement du mal à en descendre. Nora pouvait en attester. Mais, cette fois, ce n'était pas la faute de sa grand-mère. Cet honneur revenait à M. Je-Peux-Vous-Appeler-Daphne, ce publiciste de supermarché au feuillage poil de carotte. Daphne n'avait pas l'habitude que des civils tirent à vue sur sa production intellectuelle, des poseurs qui n'étaient pas issus du sérail universitaire. Le professeur Séguin trouvait toujours ses raisonnements solides comme le pont Jacques-Cartier, comme il disait, et se répandait en compliments sur la limpidité de sa prose. Toutes les revues majeures de la section GN478 de la bibliothèque comportaient un article signé par le mentor de Daphne. Voilà un homme qui savait marier les noms et les adjectifs. Son avis pesait. Assurément plus lourd que celui de Marius, le copilote de blogue attitré de Daphne, brasseur de vent. En même temps, maintenant qu'elle y réfléchissait de façon rationnelle dans le silence de son petit studio, si le chevaleresque professeur Séguin la couvrait d'éloges sur son écriture, c'était peut-être juste pour l'encourager à produire toujours plus de pages.

Avant son rendez-vous avec Marius, Daphne croyait avoir rédigé un document inexpugnable. Elle avait travaillé comme un forçat sur ce billet de blogue, révisant son texte et revoyant sa copie un tel nombre de fois que, si elle avait utilisé du papier, elle aurait dévasté un hectare de forêt vierge. Pour s'assurer de la recevabilité de sa composition, elle avait consulté, pour la version française du blogue, ses trois *amigos* : le *Larousse* des synonymes, le *Grand dictionnaire terminologique* de l'Office québécois et, bien sûr, ce bon vieux Bob. Les huit cents mots qu'elle avait couchés étaient en acier trempé. Indéniablement, le texte qui avait résulté de la nuit blanche qu'elle avait passée blottie contre ses ouvrages de référence bien-aimés était convaincant, il était percutant, il était éloquent. Il était aussi, elle devait bien l'admettre à présent qu'elle l'avait relu, dénué de tout attrait. Marius avait raison. Son blogue-test possédait le charisme d'un manuel d'installation de pompe à chaleur. Il n'avait pas d'âme.

Qui aurait à cœur de laisser un commentaire sur un blogue comme le sien, aussi fade qu'un plateau-repas d'hôpital ? Daphne n'était pas aussi étrangère aux blogues que Marius semblait le penser. Elle comprenait qu'une absence de commentaires était plus humiliante que des commentaires malveillants. C'était le signe que les réflexions et remarques de la blogueuse étaient si insipides que même les commentateurs professionnels, qui ne vivaient que pour dénigrer, n'avaient rien à se mettre sous les crocs.

Si le blogue ne décollait pas, Daphne ne serait pas expulsée de son appartement. Elle continuerait à être rémunérée, toucherait quand même sa prime de bilan, à condition, bien sûr, de tenir jusqu'à la ligne d'arrivée. Mais elle ne souhaitait pas qu'on se souvienne d'elle comme d'une expérience-fiasco, de la blogueuse tellement à côté de ses pompes qu'elle n'avait fait que se parler à elle-même devant un miroir. Le rêve de Daphne, c'était de voir son quartier d'adoption fourmiller de vacanciers grâce aux tartines qu'elle écrirait à son clavier pour ses billets. Les destinations touristiques souterraines étaient une affaire sensible, chacune disputant aux autres la part du lion des voyageurs. Daphne voulait que le réseau piétonnier souterrain de Montréal terrasse le Diefenbunker, les catacombes de Paris, et même les grottes de la Cappadoce, si chères à son cœur. Elle avait hâte que vienne le jour où chaque marchand, chaque restaurateur de la ville souterraine tendrait la main à son passage pour lui serrer la pince, *pis un grand merci pour ce bonus de bidous qui atterrissent dans not' caisse gracieuseté de Votre Excellence.* Ce qu'elle voulait, c'était voir tout le complexe prospérer sous ses auspices, ses moindres recoins prendre la lumière, ses trésors cachés se dévoiler. Elle voulait, en un mot, réussir.

Daphne releva l'écran de son ordinateur portable et fit glisser son document impotent vers la corbeille. Pour faire bonne mesure, elle le supprima une seconde fois, irréversiblement. S'il moisissait trop longtemps, son ordinateur finirait par puer le poisson mort. Elle comptait recommencer de zéro. Mais pas avant le lendemain. Pour l'heure, elle devait trouver un moyen de se départir de cette sensation de gêne qui persistait depuis son rendez-vous avec Marius, pendant lequel elle avait tenté de passer pour la papesse des réseaux sociaux. Elle décida d'opter pour sa bonne vieille méthode. Elle ferait passer ça en transpirant.

Courir était exclu. Dans la ville intérieure, les débordements de foule qui encombraient le passage pendant la journée l'obligeraient à esquiver et à méandrer, l'empêchant d'aller à plein régime. Même à petite foulée, elle serait une menace pour sa communauté souterraine. Tant qu'elle n'aurait pas atteint les couloirs moins animés du complexe, où elle pourrait enquiller quelques kilomètres sans prendre le risque de faucher qui que ce soit, tout footing était exclu. Daphne allait devoir se débrouiller autrement pour libérer ses endorphines assignées à domicile, alors elle plongea la main dans le coffret cadeau plein de bric-à-brac offert par l'agence pour y pêcher le badge qui lui garantissait l'entrée gratuite au Y.

Par tempérament, Daphne n'était pas adepte des salles de sport. Elle préférait faire de l'exercice dans la solitude en regardant défiler le paysage. Tourner en rond sur une piste de course intérieure ne lui disait rien. Cela lui rappelait trop le cycle de sa vie. Donc, plutôt que de tenter de reproduire sous terre son programme fitness, elle décida de prendre un virage à trois cent soixante degrés. Peut-être que quelques longueurs en dos crawlé dans la piscine la retremperaient autant qu'une séance de jogging. Elle fourra son maillot de bain et son pince-nez dans un sac et descendit l'escalier.

Daphne plaqua son badge contre le lecteur magnétique qui débloquait le tourniquet. C'était l'un de ces tourniquets sous stéroïdes qui se dressait du sol au plafond, conçu pour ressembler à une porte tambour, mais avec des rondins parallèles en métal sortant de la colonne centrale en remplacement des ailes vitrées. Tandis que Daphne commençait à le pousser pour pénétrer dans le Y, une silhouette surgit de nulle part et fonça dans son dos de toute sa force, la plaquant si puissamment contre les barres que sa respiration fut coupée aussi sec. Si cette personne avait forcé un tout petit peu plus, Daphne serait ressortie en tranches de l'autre côté façon pain de seigle. L'élan de la bousculade les propulsa en avant, puis le tourniquet finit par s'ouvrir sur le hall d'entrée du Y, et l'indésirable se carapata. Si on le lui avait demandé, Daphne aurait été incapable de fournir une description satisfaisante. C'était une femme. Ça, c'était clair. Le dos de Daphne avait reconnu son empreinte anatomique. Et elle paraissait plutôt jeune. Le seul trait distinctif sur lequel Daphne n'aurait pas hésité une seconde, c'étaient ses cheveux, si bleus qu'ils semblaient avoir été teints au Windex ou autre produit lave-vitres. À part cela, cette femme était floue.

L'hôte d'accueil en Lycra derrière la réception avait assisté à cette double entrée fracassante.

— C'est les robineux[1], dit-elle à Daphne en haussant les épaules. Ils aiment ça venir prendre leur douche ici. On a fait installer les tourniquets intégraux pour les empêcher de sauter, mais ils ont trouvé un autre moyen. T'es-tu correcte ? T'as-tu toujours ton portefeuille ? Ta virginité ?

Daphne se palpa le corps.

— Oui, les deux, je crois.

— Des bleus ?

— Je ne pense pas, non. Je suis surtout choquée. C'est comme si je m'étais fait plaquer par un joueur des Alouettes.

— Bah, qu'est-ce tu veux. Bienvenue au Y. Première fois ?

— Oui.

— Je me disais bien que je te replaçais pas. Moi, c'est Sofia. À ton service.

— Enchantée, Sofia. Je m'appelle Daphne. Pourrais-tu me dire où est la piscine ? Si je n'y vais pas tout de suite, la chienne va me pogner[2].

— Daphne ? Pas la Daphne qui vit sous terre ?

— En personne.

— C'est *awesome*, ça ! Je n'avais jamais croisé de célébrité sur mes heures de job. C'est moi qui ai rempli toute la paperasse pour t'avoir un abonnement gratuit.

— Ah ben, euh, merci.

— Laisse-toi pas refroidir par cette première mauvaise impression-là. C'est une place super ici. Viens, je te montre la

1. « Clochards. »
2. « Je vais me dégonfler. »

piscine pis j'en profite pour te faire une petite visite rapide. Tu mérites un traitement de VIP, après ça.

Sofia installa une pancarte « De retour dans cinq minutes », et les deux femmes s'en allèrent explorer les détours du Y. D'abord reconnaissante qu'on lui propose une visite guidée, Daphne ne tarda pas à déchanter. Son accompagnatrice n'en finissait plus de dégoiser, apparemment sans le moindre besoin de reprendre sa respiration. Peut-être négligea-t-elle de lui faire remarquer un grain de poussière durant leur trajet sans fin, peut-être oublia-t-elle de lui rapporter quelque peccadille commise par un collègue, encore que Daphne jugeât cette éventualité improbable.

— Tu ne serais pas mieux de retourner à ton bureau ? lui demanda Daphne, bondissant sur l'une des rares pauses dans le monologue de Sofia.

Elle mourait d'envie de se défaire de sa chaperonne, sentant son enthousiasme à se baigner dans la piscine décroître un peu plus à chaque seconde.

— On ne va pas avoir besoin de toi en haut ? ajouta-t-elle. Je vais me débrouiller toute seule. Je ne vais quand même pas me faire agresser une deuxième fois dans la même journée !

— Relaxe. Je suis pas pressée. Je suis toute à toi, lui assura Sofia. Je travaille tout le temps pendant mes pauses, faque j'ai du temps libre à rattraper.

Daphne commençait à redouter que sa guide Super Glu pousse le bouchon jusqu'à partager un couloir de nage avec elle. Même une fois que Sofia eut mené Daphne aux vestiaires, elle ne vit clairement pas d'urgence à regagner son poste. Adossée à un casier voisin, elle poursuivit son exposé à propos de son lieu de travail pendant que Daphne se déshabillait. Si Daphne avait su que son corps serait scruté d'aussi près, elle aurait mis les sous-vêtements qu'elle réservait à ses visites chez le médecin : son soutien-gorge et sa petite culotte édition limitée, sans taches ni déchirures.

— C'est quoi cette affaire-là, à ta cheville ? lui demanda Sofia.

La question était inévitable, mais Daphne ne tenait pas à se lancer dans une discussion sur la surveillance de la vie privée avec la pipelette de service du Y.

— Ça ? C'est un moniteur cardiaque, broda-t-elle.

— Oh, ma tante Roz en a un aussi, observa Sofia, mais à elle ils lui ont mis sous la peau.

Leur comparaison d'accessoires coronariens enraya la conversation. Sofia ne semblait pas particulièrement investie par le sujet, mais Daphne sentait que, malgré le désintérêt apparent de sa guide, elle était en train de consigner ce détail dans sa banque de données pour l'en ressortir solennellement plus tard et le transmettre au premier pékin venu fréquenter la ville souterraine. Même si Daphne n'aimait pas faire l'objet de ragots, les ragots étaient un genre de publicité, alors elle accepta son sort.

Ce fut le surveillant de baignade qui finit par débarrasser Daphne de Sofia, un acte de sauvetage qu'elle salua avec autant de gratitude que s'il l'avait trouvée en train de battre l'eau avec les bras au fond du grand bain. Marc-André, qui se trouvait connaître étroitement Sofia, l'invita à grimper jusque dans sa chaise haute afin d'admirer la vue, pour reprendre sa chaste expression. Une faute professionnelle, sans doute, mais son laxisme rendit à Daphne sa liberté. Elle enchaîna ses longueurs, sentit grimper sa fréquence cardiaque, puis s'échappa de la piscine sans escorte. Dans les vestiaires, elle ouvrit l'œil, à l'affût d'une tête bleue dépassant d'une serviette, mais la couleur de cheveux de toutes les femmes qu'elle rencontra figurait sur un nuancier capillaire classique.

Daphne tâcha de ne pas se formaliser de cet incident. Ce n'était pas comme si elle n'avait jamais connu de mésaventure lors de ses séances de running – chiens, motards ou conducteurs furibards. Par deux fois, elle s'était pris une porte de voiture. Mais personne ne l'avait jamais touchée, encore moins écrabouillée. Sans doute aurait-elle dû éprouver de la pitié pour son agresseuse, sûrement jeune et à la rue, mais elle peinait à convoquer de la sympathie pour la personne qui avait terni sa première véritable sortie en tant qu'habitante du Montréal souterrain. Était-ce un présage ? Elle se posa la question. Sa grand-mère était une adepte des signes. Pour Nora, toute chose recelait une dimension supérieure. Daphne n'eut aucun mal à imaginer quelle prémonition cosmique Nora tirerait de cette collision au Y dans le cas peu probable où elle déciderait de l'inquiéter avec cela. L'année de sa petite-fille, lui répondrait-elle, était maudite.

15

Ébaubi de voir quelqu'un d'autre que Daphne ouvrir la porte de l'appartement après qu'il eut frappé, Marius négligea les règles de la politesse qui présidaient normalement à son comportement.

— Euh, vous êtes qui ? dit-il à la minuscule dame âgée qui se trouvait devant lui.

— Je suis Ethel. Et vous, vous êtes qui ?

— Je suis Marius.

— Pis vous ramassez des sous pour quoi, mon garçon ?

En entendant une voix masculine, Daphne passa la tête par la porte de la cuisine.

— Oh. Faites donc pas attention, dit-elle à Ethel Marcil. C'est mon inspecteur général, il est là pour vérifier que je ne partage pas les lieux avec des indésirables. Ou même avec des désirables.

Ethel se recroquevilla.

— On ne voudrait pas créer des ennuis à Daphne. Elle nous a juste invitées à souper, Nora et moi. C'est tout. On n'est pas des pensionnaires permanentes, han. On ne va pas tarder à rentrer chez nous. Pis laisser Daphne ici toute seule. Comme toujours. Mais si vous voulez constater par vous-même, entrez donc jeter un coup d'œil, déclara-t-elle en ouvrant grand la porte.

Daphne trouva pénible d'entendre l'amie de sa grand-mère s'aplatir ainsi – surtout devant Marius – comme si l'homme devant sa porte était un policier rencardé venu interpeller des trafiquantes. Encore un peu et elle lui donnait du « Monsieur ».

— Je pense qu'il en a assez vu, intervint Daphne en passant un bras réconfortant autour de Mme Marcil et en lui pressant l'épaule. Il n'a pas besoin d'entrer. Je suis à peu près sûre qu'il ne prendra pas de sanction disciplinaire. Bon, vous pouvez toujours soulever un coin d'édredon pour qu'il puisse confirmer que personne ne se cache en dessous du lit…

Bien qu'il eût préféré ne pas céder à ce généreux sentiment, Marius ne pouvait qu'éprouver de la compassion pour Daphne et comprendre son irascibilité. S'il avait subi ces inspections surprises à son domicile, il aurait râlé lui aussi. Alors, quand elle se déplaça pour lui claquer la porte au nez, il ne protesta pas. Il recula même obligeamment son appendice nasal pour éviter qu'il n'entre en contact avec la porte et ne sabote le tableau final. Mais avant que Daphne ait pu la refermer, Nora sortit de la cuisine et s'adressa au jeune homme depuis l'entrée.

— À qui ai-je l'honneur ? lui demanda-t-elle.

Nora avait pris sa voix de reine mère pour contrebalancer l'attitude de Daphne, qui selon elle laissait à désirer.

— C'est Marius, mamie. L'inspecteur qui débarque à l'improviste, tu sais. Pour le challenge. Avec les caméras invasives, pis toute la patente. Tu te souviens ?

— Oh, d'accord. Je m'appelle Nora, annonça-t-elle, main tendue, procédant à la seconde moitié des présentations qu'avait omise sa petite-fille. Vous voulez pas entrer vous asseoir avec nous autres ?

Malgré son aversion pour l'aspect Big Brother du défi, Nora estimait qu'une bonne hôtesse se devait d'accueillir un visiteur qui se présentait chez elle à l'heure du souper. Elle n'était pas aveugle. Elle pressentait que sa petite-fille avait hâte de remettre ce gars à sa place pour les crimes qu'il avait commis contre elle, mais elle possédait un code moral selon lequel l'hospitalité l'emportait toujours sur l'aigreur.

— Je suis sûre que Marius a d'autres personnes chez qui il doit fourrer son nez, fit remarquer Daphne. On ne va pas le retenir et l'empêcher de faire sa *run*.

— Mais c'est un jour de fête. C'est naturel qu'il entre se joindre à nous. On a ben assez à manger. Pis ça nous fera un avis de plus pour cette dégustation à l'aveugle de baguettes de pain prévue tantôt.

Nora élargit l'entrebâillement de la porte pour décrire un angle plus accueillant, prit le bras du nounou de Daphne et le tira vers elle.

— Par ici, lui dit-elle en guidant Marius vers la table. On va vous installer entre Ethel pis moi.

Nora estima que le plan de table le plus sûr consistait à l'asseoir entre les deux anciennes du village pour qu'elles fassent tampon, mais Marius resta debout. Il remarqua les nombreux ballons collés aux murs par de l'électricité statique.

— C'est la fête de qui ? demanda-t-il.

— De personne, lui répondit Nora. J'avais juste des balounes de fête à la maison, faque j'ai pensé qu'ils feraient bien la job pour fêter un mois de blogue réussi. On est super fières d'elle.

La fierté de Nora était légitime ; sa remarque n'était pas juste un coup de réclame enthousiaste d'une grand-mère pour sa petite-fille. Dernièrement, le blogue s'était détendu, comme s'il avait éclusé plusieurs margaritas, et son vocabulaire donnait chaque jour un peu moins l'air d'avoir été emprunté à un ponte de la Sorbonne. Constatant que Daphne s'y était prise comme un pied lors de ses premières tentatives, Marius avait d'abord désespéré que la candidate choisie par l'agence trouve un jour comment s'adresser au *vulgum pecus*. Elle semblait avoir la logorrhée dans le sang. Mais, vers la troisième semaine, quelque chose avait bougé et le blogue avait installé sa patte. Daphne avait adopté une plume plus chaleureuse, plus familière, teintée d'espièglerie. Malgré son passif avec Miss Vue-du-Dessous, Marius en avait déduit qu'elle ne s'était pas fait retirer accidentellement le sens de l'humour en même temps que l'appendice.

Parmi ses responsabilités, Marius était tenu de modérer les commentaires qui commençaient désormais à s'accumuler, positifs pour la plupart, à son grand soulagement. Des tas de visiteurs récurrents apportaient leur contribution. Daphne commençait d'ailleurs à se constituer une communauté d'abonnés modeste. Au bureau, Larry était sur un nuage :

— La petite, elle comble tous nos espoirs, han ? Je savais que c'était la bonne, je le sentais dans mes tripes.

Il était de notoriété publique que les tripes de Larry n'étaient pas fiables. Marius n'était certes pas dans l'équipe depuis longtemps, mais il avait vu son patron boulotter du Gaviscon comme un pilier de bistrot grignotant des pistaches. Un tel homme n'aurait jamais dû se servir de ses intestins comme d'une boussole, mais en l'occurrence ils semblaient l'avoir orienté dans la bonne direction. Même s'il était encore bien trop tôt pour déterminer si le blogue exerçait une quelconque influence sur la fréquentation touristique, l'humeur au bureau était optimiste.

C'était grâce à Marius que le style de Daphne avait quitté ses hautes sphères, même si évidemment elle n'avait pas eu la courtoisie d'admettre qu'il avait joué un rôle. Après le charcutage de son premier billet-test, elle avait ramé pour trouver le ton adéquat, chaque nouvelle version ressemblant encore et toujours à une entrée de l'*Encyclopædia Britannica*. Puis elle s'était rappelé le conseil de Marius, concevoir ce blogue comme une conversation à bâtons rompus avec une amie, et elle avait eu l'idée de ressusciter Belle.

Les compagnons imaginaires sont censés être jetés aux ordures de l'enfance vers l'âge de sept ans, et à cet égard la petite Daphne avait parfaitement respecté le calendrier de Jean Piaget. Quand elle avait franchi le seuil de la salle de classe de deuxième année de Mme Thomassin, Belle, sa meilleure amie fictive, ne figurait plus sur le registre d'appel. Sa confidente, sa complice de tous les instants s'était évaporée, pouf, dans un nuage de fumée. Nora semblait l'avoir compris puisqu'elle avait cessé d'ajouter un couvert pour elle à table. En réalité, Daphne n'avait jamais vraiment planté de pieu dans le cœur de Belle. Elle l'avait simplement reléguée au second plan de son existence. Maintenant que Daphne avait besoin qu'elle lui serve de correspondante invisible, Belle avait repris du service en un claquement de doigts, car Daphne avait opté pour une toute nouvelle approche de la rédaction de blogue, qui avait fini par porter ses fruits : une approche épistolaire. Confortablement installée, elle écrivait une lettre enjouée à Belle pour lui décrire l'une des merveilles de la ville souterraine, puis, après l'avoir relue, elle supprimait la formule d'appel. Voilà. Le résultat, s'il n'était pas au summum de la perfection, était en tout cas au summum du présentable.

Qu'elle ait bien mérité de faire la fête, Marius n'en doutait pas. Le décollage de Daphne avait certes été maladroit, mais elle avait fini par prendre son envol. Il ne pouvait pas se joindre aux festivités, cependant. Il se devait de garder une certaine distance avec cette employée sous sa supervision. Il n'avait pas à s'attabler avec la famille, c'eût été inconvenant. Telle était sa vision, et il comptait agir conformément. En vérité, il ne souhaitait s'asseoir à aucune table où sa présence était simplement tolérée.

Il n'était pas prêt à tout pour un repas gratuit. Il rentrerait chez lui et mangerait devant son ordinateur portable, comme d'habitude. Au moins, contrairement à Daphne, l'appareil ne se plaignait jamais de sa compagnie.

Marius s'arracha à l'emprise de Nora et laissa les trois femmes seules avec elles-mêmes. Dans le silence de son propre appartement, il s'assit avec une bière et releva l'écran de son ordinateur. Dans ses favoris, il cliqua sur le site de *Vue du dessous* et fit défiler l'écran jusqu'au premier billet réussi, celui où elle était enfin parvenue à ensevelir son ton austère sous une couche de paillettes. Il relut ce qu'elle avait écrit :

> Tu connais ce sentiment d'être rattrapée par une fringale qui prend le contrôle de tes papilles et t'oblige à exécuter ses ordres ? Aujourd'hui, après avoir rempli ma déclaration d'impôts, j'avais besoin de me sucrer le bec à tout prix, de préférence avec du chocolat, pour ne pas passer en mode déprime. Heureusement, j'étais justement dans le coin de la place Ville-Marie, où on trouve assez de boulangeries pour se shooter au sucre rien qu'en traversant la galerie marchande. J'ai décidé que ce serait amusant d'organiser une petite compétition : goûter les produits de deux pâtisseries différentes et voir laquelle l'emporterait.
>
> J'ai d'abord conduit mes papilles à Matinale. La boutique n'était ouverte que depuis quelques semaines. J'avais bien le goût de l'essayer depuis que j'avais appris que leur boulanger avait claqué la porte du Duc de Lorraine, un établissement adulé par toute la blogosphère. Laisse-moi te dire que même avant d'avoir goûté à la marchandise, j'étais déjà totalement emballée par le lieu. Son décor funky m'a conquise : des cafetières vintage dans tous les coins, pas deux chaises ou tables qui se ressemblent. À croire que cet endroit avait été conçu sur mesure pour moi : je raffole des décos hétéroclites.
>
> Après un long moment de tergiversation devant le comptoir, je me suis commandé un opéra, pompeux gâteau rectangulaire

composé d'une délicate succession de biscuit goût amande, de crème au beurre et de ganache au chocolat, et surmonté d'une petite feuille d'or m'as-tu-vu. Ooh, je vous jure, j'ai cru mordre dans un nuage – je veux dire, un nuage en chocolat. C'était tout simplement jouissif ! Et le café que j'ai pris pour faire passer le tout était paaar-fait. Je suis ressortie repue, avec une étampe sur ma nouvelle carte de fidélité.

Les autres pâtisseries de la PVM risquaient d'avoir bien de la misère à faire mieux, mais je comptais au moins laisser une chance à un autre spot. J'ai décidé de jeter mon dévolu sur un établissement aux antipodes de Matinale. Je me suis donc retrouvée à Sur l'Ardoise. Pas de style shabby-chic là-bas, mais plutôt une esthétique épurée réservant les enjolivures et les fioritures au contenu des vitrines à pâtisseries. Et quelles vitrines. Chaque création qui s'offre au monde est une œuvre d'art. On culpabilise presque de mordre dedans, c'est comme défigurer la Joconde ! Mais pas question de laisser la moindre pointe de culpabilité compromettre ma mission.

J'ai parcouru des yeux le présentoir et mon regard a accroché le Paris-Brest : deux parfaites couronnes en pâte à choux avec un fourrage de crème pralinée niché au milieu. Oh, extase suprême. C'était sublime. Et ce petit goût de rhum, était-ce mon imagination ? Je me suis léché les doigts à la fin – vulgaire, je sais, mais je ne pouvais pas supporter l'idée d'en perdre une miette.

Je me suis assise pour siroter mon café (excellent) et me demander à quelle pâtisserie je décernerais l'Oscar pour clore ma petite compétition. Finalement, après mûre délibération, elles ont fini ex-aequo. Un point partout. Impossible de préférer une boutique à l'autre. Ce serait comme faire un choix entre ses enfants. Résultat : j'ai ajouté les deux à mon plan de la ville souterraine par *Vue du dessous*, où tu peux retrouver toutes mes pépites, qui sont signalées par un repère. Teste ces deux lieux quand tu seras dans le coin. Tu ne seras pas déçu. Promis juré.

Marius était fier de Daphne. Elle avait même lâché du lest et utilisé un point d'exclamation. À deux reprises ! C'était un peu léger, comme billet, elle aurait pu l'étoffer avec plus de détails, mais il lui avait attribué la moyenne. Aucun doute, elle avait progressé.

16

Daphne avait bien du mal à tracer son chemin parmi la cohue à l'heure du midi sans devoir recourir à quelques coups de coude. Les passages qu'elle devait emprunter étaient plus encombrés qu'en temps normal parce que, dehors, il pleuvait à verse. Les jours pluvieux, aucun des employés travaillant dans les grandes tours qui s'élevaient du complexe souterrain n'était jamais pris d'un besoin soudain de s'éclipser à l'extérieur pour faire une course rapide ou chercher à manger. À quoi bon se faire tremper alors qu'ils avaient tout un monde sous leurs pieds ? À la place, ils laissaient leur manteau pendu à la cloison de leur poste de travail, prenaient l'ascenseur pour descendre dans les entrailles de la terre et flânaient pendant une heure devant les vitrines de la ville souterraine en grignotant leur sandwich, leur masse se mouvant à une allure de promeneur du dimanche.

Et si les galeries n'étaient pas déjà noires de monde du fait de la pluie, le Complexe Desjardins contribuait à les embouteiller en organisant dans son atrium un des événements monstres qui faisaient sa renommée. Cette semaine-là, c'était rodéo, et non des moindres. Le dallage de la Grande-Place était tapissé de cent tonnes de terre importées tout spécialement des Cantons-del'Est pour offrir aux cow-boys à cheval une piste de jeu moelleuse.

Le Complexe Desjardins était rapidement devenu l'un des endroits de prédilection de Daphne dans la ville intérieure. C'était la seule partie du réseau souterrain qui n'avait pas froid aux yeux. Personne n'aurait pu reprocher au complexe de faire les choses à moitié. Là où d'autres centres commerciaux se contentaient d'installer un zoo en toc avec deux pauvres poules squelettiques à caresser et quelques moutons comateux qui donnaient leur dernière représentation avant l'abattoir, le Complexe Desjardins, lui, n'espérait rien de moins que recréer le Stampede de Calgary[1] en intérieur. Yii-ha ! Chaque fois que la partie « blogue » du cerveau de Daphne tombait en rade, il lui suffisait de se promener jusqu'au Complexe Desjardins pour trouver l'inspiration. Même lorsqu'il ne se passait rien de spécial sur la Grande-Place – pas d'échiquier à taille humaine, pas de concert de tubas, pas de championnat mondial d'allaitement, pas de démonstration de kick boxing –, elle ne se déplaçait jamais pour rien. Elle avait toujours la possibilité de passer chercher un éclair au chocolat et au citron yuzu, la spécialité du chef pâtissier d'Ô Gâteries, qui la mettait en joie pour la journée.

Daphne avait hâte de rentrer chez elle et de retrouver son ordinateur pour composer sa lettre à Belle au sujet du rodéo, mais elle n'avançait pas vite, avec tous les badauds. Presque arrivée à son appartement, elle formulait ses phrases dans sa tête tandis qu'elle marchait, quand un rire familier lui parvint aux oreilles. Un cacardement qui lui fit immédiatement penser à sa grand-mère. Le rire de Nora imitait le cri de l'oie de façon si réaliste que n'importe qui à portée de voix scrutait automatiquement le trottoir pour éviter les guanos. Son rire n'était pas

1. Compétition annuelle de rodéo de grande envergure.

distingué, il n'était pas délicat, il tenait plus de l'agression. Elle l'éructait avec une telle force qu'on aurait dit que quelqu'un pratiquait sur elle la manœuvre de Heimlich pour expulser un noyau de cerise coincé dans sa trachée. Daphne regarda alentour, curieuse d'apercevoir cette autre malheureuse qui partageait avec sa grand-mère ce rire problématique. Elle avait toujours pensé que Nora détenait l'exclusivité du marché. Le premier cacardement fut suivi de près par un second, aussi tonitruant qu'au climax de la pondaison d'un œuf d'or. Quand le radar de Daphne réussit enfin à repérer l'origine du bruit, son regard s'éclaira non pas devant une inconnue comme elle s'y était attendue, mais devant Nora en personne, assise à une table carrée avec trois hommes asiatiques en pleine partie de mah-jong. Les tuiles valsaient si rapidement sur la surface de jeu qu'elles laissaient des traînées comme les avions dans le ciel.

— Qu'est-ce que tu fais là ? lui demanda Daphne quand les tuiles cessèrent de s'agiter à la fin de la partie.

— Ah, Daphne. Wow la bonne surprise ! Je joue au mah-jong.

— Je vois ça. Ici, je veux dire. Qu'est-ce que tu fais *ici* ?

— Ils me laissent jouer depuis qu'Henry est parti visiter sa famille dans le Guangdong. Il fait le quatrième d'habitude.

Nora avait énoncé le nom de la région avec une telle fluidité, une telle authenticité, qu'on aurait cru qu'elle avait grandi à Canton. Sa prononciation offrait une palette de diphtongues impressionnante. Qui était cette étrangère qui avait pris possession du corps de sa grand-mère ?

— Je vais faire les présentations, déclara Nora en embrassant la table d'un geste de la main. Ça, c'est Anthony, dit-elle en effleurant le bras de l'homme assis à sa gauche. Il a été assez fin pour me coacher pendant son temps libre pis me mettre au niveau de leur style de jeu. Là, c'est Joseph, le beau-frère d'Anthony, et lui, c'est Luke. Laissez-moi vous présenter ma petite-fille, Daphne.

Ces messieurs étaient un peu plus vieux que sa grand-mère, leurs manières courtoises. Tous se mirent debout. Les couvre-chefs furent soulevés. Les mains serrées.

— Donc c'est vous qui vivez dans la ville souterraine pendant un an, demanda Anthony, le plus grand du groupe. Méchant défi. C'est un honneur de vous rencontrer.

— Vous avez entendu parler de moi ?

Si Daphne avait soif de notoriété depuis ses nouvelles responsabilités, elle n'avait pas encore bien intégré qu'elle jouissait déjà d'un certain renom. Elle avait toujours excellé dans l'échec, et à présent qu'elle réussissait, elle ne savait pas bien gérer ses émotions. C'était un bouleversement psychologique. L'heure de sa renaissance était venue. Il était plus fréquent que cet épanouissement s'initie dans l'adolescence. Pour Daphne, le processus s'accomplissait sur le tard.

— Bien évidemment qu'ils ont entendu parler de toi, rétorqua sa grand-mère. Tu es célèbre. Ils lisent tous ton blogue.

Ces hommes du troisième âge n'étaient pas le cœur de cible de la campagne de promotion, mais Daphne acceptait toute personne qui faisait bouger le compteur de visites de son site, peu importe sa tranche d'âge. Elle éprouva l'émoi d'une jeune autrice à une séance de dédicace. Daphne remercia les hommes de leur intérêt puis porta son attention sur sa grand-mère.

— Donc comme ça, vous jouez souvent ensemble, hein ? lui demanda-t-elle.

— Trois fois par semaine, peut-être quatre, lui répondit Nora.

— Tant que ça. Pas possible…

On n'aurait pas pu reprocher aux autres personnes autour de la table de croire que la conversation entre les deux femmes s'était tarie avec ce dernier commentaire de Daphne, mais en réalité le ping-pong continuait entre elles sans que le concours de leurs voix fût nécessaire. Leur braille mental était un système de communication parfaitement fiable : aucune nuance ne leur échappait puisque leur dialogue était silencieux. L'échange n'était pas joli. À son terme, Daphne réactiva ses lèvres pour s'adresser à ses trois nouvelles relations.

— Enchantée de vous avoir rencontrés, messieurs. Je vous laisse terminer votre partie.

Sans un nouveau regard vers sa grand-mère, elle se confondit avec la foule grouillante et prit le chemin de son appartement.

— Ça va barder pour moi, dit Nora à Anthony lorsqu'ils furent seuls.

— Comment ça ?

— Elle fait la baboune[1]. Pis pas qu'un peu.

— Elle m'a pas paru vexée.

— Comment tu t'en serais rendu compte ? Vous venez juste de vous rencontrer. Mais fais-moi confiance… Elle est pas loin de péter une coche.

— Pourquoi ça l'aurait contrariée de te voir ici ?

— C'est dur à expliquer. Des histoires de famille.

— Essaye quand même.

Puisqu'il insistait, elle lui livra la version abrégée :

— C'est juste que, ben, je lui ai pas vraiment dit que je passais du temps ici. Avec vous autres.

— Ça prend sa permission, pour faire ça ?

— Non, c'est pas ça.

— Ben pourquoi elle serait contre ? C'est pas comme si on jouait pour de l'argent. C'est juste un jeu entre amis.

— Oh, c'pas une question d'argent. Avec ça, elle serait cor-

1. « Elle fait la tête », « elle boude ».

recte. Ce serait pas la première fois que je gaspillerais une piasse ou deux au jeu.

— Faque c'est quoi le problème ? Tu peux me le dire. Les autres ont pas besoin de savoir. Ça restera entre nous autres. Si tu m'expliques ce qui te chicote, je peux peut-être t'aider. J'haïs ça te voir aussi malheureuse.

Il déployait tant de délicatesse pour l'amadouer que sa manipulation porta ses fruits. Nora était incapable de résister à la méthode douce. Les hommes de sa vie ne l'avaient guère pratiquée. Son ex mettait un « poing » d'honneur à garder ses distances avec la tendresse...

— OK, OK. Puisque tu veux des révélations. Voilà. Pour vrai, je suis pas toujours passée la voir quand j'étais ici. Ça m'est arrivé, quand je vous connaissais déjà ben tous les trois, de juste venir jouer au mah-jong avec vous pis de faire mes petites affaires. J'étais là, dans le quartier, à un voyage en ascenseur de son appart, mais j'ai même pas fait un saut chez elle. En disant ça tout haut, j'ai de la misère à le croire. J'étais envoûtée, ou quoi ?

— J'ai toujours cru que tu montais la visiter avant qu'on commence notre partie, s'étonna-t-il. Je vous pensais proches.

— On l'est ! Je l'appelle sur Skype tous les matins. Je rate jamais un rendez-vous. J'ai dû me dire bêtement que ça comptait comme une visite. Elle aime ça, quand j'utilise la technologie, Daphne, pis j'étais mauditement fière de moi d'être capable. Avant toute cette histoire de challenge souterrain-là, pour moi, un appareil technologique, c'était un presse-ail. Mais j'aurais pas dû laisser l'ordinateur remplacer les visites. J'aurais pu monter lui donner un bec, ç'aurait laissé la marque de mes lèvres, au lieu de juste mettre la bouche en cœur devant c'te maudit écran-là. Je suis tellement épaisse. C'pas comme si elle pouvait venir me voir dès que l'envie lui prend. Dans le fond, c'est elle, la prisonnière, pas moi. J'aurais dû sonner à sa porte tous les jours. Sans faute. Daphne se sent vite blessée. Depuis toujours. Que c'est qui m'est passé par la tête ?

— Peut-être que tu t'es fait passer en premier, pour une fois.

— C'est pas une raison.

— Monte la voir, maintenant. Excuse-toi, l'incita Anthony. Tu te sentiras mieux.

— J'aime pas ben ça te planter là pour notre dîner.

— Pas de trouble. Vas-y. Réconciliez-vous. C'est le plus important.

— T'es sûr ?

— Absolument. Le restaurant sera toujours là demain.

Ils se séparèrent sans trop savoir comment s'y prendre, le protocole de la prise de congé n'ayant pas encore été établi. Une poignée de main, était-ce trop distant ? Une bise sur les deux joues, trop direct ? Et rien du tout, était-ce trop… trop rien ? C'était un problème inédit et délicieux parmi tant d'autres que Nora devait gérer depuis que sa vie s'était élargie au réseau souterrain.

Tout était arrivé malgré elle. À l'époque où sa petite-fille venait d'être intronisée souveraine de la ville souterraine, Nora s'asseyait sur son banc avec son repas de chez le *dépanneur* en équilibre sur ses genoux, et elle regardait jouer la confrérie de quatre, cela après être montée prendre des nouvelles de Daphne. Nora et les joueurs entretenaient l'illusion qu'elle ne suivait pas sérieusement la partie et passait simplement le temps. Mais, un midi, l'un des hommes avait commis une telle crétinerie qu'elle n'avait pu s'empêcher de pouffer. Il s'était retourné face à elle, faisant cas de son existence pour la première fois. Nora n'avait pas su où se mettre. Mais il s'était contenté de rire. Les autres aussi. À compter de ce moment, elle avait fait partie du groupe. Les quatre retraités l'avaient adoptée. Elle leur procurait une décharge d'énergie ; ils avaient l'impression d'être sur le court central de Wimbledon, avec des spectateurs dans les gradins qui connaissaient parfaitement la signification des cercles, des caractères et des bambous et qui les observaient sous leurs casquettes à visière. Nora était rapidement sortie du rang, passant du statut de mascotte à celui de commentatrice, puis de commentatrice à joueuse, et à présent qu'elle avait rallié leur régiment, ses attaches à la ville intérieure s'étaient consolidées, même si ses priorités en ce lieu avaient changé. Mais, à cet instant, sa priorité était de réparer les dégâts avec Daphne.

Dans l'appartement, elles ne gaspillèrent pas leur souffle en préambules.

— Tu passes ton temps avec des étrangers plutôt qu'avec moi ?

— C'est pas des étrangers. C'est mes amis.

— Tu les connais depuis quoi ? Un mois ? Deux ?

— Dans ces eaux-là.

— Et moi ? Tu me connais depuis combien de temps ?

— Scuse-moi, Babka.

— Comment t'as pu me faire ça ? Tu te mettrais en beau maudit si je venais dans mon ancien quartier et que je visitais Mme Marcil pis pas toi.

— J'ai capoté. Je vois pas d'autre explication. J'ai jamais voulu te peiner. C'était agréable d'être en compagnie d'adultes, pour changer, faque j'ai laissé l'excitation prendre le dessus.

— Quoi, je suis pas assez adulte pour toi ?

Une fois de plus, Nora avait commis une bourde.

— OK, comme t'as décidé de me forcer à le dire, en compagnie d'*hommes* adultes.

— J'étais pas au courant que tu avais un besoin maladif de te retrouver en compagnie d'hommes adultes.

— Moi non plus, mais quand la situation s'est présentée, j'y ai pris goût.

— Donc c'est Anthony, c'est ça ? L'heureux élu ?

— Ben, on dîne tous les deux ensemble le midi de temps en temps, mais on est juste amis.

— Il est libre sur le plan sentimental, j'imagine.

— Ben oui. Tu me prends pour qui ? Ils sont tous libres. Ils ont tous perdu leur femme.

— Pis je suppose que vous êtes rendus au stade où c'est du sérieux. « Il me coache pendant son temps libre. » Ben voyons donc. C'est comme ça qu'on dit : « Venez voir mes estampes japonaises » en langue moderne ?

— J'aime pas ben ben tes sous-entendus, jeune fille.

— Si le chapeau te fait…[1]

Le ton de Daphne, sans parler de ses insinuations, dépassait les limites de l'acceptable. Si un jour dans sa vie elle avait mérité une bonne correction, c'était aujourd'hui, mais la position morale dans laquelle se trouvait Nora n'était pas beaucoup plus élevée. Sa seule option, vu les circonstances, était de passer outre l'insolence de sa petite-fille et de faire la paix.

— Je te l'ai dit. On est amis. Point final. Mes rendez-vous avec Anthony et les gars, c'est juste un prétexte pour me mettre du rouge à lèvres quand je me lève le matin. Donne-moi un *break*, Daff. J'ai gaffé. Je le reconnais. J'ai confondu Skype pis le véritable contact humain. Une erreur de débutante. Mais ça te ressemble pas de me reprocher mes petits moments de fun.

Le masque de glace commençait à se fissurer, alors Nora en profita :

— Laisse-moi t'emmener dîner pour me faire pardonner. Quelque part où t'es pas encore allée.

1. « Qui se sent morveux… »

— Je voudrais bien voir ça.

Contester l'expertise de Daphne, grande prêtresse de la ville souterraine, était une manœuvre stratégique habile de la part de Nora. Sa proposition toucha Daphne en plein cœur, et l'énervement de sa petite-fille ne put que se métamorphoser en outrecuidance. Comment Nora osait-elle prétendre avoir déniché un restaurant sur les terres de Daphne qu'elle-même n'avait pas déjà découvert ? C'était mathématiquement impossible. Lors de ses tièdes incursions dans la ville souterraine, Nora gardait toujours les yeux rivés au plafond, à l'affût de la moindre fissure. Impossible qu'elle ait remarqué quoi que ce soit à fleur de sol. Daphne laisserait Nora jouer les guides touristiques si elle y tenait, mais lorsqu'elles se retrouveraient fatalement devant un établissement déjà passé en revue par Daphne au cours de ses propres pérégrinations, celle-ci se complairait sans hésitation dans le : « Je te l'avais bien dit ».

Ce moment n'arriva pas.

La grand-mère de Daphne la conduisit à un *dépanneur* à moins de cinq minutes de l'appartement et s'immobilisa devant avec un air de profonde satisfaction sur le visage. C'était certes une épicerie d'appoint, mais même à l'aune des critères habituels, elle ne payait pas de mine. Il fallait, par une formidable ironie, que les *dépanneurs* soient systématiquement des endroits tristes. Sachant qu'ils se livraient au commerce de la plupart des plaisirs de la vie – tabac, sucre, alcool, acides gras trans, billets de loterie –, ils auraient dû être aussi lumineux et remplis de rires que la piscine à boules d'Ikea.

— Donc c'est ici ? dit Daphne. On est rendues ? Tu vas-tu m'offrir des Haribo et du Pepsi à dîner ?

— La patience est une vertu, la vertu un don du ciel…

— Ouais, ouais, c'est ça.

Nora la mena à l'intérieur du *dépanneur*, où le buffet chaud était toujours assiégé de toutes parts alors que l'heure du déjeuner était presque passée.

— Jamie, dit Nora au serveur, pourrais-tu me préparer une belle assiette pour ma petite-fille ? C'est sa première fois ici. Un petit assortiment représentatif ?

— Ta petite-fille, Nora ? Une ben belle dame, dis donc.

— Tu tutoies ces gens-là ? demanda Daphne.

— Je viens ici assez souvent ces temps-ci. Les prix sont honnêtes, et la nourriture est super bonne. Attends d'avoir goûté.

Elles s'installèrent sur un banc et attaquèrent leur déjeuner. Daphne remarqua la dextérité avec laquelle Nora maniait ses baguettes. Elle ne harponnait plus les fragments de nourriture comme avant mais les pinçait avec aplomb.

— Y a pas à dire, commenta Daphne, cette cuisine-là est fantastique.

— Mamie a toujours raison.

— J'imagine que c'est ton Anthony qui t'a amenée ici.

— Non. J'ai trouvé ça moi-même, comme une grande. Penses-tu être la seule à pouvoir spotter les bons coins de la ville souterraine ?

— Va falloir que je sous-traite avec toi.

— Je suis disponible...

Elles s'assirent et regardèrent défiler le monde souterrain, laissant s'émietter les derniers vestiges de leur querelle, lorsque Daphne la vit. Sa crinière bleue ne laissait pas de place au doute. La femme qui s'était ruée sur elle au Y se trouvait juste devant elle, circulant parmi les tables laissées vacantes, dont elle écumait la surface tel un garçon de café, en quête de restes de repas à chaparder. Sa pêche n'était pas miraculeuse. Généralement, la foule du midi était bien élevée et déversait les derniers reliefs de ses repas dans la poubelle. La femme dans le viseur de Daphne semblait toutefois posséder des principes puisqu'elle n'allait pas jusqu'à fouiller dans les détritus. Daphne constata avec une certaine surprise qu'elle était très mince ; dans la porte tambour, quand cette fille avait pris son dos pour une monture, Daphne l'avait crue plus massive. Elle flottait dans ses vêtements, signe que son corps, par le passé, avait été mieux en chair. Elle était plus jeune que l'avait supposé Daphne le jour où elle avait entrevu sa silhouette qui s'éloignait vers le fond du Y. Elle ne devait pas avoir plus de vingt ans.

Elle avait beau s'être fait presque agresser par cette fille, Daphne ne put s'empêcher de se demander où elle fermait les paupières la nuit. Vraisemblablement pas dehors : elle aurait été autrement plus débraillée si elle avait vécu à la dure. En outre, elle n'avait pas d'affaires avec elle, pas de carton pour coucher dessus, pas de sacs en plastique. Elle avait dû découvrir un coin caché de la ville intérieure et en faire sa capsule de sommeil personnelle. Elle avait forcément dû en baver pour dégoter un tel endroit. L'administration des différents complexes interconnectés qui formaient la ville souterraine refusait catégoriquement que celle-ci devienne une cour des Miracles et ordonnait à ses agents de sécurité de se montrer sans pitié avec les clochards. Au cours de ses promenades souterraines après le travail, Daphne les avait souvent vus procéder à des rabattages musclés et éjecter les sans-abri. Cette pauvre enfant passait-elle ses nuits dans un demi-sommeil entrecoupé, à craindre les malabars en uniforme qui pouvaient à tout moment envahir l'alcôve qu'elle s'était creusée, et l'en déloger ? Elles étaient littéralement tombées l'une sur l'autre, alors difficile pour Daphne de ne pas voir en cette personne un miroir d'elle-même, une colocataire, une autre résidente permanente du Montréal souterrain, mais forcée pour sa part de vivre une vie secrète, hors de la société, une vie de bête traquée, dépourvue du minimum vital et des plaisirs essentiels.

Daphne n'était pas ce qu'on pouvait appeler un cœur tendre.

Quand elle recevait des courriers de démarchage des bonnes œuvres, elle les bazardait aussitôt. Elle n'achetait jamais le moindre numéro de *L'Itinéraire* au sans-abri qu'elle croisait chaque jour au pied de l'escalator du métro, ne jetait jamais de monnaie dans le gobelet de quiconque. Pourquoi l'aurait-elle fait ? Même avec son nouveau salaire régulier, elle arrivait tout juste à joindre les deux bouts, car elle peinait à rembourser ses dettes. Daphne connaissait bien le seuil de pauvreté : il se confondait presque avec celui de sa porte. Mais voilà que soudain, elle voyait les choses autrement… Non, elle n'avait pas grandi dans l'opulence, tant s'en faut. Il n'empêchait qu'elle avait toujours eu un repas qui l'attendait sur la table le soir, un toit au-dessus de sa tête, et quelqu'un chez qui loger. Peut-être que sa grand-mère avait raison. La pression constante que le Montréal extérieur exerçait sur son monde souterrain affectait sa façon de penser ici, à l'intérieur. Elle comprit brusquement quelle mission elle devait accomplir.

17

Le passage où s'était installé, inexplicablement, le chic et étincelant Tunnel Espresso Bar était l'un des plus lugubres du Montréal souterrain. Il accueillait des commerces dont le bail de location avait été griffonné au dos d'une enveloppe et dont le stock de marchandises était tombé de l'arrière d'un camion. Ces établissements n'y faisaient pas de vieux os. Dans le monde extérieur, une rue commerçante du même tonneau aurait été située aux abords d'une bretelle d'autoroute à Saint-Clinclin-des-Meumeu, destination de la dernière chance pour des courses d'appoint, et elle n'aurait compté qu'une unique boutique hipster faisant des signes désespérés à qui voudrait bien s'établir à côté pour lui tenir compagnie : « Venez donc, personne ne mord ici ! »

Daphne avait élu exprès ce café pour son rendez-vous avec Marius parce qu'on ne pouvait pas s'y asseoir, de sorte que leur point d'étape ne pourrait pas traîner en longueur. Autre avantage ayant joué en faveur de ce choix, le lieu servait un expresso aussi corrosif qu'un désherbant industriel. Bien qu'aucun juge-arbitre n'ait jamais sorti son mètre-ruban pour officialiser la chose, cette échoppe était vraisemblablement la plus minuscule de la ville souterraine, sans compter qu'elle présentait cette curiosité géométrique de posséder l'angularité d'une part de camembert. Pour un barista, c'était le plan rêvé question ergonomie : il avait tous ses instruments à portée de main. Mais Ludovic, propriétaire et unique employé de cette encoignure, ne se satisfaisait pas d'une simple proximité avec ses boutons et ses leviers à vapeur. Non content d'avoir sous le nez ses colonnes de tasses et de soucoupes en porcelaine, et ses cloches à gâteaux en verre sous le coude, il avait boulonné au sol une platine rebricolée, relique de ses années de DJ, et, debout toute la journée sur cette plateforme tournante, il virevoltait, maître en son fief, sans jamais avoir un pas à faire. Aux heures de pointe, il tournoyait si vite qu'il avait l'air d'un soliflore prenant forme sur un tour de potier. Personne ne savait réellement pourquoi il s'était donné la peine d'installer cette frivolité rotative dans son nano-espace de travail. Peut-être avait-il un poil dans la main, ou peut-être que l'agilité avec laquelle ses pirouettes faisaient ballotter son catogan grisonnant flattait sa vanité. Était-ce un génie ou un hurluberlu, ses fidèles clients de la ville souterraine n'avaient pas encore tranché, mais le même échantillon de sondés s'accordait à dire que ce coco-là captait les tendances du réseau. À l'occasion, il servait même à Daphne d'Huggy-les-Bons-Tuyaux. Il effectuait bénévolement ces heures supplémentaires pour elle. C'était la moindre des choses depuis qu'elle avait mis en avant son établissement sur son blogue et qu'il avait dû tripler sa production hebdomadaire de *cannoli* pour répondre à la nouvelle demande.

— Daphne, ma belle, comme d'habitude ?

— Oui, Ludovic, s'il te plaît.

Marius n'étant pas encore arrivé, Daphne posa ses bras sur le comptoir et bavarda avec Ludovic pendant qu'il était aux manettes. Elle adorait le regarder s'affairer dans son cockpit. Sa machine à expresso géante – il l'avait surnommée Rocky – possédait assez de punch pour avitailler un petit village en caféine.

Quand il la faisait tourner à plein régime, tous les luminaires des gratte-ciel alentour pâlissaient. Rocky était bien trop balèze pour l'étagère qui lui était dévolue. Ce colosse débordait de ce lieu gringalet. Seul Ludovic était capable de le dompter.

— Ludo, lui demanda-t-elle pendant qu'il versait le lait dans un pichet pour le faire mousser, ça t'arrive de voir passer une fille aux cheveux bleus ?

— Ouais, plein. Le blond, c'est démodé, place au bleu. Tu savais pas ?

— Ça m'aide en maudit, ça !

— Oh, ça va. M'en faut un peu plus. T'as-tu une photo de sa binette ?

— Non. J'aimerais bien.

— Bah, quel genre de bleu ? Ça au moins, tu peux me le dire.

Daphne fit travailler sa mémoire pour visualiser mentalement la nuance exacte.

— Cyan, je dirais.

— Cyan. C'est quoi cette *joke*-là ? C'est-tu une couleur de Crayola ?

Ludovic n'était pas ignare, il avait passé plusieurs années dans la police avant de prendre sa retraite pour se dévouer corps et âme au café, mais il n'avait jamais côtoyé le qualificatif choisi par Daphne.

— Pas loin du turquoise, clarifia-t-elle, la couleur du lave-glace, ou du rince-bouche.

— Pis ?

— Pis quoi ?

— Suite de la description, s'il te plaît.

— Je dirais qu'elle doit avoir la vingtaine. Mince. Un peu plus petite que moi. Cheveux frisés. Vêtements un peu miteux.

Je me demande si ce n'est pas une sans-abri, mais je ne suis pas sûre sûre.

— Québécoise ? Anglophone ?

— Je ne sais pas. Pour vrai, on ne s'est jamais parlé.

— Ben d'après tes infos, elle me dit rien, mais je vais ouvrir l'œil pour toi.

— Merci, Ludo, ce serait fin. Tu as mon numéro, hein, si tu as besoin de m'appeler ?

Il eût été normal, puisqu'elle sollicitait l'aide de Ludovic, de le régaler du récit intégral de sa rencontre décousue avec Mlle Cheveux-Bleus dans un tourniquet de salle de sport, mais elle ne put tirer le fil de cette pantalonnade à cause de l'arrivée de Marius au comptoir du café. Il ne faisait pas partie de son cercle d'amis intimes. Ni de son cercle d'amis tout court, d'ailleurs.

En vertu d'une disposition réglementaire, dans le cadre de son challenge souterrain, Daphne devait se soumettre à des bilans périodiques, en présence d'un délégué dûment désigné, visant à attester que la situation de confinement artificiellement créée pour elle ne l'exposait pas à des douleurs et souffrances insoutenables. Jusqu'alors, les seules souffrances qu'elle avait endurées étaient dues auxdits bilans.

— Comment ça va ? lui demanda Marius.

— Comme vous le voyez, toujours bien portante.

— Des recommandations ?

Ils étaient dans un café. Il avait vraiment besoin de ses conseils ?

— Tout goûte bon. Vous n'avez pas lu mon blogue ?

— Touché.

Marius commanda un allongé et un mini-clafoutis au derviche tourneur derrière le comptoir. Incontestablement, songea-t-il, le détecteur de branchitude de Daphne était réglé avec précision.

L'appareil décelait les endroits à contre-courant même dans cette espèce de centre commercial uniforme qu'était la ville souterraine. Les rares fois où il ne fonctionnait pas à pleine puissance, l'allergie sévère aux grandes chaînes dont souffrait Daphne prenait le relais pour compenser cette baisse de régime.

— Aucun problème dont vous voulez que je m'occupe ? Votre histoire de WiFi est résolue ?

— C'est correct, maintenant, merci. Quatre barres.

— Et les virements Interacs ?

— Aucun nuage non plus de ce côté-là.

Daphne était plus incommodée par ces réunions que par son bracelet électronique, qu'elle apprenait à considérer comme une simple montre positionnée au mauvais endroit. Marius n'était là que pour lui apporter son soutien, et si ses interventions lui facilitaient indéniablement la vie, elle n'avait toutefois pas l'habitude d'une serviabilité aussi invasive, alors son instinct lui dictait de contrer ses offensives en mettant les bras en croix devant son visage. Elle avait toujours préféré se la jouer solo. Les francs-tireurs n'avaient de comptes à rendre qu'à eux-mêmes.

Ludovic les écoutait tous les deux discrètement. Si Rocky lui avait coûté une fortune, c'était parce qu'il s'était offert les boutons audio en option, ceux qui permettaient d'amplifier le volume des conversations que le préparateur de café jugeait dignes d'intérêt, et de baisser celui des autres. Brevetés par la Stasi. Parce qu'il se sentait un devoir de protection envers Daphne, il avait tenu à écouter son échange avec le rouquin qui venait de la rejoindre, mais finalement il n'avait rien appris, toute trace de l'habituelle volubilité de Daphne ayant disparu. Pour autant, la futilité de leur conversation était déjà en soi un genre de renseignement, qu'il garda pour lui bien au chaud. Leurs propos, d'une platitude de crêpe, commençaient à lui donner sommeil. Il venait tout juste de décider de changer de station pour espionner des costumes-cravates en train de parler transactions boursières lorsque son attention se mit brusquement au garde-à-vous, et lui avec, ce qui l'obligea à se cramponner au comptoir pour ne pas se mettre à tourner.

— Lève le museau ! aboya-t-il à l'intention de Daphne tout en inclinant la tête dans la direction de la place Ville-Marie. Bleu bleu bleu bleu bleu à 3 heures.

Daphne ne réagit pas. Elle ne saisissait rien au verbiage de son barista. À entendre la cascade de syllabes insensées qui déferlait de sa bouche, elle aurait presque cru qu'il était sous l'eau. Elle le dévisagea avec incrédulité en se demandant s'il ne faisait pas un AVC. Ludovic effectua une nouvelle tentative, plus lentement cette fois, et plus prosaïquement :

— Ta fille aux cheveux bleus. C'est-tu elle, là-bas, qui marche vers la place Ville-Marie ?

Daphne fit volte-face puis se lança à sa poursuite, mais elle avait perdu de précieuses secondes à tenter de comprendre le scoop frelaté de Ludovic. Si elle espérait rattraper sa proie, elle allait devoir courir. Ce qu'elle lui dirait une fois face à elle, Daphne n'en avait aucune idée, mais elle ne laissa pas ce détail la ralentir. Ses chaussures, en revanche, si. Ses escarpins, avec leurs semelles toutes lisses, n'étaient pas conçus pour la chasse, et Daphne la perdit de vue à la jonction de la PVM et de la gare centrale. Elle fut engloutie tout entière par la foule qui se massait pour monter dans les Via Rail de 11 heures à destination de Toronto et de Québec. Daphne, courroucée, resta plantée devant les distributeurs de billets. Si elle avait porté ses bonnes vieilles Nike, elle l'aurait coincée, assurément, mais comment aurait-elle pu se douter ce matin-là, en hésitant devant sa collection de chaussures, qu'elle se retrouverait à piquer un sprint ?

Quand Marius eut rattrapé Daphne, il se plia en deux, posant les mains sur ses genoux et peinant à reprendre son souffle. À l'évidence, la course n'était pas une composante essentielle de son programme d'entraînement physique.

— Qu'est-ce qui vous prend ? lui demanda-t-il quand ses poumons eurent retrouvé leur état normal.

— Rien, rien. J'avais pensé voir une connaissance mais je l'ai perdue dans la foule.

— Vous étiez lancée comme un javelot.

— Pourquoi vous m'avez suivie ?

— Je ne sais pas. Je devais être inquiet. Vous vous êtes sauvée tellement vite, comme si quelqu'un venait de tirer le départ au pistolet.

Marius était véritablement inquiet. Si Daphne disait vrai en affirmant avoir suivi une connaissance, pourquoi n'avait-elle pas simplement crié son nom au lieu de courir comme une dératée à travers la ville souterraine ? Elle n'était peut-être pas bien portante, finalement. Si ça se trouve, son séjour prolongé sous la terre affectait sa santé mentale. Il se demanda s'il devait signaler son comportement à leur équipe médicale, qui se tenait à disposition, mais s'abstint pour le moment. Il ne souhaitait pas que Daphne encoure une disqualification due à une erreur de diagnostic qu'il aurait commise ; il ne voulait pas qu'ils la croient instable. Il décida plutôt de la filer d'encore plus près. Si elle perdait le sens des réalités, il valait mieux qu'il soit le premier au courant.

18

N'importe quel expert en gestion des risques digne de ce nom aurait conseillé à Anthony de procéder autrement. Pour peu qu'il fût certain de ses propres intentions, il n'aurait pas dû avancer à pas de fourmi. À son âge, il aurait dû accomplir des bonds de géant. Mais ce n'était pas son style. Avant que Nora fasse irruption dans sa vie, il s'était dit que la prochaine femme qui s'allongerait à côté de lui serait sa voisine de cimetière. Non pas que Nora et lui aient été proches – pour l'instant – du stade où l'on s'allongeait… Oh, comme il avait bon dos, ce « pour l'instant » auquel il raccrochait ses espoirs d'un avenir à deux…

S'il n'était pas du genre à bondir, Nora non plus. La ligne d'arrivée demeurait un horizon suffisamment lointain, dans leur esprit, du moins, pour qu'ils puissent savourer la lente évolution de leur relation. Un observateur extérieur de ladite relation aurait sans doute fait preuve d'une plus grande exactitude en qualifiant cette évolution non pas de « lente » mais de « stagnante ». Jamais ils ne se téléphonaient pour se susurrer des mots doux. Ils ne s'étaient même pas échangé leurs numéros de portable. Et n'avaient assurément pas franchi le seuil de leurs domiciles respectifs. Point de dîners, de séances de cinéma ni de *danse en ligne* sur la place Sun-Yat-Sen. Ils ne se rencontraient qu'autour de la table de jeu de mah-jong, sans autres occasions de flirter. Leurs parties préludaient souvent un déjeuner paisible dans le quartier, mais leur liaison se bornait à cela. Jusqu'alors, ils n'existaient l'un pour l'autre que séparés par une table de ci ou de ça. Tout de même, le chemin qu'ils avaient parcouru rien qu'en restant attablés était, à tout point de vue, considérable.

Voilà pourquoi Anthony était déboussolé. Cela faisait des semaines que Nora n'était pas venue jouer. Un hiatus sans précédent dans l'histoire de leur jeune relation. Était-elle tombée malade ? Avait-elle été frappée par un nouveau malheur ? Il se mordait les doigts de ne jamais avoir pris ses coordonnées. Avait-on déjà connu pire prétendant ?

Anthony avait consenti à un mariage arrangé, fût-ce à la sauce nord-américaine. À l'époque, il s'était pourtant battu pour que ses parents ne l'enferment pas, lui, le premier Canuck[1] de sa lignée né sur le territoire, dans le carcan de leurs coutumes croulantes. Pourquoi sa famille s'était-elle échinée à traverser le Pacifique si c'était pour refuser la modernité ? Mais il s'apercevait aujourd'hui que ses parents avaient agi avec raison. En effet, au train où il allait, s'ils l'avaient laissé se débrouiller seul, toute intrigue galante de son initiative s'éterniserait encore aujourd'hui.

Ses pensées le ramenaient à Nora cent fois par jour, et ce dès le matin, à cause de ses perruches qui picoraient leurs graines dans leur cage. Elles produisaient à ses oreilles exactement le même bruit que l'ongle de Nora tapotant une tuile de mah-jong pendant qu'elle se décidait à défausser ou non. Qui aurait cru qu'un mouvement aussi infime posséderait le pouvoir de susciter en lui une telle attente ?

Anthony n'avait aucun moyen de la contacter par les canaux traditionnels. Il se maudit lui-même une fois de plus : *crisse*

1. « Canadien » (terme argotique).

d'épais ! Son ultime solution consistait à se rapprocher de Daphne pour apprendre pourquoi sa grand-mère avait disparu de la circulation. Cette enquête devait être menée avec un tact infini. Ce serait cruel d'inquiéter inutilement Daphne si d'aventure tout cela n'était qu'un débordement de l'imagination d'Anthony. Ce n'était pas comme si elle pouvait rappliquer à la demeure familiale pour s'assurer que Nora allait bien et retrouver la tranquillité. S'il se loupait, il se retrouverait sur la liste noire des femmes du clan Elman jusqu'à la fin des temps.

Le plan qu'Anthony finit par adopter, destiné à moissonner des renseignements, supposait qu'il tombe fortuitement sur Daphne. Un simple hasard programmé. Il l'entretiendrait de tout et de rien et puis, à un moment, comme par pure parenthèse, il aiguillerait la discussion vers le sujet qui le rongeait. Dans sa tête, c'était cohérent. Sa stratégie n'était ni agressive ni intrusive, il ne ferait que prendre poliment des nouvelles, ce thème n'occuperait pas plus de place que n'importe quel autre dans le désordre général de la conversation.

Il mit immédiatement sa ruse à exécution. Anthony s'attacha à arriver tôt à la table de mah-jong que ses amis et lui avaient l'habitude de réquisitionner, et à partir tard pour laisser à Daphne tout le loisir de se promener devant. Pendant des jours, il maintint sa surveillance. Elle passerait forcément à un moment : son appartement se trouvait juste au-dessus. Mais, manifestement, Nora n'était pas la seule à jouer la fille de l'air…

Si Daphne ne se trouvait jamais à proximité de son appartement à midi, c'était à cause de son nouveau projet annexe, dont la mise en œuvre l'obligeait à enquêter sur un terrain plus vaste, et systématiquement à l'heure du repas. Le pauvre Anthony n'avait aucun moyen de savoir qu'il ne croiserait jamais son chemin à moins d'étendre son périmètre.

C'était la première fois que son âme sœur aux cheveux bleus reparaissait dans son champ de vision depuis qu'elle l'avait aperçue en présence de Ludovic, au cours de ses allées et venues souterraines. La fille circulait à travers l'aire de restauration du Centre Eaton, analysant la surface des tables pour se bricoler une collation avec les restes. Elle dégageait une énergie empreinte de nervosité, se précipitant d'une table à l'autre pour rafler des bouts de nourriture délaissés qu'elle fourrait dans sa bouche. Enfin, l'occasion de l'aborder se présentait : elle n'était pas si loin. Daphne slaloma à sa rencontre parmi la forêt de tables, mais la femme devait posséder un sixième sens l'informant qu'elle se trouvait dans le viseur d'une inconnue, car elle s'éclipsa. Elle semblait douée de la faculté de se rendre invisible.

Daphne inspecta la table devant laquelle sa proie s'était tenue quelques secondes plus tôt seulement. Elle était jonchée d'une profusion de reliefs de repas. Un gros groupe de goinfres, étrangers au concept de débarrassage, venait probablement de s'en aller. Que pouvait-on bien éprouver quand on en était réduit à ramasser les restes de repas d'inconnus pour se remplir le ventre ? Elle décida d'en faire l'expérience…

Pourtant, Daphne salivait déjà en pensant à l'excellent repas qu'elle avait sous le coude. Ce matin, avant de se laisser distraire dans le hall gastronomique, elle était passée chercher des *knish* aux oignons et aux pommes de terre à la boulangerie Cantor de la gare. À sa connaissance, Cantor était le seul endroit de tout le complexe souterrain à tirer son chapeau à l'Europe de l'Est, puisque ses présentoirs débordaient de *pumpernickels*, de *kuchens* et de *babkas*. La ville intérieure avait tort de snober cette région du monde, selon Daphne. Un jour, il faudrait qu'elle rédige un billet sur les partis pris géopolitiques des cuisines du réseau souterrain, mais en attendant, elle avait serré contre elle sa précieuse réserve de *knish* et pressé le pas jusqu'à son appartement.

Le sachet en papier fourni par la boulangerie était trop mince pour retenir l'odeur puissante des oignons qui avaient caramélisé dans une débauche de graisse de volaille – une quantité si scandaleuse de graisse de volaille que Daphne aurait juré avoir entendu ses *knish* caqueter. La chaleur persistante des fours irradiait à travers le sac, et le gras qui saturait le papier kraft lui enduisait les doigts. Ces *knish* promettaient de lui rogner un mois d'espérance de vie, mais cela en valait la peine. Toutefois, elle opéra un revirement de perspective à cent quatre-vingts degrés après avoir regardé sa congénère se composer un festin de cochonneries. Avec chagrin, Daphne écrasa de ses mains le sachet-repas sans même y avoir touché, et elle jeta la grosse boule à la poubelle. Au lieu de se repaître de ce qu'elle considérait désormais comme un mets de luxe, elle picorerait les rognures et rogatons qui se trouvaient devant elle.

Les plateaux étaient un salmigondis de serviettes souillées, de paquets de ketchup, d'os de poulet et de divers indéfinissables. Étaient-ce des grains de sucre qui parsemaient ce muffin, ou des pellicules ? Daphne avait pourtant le cœur bien trempé : elle avait déjà travaillé comme serveuse dans une épicerie fine. Elle avait vu les immondices dont étaient capables les clients sous prétexte qu'ils payaient, les outrages qu'ils pouvaient infliger à un sandwich au *smoked-meat*[1] et à un Coca, mais jamais il n'avait été question qu'elle ingère un seul de leurs chefs-d'œuvre, ni même qu'elle gobe en douce un cornichon coruscant ayant survécu au carnage. Elle se contentait d'empiler tous les détritus sur son plateau, de le caler sur son épaule et de le rapporter en cuisine,

1. Spécialité de Montréal (pain de seigle, moutarde, fines tranches de viande de bœuf fumée).

laissant le soin aux plongeurs de s'occuper des déchets toxiques qu'elle déchargeait dans leurs bacs.

Et voilà que, cette fois-ci, c'était à elle de s'en occuper, c'est-à-dire de faire de ces ordures son repas de midi. Daphne s'assit. La chaise était fixée au sol : impossible de reculer. Sa position l'obligeait à côtoyer au plus près les rebuts qu'elle avait sous le nez. D'abord, elle eut bien du mal à ne pas laisser un réflexe nauséeux s'emparer d'elle chaque fois qu'elle se forçait à avancer le bras pour toucher quelque chose. Elle passa un bon quart d'heure à scruter des frites et des croûtes de pizzas abandonnées, à l'affût d'empreintes dentaires. Elle parvint à saisir un pain pita qui avait conservé son intégrité puisqu'il était visiblement impeccable d'un côté comme de l'autre, mais elle imagina les barbares qui avaient occupé cette table répugnante, les postillons constellant leurs repas. Même ce relief-là fut recalé. Et comment savoir quels orifices leurs doigts avaient trifouillés avant de se poser sur cette nourriture ? Malgré sa résolution, Daphne consomma, pour son déjeuner, un total de zéro gramme exactement. Sa faim avait été mise à rude épreuve, et elle n'avait toujours pas connu de regain d'appétit quand vint l'heure du dîner. Elle eut beau ouvrir n'importe quel Tupperware de restes dans son frigo – *baba ganousch*, houmous ou lentilles aux épices –, tous ces plats lui parurent avoir été régurgités. Si le jour de son prochain repas n'arrivait jamais, il serait encore trop en avance sur le calendrier.

Le lendemain matin, devant un petit déjeuner du néant, Daphne se fit sèchement rappeler à l'ordre par son système digestif. Manger des restes, la chapitra-t-il, n'aiderait pas Mlle Cheveux-Bleus d'une quelconque façon. Si elle tenait sincèrement à améliorer la situation de cette inconnue, elle allait devoir adopter une approche plus constructive. À l'arrivée, l'estomac de Daphne et cette femme sans abri la remercieraient tous les deux.

Daphne vit là un sage conseil, alors elle décida de le mettre en pratique et de modifier ses habitudes. Elle entreprit d'acheter des repas entiers dans diverses aires de restauration de la ville souterraine et de les déposer, inentamés, sur des tables. Certains jours, poussée par l'ambition, elle prépara des paniers-repas dans son appartement. Rien d'extraordinaire, des sandwiches au fromage avec du pain multigrain, des bâtonnets de céleri, une pomme et une briquette de jus de fruits. C'était le genre de repas écolo-bobo-responsable que n'importe quel écolier dégourdi aurait troqué illico contre un sachet de chips et des Oreo, mais Daphne refusait de transiger sur la qualité nutritionnelle de ses dons alimentaires. Elle dissémina ses collations aux quatre coins des halles gastronomiques de la ville souterraine. Elle commença par trois ou quatre, mais accrut sa production au fil du temps.

Son initiative profitait-elle à sa destinataire ? Daphne n'avait aucun moyen de le savoir. Elle se devait de garder la foi, vertu qu'elle puisait désormais dans des réserves qu'elle n'avait même pas imaginé posséder. C'était comme faire un don à une œuvre de bienfaisance. Qui pouvait savoir si l'argent dépensé allait bien à un orphelin au ventre gonflé à l'autre bout de la planète ? Qui pouvait savoir si les fonds étaient investis dans des moustiquaires ou une Mercedes, dans des arbres ou des armes, dans des vaccins ou des vilenies ? Au fond, tout cela était un coup de dés, mais impossible désormais pour Daphne de s'arrêter. Et même si la femme qui avait réveillé sa générosité latente ne profitait pas de cette nourriture gratuite, au moins d'autres sans-abri de la ville souterraine se repaissaient à sa place, sans aucun doute. Si la fréquentation du réseau était en augmentation – Marius lui avait récemment fait part de cette excellente nouvelle –, c'était sûrement moins lié à son blogue qu'au fait que Daphne menait son propre Programme alimentaire mondial souterrain.

Elle était si occupée dans sa nouvelle fonction à déployer ses ailes de fée des repas qu'elle avait tout juste pris conscience que sa grand-mère, de son côté, se faisait plus discrète qu'à l'accoutumée. Les rendez-vous sur Skype étaient devenus lapidaires, les coups de fil intermittents, et les visites rares. Ce fut seulement lorsque Anthony se présenta sur le pas de sa porte et déversa son trop-plein d'inquiétudes qu'elle comprit à quel point elle s'était laissé accaparer par ses propres affaires.

Anthony avait laissé tomber son plan initial qui était, n'ayons pas peur des mots, foireux. Le temps filait, Nora persistait à ne pas reparaître, et il ne parvenait pas à orchestrer sa rencontre fortuite avec Daphne. Sa crainte que Nora se porte mal avait atteint de tels sommets que des mesures drastiques s'imposaient. Il savait où vivait sa petite-fille. Aucun travail de détective n'était requis. Il appuya sur la sonnette à côté du nom de Daphne sur le répertoire dans le hall d'entrée, déclina son identité à travers l'interphone, et elle l'invita aussitôt à monter. Pourquoi diable avoir lambiné en manigançant tout un stratagème ?

— Qu'est-ce qui me vaut ce plaisir ? demanda-t-elle à Anthony en le faisant entrer.

Elle le guida jusqu'à la cuisine pour mettre en marche la bouilloire. Sur le plan de travail de Daphne étaient disposées des rangées de repas comme sur une chaîne de montage : tranches de pain jumelles prêtes à être moutardées et garnies en série, briques de jus, légumes, fruits. Le tout rassemblé en ordre serré devant un bataillon de sacs ouverts. Anthony avait trois enfants, cette intendance ne lui était donc pas étrangère. Il se demanda l'espace d'un instant à quoi jouait Daphne pour se conduire comme une maman à la tête d'une famille de huit dans un appartement qui logeait déjà difficilement une seule personne, mais il mit sa curiosité de côté. Il avait d'autres affaires plus urgentes.

— C'est votre grand-mère, lâcha-t-il au moment où elle lui tendit une tasse de thé.

L'éclat d'un instant, elle supposa qu'il était venu lui

demander la main de Nora, revisitant artistement une tradition séculaire.

— Elle est pas venue jouer depuis une éternité, elle est même pas passée pour me donner signe de vie. J'ai aucune nouvelle. Depuis tout ce temps-là. On s'est pas chicanés. Tout est correct entre nous. Je suis inquiet.

La gravité de son message retint l'attention de Daphne, qui laissa ses sandwiches languir faute de cheddar sur son plan de travail.

Daphne rappela à sa mémoire ses récentes interactions avec sa grand-mère. Puis elle recoupa leur indigence avec les préoccupations d'Anthony et prit un pas de recul pour observer le faisceau d'indices ainsi recueilli. C'est là qu'elle la remarqua. Elle était quasi invisible à l'œil nu, mais elle était bien là : la première fêlure sur la faïence, le signe avant-coureur que son monde souterrain s'apprêtait à s'effondrer sur sa tête.

19

Les cloches à incendie carillonnaient dans le hall de l'immeuble de Daphne, un ouain-ouain-ouain perçant et insistant en réponse à la fumée qui tourbillonnait dans les couloirs. Ses voisins avaient passé la tête par la porte de leur appartement et décidé qu'ils n'étaient pas en présence d'un simple cas de bacon ayant abusé de l'hospitalité du gril d'un locataire. La fumée était trop épaisse et envahissante pour un banal contretemps culinaire. Ils prenaient déjà le chemin de l'issue de secours menant à la rue de La Gauchetière, les oreilles à l'affût d'un camion de pompiers brûlant le pavé en provenance de la caserne rue Saint-Urbain qui, fort heureusement, était située non loin de là. Pas de sauve-qui-peut général, pas de flammes léchant les murs, mais ils se hâtaient de sortir du bâtiment, sans manteau, avec rien d'autre dans les mains que leurs bébés et leurs appareils électroniques.

Daphne les regarda filer vers la porte au bout du couloir, cette barrière invisible qui circonscrivait son monde. Dès qu'elle aurait rejoint les évacués et franchi la porte pour se retrouver au grand air, son bracelet électronique signalerait l'infraction aux crânes d'œuf qui surveillaient ses mouvements, ce qui ficherait en l'air sa carrière de spéléologue urbaine. Du moins selon la lettre de la loi. Mais qu'attendait-on d'elle ? Devait-elle garder son poste et frire sur place ? Si un incendie ne constituait pas une circonstance atténuante, que leur fallait-il ? Les huissiers de justice du challenge souterrain auraient bien du mal à alléguer qu'elle aurait dû rester sur les lieux pendant que le détecteur de fumée mugissait. Pas question qu'elle attende seule sur son balcon qu'un pompier vienne la caler sur son épaule et la déménage. Elle ferma la porte de son appartement derrière elle et suivit ses voisins inquiets vers le panneau lumineux indiquant « Sortie » en lettres rouges au fond de son couloir.

Que se passerait-il une fois que le bracelet aurait détecté que sa propriétaire avait enjambé la douve et dépassé les confins de la forteresse souterraine ? Daphne n'avait jamais eu l'idée de poser la question. Enverrait-il une décharge électrique le long de sa jambe, une impulsion digne d'un Taser qui ferait jouer des castagnettes à ses dents ? Ou émettrait-il sa propre sirène, qui s'ajouterait au hurlement ? Il n'y avait qu'un moyen de le savoir.

Au pied de l'escalier en métal, Daphne hésita devant la porte tandis qu'elle se préparait en égrenant mentalement l'inventaire des sévices que son bracelet pouvait lui réserver, mais les gens à la queue leu leu derrière elle, pressés de foutre le camp, et sans pitié pour les traînards, forcèrent le passage façon bulldozer, l'entraînant avec eux. Aucune décharge, aucun bruit. Le bijou à sa cheville se révéla pour le moins discret, émettant une simple alerte silencieuse pour avertir les garde-chiourmes de Daphne de sa mutinerie.

La grand-place d'en face, normalement occupée par des adeptes du tai-chi, était désormais envahie par ses voisins, qui scrutaient nerveusement l'immeuble au cas où des étincelles jailliraient du toit. Daphne ne se mêla pas au groupe. Elle avait d'autres projets. Maintenant qu'elle était dehors, elle était dehors. Peu importe jusqu'où elle s'éloignait. C'était l'occasion parfaite de se carapater chez sa grand-mère et d'éclaircir les raisons de ce comportement de recluse que Nora avait récemment adopté, avant de rentrer fissa à son appartement. Juste une petite visite éclair pour se rassurer et rassurer Anthony. Daphne décida de ne pas héler de taxi ; inutile de se donner en spectacle alors qu'elle s'absentait de la ville souterraine. Elle pouvait sans problème faire le trajet en courant.

Pour la première fois depuis des mois, Daphne posa les pieds sur de l'asphalte plutôt que du terrazzo. Ses baskets apprécièrent la rugosité du revêtement, qui offrait une prise solide à leurs semelles gaufrées, et s'élancèrent à vive allure comme si leur hiatus souterrain n'avait jamais eu lieu. Daphne le paierait peut-être cher le lendemain mais, plutôt que d'allonger progressivement ses foulées, elle détala directement à toute vitesse. Ses chevilles, qui avaient parfois besoin d'un graissage au WD-40 en début de course, ne protestèrent pas. Ses poumons se sentaient gonflés à bloc. Toutes les turbines tournaient à fond.

Enfin, presque toutes. Un accès de culpabilité troublait sa concentration et entravait sa progression, avec en prime la crainte que le bras long de Google la pointe du doigt pour avoir effectué des recherches sur les bombes fumigènes et qu'elle finisse en prison, ce qu'elle avait bien mérité, sans doute, étant donné le désagrément causé à tous ces innocents qui partageaient son immeuble. Elle s'était montrée prudente, néanmoins. La bombe qu'elle avait fabriquée sur le plan de travail de sa cuisine ne crachait pas le genre de fumée goudronneuse qui pénétrait dans les tissus d'ameublement et les imprégnait d'une puanteur indélébile. Elle ne laissait pas de taches de suie sur les murs ou les plafonds, pas plus qu'elle n'irritait les alvéoles des asthmatiques. C'était une bénigne fumée de théâtre, plus proche d'une magnitude brume sur l'échelle des fumées, quoique Daphne eût pris soin de fournir assez de bim-bam-boum à son explosif pour que l'alarme se déclenche. Mais une fois ouvertes quelques fenêtres pour qu'elle se dissipe, il n'en subsisterait aucune trace, en tout cas d'après le site Internet. Elle avait tâché d'agir en voisine responsable.

Cette idée de bombe fumigène était une solution de la dernière chance, qu'elle avait adoptée lorsque, ayant épuisé tous les autres moyens disponibles pour découvrir ce qui était arrivé à sa grand-mère, elle avait vu sa panique atteindre le niveau « Superman » à la machine à coups de poing. Son appel téléphonique, premier réflexe, n'avait rien donné de concret :

— Mamie, quoi de neuf ?

— Oh, juste du vieux.

— Rien de spécial dans ta vie ? Faut dire que tu ne m'as pas beaucoup visitée.

— Oh, je prends ça cool. Mon genou refait des siennes. Rien de ben méchant, mais je le repose, je mets des compresses chauffantes, je garde la jambe en surtension…

— Veux-tu dire en suspension ?

— C'pas ça qu'j'ai dit ?

— Donc c'est à cause de ton genou que tu m'appelles moins souvent ? Il t'empêche de décrocher ton téléphone ? J'aurais juré que tu utilisais ta main pour ça.

— Je t'appelle moins souvent ? Je crois pas.

— J'ai l'historique des appels devant moi sur mon cellulaire. Ou devrais-je dire l'absence d'historique…

— Cherchez-moi pas de bébite, toi pis ton iPhone de luxe. J'ai l'impression d'être espionnée.

— Et quand je t'appelle, avait insisté Daphne, tu coupes court avant même qu'on ait commencé à jaser.

— Tu rêves. T'as dû me déranger à un moment où j'étais occupée à quelque chose.

— Tu as l'air d'être incroyablement occupée à quelque chose ces temps-ci, je trouve.

— Daff, arrête de gosser[1] pis de chercher des problèmes où y en a pas.

— Tu me promets que tu vas bien ? demanda Daphne.

— Je suis en pleine forme.

— C'est juste que je suis toute seule, moi, ici, et je fais des crises nerveuses.

— Babka, slaque[2] un peu.

— Moi ? Elle est bien bonne, celle-là.

Daphne avait été certaine que ses doléances téléphoniques rendraient sa grand-mère plus communicative, mais le contraire s'était produit. Par la suite, la fréquence et la longueur des coups de fil, réduits à « Bonjour, au revoir » avec un ventre mou entre deux, avaient encore diminué. Leurs rares appels sur Skype étaient encore plus préoccupants. Nora était distraite à l'écran, jetant constamment des regards de côté comme si le ravisseur qui la retenait en otage, debout dans les coulisses, lui dictait quoi dire et ne pas dire. Et comment expliquer ces pleurs en arrière-fond ? Elle devait regarder des feuilletons à la télévision… Mais ils semblaient authentiques, ce que Daphne trouvait louche.

Pour la première fois depuis qu'elle avait déménagé sous terre, Daphne avait maudit son enfermement. Seule une intervention tactique sur le terrain lui permettrait de tirer la situation au clair. Elle devait se rendre au pas de charge jusque chez sa grand-mère, ouvrir grand la porte et la confronter. Mais la vie était injuste, du moins spatialement parlant. Dans son appartement, Daphne n'était pas si loin de la maison de Nora, mais elle aurait été sur Saturne que cela n'aurait rien changé. Anthony, ce chiot enamouré qui se faisait passer pour un senior, était le candidat naturel pour suppléer Daphne, mais il était parti voir sa fille à

1. « De perdre ton temps. »
2. « Détends-toi. »

Vancouver, ce qui le disqualifiait comme émissaire potentiel. Il avait voulu annuler son voyage étant donné les circonstances, mais Daphne lui avait défendu de jeter son billet à la poubelle. Sa fille comptait sur lui pour garder ses enfants pendant qu'elle mettait au monde Petit-fils ou Petite-fille Numéro Quatre à l'hôpital. Daphne avait assuré à Anthony qu'elle s'occuperait de tout à Montréal et le tiendrait informé. Il lui avait fait confiance, et elle refusait de le décevoir.

Ethel Marcil, pour sa part, aurait mis les pieds dans le plat et accompli cette mission avec le tact de Mohamed Ali assommant George Foreman au huitième round. Elle aurait été ravie que Daphne fasse appel à elle. Mais elle n'aurait pas pu s'empêcher de révéler à Nora que Daphne avait intrigué derrière son dos. C'était une âme charitable, Ethel, mais elle avait tendance, lorsqu'on lui confiait trop de responsabilités, à créer des drames. Il ne restait plus à Daphne que le dernier choix sur sa liste, la seule personne dans son squelettique carnet d'adresses qu'elle n'avait aucune envie de solliciter.

— Vous savez que je ne suis pas supposé vous faciliter la tâche, lui fit remarquer Marius quand elle lui demanda ce service. Je ne peux pas faire les choses à votre place sous prétexte que vous êtes sous terre. Ça priverait le challenge de sa raison d'être.

L'invitation qu'il avait reçue de Daphne avait pris Marius au dépourvu. Était-ce le signe d'une détente ? Sauf lors de ses inspections inopinées, il la retrouvait toujours en terrain neutre, Daphne se débrouillant pour que leurs rendez-vous soient vite expédiés. Mais si ce dîner chez elle présageait un apaisement de leurs relations, Marius ne pouvait que s'en réjouir. Il n'était pas du genre rancunier. Il verrait volontiers se dissiper leurs tensions passées. Daphne, en revanche, semblait s'accrocher à ses griefs. Elle les arrosait, les aérait et y ajoutait une dose d'engrais pour qu'ils restent vigoureux et en pleine santé. Mais peut-être venait-elle enfin de percuter qu'il ne faisait que suivre les ordres et qu'elle n'était pas obligée de faire porter sur les seules épaules de Marius la responsabilité des imbroglios de sa vie souterraine. Nigaud qu'il était, il n'avait pas su lire entre les lignes.

— Vous ne pouvez pas juste lui téléphoner ? lui dit-il.

— Je l'ai fait. Plein de fois. Je n'ai même pas le temps d'apprendre quoi que ce soit qu'elle a déjà raccroché. Je ne peux pas la forcer à parler.

— Elle ne passe pas vous voir ?

— Plus maintenant. Vous comprenez pourquoi je suis dans tous mes états. Elle s'est brusquement transformée en quelqu'un d'autre et moi, je suis coincée ici. S'il vous plaît, ça restera exceptionnel, vous pourriez faire ça pour moi ? Ça ne lui ressemble absolument pas de faire des cachotteries. Il se passe quelque chose. Je le sais. Et je ne vais pas découvrir quoi ici, dans cet appartement. Vous allez sur place, vous lui dites que c'est... je ne sais pas... une visite protocolaire et hop, l'affaire est ketchup[1]. Et puis vous revenez au rapport. Elle est très respectueuse de l'autorité. Je sais qu'elle s'ouvrirait à vous.

Était-elle vraiment en train de le supplier ?

— Je suis désolé. Je sais que c'est important pour vous, mais ce ne serait pas éthique. Vous pouvez comprendre, non ? J'aimerais bien ça pouvoir vous aider, je vous jure, mais vous allez devoir trouver quelqu'un d'autre.

— Il n'y a personne d'autre...

Marius ne douta pas de la véracité de cette affirmation. N'avaient-ils pas choisi Daphne avant tout parce qu'aucune famille ne l'encombrait ? Mais s'il accédait à sa requête et que quelqu'un au bureau en entendait parler, il serait renvoyé. Il en

1. « Le tour est joué. »

allait de l'intégrité du challenge souterrain, si cher au cœur de Larry. D'après les rumeurs dont Marius avait eu vent, l'agence ne tenait plus que grâce à ce projet.

Même si Marius trouvait horripilant que Daphne tente de le corrompre, il éprouvait de la compassion à la seule pensée qu'elle était dépourvue de famille. La sienne comptait des ramifications à ne plus savoir qu'en faire : des cousins et cousines aux premier, deuxième, troisième degrés. Un vrai film choral. Si la batterie de sa voiture était à plat à 2 heures du matin, l'un d'eux se rangeait sur la bande d'arrêt d'urgence avec des câbles de démarrage. S'il avait besoin d'emprunter quelques dollars, de squatter un lit, ou d'une greffe de rein, ils répondaient présents. Il n'arrivait pas bien à imaginer comment on pouvait traverser l'existence si peu entouré. Mais, en l'occurrence, il avait les mains liées. Elle allait devoir se débrouiller seule.

20

La sonnette lui jeta un regard accusateur quand elle la boycotta au profit de sa clef. Après tout ce temps loin de la maison, il aurait été plus convenable de sonner pour que sa grand-mère ne fasse pas un arrêt cardiaque au moment où Daphne apparaîtrait sans prévenir dans la cuisine. Mais, en décidant de lancer une bombe fumigène, Daphne avait bel et bien fait exploser les convenances, alors elle mit à exécution son plan qui consistait à surprendre son aïeule. Cela n'aurait jamais fonctionné si elle avait laissé le temps à Nora d'organiser ses excuses par couleurs et par thématiques. Elle déverrouilla la porte et entra.

Daphne passa la tête dans le salon mais Nora ne s'y trouvait pas. Elle fut soulagée de constater que rien dans la pièce n'avait changé en son absence. Il y régnait toujours une agréable pagaille. Une paire de Crocs était abandonnée talon contre talon sous la table basse, où quelques journaux des jours précédents dormaient, calés sous une tasse. Le plaid vert à motifs zigzag était roulé en boule sur un coin du canapé, prêt à être déployé quand viendrait l'heure de l'émission de vente aux enchères préférée de Nora.

Sa grand-mère n'était pas vraiment une obsédée du ménage. Sa philosophie de vie en matière de propreté était validée par le magnet que Daphne lui avait offert pour la fête des Mères des années auparavant et qui occupait toujours une place de choix sur la porte du congélateur : « Une maison propre est le signe d'une vie gâchée. » Nora débarbouillait les chambres, comme elle disait, au gré des besoins. Quand les toiles d'araignées avaient ramassé tellement de poussière qu'elles avaient l'air d'un ouvrage au crochet, elle passait quelques coups de Swiffer, et quand la moquette croustillait sous les chaussures, elle extirpait l'aspirateur du placard de l'entrée, mais jamais la maison n'avait l'air figée dans le temps.

Une odeur persistante de cuisson flottait dans l'air. Daphne diagnostiqua une sauce bolognaise, la spécialité de Nora. On ne pouvait pas vraiment dire que Nora mettait de l'ardeur à la moindre tâche ménagère, sauf peut-être en cuisine. Les mets gastronomiques, très peu pour elle. Mais Nora possédait un certain don pour choisir des ingrédients de basse extraction et les élever au-dessus de leur condition. Daphne faillit perdre de vue sa mission en flairant les tomates et l'ail qui fricotaient ensemble dans la cocotte. Elle céda presque au blues qu'elle combattait depuis de nombreux mois. Elle n'avait qu'une envie, se blottir sur le canapé sous ce plaid plein de bouloches et laisser la ville souterraine se débrouiller comme une grande. Petite, devant une séquence effrayante à la télé, elle se couvrait la tête avec son plaid pour se protéger et regardait la suite de l'émission à travers les mailles. Aujourd'hui, sans pourtant savoir de quelle scène elle s'apprêtait à être le témoin en ces lieux, Daphne éprouvait le pressentiment lugubre que, cette fois encore, il vaudrait mieux y assister à travers les mailles.

De son poste d'observation dans le salon, Daphne put facilement passer en revue les autres pièces du rez-de-chaussée, qui s'avérèrent tout aussi dépourvues de Nora. Aucune grand-mère ne se manifesta à l'étage non plus lorsqu'elle explora les chambres. La salle de bains ? Ouverte, et déserte. Debout dans son ancienne chambre, le nez à la fenêtre face au minuscule jardin clôturé, Daphne tenta de mesurer l'énormité de sa boulette. Tous ces risques qu'elle avait courus, toutes ces clauses contractuelles enfreintes, toutes ces lois transgressées, toutes ces vies brusquées, et personne n'était foutu de se trouver à la maison ? Fallait-il qu'elle ait fait preuve d'une colossale stupidité pour n'avoir jamais envisagé cette possibilité ! Nora ne pouvait tout de même pas être sortie avec son genou abîmé, si ? Sauf que désormais la preuve était faite que ce genou n'était qu'une barbe postiche derrière laquelle se planquait la véritable excuse du retranchement de sa grand-mère.

Quel *niaiseux* Anthony avait été de lui accorder sa confiance. Sa grand-mère avait dû lui remplir les oreilles de belles paroles, lui vanter à quel point Daphne était futée, et jamais il n'aurait mis en cause l'appréciation de Nora, quand bien même il eût deviné être en présence d'un cas de gonflement des notes de l'élève Daphne perpétré par le corps grand-parental. Étant lui-même plusieurs fois grand-père, il aurait dû reconnaître le syndrome. Daphne comprenait qu'il était malvenu d'en vouloir à la victime, mais elle était complètement déboussolée par l'échec de sa propre initiative. Elle se souvint de l'abattement du pauvre homme au moment où il avait quitté son appartement à contrecœur, des promesses dont elle l'avait abreuvé pour le convaincre qu'elle tirerait tout ça au clair, et désormais, grâce à elle, Anthony se tracassait, retenu à quatre mille kilomètres, sans qu'elle ait la moindre bonne nouvelle à lui rapporter.

Daphne se traîna jusqu'au rez-de-chaussée, se cramponnant à la rampe pour ne pas flancher. Elle avait les bras et les jambes en caoutchouc. La ferveur qui avait permis à ses membres de fonctionner depuis le moment où elle avait déclenché la bombe fumigène s'était entièrement débondée sur le sol de son ancienne chambre comme dans un évier dont on aurait ôté de bouchon. Son compteur d'énergie affichait zéro, mais cela ne l'exemptait pas de finir sa mission et de fouiller la maison de fond en comble. Si elle ne le faisait pas tout de suite, aucune autre occasion ne se présenterait avant sa libération, à J + 365. À moins, évidemment, qu'un véritable incendie ne se déclare par chance, lui permettant de s'éclipser une nouvelle fois en s'abritant derrière l'excuse de l'alarme. Puisant dans ses derniers résidus de force, Daphne s'orienta vers les escaliers qui descendaient à la cave. Son ultime espoir était d'y trouver Nora dans la buanderie, même si les probabilités étaient faibles. Ce n'était pas dimanche. Nora n'était pas une pro de l'organisation, mais pour une raison mystérieuse perdue dans la nuit des temps, sa lessive du dimanche matin était sacrée.

Les lumières de la cave étaient allumées. Daphne le sut à la position de l'interrupteur en haut des escaliers. C'était bon signe. Nora n'était pas favorable au remplissage inutile des coffres d'Hydro-Québec[1]. Dès qu'elle quittait une pièce, elle baissait l'interrupteur. C'était compulsif chez elle, un TOC de grippe-sou qu'elle essayait d'inoculer à Daphne depuis toujours sans grand succès. Cette découverte électrique mineure retrempa à ce point Daphne qu'elle fut capable d'emprunter les marches au pas de gymnastique, convaincue qu'en bas se jouerait la scène de ses retrouvailles avec son aïeule un temps égarée.

Au pied des escaliers, elle trébucha sur un paquet de linge et manqua de tomber. Ce paquet se mit alors à pleurer. Ce que Daphne avait pris pour une pile de vêtements pliés se changea sous ses yeux en un bébé. Une femme accourut du fond de la cave, le ramassa et le protégea entre ses bras et sa poitrine comme si elle craignait que Daphne veuille le dévorer au déjeu-

1. Société de production et de fourniture d'électricité.

ner. Les pleurs étaient visiblement contagieux puisqu'une fillette assise sur une chaise de jardin pliante fit entendre une variation sur le même thème. Un homme de grande taille, jusqu'alors assis à côté de la petite dans un fauteuil fait de sangles tressées, récupéra le second enfant en pleurs et s'avança pour couvrir de son aile la mère et le bébé en simili-linge. Tous les quatre s'agglutinèrent face à Daphne.

Si ses membres avaient pu exécuter ses instructions comme en temps normal, Daphne se serait ruée en haut des escaliers puis dehors en hurlant à l'aide, mais elle se trouva paralysée. Elle fut même incapable d'attraper son téléphone dans sa poche pour appeler la police. Elle regretta de ne pas s'être confiée à Marius, même si ç'aurait été imprudent. Au moins, quelqu'un sur Terre aurait su où elle avait disparu et aurait pu envoyer une équipe à sa recherche après avoir constaté qu'elle ne revenait pas. Mais elle l'avait jugé digne de peu de foi, et voilà le résultat. Elle était prise au piège.

Daphne lança un bref regard alentour, priant pour qu'une solution de repli lui saute aux yeux. C'est alors qu'elle remarqua que la cave s'était entièrement transformée. Leur sous-sol, ce local extensible à l'infini pour recueillir les détritus de leur vie, avait-il jamais été aussi immaculé ? Des lits gonflables, bordés avec soin, étaient calés contre les murs. La table de pique-nique estivale était dépliée et dressée pour le déjeuner. Les étagères avaient été débarrassées de tous leurs pots de peinture à moitié vides et du fourbi – patins devenus trop petits et autres valises estropiées d'une roue – destiné à garnir leur stand lors de ce fameux vide-grenier qu'elles comptaient organiser depuis toujours. À leur place se trouvaient des monceaux de couches-culottes, de linge, d'assiettes et de vêtements pliés.

Son attention se recentra sur les inconnus devant elle. Ils se reculèrent, apeurés, sentant son regard les transpercer. Que pouvaient-ils bien craindre, pour leur part ? Ne voyaient-ils pas la même peur dans ses yeux ? Tout le monde se tut. Sous le choc de leur apparition, Daphne avait les cordes vocales nouées, et les deux adultes semblaient atteints du même mutisme. Ils n'auraient rien entendu, de toute façon. Les vagissements incessants saturaient leur audition.

Si seulement elle avait pu rembobiner sa journée, refaire le trajet à l'envers et se calfeutrer dans la ville intérieure, où sa vie désormais avait du sens. Ces limites, ces restrictions qui l'irritaient auparavant ? Qu'à cela ne tienne ! Là-bas, elle était à l'abri, en sécurité. C'était le monde extérieur qui bruissait de dangers. Daphne avait lu des articles sur ces anciens détenus qui, dépassés par la vie hors de prison, récidivaient exprès pour retourner en taule, où ils connaissaient les codes. Leur point de vue se défendait. Mais, pour elle, le mal était fait.

Le compte à rebours du congé humanitaire qu'elle s'était octroyé arrivait à son terme : elle ne pouvait pas *rester assise sur son steak* à regretter sa tanière. L'enjeu était trop important, plus qu'elle n'aurait jamais pu l'imaginer. Sa grand-mère avait bel et bien disparu. Ces intrus l'avaient planquée Dieu sait où, et ils prenaient sa maison pour un squat. Le cerveau carbonisé de Daphne s'escrimait à échafauder un plan d'action lorsque la porte de la salle de bains attenante à la cave s'ouvrit pour laisser sortir Nora, qui se secouait les mains pour les sécher. Elle s'imprégna du spectacle dans les moindres détails et se tourna aussitôt non vers Daphne mais vers les inconnus.

— C'est ma petite-fille, Daphne, leur dit-elle. Inquiétez-vous pas. C'est correct.

Nora s'intéressa à Daphne. Elle la prit dans ses bras puis s'éloigna d'elle pour contrôler l'état facial de sa petite-fille.

— Qu'est-ce qui t'arrive, Daff ? As-tu abandonné le challenge ?

Froissée de passer après les visiteurs indésirables, Daphne se libéra de son étreinte.

— Non. Je n'ai pas abandonné, figure-toi donc. Personne ne sait que je suis partie. J'ai juste quelques minutes. Je dois y retourner ou je risque de tout perdre. Je me suis sauvée pour venir voir ce que tu devenais. Tu ne dis plus rien. Je me fais du sang de cochon. Anthony est dans tous ses états. C'est quoi tout ça ? C'est qui ce monde-là ?

— Oh, c'est les Demel. Ils habitent à côté. Dans l'ancienne maison des McLean. Je leur ai dit qu'ils pouvaient s'installer ici. Temporairement. Leurs papiers sont pas tout à fait en règle et ils veulent éviter qu'on les renvoie en Côte d'Ivoire.

— Quoi ? Tu héberges des clandestins chez nous ?

— C'est pas aussi simple.

— Oui, rétorqua Daphne. Évidemment que oui. C'est aussi simple.

— Daphne... De mon lit, j'entendais Yvonne pleurer à chaudes larmes de l'autre côté du mur mitoyen. Pendant des heures et des heures. Quand elle m'a enfin parlé de ce qui arrivait à sa famille, de cette épée de Damoclès au-dessus de leur tête, ben... que c'est que tu aurais voulu que je fasse ?

— Que tu les orientes vers les sous-sols d'église les plus proches. C'est à ça qu'ils servent.

— C'est pas ben charitable de ta part.

— Ce n'est pas une question de charité. Je suis pragmatique. Dans une église, ils sont protégés. Par... je ne sais pas, moi... des précédents judiciaires, un truc du style. Chez toi, si on les trouve, ils sont faits, et toi aussi, sûrement.

— Personne va les trouver.

— Ben oui qu'on va les trouver. Ça prend pas un chien policier. Ils sont juste à côté de chez eux, pour l'amour du ciel.

— Tu vois pas que c'est ça qui est magnifique, justement ?

Qui c'est qui s'attendrait à les trouver cachés aussi près ? Pis c'pas pour toujours. Juste le temps qu'ils se régularisent.

— On lit ce genre d'histoires-là tout le temps. Ça pourrait durer des années. Leurs deux enfants n'auront toujours pas vu la lumière du jour qu'ils seront déjà en âge d'aller à l'université. Ils n'ont pas d'avocat ?

— Puisque tu en parles… C'est un des problèmes dont on s'occupe en ce moment.

— C'est-à-dire ?

— C'est-à-dire qu'on s'en occupe.

— Faque présentement ils n'ont aucun conseil juridique, juste toi ? Ouah. Ils sont ben mal pognés.

Daphne désigna d'un geste du bras toutes les provisions que sa grand-mère avait emmagasinées dans un élan d'hospitalité, et poursuivit :

— Ça coûte cher, tout ça. Où tu trouves les sous pour entretenir ces gens-là ?

— Je prends sur ce que tu m'envoies.

— Sur mon argent ? Tu veux dire l'argent de la cagnotte qu'on a commencé à se bâtir toutes les deux ? Es-tu en train de me dire qu'on n'a déjà plus rien ?

— Non. Pas plus rien. Le bas de laine a un peu rétréci, c'est tout. On se débrouille. Pis c'pas ben grave, *anyway*. Tu vas toucher ton gros chèque à la fin de ton année, non ? Je veux dire, à condition que tu retournes là-bas. On aura la belle vie. On se serre juste un peu la ceinture en attendant.

Daphne crut s'évanouir en songeant à toutes ces nouvelles bouches à nourrir sur ses émoluments, lesquels risquaient de lui être retirés dès cet après-midi si les patrons du challenge souterrain tiquaient sur son absence.

— C'est toi que je dois remercier, continua Nora. C'est toi qui m'as mis cette idée dans la tête.

— Moi ? De quoi tu parles ?

— Regarde comme t'es bien au chaud dans ton terrier. Je me suis dit : c'est pas bête, ça ! répondit Nora.

Ses traits de grand-mère s'obscurcirent car la ville souterraine ressurgissait dans sa mémoire.

— Pauvre Anthony, reprit-elle. Tout est arrivé tellement vite. D'un seul coup, je me suis retrouvée avec une maison pleine de gens. J'avais ben des choses à organiser, faque j'avais pas une seconde à moi pour aller lui expliquer ce qui se passait. Il mérite mieux que moi.

— Pauvre Anthony ? Elle dit pauvre Anthony ! Pis pauvre de moi, alors ?

— Daphne, scuse-moi de t'avoir dompé tous mes problèmes sur la tête, mais tu vois ben que je suis correcte, là, c'est tout correct. Tu peux slaquer, maintenant.

— Ben voyons donc, tout va bien dans le meilleur des mondes, hein ?

La vapeur qui s'échappait des oreilles de Daphne faisait grimper le taux d'hygrométrie de cette cave déjà trop humide.

— Je ne comprends pas, reprit-elle, pourquoi tu ne pouvais pas juste être franche avec moi ? Pourquoi tous ces mystères-là ?

Nora eut la bonne grâce de paraître mal à l'aise.

— Peut-être parce qu'au fond de moi j'avais peur que t'approuves pas.

— Eh ben, sur ce point-là, tu as raison. Faudrait pas avoir une graine de bon sens pour approuver. C'est de la folie. Pis Mme Marcil ? Elle te soutient ?

— Elle est pas au courant. Y a personne au courant.

— Enfin une bonne nouvelle. Donc, au moins, tu as limité les dégâts. On peut encore tout annuler. Leur trouver une autre place où dormir. Je vais tout de suite me pencher là-dessus.

— On va rien annuler pantoute, répondit Nora en se dressant de tout son mètre cinquante-cinq. Ils restent.

Nora avait pris sa voix un-point-c'est-tout, celle qui ne souffrait aucune contestation. Daphne aurait pu continuer à taper du poing, mais c'était inutile dès que Nora se transformait en mur de briques. Elle avait appris cette leçon pendant l'enfance.

— Ça parle au diable ! s'exclama Daphne. Je suis dans un monde parallèle, ou quoi ? Ma grand-mère va se faire arrêter parce qu'elle abrite des fugitifs, pis moi, après ce que j'ai fait aujourd'hui, je vais sûrement être rendue sa *chum* de cellule. Et pour couronner le tout, on va finir ruinées. Je mange de la misère pour nous aider à nous remplumer, et toi, tu scrapes tout.

— J'ai rien scrapé. Que c'est que t'aurais donc fait, toi ? Tu les aurais laissés dans la chnoute ?

— T'es pas responsable d'eux autres. Je suis pas responsable d'eux autres.

— Je peux pas croire que c'est ma gentille petite Daphne qui parle. Tu veux même pas entendre leur histoire ? Elle réveillera peut-être une petite partie de la compassion que je pensais t'avoir inculquée.

— Leur histoire, je m'en crisse. Y a qu'une seule histoire qui m'importe. La nôtre. Pis je sais une chose : elle finira pas bien si elle est pognée dans la leur.

Nora eut l'air affectée.

— Quand c'est que t'es devenue si dure ?

— Je suis pas dure. C'est juste du bon sens. Il faut bien quelqu'un pour en avoir.

La porte de la buanderie s'ouvrit.

— Quoi, il y en a d'autres ? s'écria Daphne en portant la main à son cœur.

— OK, madame Elman, dit Marius. Vos deux hommes à tout

faire ont remplacé l'ampoule au-dessus de la laveuse. D'autres jobs pour moi et mon fidèle assistant ?

Marius portait sur ses épaules un petit garçon qui gigotait sur son perchoir. Il jouait à un jeu entre eux deux, faisait semblant de tirer les cheveux de son aîné. Marius leva les bras au-dessus de sa tête pour reposer l'enfant, et c'est alors que les pieds de Daphne se dessinèrent à l'horizon.

— Je pensais que tu m'avais dit que personne était au courant, protesta Daphne en se tournant vers sa grand-mère.

— Je pensais pas qu'il comptait, lui.

La fureur de Daphne lui conféra une vélocité insoupçonnée sur le chemin du retour. Marius s'efforça de suivre son rythme, mais elle filait à tire-d'aile.

— Ce n'est pas éthique, vous aviez dit.

— Je sais.

— Vous ne pouvez pas interférer, vous aviez dit.

— Oui, j'ai dit tout ça, je sais. Mais, plus tard, je n'ai pas arrêté de repenser que vous vous inquiétiez, faque j'ai décidé d'aller jeter un coup d'œil histoire de confirmer que tout allait bien, et puis de revenir vous rassurer.

— Je n'aurais pas eu besoin de faire tout ça si vous m'aviez dit tout de suite que vous aviez l'intention de vous déplacer.

— Vous avez froid, on dirait, observa Marius.

Malgré sa vitesse supersonique, Daphne frissonnait. Elle avait perdu l'habitude de s'habiller pour sortir et n'avait aucune tenue d'extérieur, de toute façon.

— Voilà, prenez ma veste.

De mauvais gré, Daphne ralentit son allure et accepta son offre.

— Comment est-ce que vous êtes sortie ? lui demanda-t-il, constatant que le traceur était toujours attaché à sa cheville.

Elle avait envisagé de concocter une version romancée de son évasion, mais finalement elle lui raconta la vérité nue. À quoi bon la dissimuler ? Il ne tarderait pas à entendre parler de la bombe fumigène qui avait déclenché l'alarme. Et même dans l'hypothèse où l'arme du crime ne ferait pas éclater la culpabilité de Daphne au grand jour, car elle avait pris soin de ne laisser aucune trace, il finirait par faire le rapprochement.

— Je suppose que vous allez me dénoncer, dit-elle.

— Seulement si vous êtes prête à me dénoncer pour mauvaise conduite.

Qu'elle le veuille ou non, Daphne avait désormais un complice.

21

Quand Daphne quitta comme une flèche la maison de sa grand-mère, l'épilogue que devait trouver ce feuilleton avait déjà intégralement pris forme dans son esprit. Elle remuerait ciel et terre jusqu'à son dernier souffle pour que cette famille de sangsues soit boutée hors de cette cave. Les moyens pour atteindre cet objectif, cependant, lui apparaissaient nettement moins clairement. Nora étant radicalement opposée à toute éviction, Daphne n'était pas au bout de ses peines si elle espérait la convaincre, mais elle pourrait envoyer un SOS à Marius afin de bouleverser le rapport de forces en sa faveur. Ils pourraient disputer le match à deux contre une, travailler sa grand-mère au corps jusqu'à ce qu'elle cède. Daphne était soulagée de compter Marius parmi ses alliés, même s'il avait acquis perfidement ce statut, par des moyens détournés. La situation causée par sa grand-mère était trop épineuse pour qu'elle la gère seule, surtout à distance.

Si Marius n'avait pas intercédé en faveur de Daphne, les retombées de son escapade auraient été cauchemardesques. L'agence était passablement froissée de son absence prolongée de la ville souterraine. Bien sûr, tout le monde comprenait qu'elle n'ait pas souhaité être brûlée vivante. Ils n'étaient pas inhumains. Mais Daphne avait continué à se balader dehors longtemps après la fin de l'alerte décrétée par le Service de sécurité incendie, ce qui avait soulevé toutes sortes de questions délicates. Marius avait renvoyé la balle avec tant d'élégance que l'agence, finalement convaincue que leur jeune troglodyte avait agi parfaitement comme il fallait, avait lâché l'affaire. Mais Marius avait beau être disposé à passer un coup de peinture sur les détails de l'échappée belle de Daphne, elle et lui n'étaient pas pour autant de connivence sur toute la ligne.

— J'ai l'impression que c'est des gens bien, cette famille-là, lui dit Marius.

Ils avaient parcouru le chemin qui séparait la maison de Nora de la ville souterraine, s'installant dans un compromis entre la marche et le pas de course, une allure qui coupait en deux la poire de leurs foulées de prédilection respectives.

— Sûrement très comme il faut.

Il n'obtint pas davantage d'elle.

— On a eu l'occasion de pas mal discuter avant que vous arriviez, dit-il. De ce qui les a amenés ici. Misère, ils ont vécu un véritable enfer. Aucune famille ne devrait avoir à traverser ce qu'ils ont traversé.

— Toutes les familles connaissent leur lot de malheur, répliqua-t-elle.

— Ben eux, ils ont gagné le gros lot, vous ne pensez pas ?

Marius n'était pas prêt à accepter sa réponse tarte à la crème. Daphne avait dû tailler la route sans avoir pu leur laisser l'occasion de lui exposer leur histoire.

— Vous avez rencontré combien de familles qui ont dû fuir pour survivre ? ajouta-t-il.

Le silence de Daphne lui apporta la réponse attendue.

— Elle est déchirante, leur histoire. Il n'y a pas à dire, ils sont chanceux d'être tombés sur quelqu'un d'aussi attentionné que Nora.

— Sur une bonne poire, vous voulez dire.

Le mot refroidit les oreilles de Marius.

— Vous ne pensez pas ça sérieusement, dit-il.

Daphne ne savait pas ce qu'elle pensait sérieusement. Le ciel lui était tombé sur la tête trop brutalement, trop vite. Elle n'était pas encore prête à se montrer généreuse. Elle faisait plutôt ce qu'elle faisait souvent quand elle était en colère ou perdue : elle ruait dans les brancards. D'habitude, Nora la rattrapait au lasso, mais cette fois la vieille cow-girl et sa corde n'étaient pas disponibles.

— Peut-être que si je vous racontais précisément ce qui leur est arrivé avant que votre grand-mère soit assez bonne pour les recueillir, vous changeriez d'avis, lança Marius, réglant sa fréquence tonale sur celle de Daphne.

— Ne dites rien ! Je ne veux rien savoir !

Elle leva une paume devant le visage de Marius façon agent de la circulation pour lui signaler de freiner ses élans. La meilleure manière de se blinder contre ces naufragés qui s'étaient échoués dans sa cave, c'était de continuer à les considérer comme des étrangers, à rester tout aussi ignorante de leurs problèmes que de ceux dont souffrait n'importe quelle pauvre âme qu'elle croisait au hasard du quotidien et qui traînait les chroniques de ses infortunes dans son Caddie métallique à roulettes. Ce n'est qu'à cette condition qu'elle réussirait à prendre les décisions nécessaires à la survie de sa petite famille de deux personnes.

Marius savait Daphne irascible. Plus encore, il lui arrivait d'être altière, entêtée et distante. Elle n'était pas, comme on dit, facile à vivre. Malgré cette raideur de caractère, il avait du mal à croire qu'elle manque si cruellement de commisération pour cette famille à qui sa grand-mère avait offert le gîte. Ce n'était que son ressenti, bien sûr. Clairement, elle ne s'était jamais montrée chaleureuse et amène envers lui, mais il voyait bien qu'elle était profondément attachée à sa grand-mère, ce qui le portait à supputer l'existence d'un lac de compassion au fond d'elle, dans lequel elle ne laissait pas faire trempette le premier venu, ni même le deuxième. Et cette impression diffuse que Daphne enfouissait des braises d'empathie sous un amas de cendres facilita sa décision de respecter l'embargo qu'elle lui imposait. Il ne l'accablerait pas avec les détails poignants de la vie des pensionnaires de son aïeule, du moins pas avant qu'elle ait surmonté le choc initial de sa visite chez Nora. Elle méritait cette trêve. Leur passé la rattraperait bien assez tôt. Il n'eut pas un mot à ce sujet de tout le trajet jusqu'à l'entrée de son immeuble souterrain, où il la laissa affronter seule la nouvelle réalité de sa vie.

Une fois remontée à son appartement, Daphne n'aspirait à rien d'autre qu'à une bonne dose de léthargie. Elle n'avait même pas franchi le pas de sa porte qu'elle sentait déjà son lit exercer sur elle son magnétisme. Le sommeil ne résoudrait pas ses problèmes, mais au moins il présenterait l'avantage de les tenir à l'écart, et Daphne était si fracassée après sa matinée de cavale, si bosselée par les aléas de sa journée, qu'elle était certaine de dormir d'une traite jusqu'à la fin de son séjour souterrain pour peu qu'elle oublie de programmer son réveil. Son corps était aussi exténué qu'après un marathon – un ultra-marathon, pas un parcours mesquin de quelques dizaines de kilomètres. Elle avait des crampes plein les jambes et de la vase à la place du cerveau. C'était le beau milieu de la journée, et alors ? Elle s'affala tout habillée sur le matelas et remonta l'édredon. Avant de succomber à Morphée, elle sortit son iPhone et consulta ses courriels une dernière fois, mais ce réflexe fut le geste de trop qui mit un terme à sa brève période de déni.

Le seul message non lu en haut de sa boîte de réception provenait de Nora. Daphne se redressa dans son lit, subitement sevrée de sa fatigue. Ça y est, sa grand-mère faisait amende honorable. Ce ne pouvait être que cela. Il était moins humiliant de présenter ses excuses par écrit qu'au téléphone. Elle avait craqué, et en un rien de temps. Daphne ne s'attendait pas à ce que le remords envahisse Nora aussi vite. Tant pis pour cette famille. C'était payé, balayé, oublié : ces gens étaient de l'histoire ancienne.

Sauf que non. Le courriel, finalement, n'était pas l'œuvre de sa grand-mère. Son auteur était l'un des locataires de la cave de Nora. Le père. Il s'était servi du compte de son hôtesse.

Chère Mademoiselle Elman,

Je conçois votre hésitation à nous ouvrir votre maison. Cela fait courir un risque à votre famille, situation que je comprends intimement. Je sais que ce n'est pas à vous de gérer notre problème. Ni à votre grand-mère, qui se montre pourtant assez altruiste pour nous héberger alors que nous sommes dans le besoin. Elle sera bénie dans l'au-delà pour sa gentillesse.

Permettez-moi de vous expliquer. Nous venons de Côte d'Ivoire. J'étais médecin là-bas. Pendant la guerre civile de 2010, quand des violences ont éclaté en ville, mon épouse Yvonne et moi avons décidé de fuir à la campagne, où nous avions de la famille. J'ai pensé que ce serait moins dangereux. Je me repens tous les jours de cette décision. Les combattants sont entrés dans le village pendant la nuit avec leurs fusils. Au milieu de toute cette confusion, nous avons réussi à nous échapper et à nous cacher dans la savane avec plusieurs autres. Nous les avons vus brûler des maisons derrière nous pendant que nous fuyions. Nous avons entendu les cris, mais nous n'avions pas d'autre choix que de faire la sourde oreille. Nous manquions de nourriture et d'eau mais je pensais qu'au moins les combattants ne nous suivraient pas dans la savane. Je me trompais.

À nouveau, ils sont venus pendant la nuit. Les coups de feu, la panique qui ont suivi, je ne les décrirai pas. Mon oncle, qui avait accepté de nous loger, fait partie de ceux qui sont tombés sous les balles. Beaucoup d'autres villageois qui avaient fui avec nous ont été blessés. Quand les soldats ont attaqué Grâce, ma fille, avec une machette, j'ai essayé de m'interposer. Ils m'ont tailladé l'épaule. Je suis tombé. Ils m'ont laissé pour mort, et ils ont fini leur besogne sur notre pauvre Grâce, notre aînée. Mon épouse et mes deux autres enfants ont réussi à survivre je ne sais trop comment. J'ai dû être fort pour eux, même si, pendant que je pleurais Grâce, il m'est arrivé de penser que j'aurais été mieux avisé de mourir de ma blessure.

J'étais très faible et j'avais perdu beaucoup de sang. Il n'y avait pas de médicaments ni de bandages. On m'a rafistolé du mieux possible. Jusqu'alors, les décisions que j'avais prises pour la sécurité de ma famille n'auraient pas pu être pires, mais j'en ai pris une dernière en espérant que ce soit la bonne. Essayer de franchir la frontière avec le Liberia jusqu'à un camp de réfugiés où nous serions en sécurité. Nous avons voyagé de nuit et nous sommes enfin arrivés au camp. Nous avons eu plus de chance que la plupart de nos compagnons qui languissaient là-bas. J'avais un cousin au Canada qui était d'accord pour nous parrainer. Il travaillait pour le gouvernement et a fait jouer ses relations. J'ai cru à un miracle. Nous avons rapidement pu embarquer dans un avion et arriver ici.

Nous avons été très heureux à Montréal. J'ai eu du mal à trouver du travail à cause de mon bras abîmé, mais on s'est débrouillés. Puis nous avons appris que nous allions être expulsés parce que mon cousin qui nous avait fait venir ici s'était vu infliger une condamnation entre-temps et qu'il n'avait plus le droit de nous servir de parrain. On nous a arraché notre statut de résidents canadiens légaux. Nous avons peur de rentrer au pays. Les gens prétendent que tout est rentré dans l'ordre en Côte d'Ivoire, mais après ce que nous avons vécu, nous avons de la peine à le croire. Est-ce qu'ils s'attendent à ce qu'on reparte dans le pays qui est la source de tous nos cauchemars ?

Je prie pour que notre séjour sous le toit de votre grand-mère soit de courte durée et pour que nos ennuis trouvent une solution qui nous permettra de rester au Canada. S'il vous plaît, ne soyez pas contrariée qu'elle soit venue à notre secours. C'est une grande dame.

EMMANUEL DEMEL

Daphne déposa les armes.

22

Du temps qu'elle était maîtresse de ses mouvements, libre de tourner ses orteils dans n'importe quelle direction sans être entravée par quiconque ni quelque appareil, elle filait au Jardin botanique quand elle se trouvait dans un tel état. C'était l'endroit idéal pour réfléchir à des questions sérieuses. Pas à des questions de nature universitaire. Ça, elle pouvait le faire n'importe où. Des questions existentielles. Des questions avec un Q majuscule. Voilà le genre de réflexion que Daphne devait entreprendre depuis sa sortie de rails qui l'avait conduite à son ancienne adresse rue Melançon. À ceci près que l'espace où elle vivait confinée ne se prêtait pas à la contemplation. La ville intérieure grouillait d'*homo sapiens* ; plus de cinq cent mille personnes l'arpentaient chaque jour. Cela faisait longtemps que la plupart des alcôves paisibles, propices à la méditation en solitaire, qui se nichaient parmi ses galeries avaient été découvertes et prises d'assaut, victimes de leur succès.

Au cours de ses pérégrinations souterraines dans les semaines qui suivirent sa virée illicite au domicile familial, Daphne essaya plusieurs espaces zen de substitution. Elle estima qu'avec les bibliothèques, elle ne pouvait pas se tromper. À l'époque où elle planchait sur sa thèse, ces vénérables oasis lui avaient toujours rendu service, faisant rempart contre le charivari. Elle se posa dans un coin relativement infréquenté de la Grande Bibliothèque, dans l'espoir d'y retrouver la sérénité que le jardin rue Melançon lui avait toujours offert, mais le calme vanté sur l'emballage s'avéra de la publicité mensongère. Entre les jacasseries, les alarmes, les sonneries de portable, le *ding* des notifications et les bruits parasites suintant des écouteurs intra-auriculaires, il régnait autant de bruit dans ce lieu public qu'à l'IGA du Complexe Desjardins où Daphne faisait ses courses. À ce tarif, elle aurait tout aussi bien pu s'installer dans le rayon légumes pour réfléchir. Elle fit une croix sur les bibliothèques, à regret.

L'observatoire du stade olympique se présenta comme un candidat potentiel. Daphne s'imaginait déjà en déesse de l'Olympe au sommet de la tour d'observation, avec le ciel et les nuages pour seuls compagnons, capable de focaliser son attention pour cogiter au problème qui ballonnait la cave de sa grand-mère, alors elle décida de tenter le coup. Un funiculaire de verre la propulsa tout en haut. La montée ne s'effectuait pas verticalement comme dans un ascenseur de la Space Needle de Seattle. L'ouvrage penchait à quarante-cinq degrés, une forfanterie architecturale calquée sur la tour de Pise qui ne réussit guère à Daphne. Pendant cette ascension penchée, la gravité pesa sur le contenu de son estomac pour son plus grand inconfort. Elle arriva au sommet, où se trouvait l'observatoire, toute barbouillée et d'une humeur fort peu contemplative. Pire, elle se retrouva cernée par des enfants turbulents. Zeus n'avait sûrement jamais eu à gérer des groupes scolaires. Cette expédition s'avéra une aussi grande déconfiture que sa sortie à la bibliothèque. Sans même s'arrêter pour admirer la vue époustouflante, Daphne redescendit par le prochain funiculaire. L'atterrissage tout en lourdeur fit affluer son sang à son cerveau et tressauter son imagination. Elle sut alors où elle devait se rendre.

Sous ses airs de train ordinaire, le métro qui transporta Daphne à la cathédrale Christ Church était en fait une machine à remonter le temps : en descendant à la station McGill, puis en suivant les détours des escaliers jusqu'à la nef, elle laissa derrière elle les LED, le stratifié et l'inox des Promenades de la Cathédrale et les troqua contre le bois brûlé, la pierre calcaire, le marbre et les vitraux. Il existait d'autres espaces souterrains pour les bondieuseries, tout aussi riches en colonnes et en croisées d'ogives, mais les *cégeps* et les universités avaient fait main basse dessus avant tout le monde. Leurs administrateurs étaient contents de vanter les merveilles architecturales de leur campus, ce qui ne les avait pas empêchés, aussitôt après avoir pris possession de ces lieux saints, de pratiquer l'ablation des rosaires. La cathédrale Christ Church était la seule institution religieuse reliée à la ville souterraine à ne pas s'être fait stériliser.

Assise sur les bancs de la cathédrale, sous ses grandes arches gothiques, Daphne eut la sensation d'être une intruse. Elle cherchait simplement un coin tranquille pour mettre de l'ordre dans sa vie, mais puisque le complexe ne comprenait aucune synagogue, elle était obligée de s'approprier les lieux de culte disponibles. Vu ses circonstances atténuantes, elle pouvait sûrement prétendre à ce genre de subrogation confessionnelle. Elle adopta une posture de prière et attendit. Dans le silence qui l'enveloppa, Daphne laissa ses pensées voltiger sans figure imposée, dans l'espoir qu'elles finiraient par atterrir sur une solution, mais aucune ne lui vint pendant tout ce temps assise à réfléchir. Il n'existait aucune échappatoire. Dorénavant, elle devrait assumer cinq bouches supplémentaires à nourrir. Des bouches hors la loi. Des bouches insatiables. Des bouches qui engloutiraient le moindre sou qu'elle rapporterait. Qu'adviendrait-il de son bonus, cette récompense financière qui devait lui permettre, si elle tenait toute l'année, d'assurer ses arrières pour la première fois de sa vie ? Ce n'était pas à elle qu'il profiterait mais à la famille Squatte-Cave, qui l'accaparerait et l'encaisserait tel un billet de loterie gagnant tombé de sa poche. Grâce à ces gens, sa phase friperies se commuerait en habitude pour le restant de ses jours, si bien qu'avec l'âge son style finirait par franchir la frontière entre le bohème chic et le punk à chien. Une année passée dans la solitude, et elle serait toujours aussi fauchée à l'arrivée qu'au début. Tout ce qu'elle avait fait était vain.

Plus rien ne la retenait dans le giron de la cathédrale, cette fausse bonne idée. Elle se releva du banc et, ce faisant, cogna son tote bag, qui s'échoua sur le sol. Daphne transportait le monde entier dans ce sac. C'était son sac anti-apocalypse, comme Theo l'appelait. Dès qu'elle avait besoin d'une banane, d'un chariot élévateur ou d'un chapeau en aluminium, le tote bag était là. Niveau poids, il rivalisait avec un sac de bowling. Lorsqu'il tomba, le bruit résonna comme un coup de pistolet dans ce lieu silencieux. Une tête intriguée par l'origine de la déflagration surgit alors de derrière un banc face à Daphne. Les cheveux sur cette tête étaient bleus.

Daphne hissa péniblement son sac à sa place habituelle autour de son épaule, où l'anse creusait une dépression chronique, ce qui redonna aussitôt à sa démarche son inclinaison singulière. Elle descendit lentement l'allée centrale jusqu'au banc où la muse qui lui avait inspiré un projet d'aide alimentaire s'était désormais recouchée sur le ventre, certaine que le bruit qui l'avait fait sursauter n'était pas synonyme de danger. Ses antennes, extrêmement affûtées chaque fois que Daphne l'avait repérée dans une aire de restauration, devaient être défectueuses puisque celle-ci réussit à se poser à côté d'elle avant même qu'elle s'aperçoive de son approche. La fille se redressa, mais ses mouvements ne trahirent aucune envie de s'enfuir. Elle avait parfaitement le droit de se trouver là. Elle se contenta de décocher un coup d'œil placide à Daphne, dont le regard était déjà pareillement affairé, ce qui permit le contact visuel.

— Je t'ai vue dans le coin, commença Daphne. Dans la ville souterraine.

— Pis quoi ?

— Oh, rien. Tu te souviens peut-être de moi ? On s'est rencontrées à l'entrée du Y. Ou presque. Tu avais manifestement un rendez-vous urgent et tu ne pouvais pas t'attarder pour des présentations en bonne et due forme.

Face à cette remarque, les yeux de la jeune femme s'affolèrent et se mirent à chercher une porte de sortie, mais elle était bloquée par Daphne et son sac.

— Je t'ai aperçue plusieurs fois dans les halles gastronomiques, aussi, ajouta Daphne.

— Eille, t'es pas mon genre, va chier.

— Tu te régalais des restes de nourriture.

— C'pas un crime, aux dernières nouvelles.

— Non, pantoute. Je suis sûre que tu t'es composé des repas très sains en picorant sur ces plateaux.

— T'es qui, toi ? La police d'la bonne santé ? C'pas du vol. C'pas parce que les gens de ton espèce achètent leur repas dans des restos que tout l'monde a les moyens de l'faire.

— C'est vrai. Je suppose que c'est plus facile de venir ici grignoter des hosties de communion.

— Qu'est-ce ça peut t'faire, *anyway*, c'que j'fais ou pas ? Maintenant, scuse-moi, mais j'dois y aller.

Elle se leva pour partir, mais Daphne ne bougea pas d'un iota. Elle était loin d'avoir terminé. La souveraine pontife de la ville intérieure promena son regard à travers la cathédrale telle une agente immobilière évaluant l'habillage des fenêtres et le parquet.

— Habites-tu ici ? lui demanda Daphne.

— C'pas l'Ritz, mais c'est chez moi, lâcha-t-elle, regrettant aussitôt d'avoir divulgué cette information.

— On te laisse faire ?

— Disons que c'qu'y savent pas leur fait pas mal.

— Moi, à ta place, j'aurais peur. Je croise des gars angoissants qui traînent dans les environs.

— Chus capable de prendre soin d'moi.

Derrière sa bravade transparaissait son appréhension face à l'intrusion de Daphne dans ce lieu qu'elle considérait comme sa bulle protectrice. De la sueur perlait sur ses tempes ; ses joues avaient perdu la carnation qu'elles possédaient au début de la conversation pour virer blanchâtres. Daphne se sentait honteuse. Elle avait simplement voulu parler à cette personne, sa jumelle fantôme dans la ville souterraine, et voilà qu'à la place elle l'intimidait au point de la faire trembler. Daphne remarqua qu'elle ne s'était pas arrangée depuis la dernière fois que leurs chemins s'étaient croisés. Ses cheveux gras formaient des paquets et ses vêtements étaient devenus extrêmement crasseux. Une odeur rance flottait derrière d'elle. Elle n'avait sans doute pas pu s'offrir le luxe d'une ablution depuis un bon moment. Manifestement, le gorille que le Y avait loué chez Guarda et posté devant l'entrée méritait son salaire car il avait contribué à doucher les espoirs d'hygiène des malpropres et des propres-à-rien.

La proposition qu'elle fit à la jeune femme lui sembla surgir de nulle part. Elle jaillit inexplicablement de sa bouche. Elle allait à l'encontre de sa nature intime, de la clause 3.4, alinéa b du contrat qui régissait ses conditions de vie, et de son récent comportement chez Nora, mais de mystérieuses influences étaient à l'œuvre dans son cerveau, recâblant son cortex rapiat au profit d'une architecture neuronale plus généreuse.

— Viens donc chez moi ce soir, si tu veux ? Passe la nuit. Je peux te proposer un divan-lit et un souper fait maison. Et tu pourras faire du lavage si ça te tente. *Mi laveuse es tu laveuse.* Pis tiens, je t'offre une douche en prime. Qu'est-ce que tu en penses ?

Si Daphne plongeait, au moins elle plongerait avec les honneurs.

23

Elle avait déjà fait des choses plus risquées dans sa vie. Plus stupides, aussi. Malgré tout, ce n'était pas anodin. Elle suivait une parfaite inconnue jusque chez elle avec la docilité d'un chiot juste parce que cette femme lui avait proposé des croquettes, des draps propres et un brin de toilette sous une douche légale. Elle n'avait pas besoin qu'on lui explique que les kidnappeurs employaient le même mode opératoire, sans parler des tueurs en série et des autres désaxés ordinaires sans étiquette. Leur esprit déviant se figurait le désir le plus ardent de leur proie et en faisait des miettes qu'ils semaient sur le chemin de leur domicile pour pouvoir tailler leur victime en pièces tranquillement chez eux. Et elle était entrée d'emblée dans le manège de Daphne, si tant est que ce fût son véritable nom. Sans lui opposer la moindre résistance.

Qui aurait cru, après tout ce qu'elle avait dû affronter, qu'elle craquerait juste parce qu'elle sentait le bac à litière ? Jusqu'à ce qu'elle prenne sa carte de membre chez les sans-abri, elle n'avait jamais vraiment songé que la propreté corporelle était un luxe ordinaire. À côté, le fait qu'elle avait faim vingt-quatre heures sur vingt-quatre faisait pâle figure, même si sa consommation calorique journalière aurait tout juste suffi à rassasier un écureuil. Au début, elle avait tenu la crasse en échec grâce au Y, mais depuis que cette solution était hors de sa portée, elle se lavait par petits bouts dans des toilettes publiques, quelques gouttelettes sous les bras et sur les zones stratégiques. C'était presque sans effet, alors quel choix lui restait-il ? Elle n'avait plus qu'à puer. Elle supportait à peine sa propre compagnie. Et plus l'exhalaison devenait fétide, plus diminuait le nombre de lieux publics convenables où elle pouvait errer la journée sans attirer l'attention. Quand Daphne lui présenta la perspective d'une eau ruisselant à profusion dans un nuage de vapeur, elle ne put résister.

Elle n'avait pas réussi à rester longtemps à la rue avant de céder et d'accepter cette aide. Enfin, techniquement, elle n'était pas à la rue, même si la nuance était fine. Qu'elle passe la nuit sur une paillasse de journaux dans le parc Berri ou dorme dans la tribune d'orgue d'une église du centre-ville, elle n'en était pas moins sans domicile, pas moins coupée de ses parents. Mais il fallait relativiser : ce n'était pas parce qu'elle acceptait le gîte et le couvert qu'elle faisait machine arrière. Si cette prétendue âme charitable ne s'était pas présentée, elle aurait continué à vivoter. Et même si c'était irresponsable de suivre jusque chez elle cette parfaite inconnue, ce n'était que pour une nuit. Demain, sous réserve qu'elle survive, elle se fondrait de nouveau dans l'anonymat de la ville souterraine.

Cela l'embêtait de ne pas parvenir à cerner correctement Daphne. À supposer qu'elle ne soit pas une psychopathe à la petite semaine, quelle raison pouvait-elle avoir pour l'inviter chez elle ? Était-ce une assistante sociale déchue qui prenait un malin plaisir à conduire les brebis égarées à la bergerie, ou peut-être une de ces bonnes sœurs rock'n'roll dont elle avait entendu parler, qui portaient des Levi's et travaillaient dans la rue ? Elle rumina la question tandis qu'elles s'acheminaient vers l'appartement où elle passerait la nuit. Le trajet lui parut étrange. Tout du long, des gens qui travaillaient dans les magasins et restaurants saluèrent Daphne d'un signe, l'appelèrent par son prénom et vinrent à sa rencontre pour lui serrer la main. Elle avait l'impression de se promener avec Obama.

— Tu connais une tonne de monde.

— C'est parce que je suis Daphne de *Vue du dessous*.

— Qui ça ?

— Daphne, du blogue *Vue du dessous*. Je chronique les événements du Montréal souterrain. Je suis comme une journaliste embarquée, sauf qu'au lieu de vivre en Afghanistan, je vis dans la ville intérieure. Tous ceux qui travaillent dans ce bas monde me connaissent.

Alors c'était ça. Elle avait été recueillie par une espèce de starlette locale craignos qui se situait à peine plus haut sur l'échelle de la célébrité que Jerry Delajungle, le gros naze de son ancienne école qui s'habillait comme pour un safari et apportait en classe des serpents, des ratons laveurs et d'autres animaux sauvages de pacotille. Elle pouvait donc gager que son hôtesse d'un soir n'était pas une malade mentale. Pour autant, elle allait devoir rester prudente. C'était risqué qu'on s'intéresse à elle, surtout une blogueuse. Si elle ne possédait pas encore assez de raisons de se taire le temps que durerait sa visite, voilà qui l'y encourageait.

— Tu as un nom, j'imagine ? lui demanda Daphne en cours de route.

— Archie, répondit Chantal.

Ce patronyme n'était pas pire qu'un autre. Elle se l'appropria alors qu'elles passaient à proximité d'un présentoir garni de *comics* devant un Multimags. L'idée lui plaisait : s'affubler d'un blaze de banlieusarde, d'un pseudonyme rugueux qui lui permette de faire scission avec son ancienne identité.

— Pis un nom de famille ?

— Tout l'monde en a un, non ?

— Ah, OK…

Elle n'était pas commode, celle-là. Daphne se retint de la mettre à la question. Elle attendrait que son invitée soit repue et désinfectée. Peut-être serait-elle alors plus encline aux confessions. Elles poursuivirent leur chemin dans un silence compact. Daphne ne s'adressa de nouveau à sa visiteuse qu'au moment de tourner sa clef dans la porte de son appartement.

— Repas ou douche en premier ? L'invitée décide.

Maintenant qu'elle était sur les terres de Daphne, Archie tempéra son effronterie.

— Douche peut-être, s'te plaît.

En son for intérieur, Daphne approuva son choix. Elle espérait qu'une abondante quantité d'eau chaude suffirait à exterminer les bestioles en tous genres qui accompagnaient son invitée indigente avant que celles-ci ne décident d'évaluer le potentiel d'hospitalité de ses coussins.

— Viens, lui dit-elle. Je vais te chercher des vêtements à ta grandeur.

Archie la suivit jusqu'à l'alcôve qui servait de chambre, où Daphne parcourut les tiroirs de son armoire à linge.

— Tiens, dit-elle en tendant à Archie une pile de vêtements pliés avec soin. T'auras juste à mettre ça après ta douche. Il y a un pyjama et d'autres bébelles[1], des pantalons, des chandails. Ils sont peut-être un peu grands, mais ça devrait être correct. Laisse ton linge devant la porte de la salle de bains, je mettrai tout dans la laveuse, si tu veux.

Daphne était impatiente de ramasser du bout des doigts les habits infamants, de les flanquer dans la machine à laver et de sélectionner le programme « Crasse incommensurable ».

— Je vais commencer à préparer le repas dans la cuisine pen-

1. « Trucs, machins. »

dant que tu te laves. Y a-tu des choses que tu manges pas ? Es-tu végétarienne ?

Effectivement, Archie n'était pas carnivore mais, nécessité faisant loi, elle dérogeait à ses principes depuis qu'elle vivait sous terre.

— Oui, en fait, mais j'veux bien manger n'importe quoi.

Daphne farfouilla dans son congélateur.

— Bon ben, on dirait que je peux te proposer une pizza aux champignons ou une pizza aux champignons.

— Faque disons une pizza aux champignons.

— Tiguidou.

— La salle de bains est au fond, là-bas. Gêne-toi pas pour prendre des serviettes dans le meuble pis tout ce qu'il te faut. Je vais attaquer la salade.

Quand Archie eut disparu dans la salle de bains et Daphne entendu le déclic du loquet, elle fit vite le tour de son appartement pour mettre en sécurité sa maigre collection d'objets de valeur. Elle eut tort de se presser. Archie resta si longuement enfermée que si Daphne avait semé sa propre laitue et attendu qu'elle pousse, il lui aurait quand même resté du temps à revendre. Quand Archie ressortit de la salle de bains, flottant dans les habits prêtés par Daphne, la peau rose après l'avoir frottée, les cheveux brillants et soigneusement peignés, on aurait cru qu'elle s'était délestée de quelques années en les laissant s'écouler par le siphon de la baignoire. Daphne éprouva l'envie étrange de la border et de lui lire *Bonsoir Lune*.

La conversation pendant le dîner fut minimale. La convive de Daphne était si occupée à engloutir sa pizza que sa bouche n'avait plus de place pour la parole. Ce n'est qu'après la crème glacée qu'un échange timide s'amorça :

— À part ma grand-mère et sa copine que voici sur l'écran, dit Daphne après avoir tapé sur une touche de son clavier pour réveiller son ordinateur, tu es la première personne que je reçois à souper pendant mon aventure souterraine.

— C'est ben de valeur. T'es bonne cuisinière.

— Merci. Je suis très douée en décongélation.

Le moment était venu de lui renvoyer l'ascenseur, Archie le savait. C'était à son tour de remettre du charbon dans la chaudière de la conversation. Quand elle avait déserté sa maison, elle avait emporté ses bonnes manières ; elle les gardait sous le coude mais avait eu peu d'occasions d'en faire usage. Avec son dernier commentaire, Daphne avait plus ou moins épuisé le sujet des pizzas surgelées, alors Archie dégaina une question qui allait les mettre sur une trajectoire non culinaire.

— Faque c'est comment de voir le monde d'en bas ? demanda-t-elle.

Elle se félicita du caractère ouvert de sa question, clef métallique dans le dos de Daphne qui remonterait son mécanisme et la ferait battre tambour un bon bout de temps, au seul prix de quelques hochements de tête et d'un ou deux « Ah oui ? » de la part d'Archie.

— Il y a de bons moments. C'est vrai que j'aime ça évoluer dans un espace limité et l'étudier sous tous les angles. C'est mon côté chercheuse.

— Pas si limité qu'ça, tu trouves pas ? enchaîna Archie. Y s'étend très, très loin. J'passe beaucoup d'temps à m'promener, à explorer. Tsé c'que j'préfère ? Les troncs d'arbres roses. Ceux du Palais des Congrès. Y sont bizarres pis sublimes en même temps. T'as-tu vu cette couleur-là ? J'ai l'impression d'être Alice au pays des merveilles quand j'marche au milieu. J'aime ça imaginer l'genre d'animaux qui vivraient dans une forêt d'même. Ptêt' ben des écureuils turquoise ? Des renards en tissu écossais. Oh, et tsé c'que j'adore aussi ? Les oiseaux géants suspendus au plafond des Cours Mont-Royal. Ceux à tête humaine. T'aimerais pas qu'y t'donnent un *lift* jusqu'à leur nid ? Y doit être su'a coche[1], leur nid.

Pourquoi parlait-elle à tort et à travers ? C'était plus fort qu'elle. Avant de s'enfuir, elle n'aurait jamais deviné qu'être sans domicile supposait de faire vœu de silence. Depuis qu'elle s'était retranchée sous terre, pas une âme qui vive n'avait engagé la conversation avec elle, jusqu'à ce que Daphne la coince dans la cathédrale. Avant cette rencontre, elle avait pris l'habitude de bousculer intentionnellement des gens en pleine foule afin d'avoir une excuse pour leur dire pardon et vérifier que sa voix fonctionnait toujours. Archie, qui un peu plus tôt avait pourtant pris la résolution de se museler, procéda à un recalibrage. Elle avait déjà fichu son plan initial en l'air, de toute façon. Sa stratégie révisée prévoyait qu'elle laisse s'ébattre un peu sa voix, qui le méritait bien après une si longue période de jachère. Il suffirait qu'elle évite les sujets personnels.

— J'avoue que c'est difficile de faire mieux que des arbres fuchsia, lui répondit Daphne. Mais ce n'est pas ça mon *spot* préféré. Comment tu trouves l'installation sur la Place des Arts avec les sculptures en aluminium complètement extravagantes, moitié animal, moitié humain… moitié sphinx ? On dirait le tombeau de Toutankhamon boosté aux stéroïdes.

— Mmm, pour vrai, ça fait la job, mais j'préfère le p'tit jardin aquatique des Cours Mont-Royal. Tu connais ça ?

— Ouais. Je l'ai vu. Mais, entre toi et moi, mauvais rapport qualité-prix. Des palmiers autour d'un plan d'eau, je trouve ça bien plate. Ils ne se sont pas donné trop de misère niveau imagination sur ce *spot*-là.

— Mais y a des poissons. Des carpes, des poissons rouges géants, ou j'sais pas trop quoi. Où c'est qu'on peut voir des

1. « Génial, au top. »

espèces pas humaines ailleurs dans la ville souterraine ? Moi, c'est mon p'tit plaisir. C'est presque comme avoir un animal de compagnie.

Daphne songea que tenir un blogue sur la vie souterraine, ce n'était pas pareil qu'en parler avec quelqu'un qui partageait presque son expérience. Le professeur Séguin se passionnait pour les villes souterraines, mais seulement pour celles de la génération toges et sandales. Quand il lui rendait visite à l'occasion, leurs discussions étaient plaisantes mais savantes, leur tonalité générale aussi âpre que le sol d'une grotte cappadocienne. Elle ne pouvait pas rebondir sur les observations de son directeur de thèse comme sur celles d'Archie. Daphne avait raison depuis le début au sujet de cette fille. C'était bel et bien sa sœur siamoise, un esprit des profondeurs qui connaissait le canevas de la ville intérieure et savait apprécier la broderie.

Daphne était sereine, sensation qu'elle croyait avoir perdue à jamais depuis qu'elle avait découvert cette famille ivoirienne qui s'entassait dans la cave de sa grand-mère et la saignait à blanc. Elle se sentait grisée et détendue. Heureuse, pourrait-on dire. Elle appréciait son invitée. Manifestement, Archie était tout aussi à l'aise. Sa raideur de caractère s'était évaporée. Un ventre plein faisait des miracles. Elles migrèrent vers le canapé et reposèrent leurs pieds sur la table basse. Daphne ressortit la glace pour leur resservir quelques boules de Choco Chic, et elles *jasèrent* jusqu'à faire cracher ses derniers secrets à la ville souterraine.

C'est alors que Daphne brisa leur élan :

— Pis comment est-ce que quelqu'un comme toi s'est retrouvé dans la rue ?

C'était précisément la question qu'il ne fallait pas poser. Elle constata qu'Archie virait de bord, prête à abandonner le navire. Elle ne réussirait plus à lui tirer un mot jusqu'au coucher.

Daphne ne comprenait pas. Elle avait là une jeune femme

sachant manier les mots, raffinée et avenante. La plupart du temps. Pourquoi n'allait-elle pas à l'université ? Ou pourquoi ne travaillait-elle pas ? Qu'est-ce qui l'avait forcée à s'éloigner de son foyer et de sa famille pour devenir une crève-la-faim ? OK, Daphne avait compris la leçon. Elle avait eu tort de mettre les pieds dans le plat en lui posant une question si personnelle. C'était un comportement inconvenant de la part d'une hôtesse. Au petit déjeuner, elle emploierait la méthode colimaçon, qui consisterait à spiraler autour de la vérité pour la lui extirper. Mais quand Daphne se réveilla le lendemain matin pour préparer à Archie des pancakes trempés dans du mea-culpa, elle découvrit que son invitée avait mis les voiles.

24

Passer d'un spa à une flaque de boue fut une rude transition. Il aurait été plus facile de ne jamais quitter la flaque de boue. Archie eut du mal à redescendre sur terre. Sa réacclimatation aux immondices de la rue était compliquée maintenant qu'elle s'était offert le luxe de tous ces flacons de lotions et de gel entassés dans le panier pendu dans la douche de Daphne. Archie avait appliqué shampooing, après-shampooing et mousse. À trois reprises. Puis elle avait frotté la première couche de croûte et creusé telle une archéologue pour révéler les deuxième et troisième couches, jusqu'à toucher la peau. Elle n'avait pas pu remettre le gant de toilette à sa place, elle aurait eu trop honte. Il était irrémédiablement souillé, au point qu'il ressemblait au chiffon d'un garagiste qui aurait passé la journée à permuter des pneus. Archie l'avait fourré tout au fond du panier à linge en espérant qu'il passe inaperçu. Après sa douche, elle avait fourragé dans les tiroirs de la salle de bains de Daphne et y avait trouvé des pousse-cuticules, des pinces à épiler ainsi que tout un arsenal de « sublimateurs » et de « désincrustants ». Archie s'était passé du fil dentaire jusqu'à faire saigner ses gencives et avait poussé tellement loin l'excavation de ses conduits auditifs pour en déloger la cire que le Coton-Tige était ressorti de l'autre côté de sa tête. Quand elle avait quitté la salle de bains, elle était suffisamment aseptisée pour le bloc opératoire.

D'abord, ce fut merveilleux. Avec ses vêtements tout propres de la collection de Daphne et ses cheveux resplendissants, Archie se pavana dans la ville souterraine comme si elle était la propriétaire des lieux. Le croissant qu'elle avait pris en sortant de chez Daphne la fortifia pendant ses déplacements. Elle essaya des robes dans les boutiques de créateurs qui occupaient le dernier étage des Cours Mont-Royal, où les vendeurs lui servirent des cappuccinos entre deux allers-retours des étagères à la cabine d'essayage. Puis elle se rendit chez Browns, où le prix d'une simple paire de bottines aurait suffi à la faire manger toute une année dans les halles gastronomiques. Archie explora les galeries d'art près du Palais des Congrès et jeta même un œil à l'Expo Barbie gratuite, en souvenir du bon vieux temps. En fin d'après-midi, quand l'envie la chatouilla de reposer ses pieds, elle passa crânement devant le groom en livrée de l'hôtel InterContinental et s'installa dans l'un des fauteuils tuftés du vestibule. Elle n'aurait pas osé flâner par là avant son intermède chez Daphne. L'endroit était bien trop guindé, tout de dorures et de marbrures. On l'aurait fichue dehors avant qu'elle ait l'occasion d'indisposer les clients habillés en Louis Vuitton. Mais ce jour-là, on la laissa tranquille, supposant qu'elle était du sérail. Archie feuilleta les magazines tout en dévorant à belles dents une granny-smith qu'elle pêcha dans la coupe mise à la disposition des clients sur le comptoir de la réception. Elle usa généreusement du samovar en verre, à l'intérieur duquel des quartiers d'oranges, de citrons jaunes et de citrons verts nageaient dans l'eau parmi des feuilles de menthe, pour s'abreuver copieusement. Elle eut l'impression de se servir dans un aquarium de poissons exotiques. Les agrumes lui procurèrent un agréable frisson acidulé.

Quand elle eut épuisé chaque lecture gratuite à sa portée,

Archie se résigna à reprendre son ancienne vie et réemprunta le chemin de la cathédrale. Elle ne souhaitait pas abuser de sa chance en s'éternisant dans ce hall d'hôtel. Pourvu que ses vêtements restent présentables un peu plus longtemps, elle pourrait vaguer d'hôtel en hôtel dans les jours à venir, goûter à chaque variété de pommes. Cela ne vaudrait pas le confort de l'appartement de Daphne, où elle aurait pu emmitoufler ses pieds dans une paire de chaussons tricotés à la main, mais elle pourrait préserver sa dignité un peu plus longtemps avant que l'inévitable saleté des souterrains ne se redépose sur elle. Rester chez Daphne quelques jours de plus ne l'aurait pas dérangée. Archie avait apprécié sa compagnie. Et ses pizzas. Mais cette Mme Sans-Gêne avait rendu son séjour impossible. Pourquoi avait-il fallu qu'elle gâche tout ?

Le coin sommeil d'Archie dans la tribune d'orgue n'arrivait pas à la cheville de sa suite royale de la nuit précédente, mais il était à peu près propre, à peu près calme et, surtout, elle n'avait pas à le partager. Il possédait au moins ces quelques mérites. Elle tourna la clef dans la grille, la replaça sur son crochet et gravit les marches. Elle était toujours ravie de fouler le plancher de cette tribune. Même si la musique d'orgue ne lui procurait aucun plaisir, elle adorait cet instrument aux allures de bateau de croisière, la patine du bois, la majesté des tuyaux qui se dressaient pour encadrer la rosace. Elle hésitait à le toucher à un quelconque endroit de peur qu'il pousse un son par accident, mais de temps à autre elle cédait au plaisir de s'asseoir sur le banc et de promener ses doigts on ne peut plus délicatement sur les touches et les tirants de registre, comme si elle jouait véritablement. C'était l'unique rendez-vous quotidien d'Archie avec la beauté dans une existence avare qui ne la distribuait qu'au compte-gouttes. Mais quand elle fut parvenue en haut des marches, cette fois-ci, aucune beauté ne s'offrit à sa vue. Une fois que ses yeux se furent adaptés à la pénombre de la tribune, elle entrevit que son espace était occupé. Deux femmes assises par terre disputaient une partie de cartes. Elles levèrent les yeux quand elle entra.

— Eille, Denise, dit la plus jeune des deux, on a d'la visite. On d'vrait ptêt' sortir les hors-d'œuvre ?

— Y est à moi, c'*spot*-là, déclara Archie.

— Était, tu veux dire, répliqua Denise.

Elle retourna à son jeu de cartes comme si l'affaire était close. Archie tenta de réveiller sa rudesse de crapule des bas-fonds, mais l'adoucissant de Daphne avait traversé le textile de ses vêtements pour s'infiltrer dans sa moelle épinière. À ce moment précis, elle avait besoin d'une voix avec des poils sur le torse, mais son intonation la fit plutôt passer pour une chichiteuse.

— Y est à moi, répéta-t-elle.

Les deux intruses se regardèrent et rirent.

— « Y est à moé, à moé, à moé ! » singèrent-elles.

Celle qui avait pris la parole en premier passa le doigt sur un registre d'hôtel imaginaire et répliqua :

— Je ne pense pas que vous avez versé d'acompte, madame, faque nous avons malheureusement dû annuler votre réservation.

— Désolée, passez une bonne journée, ajouta son amie.

Elles se tapèrent dans la main pour se féliciter de leur esprit de repartie.

— Pas question que j'm'en aille, rétorqua Archie, s'efforçant toujours d'exhumer une hardiesse enfouie.

Par commodité, la plus âgée des deux femmes avait les cheveux coupés ras façon chaume après la moisson, à croire qu'elle les avait déchiquetés aux ciseaux cranteurs. La vie lui avait laissé une *crotte sur le cœur* aussi énorme que le creux de ses joues.

Une cigarette allumée pendait à sa commissure telle une incisive séditieuse.

— T'as pas dû entendre c'que j'ai dit.

— J't'ai très ben entendue, répondit Archie.

Les vêtements propres que Daphne lui avait donnés la desservirent une fois de plus. Une bonne couche de saleté aurait fait d'elle une canaille plus crédible. Elle ressemblait à une pâquerette ayant surgi de terre dans les fissures d'un trottoir, à une dilettante du sans-abrisme.

— Décrisse d'icitte, Baby Jane. Ta môman doit être en train d'badtripper pis chus ben tannée qu'tu m'coupes la parole.

— Non, j'reste.

— T'as pas des yeux qui marchent ? répliqua Denise. Vois-tu d'la place pour trois icitte ? Liz pis moi, on cherche pas une coloc, là. Mets-toi ben ça dans la tête. Câlice ton camp. Au plus sacrant. Avant qu'je r'grette d'avoir été si patiente.

Liz se leva pour appuyer le propos de son amie. Elles croisèrent les bras devant leur poitrine comme un tandem de videuses de boîte de nuit. Leur regard était musclé même si leur corps ne l'était pas ; c'était un regard qui voulait dire qu'elles n'auraient pas plus d'états d'âme à piétiner Archie qu'à écraser le cafard qui rampait sur leur pile de défausse. Rien à carrer.

Archie eut pitié de sa tribune-dortoir. En l'espace d'une nuit et d'un jour, elles l'avaient souillée à la rendre méconnaissable. Elle ne parvenait pas à s'expliquer comment ces deux-là avaient fait pour la profaner intégralement en si peu de temps, d'autant qu'elles possédaient très peu d'effets personnels. Il valait sans doute mieux qu'elle n'en sache rien. Elles avaient même répandu leur crasse sur son précieux orgue. Archie brûlait de défendre son territoire mais devait bien admettre qu'elle n'était pas armée pour se frotter à ce genre d'énergumènes. Elles avaient raison de la considérer comme vulnérable.

— OK, comme vous voudrez, dit-elle en levant les mains en signe de renoncement. J'ramasse juste mes affaires pis j'm'en vais.

Archie marcha vers le coin au fond de la tribune où se trouvait l'armoire qui renfermait de vieilles partitions et dans laquelle elle avait planqué son balluchon. Elle ne l'avait pas emporté chez Daphne : venir le récupérer lui aurait révélé l'emplacement exact de sa cachette, et la fiabilité de son hôte d'un soir restait à démontrer.

— Oh, veux-tu parler d'ça, là ? s'étonna Denise en levant un sac en plastique de chez Bureau en Gros. La direction n'est pas responsable des affaires abandonnées. T'as pas lu la pancarte ?

— Passe-moi-le, ordonna Archie en cherchant à attraper le sac, mais Denise le confisqua d'un geste brusque. J'décrisse, c'est c'que vous vouliez, mais ça, c'est mes affaires, OK ? Vous savez ben qu'y a pas d'argent dedans, pas d'objets de valeur. C'est mon stock, c'est tout. Qu'est-ce que vous allez en faire ?

— Le veux-tu ? Prends-le donc, répliqua Denise en brandissant le sac en hauteur au-dessus de sa tête.

Archie s'élança vers l'objet telle une joueuse de NBA allant au contact, mais elle ne parvint pas à s'en saisir.

— Rends-moi-le.

— Ouais, t'as ben d'l'espoir, toé.

Denise laissa pendiller le sac dans les airs, et Archie bondit encore et encore en tendant le bras. Elle était prête à y passer tout le temps nécessaire. Ce sac tout mince, en dépit de son modeste contenu, c'était tout ce qu'elle possédait en ce bas monde. Mais Denise était fatiguée de tenir la piñata. Quand, tentant d'attraper un coin du sac, Archie réatterrit contre elle, Denise se recula et lui flanqua un coup de poing dans la figure pour cet affront. Du sang commença à ruisseler du nez d'Archie. Voilà un jeu qui risquait fort de plaire à Denise. Elle cogna de nouveau Archie, cette fois dans un œil, puis dans l'autre par souci de symétrie. Archie chancela devant elle mais ne tomba pas. Denise dévisagea son punching-ball et ce qu'elle vit lui hérissa les poils. Son œil d'artiste trouva esthétiquement déplaisant que le haut du visage d'Archie ne soit plus assorti au bas, dénué de tout stigmate à l'exception du sang qui coulait sur son menton. Intolérable, selon Denise, alors elle exerça son poing contre la mâchoire d'Archie.

Elle aurait fait preuve d'impolitesse en laissant Liz sur la touche. Elle aussi méritait son tour. Debout derrière Archie, Denise lui immobilisa les bras pour qu'elle demeure bien droite et lui tira les cheveux en arrière pour offrir à Liz une vue dégagée sur sa face, mais Liz bouda sa proposition. Aucune partie du visage d'Archie ne l'intéressait. Il était déjà en charpie. Inutile de forcer le trait. Liz inspecta Archie de la tête aux pieds à la recherche d'une zone vierge et effectua son choix. Elle moulina derrière elle de toutes ses forces et lui asséna un uppercut court dans l'abdomen. En plein dans le mille. L'élasticité lui plut, et elle comprit avoir trouvé le point de frappe idéal. Pour varier les plaisirs, elle s'essaya aux côtes mais n'apprécia pas leur résistance osseuse, alors elle se recentra sur le mitan moelleux d'Archie.

— Ça va faire, maintenant, *bitch*, dit Denise à Liz en contorsionnant Archie de manière à la placer hors de la portée de son amie, dont le poing était rendu à mi-parcours. Faut qu'a puisse sortir d'icitte. Manquerait pus qu'a nous reste sur les bras.

Et Archie pouvait encore marcher. Théoriquement. Quand Denise la relâcha, elle tangua mais ne s'effondra pas. En toute logique, Denise aurait dû être heureuse de leur double coup gagnant : elles s'étaient toutes deux fait plaisir et leur joujou était encore capable de se mouvoir. Mais Denise l'avait mauvaise de ne pas avoir fait crier Archie une seule fois en essayant de lui donner une leçon. Hormis quelques grognements, elle avait observé un silence imperméable. Pour Denise, le stoïcisme d'Archie était le signe que le message n'était pas totalement passé.

— À toé d'la tenir, là, Liz.

— J'pensais qu'on avait fini, t'avais dit.

— Presque. Juste un p'tit cadeau d'adieu. Serre-la ben pendant que j'réfléchis à quoi y offrir, ordonna Denise tandis qu'elle examinait Archie tout en tirant une taffe. T'as pus l'air ben fraîche, astheure, han princesse ? Attends, j'vas checker un peu l'travail...

Elle releva le pan du chemisier d'Archie et admira les bleus qui commençaient déjà à s'épanouir.

— Câlice, Liz, jura-t-elle en s'approchant pour inspecter, t'as pas fini la job.

— Tu veux-tu prendre une nouvelle chance ?

— Non. Laisse faire. Quand on veut ben faire les choses...

Denise ôta de sa bouche la cigarette incandescente et l'approcha vers un coin du ventre d'Archie où la peau était rose et non marquée par leur correction. Archie vit ce qui l'attendait, et Liz parvint à peine à la retenir. Denise fit planer la clope au-dessus du ventre de sa victime en tergiversant.

— Faque j'l'éteins icitte ? Ou ben icitte ?

Quand elle eut choisi l'endroit parfait, elle abaissa la cigarette et appuya fermement comme pour tamponner un passeport. Elle fut récompensée par les hurlements convoités.

— *Shit*, dit Denise à Archie, tu m'as fait rater ma cible en grouillant de même. Reste tranquille cette fois-là, que j'manque pas ma shotte.

Avec toute la force qui lui restait, Archie brisa l'étreinte de Liz, mais Denise lui fit un croche-pied et la jeta à terre pour un second round, faisant craquer les genoux de son souffre-douleur contre le plancher. L'acoustique de la cathédrale était excellente. Les cris d'Archie se répercutèrent contre les murs jusqu'à emplir tous les coins. S'il s'était agi d'un concert, le spectacle aurait été d'une qualité égale depuis n'importe quel siège.

— Ben voilà, c'est ben mieux de même, se réjouit Denise en dressant l'oreille pour se repaître de l'écho.

Elles avaient davantage de mal à garder leur victime immobile, désormais. Liz dut s'asseoir sur les jambes d'Archie. Denise comprit qu'elles étaient allées trop loin. Tout ce bruit risquait d'attirer l'attention, mais elle était grisée par le désir impulsif de finir ce qu'elle avait commencé. À nouveau, elle prit une longue bouffée.

— Bouge pas, j't'ai dit. Chus mieux d'pas t'rater, c'te fois-là, han ?

Liz s'efforça de la maintenir à terre, mais Archie releva les jambes façon lame de canif, faisant basculer Liz sur le côté. Leur corps-à-corps déstabilisa Denise, qui rata sa cible mais écrasa la cigarette où elle put, dessinant un cercle ardent parfait juste au-dessus de la ceinture. La chair calcinée produisit un grésillement satisfaisant de saucisse qu'on jette dans une poêle-gril en fonte portée à la température idéale.

— Laisse-la s'relever, astheure, lança Denise, mais tiens-la ben, c'coup-là, crisse. J'te donne une job toute simple pis toé, t'es même pas capab'.

Denise se positionna face à Archie.

— Bon. Y est à qui, c'sac-là ?

Archie refusa de lui faire le plaisir d'une réponse. Denise fit signe à Liz de lui tordre les bras plus fort.

— J't'la pose une dernière fois, dit Denise en tenant sa cigarette tout près de la paupière d'Archie. Y est à qui ?

— Il est à toi.

— À qui ?

— À toi, à toi.

— T'es mieux d'pas l'oublier. Lâche-la, Liz. On a fini.

25

Si Daphne n'avait pas reconnu ses propres vêtements, elle n'aurait peut-être jamais eu le déclic de se dire que le spectre défiguré posté devant sa porte était Archie, cheveux bleus ou pas. Ses yeux, devenus de simples fentes, étaient indétectables, et du sang suintait de ses narines jusque sur ses lèvres. Son front était si tuméfié qu'il avait développé une proéminence néandertalienne. Il ne s'était même pas écoulé une journée depuis qu'Archie avait quitté son appartement, et pourtant, à sa posture voûtée, on aurait cru qu'elle avait pris soixante ans d'âge.

— Mon Dieu, qu'est-ce qui t'est arrivé ? s'exclama Daphne en passant un bras autour des épaules d'Archie pour l'aider à entrer.

Elle la sentit tressaillir à ce contact.

— Tiens, assois-toi là, dit-elle en la guidant jusqu'au fauteuil le plus proche de la porte.

Elle s'accroupit devant Archie et prit doucement ses mains dans les siennes.

— Qui t'a fait ça ?

— Personne. Chus tombée.

Jamais la première femme des cavernes à s'être retrouvée avec le visage amoché n'aurait pu se douter, en affirmant à sa mère avoir chuté contre l'un des placards de la cuisine, que son alibi improvisé deviendrait un classique voué à être réchauffé par les femmes battues au fil des siècles. Daphne choisit de ne pas enfoncer le clou. Pour l'heure, « Qui ? » n'était pas la question la plus pressante.

Elle écarta doucement les cheveux qui masquaient la figure d'Archie.

— Bouge pas. J'appelle l'ambulance. Ils vont t'emmener à l'hôpital et te refaire une face toute neuve.

— Non, appelle pas.

— Quoi ?

— Appelle pas.

— Pourquoi donc, tabarouette ? Il faut que tu te fasses examiner.

— Ça va aller. Si ça te dérange pas que j'me repose ici un peu. J'vas être correc'.

Ses paroles semblaient confuses. Daphne se demanda si ses dents étaient toujours au nombre désiré de trente-deux depuis son passage à tabac.

— Ben voyons donc. C'est de soins que tu as besoin. Tu n'iras pas bien loin avec juste du repos.

Daphne commença à taper les trois chiffres du 911, qu'elle n'avait jamais de sa vie eu l'occasion de composer. Finalement, elle n'aurait pas à le faire cette fois non plus… Elle n'avait pas plus tôt appuyé sur la touche 9 qu'Archie fit tomber le téléphone de sa main puis glapit de douleur. Son épaule semblait sérieusement opposée à l'effort qu'elle venait de fournir pour empêcher Daphne de transmettre un SOS aux urgences. Daphne se pencha pour ramasser l'appareil sur le tapis et le posa sur la table.

— OK, OK, j'ai compris le message, dit-elle. Pas de 911.

Elle tâcha de rassembler ses pensées. À l'aide d'un mouchoir, elle tamponna délicatement le sang qui gouttait sur la bouche d'Archie pour qu'elle n'ait plus à le lécher.

— Écoute, reprit Daphne. Qu'est-ce que tu penses de cette idée-là : je pourrais t'appeler un taxi, si tu n'as pas le goût d'y aller en ambulance. Aimerais-tu mieux ça ? Comme ça, tu n'auras pas besoin d'entrer là-bas dans un hurlement de sirènes.

Daphne entreprit de saisir à nouveau son téléphone.

— Lâche ça.

— Archie, sois raisonnable. Je ne peux pas faire des miracles. Tu es en bien trop mauvais état pour que je te rafistole. À l'urgence, ils sauront quoi faire. Tu n'as aucune raison de t'inquiéter. J'aimerais bien t'accompagner, mais j'ai les mains liées. Je veux dire, les pieds.

— Avec toi, sans toi... Peu importe. J'irai pas. Si t'appelles, j'me pousse d'ici.

— Mais pourquoi ?

— J'ai mes raisons.

— As-tu enfreint la loi ? C'est ça ? Tu cherches à échapper à la police ? Tu peux me le dire. Je garderai ton secret.

Ce n'était pas une promesse en l'air. Dernièrement, la vie de Daphne s'était encombrée de toute une galerie de personnages déterminés à déjouer les radars de la loi. Elle n'était plus à une délinquante près.

— Non, rien de ça.

— Alors quoi ? Quelle autre raison tu peux bien avoir ?

— J'peux pas t'expliquer, mais j'irai pas à l'hôpital.

Sonder les mystères de la vie privée d'Archie n'aboutirait à rien. Daphne l'avait compris lors de son premier séjour chez elle. Elle ne souhaitait surtout pas s'apercevoir, le lendemain matin au réveil, qu'Archie avait disparu, même si, dans son état actuel, son invitée ne pourrait sûrement pas se lever sans louer un mât de charge.

— Mais je ne peux pas soigner des blessures de même. Je ne sais même pas par où commencer. Je risquerais de faire des plus gros dégâts.

— J'te fais confiance.

Il n'en fallut pas plus à Daphne pour se laisser attendrir. Si son alter ego des profondeurs était prête à lui confier son corps mutilé, comment pouvait-elle la rejeter ? D'autant qu'elle avait l'impression que ça ne se bousculait pas au portillon pour venir en aide à Archie. Certes, la file d'attente pour prêter assistance à Daphne ne s'étendait pas non plus sur des kilomètres, mais au moins elle n'était pas seule.

— OK, déclara Daphne. Ça marche. Mais je tiens à te signaler qu'à mon avis tu commets une énorme erreur.

Elle tendit les bras pour aider Archie à s'extirper du fauteuil.

— Allez. Nous allons te coucher dans mon lit. Mais d'abord, nous allons t'aider à faire un brin de toilette et à enfiler un joli pyjama tout propre. Tu seras plus à l'aise.

Daphne avait instinctivement adopté le « nous » de majesté pour tenter de faire bouger Archie. Elle avait l'impression qu'il lui donnait l'air plus maternelle, plus rassurante. Peut-être que son cerveau, réglé sur la chaîne Historia, faisait ressurgir subliminalement le souvenir de sa propre mère lui parlant intra-utero. Daphne servit de béquille à Archie jusqu'à la chambre, où celle-ci s'effondra sur le lit après un trajet de dix pas seulement qui avait épuisé ses dernières forces.

Assise au chevet d'Archie munie d'une cuvette d'eau chaude et d'un gant de toilette avec lequel elle tamponnait la figure de sa patiente, Daphne eut l'impression d'être dans un film adapté d'une œuvre de Jane Austen. Elle regretta de ne pas pouvoir lui proposer un traitement plus raccord avec le XXIe siècle. C'étaient les yeux pitoyables d'Archie qui l'inquiétaient le plus. Les paupières étaient plus qu'anormalement bouffies, la peau si tendue qu'elle craignait de la déchirer même en la frottant ô combien doucement avec le gant. Et Daphne entrevoyait par les fentes que la couleur du blanc des yeux d'Archie n'était pas la bonne. Rouge sang. Ce genre d'hémorragies se soignait-il tout seul avec le temps, ou les yeux d'Archie nécessitaient-ils une attention immédiate ? Tous ces caillots qui tournaient autour de la bonde quand elle allait vider le contenu de sa bassine dans le lavabo lui soulevaient l'estomac.

À la faveur d'un rapide détour par la cuisine, Daphne coupa deux rondelles de concombre menu menu qu'elle déposa ensuite sur les paupières d'Archie, conseil de beauté lu un jour quelque part sur Internet, censé soulager les yeux gonflés. Mais inutile de se voiler la face : l'état d'Archie avait dépassé le stade du recours aux remèdes de charlatan à base de plantes. Ces deux disques verts n'étaient que de l'égoïsme pur, ils servaient à cacher les yeux ravagés d'Archie à la vue de Daphne pour qu'elle puisse l'aider à passer son pyjama sans que cette tâche trouble sa propre paix stomacale.

— Ça va ? Je ne te fais pas mal ?

— Non, chus correc'.

— On ne devrait pas en avoir pour bien longtemps. Lâche pas la patate.

Ses paroles réconfortantes s'adressaient autant à elle-même qu'à Archie. Ses propres guiboles n'étaient pas bien plus stables que celles de sa patiente.

Elle commença à défaire doucement le chemisier d'Archie, geste qui lui rappela le soir où Theo avait déboutonné ce même chemisier porté par elle. Ce soir-là, son ex-petit ami lui avait rapporté les propos de son propre père qui, lors d'un repas de famille, avait péroré contre les futures qualifications de Daphne. Son diplôme, selon le paternel, dont Theo avait singé les inflexions pontifiantes, ne valait même pas le papier toilette sur lequel il serait imprimé. À quoi servait l'archéologie, concrètement ? L'archéologie permettait-elle, comme le précieux diplôme d'économie de son fils, de payer les factures ? Pourquoi cette fille-là perdait-elle son temps ?

— Et tu lui as répondu quoi ? avait demandé Daphne à Theo.

— Rien. Pas moyen de le faire changer d'avis une fois qu'il est crinqué. C'est mieux de le laisser déballer son laïus jusqu'à ce qu'il change de canal et trouve autre chose à démolir.

— Donc tu ne m'as pas défendue ? Tu l'as laissé continuer à se moquer de moi ?

— C'était pas toi à proprement parler, c'était ton domaine d'études.

— Quelle différence ? Quand on s'en prend à l'archéologie, on s'en prend à moi. Ça ne te dérange pas qu'il n'ait aucun respect pour ma personne ? Qu'il dise « cette fille-là » pour parler de moi ? Pourquoi pas « ta bonniche », tant qu'à y être ?

— Son avis intéresse qui ? C'est un clown.

— Moi, imagine-toi donc, il m'intéresse.

— Allez, Daff, relaxe.

— C'est tout ce que tu trouves à me dire ? Relaxe ? Tu sais, je pense à quelque chose tout d'un coup, ô mon chevalier navrant : peut-être bien que si tu ne t'es pas donné la peine de prendre mon bord, c'est parce que tu es d'accord avec lui.

— C'est-tu vraiment ce que tu crois ?

— Tel père, tel fils.

C'était ce soir-là qu'ils avaient rompu pour la première fois, après une algarade qui les avait acculés dans de sordides retranchements. C'était à cause du souvenir tenace de cette empoignade que Daphne avait volontiers légué ce chemisier à Archie quand elle avait eu besoin d'habits propres. Sur le moment, Daphne n'avait pas anticipé que l'aura maléfique de ce vêtement survivrait à son changement de propriétaire et infecterait Archie, mais c'était manifestement ce qui s'était produit. Désormais, comme si les choses n'étaient pas déjà assez terribles, elle se sentait partiellement responsable des malheurs de cette fille. Pourquoi n'avait-elle pas simplement jeté ce chemisier ?

Quand Daphne commença à défaire le premier bouton et à écarter le tissu, elle vit que le haut de la poitrine d'Archie était en majeure partie intact. Peut-être la phase la plus sinistre de son travail était-elle derrière elle. Mais en descendant vers les côtes et le ventre, elle vit apparaître une profusion de bleus qui se fondaient en un seul et même énorme traumatisme. Peinée, et inexpérimentée, Daphne ne put que tamponner et nettoyer, tout en entretenant un bavardage faussement joyeux avec Archie. Mais quand elle arriva au dernier bouton et vit les deux brûlures parfaitement rondes – la signature de Denise –, elle bondit du lit comme si elle était elle-même la cible d'une désaxée qui s'avançait avec le bout incandescent d'une cigarette.

— Protèges-tu quelqu'un ? C'est pour ça que tu ne veux pas aller à l'hôpital ? Tu sais, l'animal qui t'a fait ça, il ne mérite pas ta protection. Il faudrait l'enfermer.

— Non.

— Tu me dis la vérité ?

— Juré.

— Tu n'as aucun lien avec celui ou celle qui t'a fait ça ?

— Non. J'te jure.

— Aucun lien d'aucune sorte ?

— Non. J'viens d'te l'dire.

Les mains de Daphne tremblaient quand elle revint au chevet d'Archie pour achever sa toilette. Elle renonça à toute conversation, de crainte d'apprendre le pire, exécutant sa tâche tel un automate. L'armoire à pharmacie de Daphne était chichement pourvue au regard de la situation. Les seuls traitements que lui proposaient ses étagères, c'étaient du Midol contre les règles douloureuses et de l'aloe vera. Son incapacité totale à soulager la douleur d'Archie la poussa à tenter une dernière fois de lui faire entendre raison.

— Regarde ce qu'on va faire, lui dit Daphne. J'accepte de faire comme tu veux pour ce soir, mais disons que si ton état ne s'est pas amélioré demain matin, tu vas à l'urgence. OK ?

Elle attendit une réponse. Archie n'exprima pas son accord. Elle n'exprima pas son désaccord. Sa patiente dormait comme une souche.

Daphne veilla toute la nuit à son chevet pour s'assurer qu'Archie ne cesse pas de respirer. Pour sa part, le sommeil n'était même plus au programme, car son esprit était tourmenté par des accès de culpabilité, de panique et de délire. Peut-être que Daphne aggravait les souffrances d'Archie en consentant, de force plus que de gré, à différer les soins. Peut-être avait-elle fait disparaître des preuves cruciales en débarbouillant son hôte. Elle aurait dû taper du poing et puis c'est tout, insister pour qu'Archie se rende à l'hôpital. Cette fille n'était pas assez lucide pour prendre une décision seule. Pourquoi Daphne avait-elle cédé à la pression ? Le lendemain matin, ses yeux étaient voilés de fatigue, au point qu'elle n'aurait pas boudé deux tranches de concombre pour son usage personnel.

Son oiselle blessée, en revanche, dormit d'une traite, quoique sa nuit fût tout aussi troublée. Des gémissements déchirants s'échappaient d'entre ses lèvres dès qu'elle tentait de changer de position, et elle hurlait de temps à autre, en proie à des cauchemars. Daphne aurait donné cher pour assister aux scènes qui peuplaient ses terreurs nocturnes. Infiltrer le subconscient d'Archie était le seul moyen de découvrir quelles épreuves elle avait traversées. Aucun doute, Archie n'était pas près de divulguer volontairement la vérité des faits.

À la clarté du jour, Archie, étendue sur le ventre, avait l'air encore plus mal que la veille, si toutefois c'était possible. Son visage écorché ressemblait à du tartare, ses yeux à des pruneaux trop mûrs qui auraient éclaté au soleil.

— Comment tu te sens ? lui demanda Daphne quand elle montra enfin des signes de vie vers midi.

— *Top shape.*

— Ta face dit tout le contraire.

— Es-tu restée assise là toute la nuit ? lui demanda Archie.

— Où c'est que j'aurais pu être d'autre ?

— J'vas bientôt t'sacrer patience, promis.

— Inquiète-toi pas pour ça. La priorité, c'est que tu ailles mieux.

— J'peux-tu avoir un truc à boire, s'te plaît ?

— Évidemment, ma belle, tiens, prends un peu d'eau.

Daphne maintint la paille devant les lèvres d'Archie, qui aspira une longue goulée. Infirmière novice, elle ne sut comment interpréter sa requête. Une soif intense… Était-ce bon ou mauvais signe ?

— As-tu faim ? lui demanda-t-elle. Tu ne devrais pas rester le ventre vide.

Archie esquissa un non de la tête, mais cet effort lui était déjà trop pénible, alors elle la réenfouit dans l'oreiller. Ce flirt de la mi-journée avec la conscience n'était qu'une illusion trompeuse. Archie sombra de nouveau dans un sommeil de plomb. Daphne profita de toutes ces heures à son chevet pour s'ingénier à trouver quoi lui dire lorsqu'elle referait surface afin de la persuader d'accepter des soins médicaux. Elle ne s'était pas assigné une mission facile : cette fois, il ne s'agissait pas de rédiger un billet frivole pour un blogue publicitaire ; c'était une question de vie ou de mort. Elle devait trouver l'équilibre parfait entre la poigne et le doigté, et après plusieurs heures de censure mentale, elle cria bingo. Un discours doux, tout ce qu'il y avait de plus rassurant. Mais quand Archie se réveilla en sursaut à 19 h 30 en s'attrapant le ventre, percluse de douleur, Daphne débita finalement la version non expurgée :

— Je me contrefous de ce que tu diras. Tant que j'aurai mon mot à dire, il est hors de question que tu sortes d'ici dans un sac mortuaire. Tu vas aller à l'urgence même si je dois t'attacher une corde à la cheville et te traîner là moi-même.

Daphne espérait qu'Archie changerait de disque après toutes ces heures passées au lit avec la douleur pour seule compagnie, mais apparemment sa tête de mule avait bien encaissé les coups.

— J'veux bien m'en aller si tu veux, mais j'irai pas à l'hôpital.

C'était une menace en l'air. Archie n'était pas plus capable de sortir de l'appartement de Daphne que l'était le réfrigérateur. Daphne aurait pu appeler Urgences-santé pour qu'on l'emmène sur une civière, mais elle rechignait à la laisser partir. Elle resta assise un moment en silence et considéra les possibilités.

— Et si je te disais, reprit-elle, que je peux m'arranger pour que tu sois vue par un médecin sans aller à la clinique ou à l'hôpital. Aucune paperasse, rien de rien. Dans ce cas-là, serais-tu d'accord ?

— Qui c'est qui accepterait de m'voir dans ces conditions-là ?

— Laisse-moi m'occuper de ça, lui répondit Daphne. J'ai des amis haut placés.

— Tu as loué une auto ?

— Ouais, dit Marius. J'ai une Communauto parquée devant. C'est quoi exactement cette mystérieuse faveur ?

— Je voulais juste que tu conduises mon amie chez ma grand-mère. Elle n'est pas dans son assiette. Je ne voulais pas la mettre dans un taxi.

Franchement, si ce n'était que ça, elle aurait pu le lui dire au téléphone. C'était loin d'être une affaire d'État. Non, elle n'avait pas juste besoin d'une navette, cette histoire cachait autre chose. Même à présent qu'ils se tutoyaient et qu'il était devenu son co-conspirateur, trempant jusqu'au cou dans son évasion interdite de la ville souterraine, elle n'était toujours pas disposée à lui livrer autre chose que des bribes d'informations, et encore, uniquement en cas de besoin.

— OK, si elle doit y aller, c'est parti mon kiki, dit-il.

Daphne le mena dans la chambre, où Archie était habillée, le dos calé contre des coussins. Toute cette brusquerie pour ajuster les emmanchures et les fermetures-Éclair à son corps avait exténué la malheureuse, qui s'était rendormie. Quand Marius posa les yeux sur elle, il crut rendre tripes et boyaux. Archie semblait avoir enfilé sa peau à l'envers.

— Esprit, Daphne ! Pourquoi m'avoir fait venir moi ? T'aurais dû appeler directement le 911.

— Elle m'a interdit de le faire.

— Hein ? Pourquoi ?

— Elle a ses raisons…

— Pis tu l'as écoutée ? T'es folle, ou quoi ? Pourquoi t'as pas utilisé le bon sens que le bon Dieu t'a donné ?

Horrifié par la gargouille qui occupait le lit de Daphne, il avait oublié de prendre des pincettes avec elle comme il en avait l'habitude.

— Tu as raison. Je sais. Mais je suis coincée.

— Pourquoi veux-tu que je la conduise chez Nora ? Qu'est-ce que ta grand-mère va ben pouvoir faire pour elle, là-bas ?

— Je pensais qu'Emmanuel pourrait l'examiner.

— Emmanuel ?

— Il est médecin.

— Je sais, mais il fera comment si ça prend des points de

suture ? Il ira chercher la boîte à couture de grand-maman ? Pis elle a sûrement besoin de passer une radio.

— Elle n'a rien de cassé. Pis elle peut bouger tous ses doigts et tous ses orteils.

— Rappelle-moi où tu as eu ton diplôme en médecine ? Si ça se trouve, elle ne devrait même pas se déplacer dans son état.

— Regarde, c'est vrai que c'est capoté, mais je suis à court d'idées. Je ne sais pas quoi faire d'autre. Elle refuse catégoriquement d'aller à l'hôpital ou à une clinique. Elle ne veut pas me dire pourquoi. Je soupçonne qu'elle veut éviter de devoir montrer ses papiers où que ce soit. Mais c'est juste des spéculations. Je n'ai aucune idée de ce qui lui arrive. Je pensais qu'elle était peut-être victime de violence conjugale, mais elle me jure que non. Peut-être qu'elle a regardé un gars louche de travers et qu'il lui est tombé dessus. Je n'en sais pas plus que toi.

— Et sa famille ? Elle est où ? Si tu veux, je peux la reconduire chez elle, à la place.

— Je ne sais rien de sa famille. Je ne sais même pas si elle en a une.

Marius jugea pour le moins baroque que Daphne ait dans son lit une femme bosselée, blessée et barbouillée de sang en train de ronfler, une femme qu'elle avait dépeinte comme son amie, et qu'elle ne sache pourtant presque rien d'elle.

— Faque vous vous connaissez de longue date, elle et toi ? lui demanda-t-il.

Daphne était trop lessivée pour les cachotteries.

— Si avant-hier c'est de longue date, dans ce cas-là, oui.

— Tu l'as rencontrée seulement avant-hier ?

Si par hasard Marius n'était pas encore convaincu que Daphne et Nora possédaient des gènes en commun, il venait d'en obtenir la preuve. L'une et l'autre émettaient naturellement le même signal électromagnétique qui attirait jusqu'au plus miséreux des inconnus campant dans le voisinage, ce qui permettait aux deux femmes de placer ces pauvres hères sous leur protection.

— À strictement parler, oui. Pour vrai, on a seulement échangé nos prénoms, ce jour-là. Mais je la connaissais déjà plus ou moins.

— Comment ça se peut de connaître quelqu'un plus ou moins ?

Daphne lui déballa tout. Elle lui décrivit comment Archie lui était littéralement rentrée dedans au Y, et les diverses occasions où, par la suite, elle l'avait aperçue en train de fouiller les poubelles dans plusieurs aires de restauration.

— Je ne sais pas comment ça m'est venu, mais j'ai ressenti une étrange affinité avec elle. Je sais bien que ça n'a pas de bon sens, mais j'ai voulu l'aider comme je pouvais. C'était comme une envie irrésistible. Si tu me connaissais mieux, tu te rendrais compte que ce genre d'attitude-là, c'est tout le contraire de qui je suis, mais c'était plus fort que moi. Bref, finalement, je n'ai jamais réussi à la rattraper ni à lui parler, seulement à l'apercevoir à droite, à gauche, jusqu'au jour où j'ai pris un café avec toi au Tunnel Espresso Bar. Te souviens-tu ? Quand je t'ai sacré là pour me lancer à la poursuite de quelqu'un ? Ben, c'était elle.

— Ouais, évidemment que je m'en souviens ! T'étais une vraie fusée à propulsion.

— Pour ce que ça m'a servi… Je l'ai perdue dans la foule, à la gare. Pis, coïncidence, avant-hier, je la croise dans la cathédrale et elle accepte de venir souper chez moi. Le courant est bien passé. Pis boum, pas plus tard que le lendemain du jour où je la prends sous mon aile, elle se fait sacrer une volée par un malade, et elle revient chez moi. Demande-moi pas comment elle a fait. Elle arrive à peine à aligner deux pas. J'ai le goût de pleurer quand je m'imagine la scène. Regarde cet ange gardien de seconde zone que je suis devenue !

Ce récit suffit à rallier Marius à sa cause. L'ex-stagiaire cala adroitement Archie dans un fauteuil de bureau à roulettes, la transbahuta jusqu'à la voiture, et déposa son chargement en lieu sûr, dans une maison déjà pleine à craquer.

26

Ils n'avaient plus besoin de jouer ouvert. Emmanuel et sa femme Yvonne apprenaient vite. Tous les soirs, une fois les enfants bordés, ils débarrassaient la table, déménageant toute la paperasse juridique, les manuels scolaires et les constructions en Lego dans une résidence secondaire temporaire – le panier à linge vert – afin de faire de la place pour le jeu de mah-jong. Ils en étaient arrivés à un point où tous les quatre attendaient impatiemment ce rituel, qui leur permettait de décompresser en fin de journée en cachant sous le tapis leurs différents soucis pour se concentrer uniquement sur des choix sans conséquence, comme celui de la meilleure tuile à défausser.

Étant donné le stade de leur relation, l'ensemble complet de mah-jong qu'Anthony avait rapporté à Nora de Vancouver dans son bagage à main était sans doute un cadeau disproportionné. C'était un jeu à l'ancienne, importé de la mère patrie. Le coffret en acajou paré de fioritures en cuivre jaune n'avait pas l'allure d'une mallette comme habituellement en Amérique du Nord. Il se dressait sur la table avec ses cinq tiroirs tout minces superposés, tapissés de satin. Son profil évoquait une boîte à bijoux, celle d'une riche héritière, conçue pour abriter des colliers de perles et des camées plutôt que des tuiles de jeu. Quand Anthony l'avait aperçu dans la boutique, entouré de nombreuses autres babioles de moindre stature, il avait été incapable de résister.

— Mon Dieu, Anthony, s'était écriée Nora après avoir défait le paquet. Il est magnifique. Fallait pas. Ç'a dû te coûter une fortune.

Il avait voulu lui répondre quelque chose de romantique, de raffiné et d'onctueux, comme : « Tu vaux bien tout le bronze, tout l'argent et tout l'or de la Terre. » À la place, il avait dit :

— Pas vraiment…

Une occasion manquée.

Anthony savait que des visiteurs occupaient la cave de Nora : c'était le seul étranger à la maisonnée qu'elle avait mis dans la confidence. Il trouvait parfaitement normal que sa Nora au grand cœur se soit précipitée au secours d'une famille en détresse et l'ait recueillie à son domicile, dont elle avait enfin divulgué l'adresse à Anthony. Quand Nora avait fait admirer à Emmanuel et Yvonne le cadeau qu'il lui avait offert, ils s'étaient montrés curieux d'apprendre à jouer au mah-jong, et Anthony et Nora avaient accédé à leur requête. Autour de la table, tous avaient alors commencé à communier en silence, et les Demel avaient timidement posé la première pierre, taillée dans des matériaux exotiques, d'un nouvel édifice familial.

— C'est l'anniversaire de Grâce aujourd'hui, annonça Yvonne un soir à la table de mah-jong tandis qu'ils reconstruisaient leurs murs.

— Grâce ? demanda Anthony.

— Notre fille aînée. La guerre dans notre pays nous l'a prise.

Assis en face d'elle, Emmanuel soutenait le regard de son épouse.

— C'était une bonne petite, continua Yvonne. Elle aidait toujours sa mère. Et une excellente élève. Ses maîtres et maîtresses ne tarissaient pas d'éloges. Toujours plongée dans un livre. Elle était partie pour devenir enseignante.

Yvonne prononça la phrase suivante à l'intention de son mari :

— Tu te rappelles la fois où elle est rentrée dans un mur parce qu'elle avait le nez dans son bouquin ? Comme elle était gênée ?

Maintenant qu'elle en parlait, Emmanuel se rappelait, en effet, mais ses pensées pour Grâce étaient fixées à jamais sur son dernier jour, celui où il avait failli à son devoir de père. À lui seul, ce souvenir éclaboussé de sang effaçait tous les autres.

— C'est terrible de survivre à son enfant, déclara Nora.

C'était son malheur qui s'exprimait, né de sa propre expérience, à ceci près que son enfant à elle était adulte quand il lui avait été confisqué, maître de ses propres décisions, y compris la dernière, qui avait causé sa perte. Nora avait un trou dans le cœur, tout comme Yvonne, un trou dont la forme correspondait parfaitement à celle d'un fils disparu, un trou dont les bords ne se raccommodaient jamais, peu importe le temps écoulé depuis la disparition. Au moins, songea Nora, Yvonne avait ses autres enfants pour lui donner une raison d'aller de l'avant, tandis qu'elle avait perdu son seul et unique petit. Mais Nora se garda d'offrir cette remarque à la tablée. Ce n'était pas une compétition.

Un ange passa au-dessus d'eux. Personne n'avait envie de proposer de reprendre la partie. Cela semblait inconvenant. Leurs regards étaient perdus sur le fatras de tuiles, alors qu'autour d'eux leurs fantômes respectifs gonflaient leurs muscles. C'est alors qu'on sonna à la porte.

Nora n'avait jamais vu d'inconvénient à ce qu'on actionne cette sonnette. Évangélistes, louveteaux agitant leurs aumônières, marchands de menus travaux de peinture et de rejointoiement :

tous avaient droit à leurs dix minutes sur le pas de sa porte. Elle était toujours partante pour un brin de conversation. Mais depuis que Daphne lui avait mis dans l'idée que les services de l'immigration risquaient de se présenter pour rafler ses visiteurs et les coller dans le prochain avion vers leur pays natal, un froid s'était installé entre elle et sa sonnette. Ces individus auraient-ils sonné, de toute façon ? Elle se posa cette question en montant l'escalier de la cave. Ne se seraient-ils pas contentés d'enfoncer la porte comme à la télé ?

Elle fut donc soulagée, en glissant un œil par le judas, d'apercevoir Marius sur son perron. C'était *un bon Jack*, Marius. Même si Daphne n'avait pas eu la présence d'esprit de s'enticher de ce gars-là, Nora s'était immédiatement prise de sympathie pour lui. Un garçon sans façons. À l'inverse, Theo, un choix typique de Daphne, *pétait de la broue*[1] à mettre un barman au chômage. Dommage que les enfants aient été en train de dormir en bas. Ils avaient été captivés par Marius quand il leur avait rendu visite le jour où Daphne avait pris la poudre d'escampette. Il avait fait le zouave avec eux comme le plus chouette des grands frères. Nora ressentait souvent un pincement de regret pour ces enfants qui vivaient dans une cellule d'isolement dont elle était l'artisan. Peut-être Daphne avait-elle raison : s'ils habitaient dans une église, au moins ils feraient partie d'une communauté, il y aurait du passage, de la stimulation ; mais en même temps, ce confinement lui avait semblé la meilleure solution, la seule solution. Nora mit provisoirement de côté sa culpabilité et ouvrit la porte. Son dilemme n'allait pas se résoudre maintenant. Elle avait hâte de mettre de l'eau à chauffer pour qu'ils puissent tous se retrouver autour d'une tasse de thé.

1. « Se faisait mousser, se montrait imbu de lui-même. » Au sens propre, la broue désigne la mousse de la bière.

— C'est Daphne qui nous envoie, annonça Marius.

On aurait cru qu'il délivrait le mot de passe pour pénétrer dans un bar clandestin au temps de la prohibition.

— « Nous » ?

Nora regarda plus bas que le visage de Marius et vit qu'il partageait le perron avec une jeune femme assise dans – ça alors ! – un fauteuil de bureau à roulettes. Son visage était celui de quelqu'un qui venait de perdre le combat du siècle contre Mohamed Ali.

— Daphne a pensé qu'Emmanuel pourrait examiner Archie, expliqua-t-il avec un signe de tête vers sa camarade. Elle s'est fait un peu maganer...

— Bien sûr, entrez, entrez.

Marius bringuebala le fauteuil jusqu'en haut de la dernière marche et fit rouler Archie à l'intérieur du salon. Nora, du haut des escaliers, convoqua Emmanuel et Yvonne. D'habitude, elle s'alarmait quand ils montaient, craignant qu'ils se fassent remarquer, mais cette fois, il y avait urgence. Nora avait toujours fait confiance à ses voisins, mais à présent qu'elle avait quelque chose à cacher, sa complaisance légendaire l'avait quittée. C'était sans doute un effet collatéral de tous ces films qu'elle avait regardés tard le soir, qui se passaient à Paris sous l'Occupation et dans lesquels des délateurs troquaient leurs voisins, pourtant amis de longue date, contre une simple paire de bas de soie ou un navet. Certes, sa situation n'était pas tout à fait comparable, mais on n'était jamais trop vigilant.

Emmanuel se pencha vers Archie, avachie dans son fauteuil. Il l'évalua longuement du regard et déclara :

— L'hôpital, à mon avis. Ça vaut mieux.

— Non, s'écrièrent Archie et Marius à l'unisson. Impossible, clarifia Marius. Archie compte sur nous pour que ça ne sorte pas d'ici, si tu vois ce que je veux dire. C'est pour ça qu'on est venus.

Emmanuel lut de la supplication dans les yeux d'Archie et signifia son empathie d'un signe de tête. Nora fit le tour de la pièce pour tirer les rideaux pendant que les hommes déplaçaient Archie du fauteuil au canapé.

— Ma parole, jeune femme, dit Emmanuel, en voilà un fauteuil roulant inhabituel. Votre bureau doit se demander où il est passé.

Le coin des lèvres d'Archie se contracta d'un millimètre, esquissant ce qui se voulait un sourire mais qui vira à la grimace dès que ses zygomatiques furent sollicités. Le médecin prit note. L'aire du cerveau d'Emmanuel dévolue aux diagnostics ne s'était guère exercée professionnellement depuis qu'il était arrivé au Canada. Le poste qu'il avait occupé avant de prendre le maquis, dans le lavage à haute pression de poids-lourds, ne l'avait pas mise à contribution. Il craignait que cette zone se soit atrophiée entre-temps, mais maintenant qu'elle était réquisitionnée, elle eut l'obligeance de reprendre du service séance tenante. Pendant qu'il effectuait des palpations, Emmanuel tint quelques menus propos à Archie pour qu'elle ne se sente pas obligée de parler. Ses mains lui apprirent tout ce qu'il avait besoin de savoir.

Quel bonheur de redevenir médecin, même pour une heure seulement. Une coupure bienvenue dans cette demi-vie bizarre entre ennui et anxiété qu'il partageait avec sa seule famille restante. Avant d'entrer au Canada sous couvert de légalité et de probité, il s'était préparé à sauter toutes les haies que le Collège royal des médecins et chirurgiens mettrait sur sa route, afin d'obtenir le droit d'exercer, mais depuis la condamnation de son cousin, la course d'obstacles avait été annulée, et voilà qu'il était réduit à se terrer dans la cave d'une femme à qui il disait à peine bonjour avant que ses ennuis commencent. Tous les matins au réveil, lorsqu'il reprenait conscience de son cadre de vie, sa situation le choquait comme au premier jour. Il était reconnaissant envers Nora, assurément, mais se demandait parfois combien de temps il pourrait survivre dans cette situation incertaine. Il savait bien que d'autres accumulaient les années de clandestinité dans des conditions similaires, mais pourquoi était-il venu au monde s'il ne pouvait pas rendre service ? À quoi était-il bon, quels bienfaits prodiguait-il à l'humanité ? Il ne faisait qu'exister. Au moins, à cet instant, il avait devant lui une patiente, et il entendait bien mobiliser toute sa compétence pour lui rendre la santé.

Emmanuel l'examina intégralement, ou du moins aussi intégralement que possible en l'absence du matériel de diagnostic de pointe qu'aurait offert un hôpital, et quand il eut terminé s'assit sur le fauteuil de bureau, roula jusqu'au canapé, et prit Archie par la main. Il appela les autres, qui avaient attendu dans la cuisine pour leur laisser un degré d'intimité.

— Vous avez beaucoup de chance, jeune fille. Beaucoup. Je n'ai repéré aucune lésion interne. Je ne dis pas que votre état n'est pas grave, mais vous n'avez rien, à proprement parler, qui vous oblige à aller à l'hôpital. En tout cas, pas dans l'immédiat. À mon avis, les contusions vont disparaître avec le temps et du repos. Je suis à peu près sûr que vous n'avez aucune complication à craindre de cet…

C'est seulement à ce moment qu'il hésita. Il finit par s'arrêter sur le mot « accident ». Il se tourna vers les autres dans la pièce.

— J'ai bon espoir que nous pourrons l'aider à s'en tirer.

— Vous voulez dire que je ne vais pas la ramener chez Daphne ? lui demanda Marius.

— Pas tout de suite, répondit Emmanuel en effleurant du regard les articulations des doigts de Marius. Elle a quand même besoin de soins, et je veux la surveiller de près pendant quelque temps, m'assurer que son état reste stable.

— On va la chouchouter jour et nuit, intervint Nora, cherchant un appui chez Yvonne. Faites-vous-en pas.

Yvonne s'était toujours comportée comme une petite souris dans la cave de Nora. C'était une femme vivant sous le toit d'une autre femme qui n'était ni sa mère, ni sa belle-mère, ni sa fille, et elle souffrait cruellement de n'avoir aucun rôle précis à jouer. Mais l'arrivée de cette étrangère, qui plus est le jour de l'anniversaire de sa petite Grâce adorée, l'éclairait soudain sur la raison qui avait poussé Dieu à la placer ici.

27

Emmanuel pensait qu'elle avait besoin de médicaments. Il avait raison. Nora pensait qu'elle avait besoin de manger. Elle avait raison. Mais Yvonne, elle, savait ce dont avait vraiment besoin cette jeune femme friable. D'amour. Elle fonctionnait à vide. C'était Yvonne, non diplômée de son état, qui venait de poser le bon diagnostic, ce qui ne remettait nullement en question la compétence professionnelle d'Emmanuel. S'il avait été en mesure de pratiquer toute une batterie d'examens, cette carence lui aurait sauté aux yeux à la lecture des résultats. Heureusement pour Archie, la vision à rayons X d'Yvonne lui permettait de voir à travers les bleus et les balafres et d'identifier la racine du mal qui l'affligeait.

Nora, Anthony et Yvonne, guidés par Emmanuel, œuvrèrent à diligenter le rétablissement d'Archie. La part du lion revint cependant à Yvonne. Elle se postait à son chevet et lui servait d'infirmière, d'aide-soignante et de bras droit. C'est elle qui lui passait la pommade que Marius allait chercher chez Pharmaprix à la demande expresse d'Emmanuel. Elle qui lui donnait à la petite cuillère la purée hyper-protéinée que Nora concoctait au mixeur, et elle qui essuyait les filets qui traînaient sur son menton. Si les antalgiques lui barbouillaient l'estomac, c'était Yvonne qui tenait le seau. Elle faisait, en un mot, ce que n'importe quelle mère aurait fait ; du moins n'importe quelle mère présentant les traits normaux de l'espèce.

Archie possédait une mère bien à elle, si l'on pouvait dire, même si elle lui contestait ce statut. Elsa. Si on l'avait priée de prouver leur lien de parenté, Elsa aurait été en mesure de fournir la paperasse adéquate. Et même dans l'hypothèse où Archie se serait insurgée et époumonée à nier l'authenticité des documents, un prélèvement aurait confirmé que, oui, ces deux-là partageaient le même bricolage génétique. D'un point de vue purement biologico-légal, force était de constater qu'il s'agissait bien de la femme qui avait donné naissance à Archie. Mais dans le cas d'Elsa, « mère » n'était rien d'autre qu'un titre honorifique. Elle ne s'adonnait pas à toutes ces occupations périphériques rébarbatives associées à la maternité : protéger sa fille, par exemple, ou la choyer et l'élever. Le maternage d'Yvonne, experte en la matière, était donc du jamais-vécu pour Archie. Le résultat était navrant : Archie n'avait aucun désir de se rétablir. Absolument aucun. La douleur était un faible prix à payer. Elle serait volontiers restée dans le cocon de cette cave jusqu'à la fin des temps si en échange Yvonne avait continué à l'épauler. Mais les choses ne se déroulèrent pas tout à fait comme Archie l'avait prévu. Son corps, refusant les directives de sa patronne, décida dans son coin d'effectuer lui-même ses propres réparations, avec l'aide de Nora et de son équipe de mécanos à chaque étape du circuit, quoique ce fût long et laborieux.

Depuis qu'Archie était venue compléter leur smala rue Melançon, Nora avait dépassé le degré ultime sur l'échelle du branle-bas de combat. Entre cuisiner pour un régiment matin, midi et soir, assurer le ravitaillement en produits pharmaceutiques et en vivres, éviter l'ingérence des voisins, skyper Daphne, éclaircir le compte en banque avec de l'eau et des miettes de pain, et les mille et une autres balles de jonglage qu'elle devait maintenir en l'air, Nora était un ouragan dans la cuisine, son poste de commandement. Anthony la délestait comme il pouvait, mais ses talents ne répondaient pas aux besoins de sa compagne. C'était pour la corvée de tambouille que Nora avait le plus besoin d'une deuxième paire de mains. De toutes ses activités, c'était devenu la plus onéreuse et la plus accaparante depuis que sa maison était pleine à craquer. Hélas, Anthony se révéla parfaitement *poche* en cuisine, entravant de ses deux mains gauches les apprêts et la distribution du petit déjeuner, du déjeuner et du dîner. Elle le bannit de cette pièce, non sans regret, et l'envoya recevoir son ordre de route d'Yvonne dans la cave, où régnait une joyeuse anarchie.

Le roi du mah-jong fut accueilli à bras ouverts dans leur cul-de-basse-fosse. Yvonne recherchait activement un substitut disponible à mi-temps qui puisse camper auprès d'Archie à sa place les fois où elle était retenue par les besoins de sa propre famille. Emmanuel s'y collait aussi souvent que possible, mais il avait généralement le nez dans l'un des volumineux ouvrages de droit que Marius avait trimballés de la bibliothèque jusqu'ici : il traquait le vide juridique qui permettrait à sa famille de se révéler à la face du monde en toute légalité. Anthony s'engouffra dans la brèche. Sa mission consistait à divertir Archie pour éviter qu'elle passe ses journées à comater faute de stimulation. C'était à lui, cependant, de trouver comment s'y prendre.

Les conversations à cœur ouvert, premier choix d'Anthony, ne menèrent nulle part. Archie était du genre fourmi, elle thésaurisait ses paroles pour Yvonne. Il fit une autre tentative consistant à débiter monologue sur monologue, mais lui-même se trouva d'un ennui mortel. Les jeux de société exigeaient d'Archie un effort intellectuel encore au-dessus de ses forces. Il s'embarqua avec elle dans un puzzle, mais les pièces ne cessaient de s'engouffrer dans les plis des draps, et il pouvait difficilement tourner autour d'Archie à tâtons pour les repêcher. Il alla même jusqu'à essayer de lui enseigner la langue des signes, qu'il utilisait dans son enfance pour communiquer avec sa tante sourde, mais ce fut un nouveau fiasco. Assis à côté du matelas d'Archie, Anthony se désespérait. Il n'avait pas le droit à l'échec, pas pour sa deuxième mission d'intervention sous le toit de Nora après s'être fait recaler aux fourneaux. Il courait le risque qu'elle commence à se demander, à juste titre, pourquoi elle perdait son temps avec un bon-à-rien pareil.

Faute d'inspiration, il se mit à lire tout haut à Archie le journal qui froufroutait sur le perron de Nora chaque matin quand le livreur l'y déposait. Il savait que c'était un truc de vioque : les jeunes ne lisaient plus la presse au format papier. Mais, contre toute attente, Archie y prit goût. Elle n'était pas emballée par les actualités, ni par la rubrique affaires, mais elle aimait les pages sport et l'horoscope, et elle assistait volontiers Anthony lorsqu'il séchait sur ses mots croisés. Leur numéro de duettistes était parfaitement rythmé. Il lisait un peu, elle somnolait un peu, il lisait un peu plus. Leurs séances n'avaient rien de participatif, c'était lui qui parlait la plupart du temps, mais il sentait que sa patiente était réceptive malgré son silence. Voilà pourquoi il crut entendre des voix le jour où une phrase entière flotta de l'oreiller jusqu'à lui.

— Faque vous êtes le grand-père de Daphne, dit-elle, tentant de mettre de l'ordre dans les personnages de leur huis clos.

L'hypothèse que Nora et lui puissent être un couple de longue date les amusa autant qu'elle les émoustilla quand il la lui rapporta une fois monté dans la cuisine.

— C'est ben dommage, plaisanta-t-il devant Nora, que je sois généralement pogné dans la cave pis toi en haut, sauf pendant nos parties de mah-jong. Si un jour je veux te voir plus souvent, je serai obligé de déménager ici.

— Bonne idée, répliqua-t-elle.

Et ce fut réglé. Pour une fois, le soupirant qui visait toujours à côté avait mis dans le mille.

Philippe, le benjamin d'Yvonne et d'Emmanuel, était un prodige. À sept mois, il semblait déjà savoir lire l'heure. Au beau milieu de la nuit, quand le réveil indiquait 2 : 30 – pas 2 : 31 ni 2 : 29 –, ses deux yeux s'ouvraient d'un coup et il braillait à pleins poumons pour réclamer la tétée. La plupart des nuits, Yvonne le sortait du tiroir de commode rembourré qui lui servait de lit et le prenait avec elle dans son propre lit. Mais, de temps en temps, quand elle remarquait qu'Archie avait le sommeil agité, Yvonne se blottissait à côté d'elle sous les couvertures pendant qu'elle donnait le sein, et elles conversaient à voix basse. Ces moments étaient les préférés d'Archie dans cette cave : ses tête-à-tête intimes avec Yvonne et le slurp, slurp, slurp de Philippe en arrière-fond.

— Y va falloir y montrer à s'tenir à table, hein ? dit Archie.

— Tu as raison, lui répondit Yvonne. Il n'ira nulle part dans la vie en mangeant comme ça.

— Tu penses qu'y fera quoi quand y s'ra grand, c'grand bonhomme ? demanda Archie.

« Quoi » était une question autrement moins préoccupante pour Yvonne que « où ». Parfois, elle ne pouvait s'empêcher d'imaginer son bébé devenu adulte, dépassant son père en taille, les premiers frissons d'une moustache sur la lèvre supérieure, mais toujours là dans cette cave à dormir recroquevillé, tel un escargot, dans l'ancien tiroir à chaussettes de Daphne. Yvonne frotta ses lèvres contre les cheveux de son fils.

— Je m'en fiche, répondit-elle à Archie, il pourra bien faire ce qu'il veut. Je veux qu'il grandisse, c'est tout.

Toutes deux avaient les yeux rivés sur le bébé, ce futur premier ministre ou agriculteur ou gestionnaire de fonds spéculatifs, lorsque Archie posa une nouvelle question. Elle la gardait en réserve depuis un certain temps. Elle aurait pu la lui soumettre à un moment où Yvonne prenait soin d'elle pendant la journée, les occasions ne manquaient pas, mais son intuition l'avait prévenue que cette question-là devait poindre sous les auspices de la nuit.

— C'est qui, Grâce ?

Yvonne se raidit. Le bébé ingéra la détresse de sa mère et commença à s'agiter.

— Comment tu as entendu parler de Grâce ? Par Emmanuel ?

— Non, pantoute. C'est toi. Tu m'appelles par c'nom-là, des fois.

— C'est vrai ?

— D'temps en temps. La nuit, surtout. Ça m'dérange pas.

Pour être honnête, elle adorait quand Yvonne, la voix remplie de tendresse, l'appelait Grâce. Même si ce nom appartenait de droit à quelqu'un d'autre, Archie n'avait pas l'impression d'usurper une affection qui ne lui était pas destinée. Quelque part, elle savait que cette mystérieuse Grâce et elle s'amalgamaient dans le cœur d'Yvonne.

— Grâce, c'était ma fille.

« C'était ». Archie soupesa le temps du verbe. Elle avait imaginé autre chose : un autre membre de leur famille qu'ils avaient perdu dans la débandade en quittant leur pays natal, une sœur ou cousine chère à leur cœur, laissée sur le bord de la route, désormais disparue. Mais, à cet instant, les pensées d'Archie s'orientèrent vers les cicatrices d'Emmanuel puis rebondirent en direction du « c'était » d'Yvonne, et alors le martyr des dernières heures de Grâce se révéla à elle comme si elle avait été présente.

Archie songea : Qu'est-ce qui lui prenait de fourrer son nez dans leurs affaires ? Sa conduite allait à l'encontre de toutes les règles de la cave, zone où « confidentialité » et « discrétion » étaient les maîtres-mots. Aucun de ses occupants ne suspectait les ignominies de son propre passé qui avaient précédé son passage à tabac, et personne ne l'incitait à les divulguer. Qu'avait-elle fait pour remercier ces gens, simples étrangers il y a quelques semaines encore, qui la nourrissaient, l'aidaient à se torcher les fesses, sacrifiaient pour elle leur matelas le plus moelleux, entassaient leurs propres enfants pour lui offrir davantage de confort et d'intimité ? Qu'avait-elle fait ? Elle avait pris un pieu pointu et l'avait planté en plein dans leur peine personnelle. Elle se doutait depuis le début que « Grâce » était un nom à fort potentiel explosif, mais elle s'était obstinée, avait donné carte blanche à sa curiosité pour écraser son discernement, et dégainé quand même sa question. Elle n'aurait jamais dû prononcer ce nom tout haut et laisser remonter dans l'esprit d'Yvonne le souvenir de sa fille décédée.

Archie n'était pas encore bien au clair sur les mères, en dépit des bénéfices du stage accéléré d'Yvonne. Elle n'avait aucun moyen de savoir que l'aura de Grâce était comme une calotte enveloppant le cerveau d'Yvonne. La moindre de ses pensées répercutait l'écho de sa fille. Archie n'avait donc nul besoin de s'auto-réprimander à l'idée qu'elle venait de rappeler Grâce à la mémoire d'Yvonne. Les rappels étaient superflus. Sa question offrit même à Yvonne le plaisir exquis de parler de Grâce haut et fort et de la faire exister aux yeux de quelqu'un qui ne l'avait jamais rencontrée.

— Tu me fais penser à elle, expliqua Yvonne. Une fille sage, intelligente et gentille, mais têtue. J'ai l'impression de retrouver un peu d'elle en toi, Archie.

— Archie existe pas, répondit l'infirme dans un chuchotement en signe de repentir. Je m'appelle Chantal.

C'était un début.

28

— As-tu trouvé le sac ?

— J'ai trouvé un sac, dit Marius. Je ne sais pas si c'est *le* sac.

Il le leva face à Daphne pour exhiber la marchandise, un sac froissé couleur chamois de chez Bureau en Gros, indifférenciable de milliers d'autres à travers la ville qui s'étaient reconvertis dans le transport de repas et le ramassage de crottes.

— Elles t'en ont fait baver, les deux furies ? Tu as l'air en un seul morceau.

— J'ai eu de la *luck*. Y avait personne. Elles devaient être parties varger sur une autre proie.

— Tu n'as pas idée comme je suis soulagée. Tout le temps que tu étais parti, j'angoissais que tu les croises, ces deux-là. Et j'ajouterai que tu as été héroïque d'accepter la mission.

— À peine, répondit-il.

Mais les paroles de Daphne avaient produit leur effet. Elle n'était pas particulièrement prodigue de compliments. Pour la première fois de leur histoire commune, elle en glissait un à son intention. C'était une journée à marquer d'une étoile sur son calendrier.

— Bon, il y a quoi, dans ce sac-là ? J'imagine que tu as déjà jeté un coup d'œil. Je peux voir ?

Fouiner dans le sac à trésors mystère d'Archie constituait un faux pas sur le plan du respect de la vie privée, Daphne en était consciente, mais puisque c'était elle qui avait organisé le sauvetage de l'objet, elle s'estimait en droit de plonger un œil furtif à l'intérieur.

— Tu vas être déçue. C'est tout plein de bébelles sans intérêt, dit Marius en fourrageant. Un paquet de Skittles à moitié vide, une brosse à dents, un T-shirt, pis un toutou.

— Un quoi ?

— Un toutou[1]. Regarde.

Et, tel un magicien désargenté, il plongea le bras dans le sac de chez Bureau en Gros et en sortit un lapin en peluche auquel il manquait une oreille. Le doudou en question avait connu bien des guerres. Peut-être avait-il un jour arboré un petit ventre, mais ce n'était plus qu'une pauvre chose émaciée, conséquence de plusieurs années d'écrabouillage immodéré. À l'origine, dans le rayonnage du Toys "R" Us, la peluche avait dû être blanche, ou au minimum d'un joli jaune poussin de Pâques, mais elle présentait désormais le teint terreux de la *sloche*[2] sur un trottoir de centre-ville. Sa fourrure était tombée par plaques, à croire qu'elle venait d'attaquer la chimio.

Marius suspendit le Jeannot dur de la feuille entre lui et elle, du bout des doigts pour éviter la contamination à laquelle un contact rapproché l'aurait exposé. Ils le considérèrent, puis se regardèrent.

— Faut-tu que je comprenne, finit-il par dire à Daphne, qu'elle était prête à affronter ces deux fumeuses de crack-là pour un lapin en peluche miteux ?

Daphne lui confisqua le lapin de la honte et le berça dans ses

1. « Peluche, doudou. »
2. « Neige fondue boueuse. »

bras. Elle fourra le museau dans son ventre et le renifla à pleines narines. Il exhalait une aigreur piquante mais, possiblement, ce que Daphne tenait pour aigreur était odeur de rose au nez d'Archie.

— Tout ce que je sais, expliqua-t-elle, c'est qu'Yvonne a dit à ma grand-mère qu'Archie rêvait de récupérer un sac laissé sur place qu'elle s'était fait piquer par les femmes qui lui ont vargé dessus.

— Puis Nora t'en a parlé, et toi tu m'en as parlé, conclut Marius. Peut-être que certaines infos ont été zappées pendant la transmission.

— Je ne pense pas.

Leurs réflexions semblaient converger, mais Marius prit tout de même l'initiative de mettre en voix leur inquiétude commune.

— Elle a quel âge, encore, Archie ? Tu m'as dit quoi ?

— Je ne te l'ai pas dit.

— Ben quel âge penses-tu qu'elle a ?

— Je ne sais pas. Vingt ans, peut-être. Vingt et un. Tu l'as vue.

— Quand je l'ai vue, sa face semblait avoir besoin d'un ravalement. Je suis mal placé pour donner une estimation.

— Si tu l'avais vue dans son état normal, en santé, bien en chair, tu serais d'accord avec moi.

— Mais tu ne lui as jamais demandé son âge.

— Non, quel intérêt ?

— Bon, et quand vous avez discuté… Elle t'a paru comment ?

— Mature. Adulte.

— Adulte ?

— Plus ou moins, ajouta-t-elle, se sentant obligée de nuancer.

— Daphne, dit Marius, las de tourner autour de la question, tu penses-tu que ça se peut qu'on héberge une fugueuse depuis tout ce temps-là ?

— Non. Ça se peut pas, voyons. Archie n'est pas une enfant.

— En es-tu ben sûre ? Parce que si elle est mineure, on est dans la marde[1] jusqu'au cou.

C'était invraisemblable. Pourquoi Daphne et son bracelet électronique à la cheville ne pouvaient-ils pas être confinés dans la Cappadoce antique, là où ses principaux soucis auraient été de maintenir une amphore de vin en équilibre sur sa tête et de traire toutes ses chèvres, pas de se demander si la police s'apprêtait à débarquer pour reprendre possession des multiples engeances et nuances de fugitifs dont elle avait confié la garde à son réseau offshore ? Daphne aurait donné n'importe quoi pour vivre dans un dédale de grottes à l'ère byzantine, où les blogues rencontraient un succès modéré. Elle n'aurait pas été forcée de perdre son temps à pondre des billets quotidiens en ligne pour rendre compte des inepties de la ville souterraine alors que son avenir jouait les funambules sans filet de sécurité. Quel élan protecteur malencontreux avait bien pu la pousser à inviter cette jeune fille dans sa vie ? À supposer qu'elle ne fût rien de plus qu'une jeune fille. Cette question continuait à faire débat.

Aucun des sites que Marius et elle avait épluchés recensant les enfants portés disparus n'avait publié d'avis de recherche avec une photo ressemblant à Archie, preuve formelle, d'après Daphne, que leur convalescente avait dépassé l'âge de la majorité. Marius, cependant, refusait de capituler au seul prétexte qu'ils avaient fait chou blanc. Selon son raisonnement tortueux, qui abusait de la négation, ne rien trouver ne prouvait pas qu'il n'y avait pas quelque chose à chercher.

— Il faut voir les choses en face, observa Daphne. Il n'y a aucun parent paniqué qui la cherche. Aucune police. Autrement, elle serait répertoriée sur un de ces sites-là. C'est ce que je disais. Ce n'est pas une enfant.

1. Graphie québécoise de « merde ».

— Il y a des tas de raisons qui peuvent expliquer pourquoi elle n'est pas répertoriée.

— Genre ?

— Aucune idée. C'est mon intuition qui parle, là.

— Tu bloques vraiment sur cette histoire de lapin-là, hein ? dit-elle.

— OK… Explique-moi ça. Pourquoi une femme adulte, quelqu'un de mature, comme tu dis, risquerait sa vie pour un lapin en peluche, pour l'amour du ciel ? s'exclama-t-il. Surtout un qui a l'allure d'une bête écrasée ramassée sur la route.

— Tu ne comprends pas, déclara Daphne. Avec ces patentes-là, l'important, ce n'est pas qu'elles aient une belle allure. Tout est olfactif, tactile. On voit partout des enfants qui traînent des animaux en peluche et des bouts de guenilles, des bébelles dégueulasses qu'ils ne peuvent pas lâcher sans piquer une crise, tu sais ? Ils refusent même que leurs parents les passent à la laveuse. Pis tu sais pourquoi ? Parce que, la nuit, dans la noirceur, même s'ils ne les voient pas, ils savent qu'ils sont là à l'odeur et au toucher, qu'ils éloignent les monstres – c'est leur rôle. Mais pas besoin d'être un enfant pour avoir le goût de s'accrocher à quelque chose de même qui nous a toujours réconforté et protégé, surtout si on a été un peu trop souvent brassé par la vie, et je crois que de ce point de vue-là notre Archie remplit les conditions. On peut avoir trente ans et vouloir garder ça près de soi. Faque je te donne mon avis : faute de preuve du contraire, on doit partir du principe qu'Archie est majeure, et donc qu'on n'est pas ses complices, qu'on ne risque rien légalement. Personne ne va nous envoyer en dedans[1].

Ses pensées effectuèrent un détour dangereux pour se porter sur les autres occupants de la cave de Nora en situation

1. « En prison, en taule. »

irrégulière. Dans son esprit s'imprima un cliché des Demel posant formellement comme pour une photo de famille d'antan teintée en sépia. Yvonne assise avec Philippe dans les bras, Emmanuel debout derrière, une main sur l'épaule de sa femme, Bérénice et Paul assis en tailleur à leurs pieds. Tous en uniforme de prison à rayures. Elle ajouta :

— Pas pour ça, en tout cas.

— C'est l'experte qui parle…

— Marius, laisse faire.

— Je peux pas. Et je ne comprends pas comment toi, tu peux. Te souviens-tu, on a lu quelque part en ratissant Internet qu'il y avait plus de deux mille fugues chaque année au Canada. Deux mille ! Mais sur ces sites qui listaient les enfants disparus, les avis de recherche concernaient juste une infime partie de ce nombre-là. Faque ils sont passés où, les autres petits ? Même s'ils ne sont pas recensés, quelqu'un doit forcément se faire du sang de punaise pour eux, se demander s'ils sont morts ou vivants.

— Au risque de te paraître sans-cœur, c'est pas le temps qu'on se préoccupe de tous les autres. C'est Archie et elle seule qui nous importe, pis elle est adulte aux yeux de la loi, lapin ou pas.

Ce n'était pas seulement chez Daphne qu'Archie était la polémique du jour. Ailleurs en ville, dans un autre endroit souterrain, l'infirme à la crinière bleue était au cœur d'une prise de bec entre Emmanuel et Yvonne.

— Tu penses que je ne vois pas ce qui se passe ? dit Emmanuel.

— Tu vois qu'il se passe quoi ? rétorqua Yvonne.

Yvonne avait espéré la désamorcer, mais maintenant que cette conversation avait pointé son vilain nez à l'horizon, elle ne comptait pas botter en touche. Ils étaient coincés dans la buanderie, ce refuge au sein de leur refuge où ils pouvaient rouspéter en privé. Mais, même séparés des autres par une porte, ils étaient contraints de s'exprimer à mi-voix, ce qui prêtait à leur querelle une intensité ouatée.

— Tu es trop proche d'elle.

— Et quel est donc votre diagnostic, docteur ? C'est grave ?

— Oui, en vérité. C'est grave.

— Je m'occupe d'elle, je la soigne du mieux que je peux, c'est tout. Dodo, bassine, pipi.

— Personne ne remet en question la qualité de tes soins.

— Ne me prends pas de haut.

— Tu sais très bien que je ne parle pas de tes qualités d'infirmière.

— De quoi, alors ?

— Tu vas m'obliger à le dire ?

— Pourquoi pas ? répondit Yvonne. Vas-y, je t'écoute.

— Très bien, puisque c'est ce que tu cherches, allons-y. Ce n'est pas Archie que tu combles d'attentions. C'est notre Grâce.

— Et quelle différence ça fait ? Tu veux que je la traite moins bien parce que ce n'est pas Grâce ? C'est ça que tu veux ?

— Tu me prêtes des propos qui ne sont pas les miens.

— Parce que ce serait très étrange, venant d'un médecin qui, avant, préconisait de traiter chaque patient comme un membre de sa propre famille. « C'est le minimum exigible. » Ce n'est pas ce que tu as toujours dit ? Mais je vois maintenant qu'il existe une exception. Chaque patient mérite des soins complets et adaptés, sauf Archie, c'est ça ? Si je t'ai mal compris, explique-moi...

— Tu fais exprès de t'écarter du sujet.

— Je ne crois pas, non.

— J'ai autant envie que toi que cette fille se rétablisse. Je veux que notre vie chaotique serve à améliorer celle de quelqu'un d'autre pour donner du sens à notre séjour dans cette cave de misère, dit-il en élevant la voix autant qu'il en eut le courage. Je n'arrive pas à croire que tu sous-entendes autre chose.

— Mais c'est exactement à ça qu'elle sert.

— On soigne Archie, oui. Mais ce n'est pas ça, le problème, dans le cas présent.

— Oui, dans le cas présent, le problème, c'est Grâce.

— Non, pas Grâce. Toi, répondit Emmanuel.

— Moi ? C'est moi, le problème ? C'est moi, le problème ?

— Oui, toi. C'est toi qui l'as transformée en Grâce. Tu lui donnes même son nom. Si. Je t'ai entendue. Alors pas la peine de prétendre le contraire. Pour toi, c'est la résurrection de Grâce. Et je ne te le reproche pas. C'est naturel que tu veuilles la materner. Mais un jour prochain, elle devra quitter cet endroit, notre sanctuaire, ou bien ce sera nous. Tu crois que tu pourras tolérer une telle séparation une deuxième fois ?

Grâce était entrée en communication avec ses deux parents en se servant d'Archie comme médium, mais Emmanuel, contrairement à sa femme, avait réglé son détecteur de façon à bloquer le signal. En rejetant l'idée que l'essence de sa fille se trouvait avec eux dans cette pièce, qu'elle se lovait douillettement contre Archie sur son matelas, Emmanuel entretenait sa propre culpabilité, comme de juste. Son épouse pouvait bien jouir de la présence éthérée de leur fille dans cette cave, il refusait de partager son illusion. Mais Yvonne le connaissait mieux qu'il ne se connaissait lui-même.

— Et toi, tu pourras ?

29

— Est kaput, madame, annonça l'ouvrier, trivial requiem pour la toiture de Nora. J'ai déblayé pis réparé d'mon mieux, mais ça suffira pus à résoudre vot' problème. Y a trop d'dégâts. Ces trous-là, en haut, y sont tellement gros qu'on pourrait passer la tête à travers, pis ça peut juste empirer. Si vous faites pas quequ'chose au plus sacrant, un bon jour, vous s'rez en train de dormir dans vot' lit pis boum, tout d'un coup vous r'gard'rez les étoiles sans avoir rien vu v'nir. Sauf si vous mourez, évidemment.

Le couvreur et son seau d'enduit bitumineux passaient fréquemment chez Nora depuis des années, étalant couche sur couche pour rapiécer son toit tel un tailleur juif, mais cette fois elle s'était d'abord abstenue de lui téléphoner, pressentant qu'il chercherait à lui facturer la totale et pas seulement une prestation-pansement de dépannage.

Quand elle sentit l'eau ploc-ploquer contre son nez à intervalles réguliers pendant la nuit, elle crut d'abord rêver. La vie onirique de Nora était mouvementée. Pour être tout à fait exact, il ne s'agissait pas tant de rêves que de pensée divergente. Même endormie, Nora orchestrait sa propre activité psychique. Elle ne s'autorisait jamais à basculer dans un profond sommeil paradoxal. Cela représentait un luxe inabordable. Il n'y avait que la nuit, dans son lit, qu'elle pouvait profiter d'un temps mort pour concevoir, sur le tableau blanc géant de son esprit, une stratégie pour survivre à la journée du lendemain. Il lui était toutefois déjà arrivé, quoique en de très rares occasions, de laisser son imagination nocturne s'emballer pour un scénario fantaisiste : Daphne foulant la scène en toge et toque universitaires pour recevoir son diplôme, les Demel obtenant leurs papiers, Archie tirée d'affaire, Anthony et elle ouvrant une maison d'hôtes dont le pain perdu aux éclats d'amandes promettait d'être vanté au-delà des frontières sur Tripadvisor. Cependant, dans la mesure où aucune de ses divagations nocturnes n'incluait de cascade ornementale, elle ne tarda pas à prendre conscience que cette sensation d'égouttement ne relevait nullement d'une création de son esprit, mais qu'elle était bien concrète et actuelle.

Anthony proposa d'accomplir un travail d'homme.

— Je vais monter. Pelleter la neige. Ça devrait aider.

— Penses-y même pas !

Nora sentait son habituel sang-froid coaguler car elle imaginait déjà la couche de moisissure qui grignoterait bientôt le motif floral du papier peint à l'étage.

— Il manquerait rien que tu tombes et que tu te casses une jambe. Il y a déjà une patiente ici dedans, je peux pas m'occuper d'un deuxième. Dépose les seaux où ça fuit, ça va faire la job.

Ce fut au tour d'Emmanuel de se porter volontaire, au mépris de son bras encombrant qui n'exécutait ses ordres que par intermittence. Nora apprécia son geste mais déclina. Si elle refusait déjà de dépêcher un septuagénaire sur le toit, pas question d'y envoyer Emmanuel. Le médecin n'était pas géographiquement taillé pour les travaux de déneigement, encore moins pour leur variante à haute altitude que quelques têtes brûlées accomplissaient traditionnellement avec zéro corde d'alpinisme, zéro équipement de protection, juste une audace téméraire, une bière et une pelle. Mais puisque Nora n'avait trouvé aucun voisin désireux d'entreprendre la besogne gratis malgré un vivier de candidats au pelletage de neige théoriquement fécond, elle craqua et appela le couvreur.

Son verdict tombait au mauvais moment. Était-ce jamais le bon moment pour ces choses-là ? Son frigo et sa chaudière, tous deux d'un âge canonique, se tiraient depuis longtemps la bourre à qui vivrait le plus vieux, et désormais la chaudière semblait sur le point de remporter cette compétition amicale. Quelques jours seulement avant que Dame Nature assaille la toiture à la perforatrice, le réfrigérateur, dont l'Alzheimer progressait plus vite que Nora l'avait anticipé, avait oublié comment se maintenir au frais. Cela juste avant le week-end, comme par hasard, alors que l'appareil était plein à craquer de la moisson du vendredi – des courses hebdomadaires qui représentaient d'importants débours. Le réparateur n'était pas disponible avant mardi mais, en l'occurrence, les intempéries qui avaient ratatiné le toit avaient rendu service à Nora, ironiquement. Anthony l'avait aidée à traîner toutes ses provisions jusqu'au perron et à les y empiler, puis à tasser de la neige tout autour, comme lors d'un week-end camping hivernal. Avec la température au-dessous de zéro, tous ses aliments survivraient à l'aise. Sauf que, le lendemain matin, quand Nora était sortie chercher du lait pour arroser ses All-Bran, tous les vivres transportés dehors avaient disparu à l'exception d'un bocal à moitié vide de cornichons mi-fins.

Le quartier de Nora était plutôt mal dégrossi. Elle savait que les agents immobiliers le décrivaient comme « en transition », terme dont la neutralité laissait à leurs clients la liberté de traduire par « en plein essor » ou « en déclin ». Certes, une voiture disparaissait d'une ruelle de temps à autre, et un ou deux vélos s'évanouissaient occasionnellement dans la nature, mais jamais un jour ne s'était écoulé sans que Nora ne se sente parfaitement en sécurité chez elle et n'éprouve l'impression que ses biens, pour ce qu'ils valaient, se trouvaient sous haute protection. Il ne faisait aucun doute que les nouveaux résidents ne partageaient pas son avis, puisque dans leur jardin poussaient, comme une variété inédite de tulipes, des panonceaux signalant la présence d'une alarme anti-intrusion. Et les faits récents semblaient leur donner raison. Elle avait été victime d'un vol, commis éhontément juste devant sa fenêtre par un réfractaire aux cornichons dont les traces de bottes trahissaient le port de Sorel pointure quarante-cinq et une surpronation. Concrètement, les investigations podologiques d'Anthony dans la neige n'avaient servi à rien, même s'il avait pensé se rendre utile en pistant le larron. Elle ne pouvait pas transmettre ces preuves criminalistiques à la police scientifique de crainte qu'elle vienne renifler chez elle. Elle risquait trop gros. Elle allait simplement devoir digérer cette privation et se réapprovisionner. Une virée au supermarché, et cette mésaventure serait de l'histoire ancienne.

Hélas. Regarnir son réfrigérateur s'était avéré le cadet de ses soucis. Quand le gars du SAV s'était présenté et avait demandé à l'appareil de tousser, il avait levé les yeux vers Nora avec compassion comme chaque fois qu'il était contraint de prononcer l'affreux mot tabou qui commençait par la lettre C. Un compresseur, c'était du lourd, là on n'était pas sur de la simple pièce détachée, mais c'était ça ou mettre la main à la poche pour un nouveau frigo, lui avait-il assuré. À vous de voir.

Nora en était arrivée à ne plus pouvoir souffrir la vue de la moindre camionnette de maintenance. Dès qu'elle en croisait une garée quelque part pendant ses déplacements, l'envie lui prenait de sortir une clef et de rayer la peinture avec la pointe. Bien sûr, elle ne serait jamais passée à l'acte. Les réparateurs n'y étaient pour rien, elle le savait ; le temps était l'unique coupable. La maison de Nora, longtemps fiable et fonctionnelle, était désormais en âge de prendre sa retraite : la vieille bâtisse avait sa place dans un centre d'hébergement de soins de longue durée avec des infirmières disponibles à toute heure et un cordon d'appel d'urgence dans les toilettes. Quant aux frais domestiques, ça ne pourrait qu'aller de mal en pis. Nora n'avait pas eu le cran d'ouvrir la facture de gaz qui était arrivée la veille au matin. Du temps où Daphne et elle occupaient seules la maison, elles passaient toujours les mois de grand froid emmitouflées dans des pulls, le nez et le bout des doigts perpétuellement transis, avec le thermostat réglé sur « Économies de bouts de chandelle ». Mais depuis l'arrivée des Demel et d'Archie, Nora poussait la chaudière à fond pour combattre l'humidité et la fraîcheur naturelles de la cave. Elle ne pouvait décemment pas demander à ses invités de grelotter tout l'hiver dans le château de la Reine des Neiges. Ne souffraient-ils pas déjà suffisamment ?

— Ta petite-fille a raison, tu sais, avait dit Yvonne. Nous ferions mieux de partir.

La pensionnaire souterraine de Nora avait entrepris une rare expédition jusqu'à la cuisine après la tombée de la nuit pour que les deux femmes puissent se parler en toute franchise. Yvonne et Emmanuel n'ignoraient pas que la maigreur du portefeuille de Nora était exacerbée par leur présence dans sa cave, et ils prenaient cela très à cœur. Non pas que Nora eût exprimé auprès d'eux le moindre regret de les avoir accueillis chez elle. Si Emmanuel n'avait pas surpris une conversation téléphonique au cours de laquelle elle avait tenté d'expliquer à Daphne son récent découvert, ils ne se seraient jamais doutés que sa situation était devenue si précaire.

— Si on pouvait s'organiser d'une manière ou d'une autre

pour se réinstaller dans une église, ce serait un fardeau en moins sur tes épaules.

— Fais-toi-z'en pas pour mes épaules. Elles sont faites fortes. Pis c'pas un fardeau de vous avoir ici. Au contraire. Daphne a pas l'air pressée de me pondre des petits-enfants. Au train où elle va, ça se peut qu'ils soient jamais à l'ordre du jour. En attendant, je suis ben contente d'être la grand-mère non officielle de vos petits flos[1].

— Mais tu ne peux pas nier qu'avoir cinq personnes de plus chez toi à vêtir, nourrir et entretenir, c'est éreintant.

— Avec Archie, ça fait six. Avec Anthony, sept. Faque je fixe quelle limite, moi, à ton avis ? J'ai un principe : les œufs, c'est moins cher à la douzaine. Ou si tu préfères : plus on est de fous, plus on rit. Appelle ça comme tu veux. Tout le monde reste.

— Si seulement on pouvait participer d'une quelconque façon…, s'était lamentée Yvonne.

Il existait un proverbe africain qui disait : « Une petite maison peut accueillir une centaine d'amis. » Mais il ne précisait pas comment assurer leur subsistance une fois qu'ils étaient dans la maison…

— Tu me niaises, là ? T'as l'impression de pas participer ? Emmanuel a sauvé la vie à Archie, non ? Fouille-moi ce qui lui serait arrivé, à la pauvre petite, s'il avait pas été là…

— Sa vie n'était pas menacée, Nora. On le sait bien, toi et moi. Il l'a rafistolée. Daphne aurait trouvé une autre solution si on n'avait pas été là. Marius et elle l'auraient traînée à l'hôpital ou à la clinique, je ne sais pas…

— Tu connais Archie, maintenant : penses-tu qu'elle se serait laissé faire ? Même dans l'état où elle était ? Arrête de minimiser ta contribution. Tu donnes autant de ta personne que nous

1. « De vos enfants. »

autres. Tu fais tout pour me prêter main-forte. J'ai pas lieu de me plaindre. Pis je me sentirais ben seule si tu t'en allais. Anthony aussi. Ta place est ici.

— Il faut que tu penses à ton avenir, Nora. Cette situation avec nous, c'est intenable. Tu le sais aussi bien que moi. Ça pourrait s'éterniser. Et tu sais comment ça risque de se terminer.

— Non, avait lancé Nora, refusant le défaitisme d'Yvonne. On va trouver un avocat qui pourra vous tirer de là. Il faut juste pas que vous lâchiez. Faut juste trouver la bonne personne.

— Nora, la loi n'est pas de notre côté. Les chances d'obtenir un titre de séjour sont infimes, même avec le meilleur des avocats. On ne t'en voudrait absolument pas si tu nous demandais de tracer notre route. Sois raisonnable.

— Il y a des moments dans la vie où on va nulle part en étant raisonnable. Des moments comme présentement.

30

Archie commençait à comprendre ce que ressentaient les gerbilles dans leur roue. Elle avait tant de fois arpenté la circonférence de la cave qu'elle crut devoir prendre du Gravol pour réprimer l'envie de vomir. La faute au nouvel entraînement que lui avait concocté Yvonne, encouragée par Emmanuel. Ils n'appréciaient pas qu'Archie semble se contenter de végéter et que la causette constitue son seul exercice. Archie, cependant, n'avait pas l'impression de végéter mais plutôt de stocker de l'énergie tel un écureuil faisant des provisions de noisettes en préparation du jour où elle serait forcée de reprendre sa vie dans le Montréal souterrain. Elle entendait ménager toutes ses forces, de sorte qu'elle n'avait aucun scrupule à se prélasser au lit et à laisser son corps se rétablir à feu doux. Ce n'était pas l'avis d'Yvonne, qui avait troqué sa casquette d'infirmière contre celle de préparatrice physique en chef.

— Deboutte. Levez-vous, Princesse Paresse. L'heure est venue pour vos jambes de se réhabituer à vous porter. Elles ont dû oublier à quoi elles servaient depuis tout ce temps, lui intima Yvonne en soulevant la couette de sa patiente. Allez, ouste.

Archie rabattit instantanément les couvertures et les borda autour de son corps d'un geste de vieille dame méticuleuse.

— J'crois pas qu'chus prête.

— Mais si, lui répondit Emmanuel, debout à côté d'Yvonne pour faire peser sur la requête de son épouse le poids de sa compétence clinique. Est-ce que je te demanderais de te lever si je ne te croyais pas d'attaque ? Je serai à tes côtés en cas de problème. Personne ne te laissera te casser la figure.

Archie se moquait pas mal de tomber. À vrai dire, elle aurait volontiers subi une dégringolade qui l'aurait laissée avec une cheville foulée : rien de méchant, une entorse bénigne mais suffisante pour qu'elle doive prolonger sa période de repos et d'alitement, qu'Emmanuel et Yvonne semblaient désormais vouloir raccourcir par tous les moyens. Emmanuel avait compris de travers : ce n'était pas l'éventualité d'une chute qui inquiétait Archie, mais celle d'une guérison. S'il la déclarait en parfaite santé, elle cesserait de graviter dans l'orbite d'Yvonne. À l'instar de Pluton, elle serait radiée de l'ordre des planètes et devrait mener sa vie en solo. Cette pensée la terrifiait. À côté, la râclée et les brûlures qu'on lui avait infligées n'étaient pas plus douloureuses qu'une piqûre.

Archie aurait peut-être pu feinter pour obtenir un sursis d'Yvonne. En revanche, ce n'était même pas la peine d'espérer contredire le médecin, moins facilement dupe car somme toute assez distant malgré sa sollicitude indéfectible. Les ruses d'Archie, relativement peu élaborées, ne produisaient aucun impact sur Emmanuel, dont les injonctions thérapeutiques dans la cave avaient force de loi. Elle n'avait eu d'autre choix que de se soumettre quand ils l'avaient tirée du lit et aidée à enfiler ses chaussures. Pour sa séance d'exercices inaugurale, Yvonne l'avait soutenue par un bras et Emmanuel par l'autre. C'est Anthony qui avait eu l'idée de passer un fond musical pour définir la cadence. Lors de leur premier parcours, ils avaient tangué et titubé à travers la pièce telle une troïka d'ours de cirque russes exécutant une dance folklorique sous l'emprise de la vodka. Archie s'était écroulée sur son lit après deux tours de piste, lessivée.

Le bon docteur, manifestement un peu rouillé, avait sous-estimé les séquelles de sa patiente. Archie n'avait aucun souffle digne de ce nom, et ses genoux se dérobaient parfois. Ses membres désobéissants se comportaient plus comme des nageoires que comme des bras et des jambes, et elle se plaignait de vertiges et de courants électriques qui lui traversaient le corps chaque fois qu'elle posait un pied à terre. La station verticale ne lui réussissait pas du tout.

Si seulement il avait eu accès au monde extérieur, Emmanuel aurait pu orienter Archie vers un kinésithérapeute, qui lui aurait fait faire des exercices d'assouplissement avant de la forcer à quitter le lit. S'il avait disposé de toute la panoplie des médecins spécialistes canadiens, il l'aurait même peut-être envoyée se faire bêcher la boîte crânienne, laissant le soin à des psychiatres de sarcler les traumas latents et insaisissables qui, selon son hypothèse, ralentissaient sa récupération. Mais les contraintes imposées par leur situation le limitaient à son propre avis médical. Emmanuel n'en démordait pas : il était temps de dégripper le moteur d'Archie. Tous les matins sans faute, juste après le petit déjeuner, deux adultes sur les quatre d'astreinte dans la maisonnée la turbopropulsaient aux quatre coins de la cave, à une vitesse contrôlée moins souvent par elle que par eux, et peu à peu elle cessa de percevoir ses allées et venues comme une marche forcée et retrouva son aplomb. Ils étaient assistés dans cette entreprise par les mini Demel, qui encourageaient Archie pendant son parcours en battant le rythme et en assurant les chœurs.

À son arrivée chez Nora, les enfants n'avaient pas su quoi penser de cette intruse au visage marbré, déformé et marqué de plaies purulentes qui avait été parachutée dans leur minuscule domaine et s'enfermait dans un silence presque maussade. Ces petits n'étaient pas étrangers au sang et aux blessures ; ils avaient vu des abominations corporelles dont un enfant ne devrait jamais être témoin, mais ils n'y étaient pas insensibles pour autant. Les gémissements d'Archie leur déclenchaient des cauchemars, leurs cris réveillaient le bébé, et ils avaient recommencé à mouiller le lit alors qu'ils étaient enfin récemment parvenus à se contrôler. Ces rejaillissements inattendus de la présence d'Archie avaient obligé Yvonne à parer aux crises qui éclataient jour et nuit dans la cave, et elle était épuisée. Au début, quand leurs parents le leur demandaient, les enfants les aidaient, de mauvaise grâce, à prendre soin d'Archie, principalement en leur servant de coursiers. Le reste du temps, ils maintenaient une distance de sécurité.

Mais le visage d'Archie avait fini par désenfler et retrouver des proportions humaines, et la curiosité les avait rattrapés. Archie était immobile ; après tout, les preuves ne manquaient pas. Elle ne pouvait pas sauter du lit et les attraper comme une sorcière de conte de fées, et même dans l'hypothèse hautement improbable où elle aurait rassemblé assez d'énergie pour se jeter sur eux, leur mère et leur père ne se trouvaient jamais à plus de quelques mètres, même s'ils passaient un temps considérable à gigoter dans la buanderie, porte close. Décidément, ce sèche-linge était capricieux. C'était ce que leur père leur avait expliqué.

Bérénice en particulier trouvait à Archie un certain glamour punk avec son plumage bleu outrancier, et elle l'étudiait à bonne distance, du moins à une distance aussi bonne que possible dans l'exiguïté de la cave de Nora. Plus elle l'épiait, plus Archie lui semblait n'être rien qu'un oiseau des îles blessé et pas un épouvantail, finalement. Bérénice, digne fille de sa mère, avait décidé qu'il fallait à Archie des soins d'un genre spécial. Dans un élan de courage qui avait stupéfié son jeune frère Paul, elle s'était approchée directement du lit de la patiente et avait proposé à

Archie une manucure avec le vernis d'un flacon à moitié tari que Nora lui avait offert après l'avoir repêché dans les vieilles affaires de Daphne. En silence, Archie lui avait présenté une main dont les ongles n'étaient pas rongés jusqu'au sang et, autour de cette serviette qui tenait lieu de table de manucure, une proximité timide s'était établie entre elles. Bérénice s'était mise à dorloter Archie, à la traiter comme une poupée, à la parer de bijoux faits main à partir de deux ou trois bricoles qui traînaient, dénichées par Nora pour qu'elle joue avec. Dans la cuisine, elle avait récupéré des élastiques ôtés à des bouquets de brocolis et collé des macaronis dessus pour les transformer en bracelets ; elle avait aussi démêlé de vieux écouteurs filaires abandonnés par Daphne pour en faire des colliers. Bérénice ne cessait de tripoter les cheveux d'Archie, disciplinait ses bouclettes à coups de gel puis brossait sa chevelure pour lui prêter des formes saugrenues, et l'ornait de perles en plastique et de rubans. Il n'y avait plus qu'à poser une bougie allumée au sommet de l'une de ses compositions capillaires et la tête d'Archie aurait pu faire office de surtout de table.

— Êtes-vous satisfaite de mon travail, madame ? lui demandait Bérénice à la fin de chaque séance de coiffure en tenant face à elle un miroir à main.

— Oui, c'est pile c'que j'voulais, répondait Archie en se caressant les cheveux. Vous avez ben du talent.

— Qu'est-ce que vous en savez ? Vous ne regardez jamais dans le miroir, avait répondu un jour l'apprentie styliste, contrariée. Vous touchez, et c'est tout.

— Chus pas très miroirs, présentement. Mais j'vous jure qu'une fois que j'aurai r'trouvé ma face d'avant, j'm'admirerai dedans pis j'verrai qu'vous êtes un génie.

— Bah moi je vous trouve belle, en ce moment.

— Juste une coïncidence, avait répondu Archie, scellant leur amitié. Moi aussi j'vous trouve belle.

Pour éviter qu'une fille ne le surpasse en courage, Paul s'était mis à son tour à faire des avances amicales maladroites à Archie. Il avait pris l'habitude de passer une main au-dessus du lit et de la retirer aussi sec quand Archie bougeait pour l'attraper : un jeu d'adresse et de rapidité qu'il gagnait à tous les coups. Puis il avait franchi un nouveau cap en lui montrant le contenu de sa boîte à trésors Van Houtte en fer-blanc. Ainsi, Archie n'avait pas tardé à se retrouver avec deux groupies dévouées qui, comme leurs parents, participaient à son rétablissement.

Des éclats de joie emplissaient parfois la cave de Nora, de discrets moments où le rire prenait le dessus, quelques éruptions de bouffonnerie et d'allégresse, mais s'il y avait bien une chose dont ce sous-sol n'avait jamais été témoin depuis que les Demel y avaient planté leur tente, c'était le signe d'une évolution. La famille n'était pas plus près de trouver une échappatoire qu'au début de son séjour chez Nora. Une bouffée d'espoir flottait constamment dans la pièce, mais c'était le propre de l'espoir, il ne reposait sur rien de concret. Tout changea lorsque Archie retrouva la maîtrise de sa verticalité. Enfin un progrès net et mesurable. Emmanuel était d'avis qu'il en allait du progrès comme de la foudre et qu'il ne frapperait pas deux fois leur environnement riquiqui, mais Yvonne pensait l'inverse. Si le progrès s'était donné tout ce mal pour trouver leur trace alors qu'ils étaient tapis dans un banal cul-de-sac que le GPS d'un taxi montréalais peinait à localiser sur une carte, peut-être prolongerait-il son séjour pour propager ses bonnes ondes.

Peu importe qui avait la bonne intuition. L'important, c'était que la santé d'Archie s'améliorait, et cela leur donnait quelque chose à fêter. Ils étaient fiers chaque fois qu'elle entrait dans une nouvelle phase de sa convalescence, et skypaient constamment Daphne pour la tenir au courant. À la fin de chaque séance, ils se tassaient tous les huit devant l'écran et adressaient à Daphne un au revoir collégial.

Ce fut cette preuve de l'ascension d'Archie qui marqua le début du déclin de la carrière souterraine de Daphne. L'imagination commença à lui faire défaut. La ville souterraine était fadasse à côté du feuilleton dans lequel Archie tenait la vedette, dont les épisodes foisonnaient des vicissitudes de la comédie humaine. Comment cette excroissance tumorale de béton, d'acier et de commerces pouvait-elle rivaliser d'attrait avec une famille aussi hétéroclite – car, après tout, cette tribu dépareillée qui vivait chez Nora ne formait-elle pas une famille ?

Les billets de blogue de Daphne commencèrent à se ramollir comme beurre au soleil. Cette fois, elle n'eut pas besoin que Marius le lui fasse remarquer. Un chimpanzé aurait pu le constater : son style était devenu si flasque que les mots trouvaient à peine la force de s'accrocher à la page. Sa tâche, réunir trois cent soixante-cinq sujets d'intérêt pour son blogue, était mission impossible. Malgré tous ses efforts pour convaincre son public du contraire, la ville souterraine était barbante au possible, un centre commercial avec à peine un truc en plus. Le caractère souterrain unique de l'endroit lui prêtait des airs qu'il ne méritait pas. Le complexe n'était pas l'Atlantide, ce n'était pas l'ISS, lesquelles lui auraient fourni une matière inépuisable pour blogguer sur la vie en vase clos. Le réseau piétonnier souterrain de Montréal n'était rien d'autre qu'une galerie marchande hypertrophiée à laquelle se greffait ici une université, là un bâtiment administratif, qui lui conféraient la solennité que Victoria's Secret ne pouvait lui offrir.

Le problème de la ville souterraine, enfin l'un des problèmes, et dernièrement Daphne n'en finissait plus d'en ajouter à sa longue liste, c'était son aspect excessivement épuré. Parfois, on avait envie d'un bar miteux et tapageur où s'asseoir pour noyer son chagrin avec d'autres losers de la même espèce, un bar qui sente bon le vomi oublié dans la cabine des toilettes. Mais la ville souterraine, d'une implacable propreté, ne donnait pas dans les bars à bikers. Pour boire un verre, elle n'offrait que des établissements prout-prout d'avant-spectacle au design ultraléché où l'on servait aux mondains des bières artisanales dans des bocaux à fermoir en métal, et des cocktails coiffés d'écorce d'orange. Daphne n'affectionnait pas ces bars à hipster qui n'embauchaient que des éphèbes pour tenir le comptoir. Elle en voulait un avec des barmen aux dents ébréchées et une piste de danse qui colle aux chaussures à chacun de ses pas, un bar Babybel, pas un bar affiné en cave. Mais la chance avait cessé de lui sourire.

Daphne était en proie à une crise de panique. Ce n'était pas l'angoisse de la page blanche, sa vieille ennemie, qui revenait la tourmenter, c'était plutôt le remords de la page noircie. Fallait-il qu'elle ait été possédée pour accepter ce challenge d'écriture insensé assorti de fers et de chaînes ? Avant que se ritualisent ces appels de groupe sur Skype qui lui mettaient le cœur en guimauve, Daphne avait refusé de se complaire dans sa solitude. Elle se levait chaque matin, plaçait un pied devant l'autre, et accomplissait son travail consistant à appâter le touriste ingénu avec des billets doux. Mais, désormais, elle n'aspirait plus qu'à être au cœur de l'action rue Melançon, s'affairer avec les autres. L'immobilité de sa studette tranchait avec l'agitation là-bas, ce qui l'horripilait au plus haut point, alors qu'auparavant elle ne l'avait jamais gênée. Ses repas, qu'elle avait coutume de prendre adossée au plan de travail de la cuisine en regardant tourner le plateau du micro-ondes, lui semblaient désormais pathétiques comparés au joyeux bazar à la table de la cave, qui s'était élargie pour accueillir Archie maintenant qu'elle n'avait plus besoin de tablette de lit. Daphne aurait dû rentrer chez sa grand-mère, participer à la mêlée, prêter main-forte, aider Archie à reprendre du poil de la bête, mais voilà qu'à la place elle se trouvait coincée du mauvais côté de l'écran, réduite au statut de spectatrice extérieure.

Chaque fois, sur Skype, Daphne scrutait Archie à la loupe. De ce qu'elle parvenait à observer sur les images saccadées fournies par Bérénice, la cheffe opératrice, Archie se remettait à une allure suffisamment rapide pour pouvoir bientôt venir se réinstaller avec elle à l'appartement. Depuis le début, la maison de Nora était censée n'être qu'un point de ravitaillement, un service des urgences transitoire avant le centre de rééducation – le studio de Daphne. Celle-ci regrettait la compagnie de son ancienne complice, même si elle se demandait comment une personne qu'elle connaissait à peine pouvait lui manquer à ce point. Elle avait abordé le sujet du rapatriement d'Archie avec sa grand-mère, mais Nora l'avait balayé d'un revers de main, jugeant qu'il n'y avait aucune urgence à corriger le déséquilibre par lequel sept personnes faisaient déborder sa maison tandis que sa petite-fille hébergeait un total de zéro pensionnaire.

— Tu dois bien avoir besoin de la chambre, non ? lui demanda de nouveau Daphne, faisant appel au sens pratique de Nora. Les Demel pourraient prendre un peu plus leurs aises si elle s'en allait. Ils ne seraient pas obligés de vivre aussi pognés les uns sur les autres, surtout avec quelqu'un qui n'est même pas de leur famille. Sans elle, ils retrouveraient leur intimité, ils pourraient se promener tout nus quand ils en auraient envie.

— Oh, Archie prend pas tant de place que ça, c'est une brindille. Pis je pense pas que les Demel soient du genre à se balader tout nus.

— Ils ne doivent pas oser. Ils ne peuvent pas se permettre de faire pogner les nerfs à leur vache à lait.

— Attention à ce que tu dis.

Daphne ne l'écouta pas.

— Je ne veux pas être inconvenante, mais ça te permettrait d'économiser.

— Économiser quoi ? Deux ou trois sous ? C'pas comme si je chauffais la maison juste pour elle.

— Elle mange, non ?

— Elle mangerait chez toi aussi. L'argent sort du même cochon, me semble ? Je comprends pas. Ça cache quoi, tout ça ? Pourquoi tu me tannes pour la reprendre chez toi ? Tu m'avais pas dit qu'on t'en ferait voir de toutes les couleurs de l'arc-en-ciel si tu logeais quelqu'un à long terme ? Corrige-moi si je suis complètement dans le champ en disant ça…

— Ça ne durerait pas éternellement. Juste le temps qu'elle termine sa convalescence. Tu pourrais souffler un peu.

— Lave-toi les oreilles, jeune fille, répliqua Nora. Je te l'ai déjà dit. J'ai pas besoin de souffler. Essaye pas de me faire accroire que tu me rendrais service en la prenant avec toi. Je t'ai jamais demandé ça. Elle est correcte là où elle est.

Aucun argument en faveur d'un bouleversement de l'équilibre de la maison ne tenait réellement la route. Nora avait raison. Archie semblait heureuse et entre de bonnes mains. C'était illogique que Daphne fasse pression pour introduire de nouvelles complications dans sa vie souterraine, encore que, inexplicablement, s'agissant d'Archie, ce ne fût jamais la logique qui prévalût.

À tort ou à raison, Daphne s'estimait en quelque sorte titulaire d'un droit de propriété sur Archie. Après tout, lorsqu'elle revisitait leur rencontre au Y dans son esprit torturé, elle se rappelait que c'était elle qui l'avait trouvée, amenée chez elle, nourrie, habillée, et qui avait fini par prendre des dispositions pour lui sauver la vie. Bien sûr, il s'agissait là de la version du

Reader's Digest, celle qui omettait certains détails incriminants, comme le fait que Daphne avait traqué Archie dans la ville souterraine, chargé son espion Ludovic de la retrouver, et failli lui arracher des larmes en la harcelant dans la cathédrale. Pour autant, Daphne avait toujours été animée des plus pures intentions, et désormais elle éprouvait l'envie irrésistible de reprendre sous son aile la brebis qui s'était égarée dans les profondeurs de la terre.

Daphne souhaitait que ce soit elle, et personne d'autre, qui débrouille le mystère Archie, qui découvre quelle calamité avait bien pu pousser cette jeune femme à pulvériser son propre avenir et à opter pour une vie de pauvreté et de misère. Elle ne pouvait être mue simplement par la curiosité. Daphne pensait qu'en comprenant les facteurs qui avaient joué sur le comportement d'Archie, elle trouverait un antidote pour lui permettre de se promener sans devoir glisser des regards par-dessus son épaule, de manger dans des assiettes qui n'étaient pas déjà passées entre les mains d'autrui, et de vivre à la surface à la mesure de son potentiel. Telle était la mission de Daphne, mais elle ne pouvait pas la mener à bien à distance. Une mission aussi délicate exigeait le genre d'intimité qui avait commencé à s'établir entre elles avant qu'Archie disparaisse de son appartement.

Peut-être Archie n'avait-elle pas conscience que sa douleur persistante aux épaules ne provenait pas des coups qu'elle avait reçus mais du fait qu'elle se trouvait écartelée entre Daphne et sa grand-mère et qu'aucune ne semblait sur le point de lâcher la corde. S'agissant d'Archie, Nora avait ses propres projets en tête, qui se heurtaient directement à ceux de Daphne. Elle avait observé avec l'œil d'une scientifique les interactions entre les visiteurs de sa cave. Elle en avait conclu qu'ils étaient comme des abeilles dans une ruche. Chacun avait un rôle précis à jouer pour assurer le bon fonctionnement de la communauté. Et le rôle d'Archie, contrairement à ce qu'un entomologiste moins chevronné aurait pu présumer, était d'épauler Yvonne pour lui permettre de survivre, pas l'inverse. Pour préserver la dynamique à l'œuvre dans la cave, Nora était prête à s'accrocher à Archie aussi longtemps que possible.

Leur jeu d'ambitions conflictuelles offrait un léger avantage à Nora, étant donné qu'Archie résidait chez elle alors que Daphne était pieds et poings liés à la ville souterraine. Si bonnes qu'aient été leurs intentions, ni l'une ni l'autre, cependant, n'avait jamais envisagé la possibilité qu'Archie assume ses propres choix de vie. Curieusement, les deux femmes du clan Elman se croyaient chacune titulaires d'Archie et, au pire, dans le cas où elles ne parviendraient pas à trouver un arrangement à l'amiable, elles s'entendraient sur une convention de garde alternée stipulant où l'objet du litige passerait ses week-ends.

31

Cette convocation urgente, par texto interposé, n'était pas une surprise. Cela faisait des semaines que Ludovic jouait les alchimistes avec une nouvelle concoction caféinée qu'il entendait baptiser « Daphne », alors il voulait sûrement l'aval de sa muse avant d'officialiser le breuvage sur son ardoise. Aux dernières nouvelles, il avait fait infuser un soupçon de cardamome dans son café extra-corsé et l'avait surmonté d'une fine couche de mousse de lait d'amande, qu'il avait ornementée d'un dessin à main levée représentant un D. Ces pochoirs à cappuccino dont usaient les prétendus baristas pour imprimer une feuille, un cœur ou une lettre dans la mousse de lait n'étaient pas du goût de Ludovic. Il crachait sur un tel manque de professionnalisme. S'il ne pouvait pas librement enjoliver la mousse avec le motif de son choix, il ne l'enjolivait pas du tout.

Quand le texto arriva, Daphne prit aussitôt la direction du café. Elle avait cruellement besoin d'un coup de fouet. Les soucis causés par Archie pesaient sur sa conscience, et ses propres galères avec son blogue alourdissaient le fardeau, si bien qu'elle errait dans la ville souterraine avec une mine de déterrée qui aurait pu figurer sur la photo de gauche d'une publicité « Avant/Après » pour Red Bull. Le remontant idéal, c'était une méga-dose de caféine administrée par Rocky. Pourtant, quand elle s'installa au comptoir, ce ne fut pas un expresso que Ludovic fit glisser jusqu'à elle, mais un morceau de papier plié.

— C'est quoi, ça ? Je dois passer un test, maintenant, pour que tu me serves un café ?

— Déplie-le, lui dit-il, mais c'est ultraconfidentiel.

Il désigna d'un coup de tête discret les clients qui bavardaient à l'autre bout du comptoir.

— Arrête, Ludovic. Je ne suis pas d'humeur à jouer.

— Je te niaise pas, Daphne. Ouvre-le.

Elle déplia la feuille et inspecta la photo en couleurs au centre de la page, sous une bannière qui hurlait, en lettres capitales extra-grasses, sans empattement qui aurait pu adoucir la lecture : « AVIS DE RECHERCHE ».

C'était un portrait frontal d'une jeune fille avec une veste d'uniforme bleu marine soignée dont la poche arborait un emblème à la Poudlard. Elle posait pour une photo d'identité prise à la va-vite par un photographe qui tâchait de caser trois cents élèves dans les quelques heures qu'on lui avait allouées. Pas le temps de faire dans le raffinement. Il n'avait pas pris la peine de donner du volume à ses boucles brunes, qui étaient encore aplaties d'un côté par le sommeil, et son appareil l'avait immortalisée avec les paupières en berne, mais la photo, quoique bâclée, laissait transparaître la carapace qu'elle s'était bâtie. Aucune erreur possible, c'était bien son Archie.

Mais les renseignements sous la photo démentaient cette conclusion. La fille s'appelait Chantal. Chantal Clark. Et quand Daphne, à deux reprises, calcula l'âge de Chantal à partir de la date de naissance indiquée, elle se heurta deux fois à une impossibilité mathématique. Quinze ans. Qu'Archie ait pris un pseudonyme, Daphne s'en doutait depuis le début ; voir ses soupçons se confirmer ne lui fit ni chaud ni froid. Mais le fait que cette fille venait tout juste de dépasser le panneau de sortie de l'enfance, comme Marius l'avait suspecté, entrava sa respiration dans sa gorge. Elle eut envie d'attraper son inhalateur alors qu'elle n'en avait pas eu besoin depuis des années.

— C'est elle, non ? lui dit Ludovic. La fille que tu m'as demandé de guetter.

Toute réponse était superflue. Le teint délavé de Daphne, plus blanc que le tablier de bistrot noué autour de la taille de Ludovic, était la seule confirmation dont il avait besoin.

— T'as pogné ça où ? lui demanda-t-elle.

— Un gars est passé me le déposer. Son père, j'imagine. On a piqué une petite jasette, lui et moi.

— Je catche[1] pas. C'est quoi ces recherches de flanc-mou ? Pourquoi il n'a pas placardé ça aux quatre coins de la ville souterraine s'il la soupçonne d'être ici ? Pourquoi il n'a pas contacté la police ?

Ludovic signifia son ignorance d'un haussement d'épaules.

— Il avait l'air de pas vouloir en faire toute une affaire…

— Pas toute une affaire ! C'est quoi ces osties de niaiseries, s'énerva-t-elle en brandissant le prospectus, malgré la mise en garde de Ludovic. Quel père digne de ce nom n'est pas fichu de virer tout à l'envers pour retrouver sa fille disparue ? Han ? Il devrait être en train de crier son nom sur tous les toits, pas de marauder sous terre comme un rat. Il mérite d'être zigouillé, ce gars-là. Traîné, pendu et équarri. Non, ce serait encore trop gentil pour lui.

Les mains crispées dans ses cheveux, elle reprenait son souffle avant une nouvelle salve.

La voix de Daphne avait oublié qu'elle était en public ; elle était stridente et pénétrante, avec une inflexion qui confinait à la

1. « Je pige pas. »

déraison. Les autres clients de Ludovic la surveillaient discrètement, évaluant la tournure probable des événements. Ceux qui avait eu la clairvoyance de commander leur café à emporter dans un gobelet ne s'éternisèrent pas pour connaître le dénouement. Ils s'éclipsèrent pour finir leur boisson en paix à leur bureau. Les autres, moins chanceux, qui buvaient à petites gorgées dans de la porcelaine, s'écartèrent autant que possible de Daphne et plongèrent leur regard dans leur tasse. Personne ne souhaitait établir de contact visuel avec une déséquilibrée potentielle.

Les questions continuaient de jaillir impétueusement de la bouche de Daphne :

— Pourquoi sa photo n'est sur aucun des sites avec des avis de recherche d'enfants disparus ? Veux-tu bien m'expliquer. Pis y a pas de site qui lui est consacré, non plus. Pourquoi il a attendu aussi longtemps avant de se mettre à sa recherche ? Il veut la retrouver ou pas ?

— Ouah, Daphne. Calme-toi le pompon.

Quand il s'agissait de paternité, le système de pressurisation de Daphne laissait à désirer. Lorsqu'elle était témoin d'infractions paternelles, même mineures, sa soupape sautait à tous les coups. Cela n'avait pas toujours été le cas.

Le père de Daphne était mort avant qu'elle ait pu s'aviser qu'elle en avait un. Les rares informations qu'elle possédait sur le seul de ses deux parents à avoir survécu à sa naissance, elle les avait apprises de seconde main, s'imbibant de souvenirs relayés par Nora qu'elle avait faits siens. À en croire sa grand-mère, Jacob avait été un père modèle, un papa surimpliqué qui, pendant les quelques mois où il avait connu sa fille, l'avait couvert d'amour et d'attentions, comme l'attestait le bataillon de photos dans leurs cadres qui tapissait le mur au-dessus du buffet. Nora lui avait toujours affirmé que son fils avait aimé Daphne à la vie à la mort. Surtout à la mort, en l'occurrence.

Un accident. Voilà le drame. Un tragique accident dans un champ de pétrole de l'Alberta. Inexercé au veuvage, il avait confié sa toute-petite aux bons soins de Nora pour suivre les sentiers battus et rebattus qui le mèneraient à la terre de cocagne du Canada. Il espérait amasser là-bas un joli pactole. Il avait prévu de revenir dès qu'il serait en mesure de faire vivre confortablement sa famille. Sauf qu'il n'était jamais revenu.

De cette histoire, Daphne connaissait les grandes lignes. Sa grand-mère ne les lui avait jamais cachées à compter du jour où elle l'avait jugée en âge d'entendre les circonstances du décès. Pour ajouter de l'ironie à la douleur, la mort de son père n'avait pas le moindre rapport avec ledit gisement pétrolifère, tout truffé de dangers qu'il était. Jacob s'était noyé, aux dires de Nora, un jour de congé où il était parti nager avec ses *chums de gars* : il s'était trop éloigné du bord de la rivière, avait eu une crampe, et avant qu'on s'aperçoive de son problème, il était déjà trop tard, il avait succombé.

Daphne ne se rappelait plus très bien quelle force avait fini par entrer en elle et la pousser à googler son père. Elle était presque adulte lorsque, dans un élan de curiosité en retard à l'allumage, elle avait tapé nonchalamment le nom de Jacob Elman sur le moteur de recherche, n'espérant rien d'autre qu'un ou deux avis de décès. À la place, des milliers de références à l'homme avaient inondé la page. De toute évidence, son père avait omis de parcourir l'autobiographie pour laquelle Nora lui avait servi de prête-plume, celle dont elle avait lu des extraits à Daphne, car en son temps, le Jacob Elman star d'Internet n'exploitait pas plus que sa mère les puits de pétrole à Fort Mac. Sa véritable profession, si on pouvait parler de profession, c'était militant écologiste. Le père de Daphne se donnait corps et âme à l'abolition de l'extraction des sables bitumineux.

Au départ, ses protestations furent de l'ordre du brandissement de banderoles et de mégaphones : Jacob enquiquinait ce Goliath qu'était l'industrie pétrolière en volant autour de lui telle une mouche casse-pieds, pissotait dans le petit bain du militantisme, se pliait aux règles du jeu. Mais, passé le milieu de la vingtaine, il se mit à supporter les règles comme on supporte une camisole de force. Il délaissa ses camarades timorés : ces mauviettes pouvaient bien continuer à agiter leurs pancartes et à conduire leurs concertations interminables pendant que lui durcissait sa stratégie, ce qu'il fit jusqu'à se retrouver avec un casier judiciaire impressionnant : cambriolage, vol, destruction de biens, mise en danger de la vie d'autrui, et possession d'explosifs. L'organisation pour le compte de laquelle il agissait depuis le début le lâcha : elle acceptait d'éponger un brin de vandalisme, cela faisait partie du jeu, mais ne tolérait pas qu'il flirte avec la violence et souille sa réputation déjà pas fameuse.

Jacob appréciait de n'avoir plus de comptes à rendre à personne. Un patron, c'était superflu quand on œuvrait pour une bonne cause. Il augmenta la fréquence de ses commandos sur les mines de sables bitumineux, infligeant davantage de dégâts à chaque intervention. Dans certains milieux, on louait le héros du peuple, l'homme probe et fidèle à ses principes, fusion entre Mère Teresa et Jesse James. Les compagnies pétrolières ne partageaient pas cet avis. Jacob les faisait courir, ainsi que les forces de l'ordre, mais il restait hors d'atteinte. Et puis, quelques mois après la mort soudaine de sa femme, il bouleversa son modus operandi et se montra au grand jour.

Le conducteur du camion nia avoir vu l'homme nu à genoux qui s'était enchaîné en plein sur la trajectoire de son pneu avant gauche. Certes, le poids lourd était un mastodonte de l'exploitation de sables bitumineux dont chaque pneumatique pesait cinq tonnes et rivalisait en hauteur avec un clocher d'église. Et peut-être le godet de sa pelle mécanique, chargé de minerai, avait-il bel et bien obstrué son champ de vision. Cette ligne de défense avait fait ses preuves par le passé. C'était ce genre de carte joker que sortaient naguère les chauffeurs de ces vieux autobus scolaires nord-américains à museau de chien, ceux qui avaient la fâcheuse habitude de faucher les élèves de maternelle qu'ils ne voyaient pas traverser la rue devant eux. Cette fois encore, la stratégie fonctionna. L'enquête établit l'innocence absolue du conducteur du camion, encore qu'écrabouiller un manifestant fît mauvais genre et provoqua un tollé qui rendit aux dircoms de la firme pétrolière la monnaie de leur pièce. Pendant un temps. Ensuite, le viol de l'environnement reprit de plus belle.

Voilà. Daphne ne le lui avait jamais pardonné. Une simple virée malencontreuse sur le Net lui avait suffi à non plus révérer mais honnir le souvenir de son père. Elle n'avait pas reproché à Nora de lui avoir menti, elle comprenait ses motivations. Sa rage, elle l'avait réservée à son père, qui avait cavalièrement risqué sa peau au profit de… quoi ? De *c't'ostie d'environnement*… pendant qu'elle braillait dans son lit de bébé à Montréal, sans personne d'autre sur cette terre pour lui servir de parent ! Son père s'était laissé tuer, il les avait pratiquement suppliés de lui passer sur le corps, et ils avaient été trop heureux de lui faire cette courtoisie avant de ramasser sa dépouille aplatie, de la rouler façon tapis de yoga et de l'expédier chez lui pour l'enterrement. Le fait qu'il œuvrait pour le bien de la planète avait laissé Daphne de marbre. N'aurait-il pas dû faire passer sa propre fille avant le dérèglement climatique ? Ne pouvait-il pas, comme tout le monde, laisser la génération suivante s'occuper de cette question ? S'était-il imaginé qu'elle n'avait pas besoin de père ? La rancœur de Daphne avait couvé au cours des années suivantes et, une fois arrivée à maturité, elle avait déteint sur l'idée qu'elle se faisait des pères en général. Seule une dévotion sans bornes à l'enfant trouvait désormais grâce à ses yeux, et la mollesse avec laquelle le père d'Archie (elle refusait pour le moment de penser « Chantal ») recherchait sa fille disparue le plaçait, dans la hiérarchie de Daphne, tout en bas de l'échelle, où foisonnait la masse des pères.

— Lui as-tu donné des informations ? demanda Daphne à Ludovic.

— Tu me prends-tu pour un stooleur[1] ?

— Désolé, Ludo. Prends-le pas mal. Eille, je peux la garder, cette photo-là ?

— Bien sûr. Elle est à toi.

Daphne commença à partir mais Ludovic la rappela pour un ultime conciliabule.

— Elle va bien, la petite ?

— Elle est correcte. Crois-moi.

— Je te crois. Tu penses-tu que je donnerais à un de mes cafés le nom d'une niaiseuse ? Mais écoute-moi ben avec tes deux oreilles, Daphne. Cette fille-là, c'est une fugueuse, pis ces gens-là, l'avenir qui les attend dans notre monde, il est pas rose. Je suis ben placé pour le savoir. J'ai pas aimé son allure, à ce gars-là. Il sentait pas ben bon. Mais si elle fuit un calvaire juste pour replonger en enfer, je supporterais pas d'être complice par mon silence. Faque t'es mieux d'être sûre en titi[2] qu'elle est correcte. En titi.

— Je le suis, Ludovic. Je te jure. T'as pas besoin de t'en faire pour elle.

1. « Un délateur, une balance. »
2. « D'être drôlement sûre. »

— T'es ben ben sûre ?

— Sûre et certaine.

— Si je peux t'aider, tu sais où me trouver.

— Merci, Ludo. T'es un véritable ami.

— J'espère que t'as raison. Mon cerveau pis mon vieil insigne me rappellent sans arrêt que je suis un idiot.

— Écoute-les pas. Je te jure que je vais m'assurer que cette fille-là ne souffre pas. Elle sera en sécurité et à l'abri du besoin. J'agirai pour son bien. Promis juré.

— Es-tu libre ? demanda Daphne à Marius quand il décrocha.

— Je fais quelque chose pour Larry, là. Ça peut pas attendre ?

— T'étais pas censé être à ma disposition vingt-quatre heures sur vingt-quatre ? C'est pas ça qui est stipulé dans le contrat ? Je peux te citer le paragraphe et l'alinéa exacts, si tu ne les as plus dans la tête. Depuis un moment, tu as tendance à prendre tes responsabilités envers moi à la légère, tu ne trouves pas ? Tu devrais rappliquer dès que je claque des doigts. Non mais écoutez-le : « Ça peut pas attendre ? » ! Je ne crois pas, non.

— OK, pogne pas les nerfs. J'arrive tout de suite.

Même quand Daphne l'avait appelé pour jouer les ambulanciers pour Archie qui se vidait de son sang sur ses draps de lit, elle ne lui avait pas semblé avoir aussi désespérément besoin de sa présence.

— Y a-tu un problème ?

— Évidemment, sinon je ne t'appellerais pas pour que tu rappliques.

— Qu'est-ce qui se passe ?

— Je te le dirai quand tu seras là.

— Bouge pas. Je m'en viens.

Quand Marius se gara devant chez Daphne, il l'aperçut en

train de faire les cent pas dans le hall de son immeuble et de lui jeter des regards envieux par les fenêtres donnant sur l'extérieur où il avait le privilège de circuler librement.

— Donc ? dit-il. Qu'est-ce qui s'est passé ?

— Tu vas voir. En haut.

— C'est ta grand-mère ? Les Demel ? Quelqu'un est malade ? Anthony ?

— Attends.

Elle ne lui révéla rien, la montée en ascenseur ayant lieu dans un parfait silence qui laissa le temps à l'imagination de Marius de concevoir encore d'autres catastrophes que celles qu'il avait échafaudées sur le trajet jusqu'ici.

Dans l'appartement, Daphne lui enjoignit de s'asseoir sur le canapé puis posa le prospectus avec le portrait d'Archie sur la table basse devant lui. Marius prit connaissance de la photo et des renseignements, après quoi il effectua le même calcul mental que Daphne précédemment. Elle s'assit à côté de lui.

— C'est toi qui avais raison depuis le début, lui dit-elle tandis que tous deux avaient les yeux rivés sur le papier.

— Et j'en tire zéro satisfaction.

— Tu imagines, lui dit Daphne. Une simple enfant, forcée de mener cette vie-là, livrée à elle-même. Je sais bien que Montréal c'est pas Kaboul, mais quand même.

— Je suis bien d'accord.

Marius avait quatre sœurs cadettes, toutes plus énervantes les unes que les autres, mais la rancune accumulée pendant toutes ces années à l'égard de sa fratrie s'évapora quand il les imagina récolter des coups de poing dans la figure et des brûlures de cigarettes sur le ventre.

— On peut dire qu'ils offrent une belle récompense, dit-il. Une beurrée de même, ça suffit pour tenir le restant de ses jours.

— On dirait que sa famille ne manque pas d'argent. Je me demande où elle le pogne…

Ils demeurèrent assis sur le canapé, aussi sonnés l'un que l'autre, bloquant sur la prochaine étape. Ils entendirent rire les voisins, bienheureux à l'abri des crises, qui rassemblaient leur marmaille dehors sur le palier pour une sortie au parc pendant qu'eux deux restaient sans voix devant leur dilemme. Ce fut Marius qui finit par se remobiliser pour colmater le silence.

— Faut appeler le numéro, me semble. On a-tu le choix ? Si on a deux sous de morale, c'est la seule chose à faire, déclara Marius.

Il tentait une plaidoirie pour le diable destinée à orienter la conversation dans le sens de la morale.

— Non, c'est le contraire, répondit-elle pile comme il l'espérait, saisissant le prospectus et regardant Archie dans les yeux comme pour confirmer ce que lui dictait son instinct. Appeler, c'est justement le pire qu'on peut faire. Tu t'imagines quoi ? Qu'Archie, ou Chantal, peu importe son nom, a choisi de vivre sous terre par pure perversion ? Qu'une jeune fille adorable issue d'une famille aisée préfère vivre dans la chnoute et s'exposer au danger ? Je peux pas le croire. Si ça se trouve, elle habitait dans un palace, et malgré ça, quelque chose l'a poussée à fuir. Je ne vois pas d'autre explication.

— Ou alors… On fait nous-mêmes un signalement à la police ? hasarda-t-il. Après que Nora et toute la clique nous auront donné leur feu vert… Il ne faudrait pas que ça les mette dans le trouble.

Marius espérait ragaillardir quelque peu Daphne avec sa construction à l'indicatif. Il savait qu'elle le prenait pour le genre de gars qui abusait des « après qu'ils aient ». Hélas, elle était bien trop déprimée pour que la grammaire lui remonte le moral.

— Sérieusement ? Je ne peux pas croire que tu proposes ça,

même si c'est juste une suggestion. Tu sais bien qu'Archie capote à l'idée que son nom apparaisse sur un registre officiel. Elle a refusé d'aller à l'hôpital, alors qu'elle avait presque les viscères à l'air, sous prétexte qu'elle aurait dû décliner son identité à un représentant de l'autorité. Te rappelles-tu ? Pis comme tu l'as fait remarquer, faut penser aux autres. Donc tant qu'on n'aura pas compris pourquoi elle est partie de chez elle, c'est niet pour parler à la police, niet pour appeler le numéro, niet pour raconter ce qu'on sait à qui que ce soit. Silence radio sur toute la ligne. Deal ?

— Deal.

— Si seulement je pouvais la reprendre ici avec moi, se lamenta Daphne. Cette fois-là, je serais plus smatte, j'arriverais pas avec mes gros sabots. Je la prendrais avec tact, j'avancerais à pas de velours, je la désinhiberais petit à petit. Le problème, c'est que ma grand-mère refuse de me la laisser. Elle est devenue l'assistante personnelle d'Archie. Je sais que c'est moi qui lui ai demandé de la garder en sécurité, mais là ça devient ridicule. J'ai créé un monstre. Même moi elle ne veut pas que je m'approche d'elle.

— Non, non. Tu te trompes, me semble. De ce que j'ai vu les fois où je les ai visitées, c'est pas Nora qui détient les clefs du donjon. C'est Yvonne.

— Yvonne ?

32

C'était la première fois que leur famille se retrouvait seule dans la soirée. Au cours de la journée, Nora et Anthony sortaient quelquefois faire une course ensemble, abandonnant à eux-mêmes une heure ou deux leurs pensionnaires clandestins, qui restaient docilement dans la cave. Ils ne s'y barricadaient pas – leurs conditions de vie n'étaient tout de même pas celles d'Anne Frank – mais choisissaient de rester dans cet environnement sécurisé et familier. C'était surtout rude après la tombée de la nuit, même si, dans leur cas, l'obscurité n'était pas fonction de l'heure qu'il était. Depuis que la première *bordée* de la saison s'était abattue précocement et avait enseveli les fenêtres de la cave sous des *bancs de neige*, c'était comme s'ils vivaient dans le cercle arctique, à revers du soleil. Avant, les antiques soupiraux de Nora laissaient filtrer de petits carrés de lumière qui dessinaient sur les murs de la cave des motifs rappelant les barreaux d'une cellule. Mais depuis que la lumière naturelle était entièrement occultée, ils avaient véritablement l'impression, pour la première fois, d'être en prison.

Les occupants de la cave de Nora ne s'autorisaient jamais à entretenir sérieusement le fantasme d'une vie au-dessus des escaliers, d'une vie au-delà de leurs frontières actuelles. Du moins, ils n'en parlaient pas. Emmanuel s'efforçait de couper court aux conversations au conditionnel quand elles survenaient. Elles ne pouvaient qu'occasionner de la frustration. Mais ce soir-là, l'absence de Nora et d'Anthony, mêlée à la perte de repères engendrée par plusieurs semaines d'obscurité persistante, les rendit plus fébriles qu'à l'accoutumée, comme des adolescents pris d'une folle envie de braver l'interdit parce que leurs parents les ont laissés pour la première fois à la maison sans surveillance. Ils n'avaient pas l'intention de monter au rez-de-chaussée et dévaliser le bar à alcool, rien d'aussi rustre. Les désirs qu'ils exprimèrent étaient d'une telle tendresse, d'une telle sobriété et d'une telle innocence qu'Emmanuel sentit son cœur se déchirer. Son épouse ne souhaitait rien d'autre que regarder par une fenêtre et voir le ciel, et ses enfants grimper les escaliers, passer la porte de la cuisine et entrer dans le jardin clôturé pour s'ébattre dans la neige.

— On serait super silencieux, papa, lui assura Bérénice. Personne ne nous entendrait. On dessinerait juste une carte dans la neige avec les pieds, comme avant. Ça fait pas beaucoup de bruit.

Les Demel avaient goûté un jour aux jeux dans la neige, et c'était devenu leur divertissement familial. Ils avaient tracé des traînées en trépignant avec leurs grosses bottes neuves pour ébaucher une carte. C'était leur père, étranger à la neige, qui avait eu l'idée de transformer cela en activité intellectuelle. Ce n'est que plus tard que Paul et Bérénice avaient découvert, en observant les enfants dans la rue, que la principale fonction ludique de la neige n'était pas la cartographie. Ils étaient censés la tasser pour en faire des boules et se livrer bataille avec. La conception de cartes était toutefois restée leur jeu d'hiver préféré.

— Tu en penses quoi, P'tit Paul ? demanda Emmanuel.

Le pauvre Paul était dépassé. Il espérait plus que tout aller jouer dans la neige comme l'avait décrit sa grande sœur, mais depuis qu'ils avaient emménagé dans la cave de Nora, il avait bien saisi qu'il n'était pas censé laisser libre cours à ce genre de désirs. C'était un petit garçon sensible, Paul, qui comprenait à son niveau la gravité de leur situation et faisait de son mieux pour répondre aux attentes de ses parents. Il n'osait même pas leur demander la permission de dépasser la troisième marche de l'escalier de la cave (la limite fixée par l'autorité parentale pour ses sauts en longueur), et encore moins de sortir dans le vrai monde. Mais voilà que sa sœur, dont il suivait normalement l'exemple, formulait ouvertement cette idée traîtresse. Il était avec elle à cent pour cent. Il ne pouvait simplement pas se résoudre à l'avouer. Il dut rassembler toutes ses forces de garçonnet pour répondre à son père comme il fallait.

— Faut pas le faire, papa.

— Mais ça te ferait plaisir, non ? De mettre tes bottes et sortir courir un peu ?

Confronté à ces deux questions en apparence innocentes, Paul perdit sa boussole. Qui était cet homme qui possédait les traits de son père, la démarche de son père, et même la voix de son père, mais qui n'était clairement pas son père ? Son père à lui ne l'aurait jamais poussé à faire une bêtise pareille. Son père à lui leur répétait tout le temps que la sécurité de toute la famille dépendait de leur capacité à obéir sans condition aux règles de la maison. Ils devaient être disciplinés, lui avait expliqué son papa, courageux, unis. Parfois, Paul formait le vœu secret de monter les escaliers pour aller tenir compagnie à Mamie Nora dans la cuisine pendant qu'elle préparait à manger, comme il le faisait naguère avec sa maman. Il aurait alors pu se pelotonner sous la table pour que personne ne puisse l'apercevoir par les fenêtres, et lui poser de nouvelles devinettes. Elle ne trouvait quasiment jamais la solution, même à celle du poulet, mais elle lui en réclamait toujours une autre car il n'était jamais à court. Son vœu, il le gardait rien que pour lui. Ce rêve avec la cuisine en toile de fond, il ne l'avait même pas avoué à Bérénice. Aller là-haut, et même souhaiter aller là-haut, constituait le pire crime que son imagination puisse inventer. Alors dépasser carrément les frontières du rez-de-chaussée pour sortir, c'est-à-dire aller dehors, en plein air, c'était un péché qui dépassait son entendement. C'était colossal. Comme un meurtre. Est-ce que c'était un test ? Un auquel sa sœur avait déjà échoué ?

— Alors, P'tit Paul ? Qu'est-ce que tu en dis ? le pressa son père.

Son regard ricocha de sa sœur à sa mère puis en sens inverse, mais impossible de se fier à leurs expressions, alors il géra sa confusion par le seul moyen qu'il connaissait : en fondant en larmes.

— Emmanuel, arrête, lâcha Yvonne. Tu ne vois pas que tu le tortures ?

— Je pose juste à notre fils une question simple.

Yvonne prit Paul dans ses bras.

— Tout va bien, mon chéri. On joue à un jeu, là, c'est tout. Tu peux répondre ce que tu veux à papa. Ça compte pour du beurre.

Mais ses hoquets l'empêchaient de continuer à prendre part à ce jeu auquel il ne trouvait aucun attrait.

Les enfants d'Emmanuel auraient pu souhaiter une foule de choses, des amis, une école, un chez-eux, la liberté, la sécurité, la lumière du jour, mais ils n'aspiraient qu'à batifoler dans la neige. Leur imagination prodigieuse s'était atrophiée, elle avait rétréci aux dimensions de leur existence étriquée, et désormais ne voguait pas plus loin que la porte de la cuisine et la minuscule parcelle de jardin recouverte de neige vierge qui se trouvait derrière. Quel pitoyable simulacre de père fallait-il être pour ne pas octroyer à ses enfants ce plaisir simple ?

Yvonne partageait secrètement leur ambition. Elle était devenue très copine avec le froid canadien. Après leur première rencontre, elle n'aurait pourtant jamais imaginé que ce serait le cas. L'avion des Demel avait atterri sur un tarmac verglacé à Montréal au cœur d'une tempête de neige démoniaque dont elle savait aujourd'hui qu'elle avait été assez violente pour faire trembler même les Montréalais blasés du blizzard. Ils étaient arrivés avec un balluchon. À l'époque, tout ce qu'ils possédaient en quantité, c'étaient des conseils, grâce à Léon, le cousin d'Emmanuel, et sa femme Priscilla, paix à son âme.

— Ne pense même pas à acheter des tomates en hiver, expliqua Priscilla à son cousin ce soir-là, sa première soirée ici. Autant manger une boule de cire tout droit sortie de ton oreille.

— Ma chérie, je t'en prie, dit Léon. Tu es obligée d'être aussi fruste ?

Elle ne fit aucun cas de sa critique, comme à son habitude. Les larbins de Léon au bureau le prenaient peut-être pour le Messie, mais elle savait que le père de son mari avait conduit une carriole tirée par un âne.

— C'est ça qui est ça, comme on dit ici. Et elles ont un arrière-goût, pas vrai, chéri ? On croirait que les plants ont été irrigués avec de l'essence.

— N'exagère pas, riposta son époux. Les marchés sont remplis de produits délicieux. Il ne faudrait pas que nos cousins se fassent une idée fausse. C'est juste qu'à cette période de l'année…

— Exagérer ? Moi ? enchaîna-t-elle en l'absence d'opposition tranchée. Tu veux qu'on parle de ce qu'ils appellent « produits frais » ici ? Ils étaient peut-être frais une semaine plus tôt quand un péon les a jetés dans un panier au Mexique. Mais maintenant ? Ils ont même une catégorie, ne ris pas, baptisée « frais-congelé ». Ça t'inspire confiance, à toi ? À mon avis, les deux termes s'annulent. Tu ne crois pas ?

Elle se tourna vers Yvonne, sa nouvelle alliée présumée, cherchant l'adhésion, mais la cousine de son mari était encore trop éberluée à la vue des *bancs de neige*, ces congères qui les empêchaient de regarder par la fenêtre, pour prendre part au débat sur le paradoxe lexical des Canadiens mis au jour par Priscilla. Assise dans le salon de ses cousins, elle demeura muette, frissonnant dans une robe légère dont se jouait le froid ambiant.

Après son chapitre sur les insuffisances de l'offre alimentaire canadienne, Priscilla égrena des astuces sur les vêtements d'extérieur.

— Des manteaux en duvet. Point final ! Rien en polyester. Ça coûte plus cher, oui, mais si tu veux avoir assez chaud, rien ne les surpasse. Et aux pieds ? Des chaussures montantes de la plus haute qualité. Des marques connues. Ça va sans dire. Ne te fais surtout pas avoir par les contrefaçons. Il ne faudrait pas que les enfants perdent un orteil.

Yvonne n'avait pas anticipé ce genre de risque. Le Canada était donc un pays où on perdait des parties du corps aussi facilement qu'on laissait tomber des pièces de sa poche ?

— Et c'est bien d'investir dans des crampons à enfiler pardessus les bottes.

Sa liste avait-elle une fin ?

— Des crampons ? interrogea Yvonne, dubitative devant le string en cuir hérissé de pointes qui était suspendu aux doigts de sa cousine et qui ressemblait à un instrument de torture médiéval.

— Des bottes, ça ne suffit pas ?

Priscilla était une ardente partisane du redoublement de précautions.

— Oh non. Pas s'il y a de la glace noire. Il te faut une adhérence supplémentaire. C'est comme mettre des chaînes autour de tes pneus, dit-elle, autre spécificité canadienne qui laissa Yvonne perplexe. Autrement, tu pourrais te retrouver les quatre fers en l'air. J'ai assisté à ce genre de scène. Ce serait ballot que tu te fasses une fracture du coccyx parce que tu as lésiné, non ?

Yvonne craignait de ne jamais maîtriser les codes de ce nouveau quotidien. Pendant les premiers temps de son installation dans son pays d'adoption, elle mettait si longtemps à étanchéifier convenablement ses enfants avant une sortie qu'elle avait l'impression d'habiller des astronautes pour un voyage spatial. Tant de mystérieuses *pelures* (comprendre : de couches) à enfiler, tant de boutons-pressions, de *zippers* (de fermetures-Éclair), de crampons, de crochets et de cordons à *mitaines* (à moufles). Même aller chercher des œufs au coin de la rue avec eux était épuisant, ces mêmes œufs que Priscilla méprisait à cause de leurs jaunes insipides, mais que pouvait-elle bien y faire ? Elle devait nourrir sa famille.

Quelque part en chemin, cependant, Yvonne et le froid sibérien avaient fini par bien s'entendre, en grande partie grâce à l'entremise de ses enfants. Elle en était arrivée à s'émerveiller, comme eux, devant les vertus constructrices de la neige, qui faisaient défaut aux autres phénomènes climatiques. On ne pouvait rien bâtir avec la pluie. Le vent était évanescent. Mais la neige, comme la pâte d'amandes, était modelable en une infinité de formes fantaisistes. Bien des fois, un jour d'hiver, elle avait rejoint ses enfants dans le carré de jardin à l'arrière de la maison que Léon leur avait trouvée. Ils avaient piétiné, roulé en boule et sculpté la neige au gré des images qu'ils avaient en tête. Yvonne en avait tiré la même satisfaction que si elle avait confectionné du pain en se lançant un défi supplémentaire consistant à pétrir la pâte avec des gants de cuisine. Et l'air glacial, loin d'être le démon qui, à en croire Priscilla, projetait de leur amputer un doigt naïf ou un nez innocent à la seconde où ils auraient le dos tourné, avait réveillé sa vitalité et stimulé tous ses circuits, grippés sur « Hibernation » depuis qu'ils avaient enterré Grâce.

Alors, quand ses enfants tentèrent de faire valoir leurs arguments à leur père pour se faufiler jusqu'à l'arrière du jardin enneigé de Nora, elle éprouva un élan de compassion, même si leur désir était irréaliste. Quelle mouche avait piqué Emmanuel pour qu'il les encourage ? Elle allait devoir lui parler plus tard, quand les enfants dormiraient. Elle était d'avis qu'il valait mieux réfréner leurs pulsions, si cruel que cela pût paraître.

— Savez-vous ce qui m'ferait ben plaisir ? intervint Archie pour détourner la conversation et venir en aide à Paul. Un bon bain. Moussant, peut-être.

Les toilettes du sous-sol qu'ils partageaient tous étaient rudimentaires. L'emprise au sol de la pièce, minuscule, ne laissait aucune place pour qu'on y installe une douche, encore moins une baignoire. Le lavabo était presque assis sur les genoux de la cuvette. Sitôt après l'emménagement de ses voisins ivoiriens, Nora avait mis sur pied une pseudo-douche de camping dans la buanderie, près de la cuve à laver. Elle avait débuté dans la vie comme tuyau d'arrosage équipé d'une buse de brumisation, mais Nora, grâce à son esprit créatif, lui avait permis de remplir sa nouvelle fonction moyennant quelques rideaux qu'elle avait passés par-dessus les canalisations apparentes quadrillant le plafond, et une bâche de protection en plastique qu'elle avait accrochée pour contenir les gouttes. Nora était plutôt fière de la façon dont elle s'était tirée de cette situation – l'un des premiers défis posés à la mère supérieure qu'elle était devenue – mais le consensus dans la cave était que cette douche n'était pas une invention triomphale. Nora ne pouvait pas savoir, n'ayant jamais eu recours à l'appareil, que prendre une douche était une épreuve de courage. La disposition offrait un minimum d'intimité et un maximum d'inconfort. La température de l'eau basculait brutalement de glaciale à brûlante et vice versa, la pression était faiblarde, et dès que quelqu'un était assez inconscient pour s'attarder plus de quelques minutes sous le jet, il se formait généralement autour du siphon de sol une méchante flaque qui menaçait de déborder sur leur espace de vie.

— Personne saurait rien, hein, continua Archie, étoffant sa proposition pour tirer de sa détresse son petit *chum* Paul, si loyal. J'pourrais faire l'aller-retour entre ici et en haut avant qu'y rentrent, ni vu ni connu. J'sécherais tout avec nos serviettes d'ici pis j'rangerais tout comme en arrivant. Penses-tu qu'y ont un canard en plastique, en haut, pour m'tenir compagnie ?

Son baratin était en train de produire l'effet escompté. Les reniflements de Paul diminuaient. Mais ce bla-bla à base d'ablutions répercuta un écho au-delà de sa cible initiale.

— Un bon bain au sel d'Epsom te ferait le plus grand bien, déclara Emmanuel.

— Attends, Emmanuel. J'cherchais pas à aller en haut. Pour vrai. J'essayais juste…

— C'est très relaxant, poursuivit-il comme si elle n'avait pas parlé. C'est un bon remède naturel. Ça peut faire des merveilles sur ces douleurs tenaces qui t'empoisonnent la vie.

— Arrête. C'est seulement les mémés qui garrochent ça dans l'eau d'leur bain. Bientôt tu vas m'faire manger des pruneaux.

— Ne dénigre pas la sagesse de tes aînées. Ce n'est pas pour rien qu'elles utilisent ça. Tu ne serais sûrement pas aussi raide si tu suivais leur exemple. Les sels de bain détendent les muscles et résorbent les œdèmes. C'est le magnésium. L'ingrédient magique.

En entendant le dithyrambe d'Emmanuel sur les bienfaits thérapeutiques du sel d'Epsom, Archie commença à perdre de vue que, quelques minutes plus tôt, l'idée de prendre un bain ne suscitait en réalité aucun intérêt chez elle.

— Ça m'aiderait pour de vrai, tu penses ? Chus rendue au boutte d'avoir mal la nuit.

— Ça ne peut pas te faire de mal.

— Qu'est-ce qui te prend ? protesta Yvonne.

Elle n'appréciait pas qu'il l'encourage à caresser des chimères au lieu de garder les pieds sur terre.

— Tout ce que je dis, c'est que d'un point de vue médical, étant donné ses souffrances physiques persistantes, un bain lui serait très bénéfique.

— On pourrait lui faire faire de la marche, suggéra Yvonne, histoire de la dégourdir.

— Il n'y a pas beaucoup d'espace pour déambuler dans cette cave. On le sait tous. La pièce est trop exiguë pour que ça lui réussisse.

— Bah, ce n'est peut-être pas une piste de danse, mais regarde tous les progrès qu'elle a déjà faits.

— On peut faire mieux.

— Mieux comment ? Dis-moi ce qu'il lui faut d'autre, je m'en occupe.

— Je crois, dit-il en les regardant l'une après l'autre dans les yeux, que dans ce cas précis, un petit voyage là-haut se justifie.

— Là-haut, papa ?

Sitôt ce mot tabou sorti de la bouche de son père, le moteur hydro-lacrymal de Paul s'emballa de nouveau.

— Emmanuel, chus correc' ici. On va pas créer des complications.

— Papa, t'avais dit…

— Je sais ce que j'ai dit, mais la situation a changé.

— Comment ça, changé, papa ? lui demanda Bérénice. Qu'est-ce qui a changé ?

— Stop, Emmanuel, intercéda Yvonne. Pense à Nora. À tous les risques qu'elle prend pour nous garder ici. Ce serait comme lui cracher à la figure.

— Je suis sûr que Nora serait tout à fait d'accord du moment que c'est une nécessité pour le bien-être de notre patiente.

— Tu abordes pourtant le sujet alors qu'elle n'est pas là pour exprimer son désaccord…

Cette fois, il ne sut quoi répondre. Emmanuel était infiniment reconnaissant à Nora de tout ce qu'elle avait accompli pour lui et sa famille, mais il trouvait parfois difficile de résoudre cette contradiction qui voulait que sa sauveuse soit aussi sa geôlière.

— Tu serais prêt à faire ça derrière son dos ? continua Yvonne.

— En l'espèce, je dirais que la situation nous y oblige.

Il se leva pour leur signifier que la décision était prise.

— Accompagne Archie là-haut. Assure-toi qu'elle puisse se débrouiller. Laisse-moi m'occuper des enfants. On survivra l'espace d'une demi-heure.

— Emmanuel, tu n'y penses pas…

— Si, notre survie, j'y pense à chaque instant.

— Tu sais bien que ce n'est pas ce que je veux dire.

— Yvonne, tu vas pouvoir regarder par une fenêtre. Monte. Dis bonjour aux étoiles pour moi.

— Tu as perdu la tête ? Le risque est trop grand.

— Tout ira bien pour vous.

— Pour Archie et moi, oui… Mais pas pour toi et les enfants. Tu crois que je n'ai pas deviné l'idée que tu as derrière la tête ?

— Laisse-nous, Yvonne. C'est une chose que je dois faire absolument.

33

— Ça va m'manquer, quand j's'rai partie, dit Archie en fermant les yeux dans le bain, avec de l'eau jusqu'au menton.

— Quoi donc ? lui demanda Yvonne. Nous tous, ou juste le bain ?

— Tsé ben c'que j'veux dire. Être avec vous autres. Jaser. Tout ça.

— Je ne savais pas que tu réfléchissais à nous quitter.

— Pas demain, mais un jour. J'peux pas vous forcer éternellement à vous serrer ici les uns contre les autres.

— On n'a pas l'impression d'être serrés.

— Philippe dort dans un tiroir. Moi, j'appelle ça serré.

— Pour l'instant, il est bien là-dedans. C'est quoi, l'expression que Nora utilise tout le temps ? « Y est dans ouate. » Pas besoin de te presser de déménager à cause de nous.

— J'sais ben, mais faut qu'j'pense à l'avenir. Même si c'est dans longtemps.

— Tu iras où ? Le moment venu, je veux dire.

— Dans la ville souterraine. Où c'est qu'j'pourrais ben aller d'autre ?

— Comment tu peux songer à repartir là-bas ? Dans cet endroit où on t'a fait subir ces atrocités…

— Tu comprends pas, ce s'rait différent, maintenant. J'sais comment contourner l'système. Ce s'ra plus facile. Les meilleurs spots pour dormir, y s'ront pour moi.

— Et tu n'as pas d'autre aspiration que celle-là, au bout du compte ? demanda Yvonne. Avoir ta place attitrée au-dessus d'une bouche d'air chaud ?

— Pourquoi j'aurais pas l'droit d'être à mon aise ?

— Si tu étais ma fille, je te sortirais de cet endroit à une telle vitesse que tu en aurais le tournis.

« Si tu étais ma fille. » Elle n'aurait pas pu choisir pire formulation. Archie partait du principe qu'elle était déjà devenue la fille d'Yvonne, que l'affaire était pliée, la conversion ayant été accomplie à la faveur d'un tour de passe-passe relevant de la transsubstantiation ou de la fusion nucléaire, ou peut-être par la simple force de leur volonté. Pour elle, c'était le même sang qui coulait dans ses veines et celles d'Yvonne, alors cette phrase, qui la plaçait indiscutablement hors du cercle familial des Demel, lui fit l'effet d'un coup de massue.

— Ah ben je l'suis pas, t'es ben chanceuse, répliqua Archie, jouant la provocation avec Yvonne comme elle l'avait fait avec Daphne le jour de leur rencontre, quitte à faire les frais des retombées. La pureté de ta famille est intacte. Elle s'ra pas polluée par moi.

Cette insolence inédite cloua le bec à Yvonne, tandis qu'Archie poursuivait sans démordre :

— Tu m'as appelée « ma fille », toutes ces nuits-là. T'as-tu oublié ? « Ma fille. » J'aurais dû m'douter qu'c'était des conneries. Que jamais, pas une fois, c'était moi qu'tu voyais. Juste Grâce. J'étais juste une remplaçante ben commode dans l'noir. Tu t'crois exceptionnelle. Pleine de compassion. Tu penses que t'es la seule à part Daphne à vouloir m'sauver d'la ville souterraine. La seule à t'inquiéter si je croupis là-bas ou pas, si chus déconcrissée ou en un seul morceau. Ben non, pour vrai, tu t'fourres. Ma vraie mère, cette *bitch* qui m'a donné la vie, elle s'rait d'accord avec toi à cent pour cent. Elle voudrait m'faire sortir de là elle aussi, mais pas pour les mêmes raisons. Tu dois donc ben être fière de savoir que les deux font la paire, là.

— Pour quelles raisons, dans ce cas ? lui demanda Yvonne.

Elle se força à lui poser la question, même si elle parvint tout juste à expulser les mots. Jamais auparavant Archie n'avait évoqué sa mère, ni d'ailleurs n'importe quel autre membre de sa famille. C'était une ouverture qu'Yvonne devait saisir, bien qu'elle se présentât au milieu d'une volée de bois vert qui lui était directement destinée. Qu'était-il arrivé à sa pauvre petite Archie ? Elle semblait possédée.

— Chus pas obligée d'te l'dire, rétorqua Archie, rétrogradant de la vulgarité à la condescendance.

Yvonne avait bien cherché ces critiques cinglantes, sans doute. Cette soirée transgressive qu'elle et Archie passaient seule à seule, entièrement coupées du monde, au risque d'être découvertes à tout instant par nulle autre que celle qui les avait recueillies, la stressait au possible. Dans la cave, cet endroit calme et familier, Yvonne n'aurait jamais laissé une remarque aussi inconsidérée s'échapper d'entre ses lèvres. Là-bas, elle n'aurait pas perdu de vue qu'Archie était fondamentalement fragile, malgré cet air courageux qu'Yvonne la voyait plaquer chaque matin sur son visage comme un gardien de hockey enfilant son masque.

Si l'un de ses enfants s'en était pris aussi violemment à elle, il ne s'en serait jamais tiré impunément. Sur les armoiries de la famille Demel, en lettres capitales ornées de fioritures, la devise « Respectez vos parents » occupait la place d'honneur. Bien sûr, n'était-ce pas là le cœur du problème ? Où Archie se situait-elle par rapport à la famille Demel ? Était-elle oui ou non l'une des leurs ?

— Je ne suis pas ta vraie mère, dit Yvonne. On ne peut rien faire pour changer ça. Je suis juste la personne qui t'a prodigué de l'amour et des soins quand tu en avais besoin. Je ne suis que cette personne. Rien d'autre.

Archie aurait préféré une gifle. Elle avait franchi une ligne rouge, une ligne qu'elle ne pouvait pas refranchir. Elle méritait une correction, mais Yvonne n'avait fait preuve que de bienveillance. C'était plus qu'elle ne pouvait le supporter. Elle fut assaillie de remords en songeant à son caprice. Si elle s'était contenue, son havre de sécurité aurait pu lui rester ouvert plusieurs mois encore, ce qui lui aurait permis d'étirer sa convalescence jusqu'à ce qu'elle ait repris assez de forces pour même se mettre à soulever de la fonte, et pendant tout ce temps elle aurait pu se repaître de l'affection d'Yvonne. Mais elle venait de claquer cette porte à sa propre figure.

— J'vas m'en aller, déclara Archie. Ce soir.

— Qu'est-ce que tu racontes ? Tu ne peux pas.

— C'est mieux, me semble, pour tout l'monde.

— Ta guérison est encore loin d'être terminée. Si tu pars avant d'être prête, tu risques une rechute.

— Chus ben correc'.

— Je sais que je n'ai pas le droit de te retenir, mais je prie pour que tu reviennes à la raison et changes d'avis.

— J'ai pris ma décision. C'est l'temps d'partir.

— En l'espace de dix secondes, tu as pris une décision aussi importante ?

— S'te plaît, dis merci à Nora pour moi, pis à Anthony. Dis-leur au revoir d'ma part. Je s'rai sûrement partie quand y rentreront.

— Ça, c'est hors de question. Si tu veux partir sans les remercier pour leur générosité sans bornes, alors vas-y, mais je ne relaierai pas le message en ton absence.

Archie avait commencé à se lever pour sortir de la baignoire, prête à mettre son plan bancal à exécution, mais devant ce refus, elle vacilla.

— Et les enfants, continua Yvonne, coupable d'en remettre une louche mais pas contrite pour autant, ne les oublie pas. Ils seraient effondrés si tu disparaissais sans prévenir. Ils ont dû faire face à bien trop de disparitions brusques dans leur courte vie.

Ce serait difficile pour Archie de quitter cette maison en se mettant à dos toutes les personnes qui comptaient pour elle dans ce monde, mais sa vie avait-elle déjà été facile ? La facilité, c'était pour les autres jeunes de son âge. Si Yvonne ne s'était pas trouvée là dans la salle de bains pour l'en empêcher, elle aurait plongé la tête sous l'eau et attendu la fin. *Game over*. Mais Yvonne était bien là, l'incitant encore et toujours à rester, déployant même des trésors de persuasion avec son prochain argument :

— Sans compter que ton départ me briserait le cœur.

— Comment tu peux dire ça après c'que j'viens d'te dire ? s'écria Archie face à elle. C'est des paroles en l'air.

— Tu sais, lui répondit Yvonne, je cogite depuis toujours à une invention qui, à mon avis, me rendrait riche. Un outil très pratique. Il me reste à imaginer le mécanisme, mais le principe, c'est que ça permettrait à notre bouche de fonctionner à retardement. On énoncerait quelque chose mais les mots ne parviendraient pas à nos oreilles tant que notre cerveau n'aurait pas donné l'autorisation après les avoir passés au détecteur d'explosifs. Pour moi comme pour toi, ça ne serait pas du luxe, à mon avis.

Yvonne s'accroupit à côté de la baignoire.

— Archie, ma belle, je ne t'en veux pas de ce que tu m'as dit. Parfois, quand on s'emporte, des paroles sortent de notre bouche qu'on aimerait pouvoir ravaler. Tu n'es pas la seule à qui ça arrive. Mais céder à cette colère, fuir à cause d'elle, eh bien, ce n'est pas un comportement très adulte.

Depuis tant d'années, Archie roulait sur sa réserve de carburant, au point qu'il ne lui restait même plus assez d'essence vitale pour allumer un barbecue. Son corps avait épuisé la quasi-totalité de ses fluides et autres humeurs. Les larmes étaient la seule substance naturelle dont elle disposait encore en abondance, alors elle craqua et les laissa couler, prenant exemple sur Paul. Elle les retenait depuis si longtemps. Elles n'avaient pas encore tari que le niveau d'eau du bain s'était déjà élevé d'un centimètre. Ses sanglots convulsifs rendirent son élocution difficile : son souffle se coinça dans sa gorge, ses phrases coagulèrent, mais elle semblait vouloir à tout prix répondre à Yvonne, qui n'attrapait que quelques mots épars.

— Quoi ? lui demanda Yvonne. Je ne te suis pas. « Adulte » quoi ?

Chaque tentative de clarification avorta à cause d'une nouvelle explosion de larmes. Yvonne resta assise à ses côtés, impuissante à reconstituer le message qu'Archie s'évertuait à lui transmettre, jusqu'à ce que, profitant d'une accalmie entre deux sanglots, celle-ci le lui catapulte à la figure sur un ton de reproche :

— Pourquoi j'devrais m'comporter comme une adulte ? J'en suis pas une.

Le regard d'Yvonne la transperça, et elle se demanda comment elle avait fait pour ne pas voir. Sans doute avait-elle simplement *décidé* de ne pas voir. Quand Archie était apparue sur le perron de Nora, affalée dans son fauteuil roulant improvisé, Yvonne avait eu du mal à déterminer son âge ; les signaux visuels étaient brouillés. Mais à ce moment-là, entre les contusions et les brûlures, c'était sans importance, un détail. Elle ressemblait à une femme, et Yvonne n'avait pas cherché plus loin. Même si l'attitude d'Archie au cours des semaines suivantes était quelquefois entrée en contradiction avec ses courbes, Yvonne avait fermé les yeux sur cette incohérence et n'avait jamais posé la question qui aurait élucidé l'énigme une bonne fois pour toutes. Daphne et elle avaient cela en commun. Yvonne n'avait pas souhaité s'ouvrir à l'idée d'une vérité qui l'aurait dérangée, à l'éventualité qu'elle puisse garder en captivité le bébé d'une autre. Désormais, le temps de l'ignorance délibérée touchait à sa fin.

— J'ai quinze ans, dit Archie.

En entendant ce chiffre pas encore mûr, si vulnérable, Yvonne sentit tournebouler son univers souterrain si ordonné. Elle allait devoir en construire un nouveau, fondé cette fois sur la réalité qu'elle avait tenue à distance.

— Laisse partir un peu d'eau froide et ouvre le robinet d'eau chaude, ordonna Yvonne à Archie.

Elle attendit qu'un nouveau nimbus de vapeur s'installe au-dessus d'elles.

— Ça va prendre un moment, je suppose. Inutile d'avoir froid, ajouta-t-elle en se décollant du sol pour se dresser sur ses jambes avant d'aller se rasseoir sur le siège des toilettes. Je t'écoute, dit-elle.

— J'avais toujours cru qu'not' famille était normale, commença Archie. Quand on a rien pour comparer, comment on sait ? On a la famille qu'on a. On accepte. J'pensais qu'ça s'passait comme ça chez tout l'monde, qu'tous les pères ramenaient à maison[1] des gars du bureau pour garder leur enfant pendant qu'y sortaient au restaurant ou au théâtre avec la mère. Y étaient tout amanchés comme des gérants, avec leur complet-

1. « À la maison. » Dans un registre familier, l'article est souvent omis, à l'oral, en français québécois : « à maison », « dans face » (dans la face), « attends minute » (attends une minute), etc.

cravate. C'était comme si y avait un code vestimentaire. Ma mère les décrivait toujours comme des collègues. « Y a un collègue à ton père qui vient, à soir », qu'elle disait. J'savais c'que ça voulait dire. J'ai jamais eu l'bon sens de m'demander comment ça s'faisait qu'mon père avait tant d'collègues. J'avais été à son travail. Y avait juste lui pis une secrétaire. J'ai jamais eu l'bon sens de m'demander un paquet d'affaires. J'étais ben ben épaisse, comme fille. Tout était organisé bien comme y faut, en surface. C'était ridicule. Ma mère laissait des collations dans la cuisine. Ouais, pour vrai. Des biscuits. Elle leur disait à quelle heure j'devais aller m'coucher. Pis une fois qu'mes parents étaient partis, M. le boss des ressources humaines ou M. le directeur des systèmes d'information v'nait m'garder. Dans ma chambre. À sa manière…

« Me garder, ouais… C'était c'mot-là qu'on utilisait, à maison. Même moi, j'l'utilisais. « Garder. » Tu peux-tu croire ça ? Tsé, plus tard, longtemps après le début d'toute cette histoire-là, en français, une année, on étudiait les figures de style : métaphores, comparaisons, tout ça. « Ma vitre est un jardin de givre », ce genre de patente. On devait trouver des exemples. Pis la prof nous a appris un terme similaire, un « euphémisme », qu'elle a appelé ça. J'avais jamais entendu c'mot-là, mais j'ai tout d'suite cliqué. Avant ça, j'avais jamais trouvé l'mot juste pour coller à la définition qui m'trottait dans la tête, et là d'un coup, y était là. J'me suis dit : j'pourrais lever la main pis donner un exemple d'euphémisme qui laisserait su'l'cul tous ces ti-culs à leur môman. Mais j'l'ai pas fait, évidemment. « Jamais parler de la maison à l'école. » C'était la règle numéro un. Pis aussi les règles numéro deux à dix. J'avais l'impression qu'y m'l'avaient gravée su'l'front pour que j'la voie chaque fois face à mon reflet, histoire d'pas l'oublier. Ben voyons.

« Ces collègues-là d'mon père, y revenaient sans arrêt. Pas tous les jours, ou quoi que ce soit. Pas comme ça. C'était imprévisible. Deux fois par mois, ptêt' trois. Dès qu'y s'écoulait plus de temps qu'd'habitude, j'fantasmais qu'tout était fini, qu'y avait enfin épuisé tout son stock de gardiens d'enfants. Pis, un jour, j'surprenais une conversation entre ma mère pis mon père, elle lui disait : « Arn, j'ai besoin de sortir un soir. » Pis voilà.

« J'voulais qu'ça s'arrête. Pour vrai ! Mais au début, dans mon esprit de petite de huit ans ou j'sais pus ben quel âge, comment j'aurais pu savoir quoi faire ? J'tombais dans l'panneau quand mes parents m'expliquaient qu'c'était grâce à ces visites de collègues qu'on pouvait s'payer les choses qu'on avait. Maudite twit que j'étais, j'ai cru qu'ça voulait dire que si j'arrêtais de jouer le jeu, on aurait pus rien à manger pis pus rien à s'mettre. Qu'on deviendrait pauvres. J'voulais pas devenir pauvre, *so*...

« Plus tard, quand j'étais plus grande, j'ai trouvé une combine qui a marché, en tout cas pour un temps. J'faisais semblant d'être boulimique, même si à l'époque j'savais pas qu'ça portait un nom. J'me bourrais la face, pis je dégueulais. J'donnais l'air d'avoir été malade. Peux-tu croire que j'pensais avoir inventé ça ? Trouvé ça moi-même ? J'étais loin d'me douter que quelqu'un d'autre dans l'monde avait pu faire un jour une écœuranterie pareille. Quel intérêt ? J'pensais qu'y avait juste moi pour m'enfoncer un doigt dans la gorge. Qu'y avait personne qui était aussi dégoûtant qu'moi. Mais finalement ç'a juste empiré les choses. Tsé, normalement mes parents posaient pas la main sur moi. Mais là, j'interférais dans leur programme, ça changeait la *game*. Faque j'ai dû arrêter.

« Tout ça est devenu tellement banal à maison qu'au boutte d'un moment – j'avais, je sais pas, treize ans, par là – mes parents prenaient même pus la peine de v'nir dans ma chambre en rentrant pour voir si j'étais correc', même si ça servait jamais à rien, toute façon. Quand mon gardien d'enfant entre guillemets entendait la porte d'entrée s'ouvrir, y remettait son complet pis rajustait sa cravate d'vant mon miroir. Y sortait d'ma chambre pis ensuite de ça, tous les trois, y prenaient un p'tit quequ'chose à boire. J'les entendais trinquer, pis après mes parents s'en allaient s'coucher direct. J'aurais pu être morte su'l'lit, y auraient rien su. Devaient être brûlés après leur soirée au resto ou j'sais pas trop où. Faque pour eux c'était drette au dodo. Pas question qu'y s'réveillent avec des poches sous les yeux, hein ?

« C'est d'ma faute si ç'a duré aussi longtemps. Non, fais-moi pas ton air qui a l'air de dire c'pas vrai…

Archie refusait de laisser Yvonne l'interrompre pour la contredire.

— J'veux dire, c'pas comme si j'vivais dans une grotte, dans c'temps-là. J'avais Internet, j'avais la télé. J'savais c'qu'y m'arrivait. Y m'retenaient pas prisonnière ni rien, là. J'sortais, j'allais à l'école. Les occasions manquaient pas. Mais j'ai choisi d'pas en parler à mes profs ni à mes amis. J'ai choisi d'pas les dénoncer à la police. C'était mes parents qui faisaient la loi, pis moi j'les protégeais, même si j'savais exactement c'qu'ils étaient. Pis c'est bizarre, tsé. Y m'faisaient confiance, m'laissaient faire mes p'tites affaires. Y savaient que j'les stoolerais jamais. Que j'pouvais m'balader dehors sans qu'y courent le moindre risque. Pis y avaient raison. Faque c'est-tu vraiment eux, les vrais responsables ?

« *Anyway*, c'qui a fini par tout changer, c'est qu'chus tombée enceinte. L'année passée. Ça, c'est clair qu'y l'avaient pas prévu. J'avais tellement la chienne de leur en parler que j'ai pas arrêté d'remettre ça au lendemain. J'l'ai jamais fait, en fait. Leur dire, j'veux dire. J'ai gardé ça pour moi, j'espérais avoir mal interprété les signes. J'espérais qu'tout ça c'était une erreur. Mais, à un moment donné, ma mère a commencé à s'douter d'quequ'chose pis elle m'a acheté un test de grossesse. Devine quoi ? La patente a affiché : « Oui, vot' fille est enceinte jusqu'aux yeux, mais vous vous attendiez à quoi, bande de croches, espèce de sous-race de parents bons à brûler en enfer ? » Ç'a été une maudite journée, j'te jure. Y ont capoté ben raide, m'ont mis ça su'l'dos. J'étais imprudente, niaiseuse. Est-ce que j'mesurais c'que j'avais fait ? Les conséquences ? C'qui risquait d'nous arriver à tous les trois parce que j'avais retardé l'moment d'leur dire, pis qu'est-ce qu'y étaient censés faire, maintenant qu'y était trop tard ? J'avais jamais eu aussi peur d'eux. Mais pour vrai, je freakais encore plus pour le bébé. Ça prenait pas un génie pour comprendre qu'y m'obligeraient à l'abandonner. Mais pas question d'les laisser faire. Jamais. Y était à moi, c'bébé-là, pis j'avais ben l'intention d'm'en occuper. Coûte que coûte. Comme les parents sont censés faire.

La résolution qu'Yvonne avait prise en son for intérieur, rester silencieuse tant qu'Archie n'aurait pas fini de remonter le fil de son récit jusqu'au moment présent, vola en éclats en présence de cet ultime détail.

— Tu le voulais, ce bébé ? Le garder ?

— Ça paraît capoté, hein ? Mais oui. J'savais pas c'était qui l'père, et j'm'en foutais. C'était personne. L'homme invisible. Pour moi, y avait jamais existé. Tomber enceinte, dans un sens, ça m'avait réveillée, comme si un d'ces hypnotiseurs qui passent à la télé avait claqué des doigts devant ma face. Ça m'avait rendue courageuse pour la première fois. Toute ma vie j'avais suivi la feuille de route malsaine d'mes parents, sans jamais m'en écarter, sans même jamais vraiment l'envisager, mais là, c'était terminé. J'avais décidé d'm'enfuir. N'importe où. En autant que j'm'éloignais d'eux. C'était mon plan. Mais avant que j'puisse m'échapper, y ont rappliqué à maison avec un docteur qu'y étaient allés chercher, ou ptêt' ben un charlatan. Y avait l'air trop jeune. J'ai refusé drette là d'subir ça. Y pouvaient pas y croire.

T'aurais dû voir leur face en découvrant leur p'tit chiot ben dressé, transformé en pitbull du jour au lendemain. C'médecin-là, y a dû r'gretter d'avoir accepté d'venir, peu importe combien y avaient promis d'le payer. Y avait pas prévu d'se faire mordre pis kicker par une enragée. Mais y a pas lâché l'affaire, et y ont obtenu c'qu'y voulaient. Comme toujours. Y m'ont confisqué mon bébé. Comme que j'voyais les choses, j'avais deux choix à c'moment-là. J'pouvais soit leur trancher la gorge dans leur sommeil, soit décrisser d'là. Tu sais quel choix j'ai fait.

34

Une voiture de police stationnait devant chez elle, moteur au ralenti, gyrophares éteints. Nora la remarqua par la fenêtre du taxi. Leur conducteur se rangea pour les déposer derrière le véhicule, à une distance respectueuse.

— Scusez, j'peux pas m'approcher plus. La police rouspète quand on s'met dans son ch'min. J'veux pas d'trouble. Ça m'rappelle une fois, su'l'boulevard Gouin, j'm'étais stationné tout au boutte à un poste de taxis, en toute légalité, j'mangeais mon *lunch*, pis tout d'un coup j'entends des sirènes…

Nora ne s'éternisa pas pour écouter l'intégralité de sa diatribe contre les excès des forces de l'ordre du SPVM, le Service de Police de la Ville de Montréal. Elle laissa Anthony régler la course pendant qu'elle sautait du taxi pour intercepter les deux policiers qui remontaient l'allée devant chez elle, et dont les lampes-torches aux allures de bazookas balayaient déjà sa porte de leur faisceau comme si Céline s'apprêtait à reparaître après l'entracte.

— Est-ce qu'il y a un problème, messieurs-dames ?

— On nous a signalé une effraction, madame.

— Une effraction ? Je ne comprends pas. Je ne vous ai pas appelés.

— Et vous êtes… ?

— Nora Elman. C'est ma maison.

Elle farfouilla dans son sac, attrapa la première pièce d'identité qui lui tomba sous la main et la brandit au visage du policier, même si personne ne doutait qu'elle était la propriétaire.

— Mais vous n'étiez pas chez vous, ce soir.

Culpabilisant d'avoir abandonné son poste, Nora prit pour un reproche ce qui n'était qu'un insipide énoncé des faits. Elle avait cédé tout en sachant que c'était une erreur, s'était laissé attendrir quand Daphne l'avait invitée à discuter rien que quelques heures autour d'un verre de vin dans la ville souterraine, et cet infime moment de relâche lui coûtait cher désormais. Nora croyait qu'elle pouvait éviter que son monde s'effondre sous ses pieds pourvu qu'elle entretienne l'angoisse de voir advenir une catastrophe. S'inquiéter lui offrait une police d'assurance cosmique. Mais ce soir-là, elle avait lésiné sur la prime, et voilà le résultat.

— Non. On n'était pas là, répondit-elle, baissant la tête en réaction à ce qu'elle avait pris pour une semonce. On est sortis souper avec ma petite-fille.

— Notre collègue du central dit qu'une voisine lui a signalé une activité suspecte. Du mouvement à l'intérieur de la résidence.

— Une voisine ? Quelle voisine ? Qui ça ?

La réponse à cette question aurait dû être une évidence. Elle n'avait qu'une seule voisine capable de se donner la peine de surveiller sa maison. Nora se tourna pour regarder de l'autre côté de la rue, et bien entendu Ethel Marcil cheminait déjà à toute vapeur dans sa *jaquette* en pilou qui dépassait sous l'ourlet de son manteau d'hiver.

— C'est-tu toi qui as appelé la police ? lui demanda Nora.

— Bien sûr que c'est moi. Qui veux-tu que ce soit ? Je me préparais à aller me coucher pis en regardant par la fenêtre, j'ai vu quelqu'un se déplacer chez toi. Tu m'as dit hier que vous seriez de sortie ce soir, Anthony et toi, pour aller encourager Daphne pendant sa course, faque j'ai su qu'il y avait quelque chose de louche. J'ai fait le 911 sans faire ni un ni deux.

Si sa voisine s'attendait à de la gratitude, elle pouvait aller se rhabiller.

— Ethel, dit Nora, tu vois même pas le boutte de ton nez. T'as-tu oublié que c'est moi qui te lis tes flacons de pilules ?

— Mon nez, il est tout près. Là, c'était loin. Je te jure, il y avait quelqu'un en haut, ça fait aucun doute. J'ai vu des ombres.

Elle pointa l'index en direction de la fenêtre de la salle de bains.

— En haut ?

Nora fut encore plus désarçonnée par ce détail topographique qu'au moment de trouver la police garée sur son trottoir.

La policière interrompit leur ping-pong autour de la sévérité de la myopie d'Ethel pour les recadrer.

— Désirez-vous qu'on fouille la propriété, madame ? Qu'on jette un coup d'œil derrière ? On est mieux d'éviter les mauvaises surprises.

Des surprises, il y en aurait, assurément, mais elles seraient pour eux, pas pour elle. Nora savait exactement ce qu'ils trouveraient : une maison pleine de clandestins, plus un spécimen dont la présence était discutable, qui s'étaient inexplicablement rendus à l'étage pour offrir à Ethel Marcil un spectacle d'ombres chinoises. Tout l'alcool que Nora avait ingurgité affaiblissait ses facultés. Elle était incapable d'invoquer la moindre excuse crédible pour les dissuader de ratisser sa maison : toutes leur auraient paru louches. Qui, sinon les coupables, refusait d'ouvrir sa porte à la police ? Maudite Ethel.

Anthony se joignit au petit groupe une fois que le taxi se fut éloigné en décrivant un arc de cercle exagéré autour des voitures de police.

— Ça doit être notre invitée, ma nièce de Chilliwack. Ou ma petite-nièce, je devrais dire. Elle fait un *road trip* à travers le pays pis elle crèche chez sa famille sur le trajet.

Il chercha un appui auprès de Nora. Même un hochement de tête l'aurait aidé, mais elle était molle à la détente, alors Anthony poursuivit seul tant bien que mal.

— On ne savait pas trop quand elle allait débarquer, avec toute la neige. Elle ne nous a pas tenus au courant comme on l'aurait voulu.

Il haussa les épaules, l'air de dire : « Bah, les enfants, vous savez ce que c'est ! »

— Quelle invitée ? demanda Ethel à Nora. Tu m'as jamais dit que tu allais avoir quelqu'un à dormir.

Leur conversation venait de bifurquer radicalement, passant du sujet brûlant des rôdeurs et des cambriolages à celui des anicroches de l'amitié. Ces temps-ci, Anthony était le calice qui recueillait les confidences de Nora, fonction précédemment dévolue à Ethel, et celle-ci se sentait exclue.

— Ah non ? lui répondit Nora.

Son amie était certes froissée, mais Nora n'avait pas le temps de l'apaiser alors qu'elle s'efforçait déjà d'inventer un détail plausible qui vienne corroborer tardivement le mensonge fabriqué par Anthony.

— Non, pantoute. Pas un mot là-dessus, continua Ethel. Comment elle est entrée ? C'est moi qui garde ton double de clefs, il dort derrière ma boîte de gruau depuis la nuit des temps. Comment elle a ben pu faire, mam'zelle Chilliwack, elle est-tu passée par la fenêtre ? Ou ptêt' ben par la cheminée ?

Avoir une voisine comme Ethel était une bénédiction. Sauf quand c'était une calamité. Comme à ce moment. La policière passa au crible l'échange entre les deux femmes. Il altéra son jugement précédent. L'explication qui coulait de source fournie par le grand-oncle lui apparut finalement comme de l'esbroufe, encore plus quand elle la rapprocha de l'amnésie de Mme Elman au sujet de sa nièce. L'agente Lyne Geoffrion était fraîche émoulue de l'École nationale de police du Québec, et les préceptes qu'elle avait appris au cours de sa formation s'entassaient toujours dans sa mémoire vive, cherchant avidement un exutoire. Tous les ex-flics qui enseignaient dans le cadre du programme avaient martelé à leurs étudiants qu'ils devaient suivre leur instinct, et l'instinct de Lyne, peu importe qu'elle fût tout juste sortie de l'œuf, lui soufflait que quelque chose n'était pas net chez ce couple.

— Si on pouvait juste jaser avec votre nièce, dit-elle, écoutant son pressentiment, pis on débarrasse le plancher dans le temps de le dire.

Le coéquipier de Lyne, Victor, possédait plus de vingt ans d'expérience au compteur, comme en témoignait sa bedaine généreuse. Il haussa les sourcils devant sa requête peu orthodoxe mais lui laissa le champ libre. Comment apprendre, sans cela ?

Nora détacha son regard de la policière pour le porter sur l'agent plus mûr dans l'espoir qu'il contredirait sa cadette zélée, mais elle était en butte à un duo mauvais flic, mauvais flic. Leur décision était prise. Il allait falloir leur apporter cette nièce fictive. Nora, défaite, se tordit les mains dans l'allée. Ce fut à Anthony qu'il incomba de sortir les clefs de sa poche et d'ouvrir une dernière fois la porte de leur royaume enchanté avant que l'endroit se retrouve condamné.

Nulle étoile ne scintillerait pour Yvonne ce soir. Les astres ne s'émurent pas qu'elle ait effectué tout spécialement le trajet, miné de dangers, pour se rendre à l'étage et profiter d'un accès exceptionnel à leur spectacle sidéral le temps d'une unique soirée. Après avoir écouté en secret le récit d'Archie dans la salle de bains, les constellations n'avaient plus la moindre étincelle de vie à revendre et fermèrent boutique. Debout à côté de la fenêtre, Yvonne, partiellement occultée par le mince rideau, songea que lever les yeux ne servait plus à rien. Elle baissa donc le regard.

Ce qu'elle vit par la fenêtre fut encore plus rude. Un véhicule de police dévalait la rue, sans sirènes ni gyrophares pour s'annoncer. Il s'arrêta brusquement juste devant chez Nora, et deux policiers en sortirent aussi sec. Les résidences de la rue avaient été bâties à touche-touche. Les ratons laveurs ventripotents du quartier avaient du mal à s'engager dans l'espace entre ces maisons mitoyennes. Pendant quelques secondes, Yvonne parvint à entretenir l'illusion que les policiers se rendaient peut-être chez ses voisins, mais sitôt après avoir échangé quelques paroles stratégiques devant leur voiture, ils se mirent à remonter l'allée devant chez Nora avec détermination. Yvonne, impuissante, regarda s'approcher les agents de la ruine de sa famille. Une fois de plus. Pas de fusils ni de machettes cette fois-ci, seulement des lampes-torches, mais elle ne fut pas dupe du caractère apparemment inoffensif de leur matériel. Tout ça pour ça. Clap de fin.

Pendant ces quelques instants, les derniers qui lui permettaient encore de goûter un semblant de liberté, Yvonne imagina Emmanuel et les enfants dans la neige, à l'arrière du jardin de Nora, en train de cartographier jusqu'à plus soif. Elle espéra qu'il leur restait un vaste pan de neige inentamée où ils puissent s'allonger sur le dos et bouger bras et jambes pour dessiner des anges, sur les ailes desquels ils pourraient s'envoler, dépasser la clôture, et s'éloigner vers un endroit sûr. Quant à elle, sa destination serait bien plus terre à terre. Elle n'avait plus rien à faire sinon rester spectatrice pendant que le pire advenait. De son perchoir à l'étage, elle regarda Nora sortir précipitamment d'un taxi pour se planter entre les policiers et sa porte d'entrée tel un mur anti-explosion devant une ambassade. Elle leur montra une espèce de carte exhumée de son portefeuille, mais ce justificatif officiel plastifié ne possédait pas le pouvoir de repousser la police. Ethel Marcil, la voisine d'en face, traversa la rue en vêtements de nuit pour rejoindre son amie dans l'allée. Nora, à en croire ses gesticulations, semblait plus agitée en sa présence qu'auprès des forces de l'ordre. La voisine y était-elle pour quelque chose ? Le dernier à atteindre l'allée fut Anthony, le pilier de la maisonnée. Il eut l'air de chercher à éblouir la police avec des boniments, mais celle-ci ne s'en laissa pas conter, comme Yvonne l'avait anticipé.

— C'est quoi qui t'intéresse autant dehors ? lui demanda Archie.

Elle vit les doigts tremblants d'Yvonne triturer et entortiller le cordon des rideaux jusqu'à ce qu'il ressemble à un nœud coulant. Face à sa question, Yvonne s'agenouilla à côté de la baignoire, laissant la scène devant chez Nora se jouer sans public. Poussée par son instinct maternel, elle envisagea brièvement d'épargner la vérité à son aspirante fille le temps des quelques minutes qu'il leur restait avant le début de la rafle, mais leur récente conversation l'inclina à la franchise.

— La police. Elle est garée devant.

— Elle s'en vient ici ?

— Je crois.

— Qu'est-ce qu'on peut faire ?

— Rien, ma chérie. C'est terminé.

— Ça s'peut pas. Elle peut pas vous emmener.

— On savait tous que ça risquait d'arriver un jour, et c'est en train d'arriver.

— C'pas juste. Vous avez rien fait.

— Je suis sûre que la police n'est pas de cet avis.

— Mais j'ai besoin de toi.

L'égoïsme de cette déclaration fut compensé par tout l'amour qu'elle avait enrobé à l'intérieur.

— Sois forte. Tu as Anthony et Nora pour t'épauler. Ils sont là pour toi. Tout ce qui leur importe, c'est ton bonheur.

— C'pas pareil avec eux autres.

— Tu seras mieux avec eux qu'avec moi. Ils peuvent aller et venir. Ils ne sont pas coincés dans une cave, sans statut légal, sans rapports avec l'extérieur, sans liberté. Fais-leur confiance. Je sais de quoi je parle. Tu peux t'estimer plus chanceuse que la moyenne d'avoir croisé des gens aussi bienveillants dans ta vie.

— Des gens bienveillants, j'en veux pas. J'te veux toi.

Yvonne n'avait pas le cœur à rire.

— Écoute-moi, dit-elle.

Elle plongea la main dans l'eau du bain et prit les mains d'Archie dans les siennes.

— Tu vas raconter à Nora ce que tu viens de me raconter. Toute l'histoire.

— J'peux pas. J'peux pas la redire.

— Tu dois le faire.

— Non. Répéter ça… C'est trop dur. J'vas pas être capable.

— Tu dois me promettre que tu le feras.

— Même si j'le faisais, elle comprendrait pas aussi bien qu'toi.

— Tu devrais lui porter un peu plus d'estime. Tu peux lui dire. Elle saura faire. Elle et Anthony. Et il y a Daphne, aussi, ne l'oublie pas. Si elle n'existait pas, tu ne serais même pas là en ce moment. Nos chemins ne se seraient jamais croisés. Oh, mon Archie, tu es une jeune femme exceptionnelle. Tu n'as laissé aucun malheur te pervertir. À cette heure, il n'y a que de belles choses qui t'attendent, pour peu que tu laisses ces gens t'aider le long du chemin.

— J'vas t'suivre, répliqua Archie, avec un entêtement bien à elle qui transcendait les limites précédemment atteintes. J'vas m'arranger pour trouver l'argent pis j'vas vous suivre. J'prendrai l'avion.

— Archie, ma puce, nous n'avons pas beaucoup de temps. Ne le perds pas à dire des bêtises. La seule chose que tu vas faire, c'est vivre ta vie au grand jour. Une vie heureuse. Le bonheur finit par arriver, je te le promets. Tu n'as pas besoin de moi.

— Tu veux pas d'moi ?

Yvonne fut peinée qu'elle doive lui poser cette question.

— Bien sûr que si. Plus que tout. Mais ta place n'est pas avec nous de l'autre côté de l'Atlantique, loin de tout ce que tu connais. Même toi tu comprends ça, au fond de toi. Elle est ici. C'est ici que tu dois te construire.

— Mais j'vas jamais t'revoir.

— Ainsi va la vie. Tu me manqueras à chaque minute de chaque jour. Tu nous manqueras à tous. N'en doute pas un seul instant. Continue à grandir et rends-nous fiers. Pour prolonger l'héritage de Grâce. Tu lui dois bien ça, de survivre et t'épanouir.

Cette dernière flèche dans le carquois d'Yvonne ne réussirait pas, elle non plus, à stopper Archie dans son élan. Clairement, il lui restait un paquet de doléances à déverser. Mais toutes deux se figèrent au bruit de la porte d'entrée en train de s'ouvrir. Yvonne s'attendit à entendre résonner le martèlement des pas des policiers, mais seule lui parvint la voix d'Anthony échappée de l'extérieur.

— Archie, pourrais-tu venir dans l'entrée juste une minute, s'il te plaît ?

— Moi ? répondit Archie. C'est moi qu'y veulent ?

Ce fut au tour d'Yvonne de paniquer. Elle avait eu beau dire, face à ce retournement de situation, elle n'était pas prête à ce qu'on lui arrache cette fille. Elle ne pouvait pas revivre ce martyre.

Si seulement l'armoire à pharmacie avec son miroir au-dessus du lavabo avait possédé des propriétés surnaturelles, elle aurait pu l'ouvrir et pousser Archie à travers le panneau du fond, pas forcément jusqu'à Narnia mais au moins jusqu'à l'appartement de Daphne, où elle aurait trouvé réconfort et sécurité. Le regard d'Yvonne décortiqua la salle de bains spartiate dans l'espoir fou d'y trouver une cachette sûre pour Archie derrière les carreaux d'un mur ou à l'intérieur d'une canalisation. Dès qu'Yvonne lui eut tourné le dos, Archie jaillit de la baignoire et noua sa serviette façon sarong. Elle n'osa pas prendre le temps de se sécher ou de s'habiller. Si elle traînait les pieds, cela fournirait une excuse à la police pour entrer en force et venir la débusquer, et la maisonnée risquait trop gros. Il fallait qu'elle sorte. Maintenant.

Archie alla jusqu'au palier et, du haut des escaliers, regarda Anthony et les deux policiers qui l'attendaient sur le seuil, avec Nora qui gravitait derrière. Malgré toute sa détermination, ses pieds nus refusèrent de la porter jusqu'en bas. Debout à l'étage, paralysée, elle souffrait déjà cruellement du manque d'Yvonne. C'est alors que son imagination vint à la rescousse. Tandis qu'Anthony, toujours au pied des escaliers, le nez levé vers elle, lui souriait en signe d'encouragement, elle bricola à la hâte un scénario alternatif pour rejouer la scène en train de se dérouler : soudain, il portait un costume au lieu de son jean ample habituel, et une décoration florale à la boutonnière. La rampe était ornée de guirlandes de fleurs. Quand Archie baissa les yeux pour contempler sa propre tenue, elle n'était plus vêtue de tissu-éponge mais de satin blanc. La traîne de sa robe, majestueusement longue, flottait derrière elle au-dessus du tapis, soulevée par Bérénice – ou peut-être par Grâce ? Flûtes et violons égrenaient dans l'air quelques accords, plus élégants que la musique country de Willie Nelson qui accompagnait généralement ses exercices ambulatoires dans la cave. Ses autres colocataires, eux aussi invités dans sa rêverie, étaient assis sur des chaises pliantes, au premier rang, à côté de Marius. Même Daphne avait réussi à se libérer, Dieu sait comment. Tout le monde au rez-de-chaussée était visiblement ravi et attendait l'arrivée d'Archie pour que la cérémonie se poursuive. Cette réinterprétation matrimoniale des événements fit naître en Archie la volonté de descendre et de remettre son sort entre les mains d'Anthony pour qu'il la conduise à l'autel de son avenir incertain.

Archie n'avait franchi que les deux premières marches quand Victor leva la main verticalement face à elle pour lui dire stop, et s'écria :

— C'est correct, mademoiselle. Pardon de vous avoir dérangée. Vous pouvez remonter. Ce ne sera pas nécessaire de vous parler, finalement.

Il se tourna pour s'adresser à Anthony et Nora :

— On va y aller. Nos excuses pour la confusion.

Lyne Geoffrion croyait dur comme fer qu'Anthony avait monté cette histoire de famille de toutes pièces pour camoufler quelque chose de suspect : elle aurait pu parier sa pension de retraite. Malgré la preuve qu'elle avait sous les yeux en la personne de la jeune femme sur le palier, elle n'était pas prête à renoncer à sa théorie. Questionner cette « nièce », qu'elle mettait encore au conditionnel, lui permettrait de révéler la nature exacte des irrégularités de cette famille.

Lyne, humiliée qu'il l'ait laissée en plan, talonnait son coéquipier.

— Nos excuses ? Comment ça, « nos excuses » ? On devrait interroger la nièce.

— Pour quel motif ? Prise de bain ?

— Ils cachent quelque chose.

— On est venus enquêter pour une suspicion d'effraction, pis c'est ce qu'on a fait. C'est pas notre job d'interroger les résidents comme si on les suspectait d'un délit. Dans le cas présent, ce serait outrepasser nos attributions.

— Ils manigancent quelque chose, je le sens dans mes tripes. Cette histoire de nièce, c'est une grosse menterie, tu le sais ben. Ils ont beau avoir l'air d'un vieux couple innocent, ils…

— C'est sûrement parce que c'est un vieux couple innocent. Écoute, Lyne. C'est mon devoir, en tant qu'agent senior, de ne pas te laisser devenir comme ces polices[1] qui tirent avant de réfléchir. Je t'ai donné du lousse, mais là tu dois savoir t'arrêter.

— Je vois bien une cachette de cannabis, persista-t-elle dans l'espoir de le rallier à son avis. Pas ben grande, mais quand même.

— Ils pourraient fournir tous les poteux de Montréal jusqu'à Trois-Rivières que je m'en sacrerais pareil, rétorqua-t-il, refroidissant ses ardeurs. C'est pas de nos affaires, pas pour le moment, en tout cas. Lyne, ça prend combien de façons différentes pour te le dire ? Tu peux pas abuser de ton autorité. Dans notre job, y a pas plus écœurant. Envoye. On s'en va.

Nora, un rictus plaqué sur le visage, adressa un salut amical de la main à la police qui s'éloignait. Elle renvoya Ethel chez elle. Puis Anthony et elle rentrèrent et refermèrent la porte derrière eux. Archie, toujours debout en haut des marches, dégoulinait d'eau et de culpabilité sur le chemin d'escalier. Yvonne sortit de la salle de bains à pas timides avec les vêtements d'Archie en paquet dans les mains. Personne ne prit la parole. La maison n'avait pas été depuis longtemps plongée dans un tel silence. Il sonnait faux. Mais il ne tarda pas à se corriger de lui-même. Emmanuel et les enfants, à mille lieues d'imaginer le danger auquel ils venaient d'échapper de justesse, s'engouffrèrent dans la cuisine, de retour du jardin, et tous les éclats de rire qu'ils

1. « Ces policiers. »

avaient réprimés dehors comme promis résonnèrent à travers la pièce. Leur hilarité retomba, cependant, quand ils aperçurent Nora, de retour plus tôt que prévu, témoin direct de leurs badineries hivernales dans le royaume interdit.

Nora passa en revue sa tribu. Un groupe était mouillé à cause de la neige, l'autre à cause du bain. L'avertissement de sinistre augure délivré par Ethel n'avait pas suffi à amortir le choc : elle était ébranlée jusqu'au tréfonds de les trouver indûment essaimés aux quatre vents. Les occupants de sa cave avaient agi au mépris des règles de la maison, règles instaurées dans le seul but d'assurer leur propre sécurité, règles qu'ils avaient eux-mêmes contribué à édicter. Si leur réclusion était un tel traumatisme, n'auraient-ils pas pu s'en expliquer avec elle ? Ils auraient trouvé une solution tous ensemble. Mais non, au lieu de cela, ils avaient attendu leur heure tel Andy Dufresne dans *À l'ombre de Shawshank*[1], tenu bon jusqu'à ce que la voie soit libre, et puis BAM !

Debout derrière Nora, Anthony posa les mains sur les épaules de sa compagne.

— Respire, lui chuchota-t-il au creux de l'oreille.

— C'est ce que je fais.

— Comme un être humain, pas comme un taureau en furie.

À la faveur des directives respiratoires d'Anthony, Nora fournit un effort de volonté pour retrouver son sang-froid.

— Tire pas des conclusions à belle épouvante où tu pourras pas reculer, lui conseilla-t-il.

— Parce que j'ai l'air épouvantée, peut-être ?

Le coup dans les gencives que ses hôtes venaient de lui asséner eut pour effet de moucher la flamme altruiste qui brûlait en Nora. Jusqu'alors, ses responsabilités envers sa colonie de visiteurs l'avaient toujours gonflée à bloc. Elle bondissait du lit tous les matins, se jetait sur sa liste de choses à faire, déléguait comme

1. Titre québécois du film *Les Évadés*.

elle pouvait mais exécutait elle-même la plupart des travaux, qui plus est à plein régime. Anthony honorait toujours la Généralissime Nora d'un salut militaire au moment de l'attribution des tâches quotidiennes. Elle ne s'était jamais sentie aussi vivante. Toutefois, après ce revirement, l'idée de devoir produire ne fût-ce qu'une ration supplémentaire de sa soupe mystère, comme Bérénice la surnommait, cette sombre concoction de légumes-racines faite d'ingrédients différents chaque jour mais qui, au terme d'un long mijotage ponctué de borborygmes, présentait toujours inexplicablement la même nuance de flaque de boue, épuisait Nora d'avance. Elle était si vidée à présent qu'elle ne pouvait même plus ouvrir la bouche pour questionner ou sermonner qui que ce soit.

Le mutisme de tous les diables qui se répercuta tous azimuts eut raison de Paul. C'était un petit garçon plein de résilience, normalement. Il supportait l'isolement imposé à sa famille, supportait les privations, mais dès qu'il était plongé dans une ambiance où régnaient la tension et l'incertitude, ses mécanismes d'adaptation dysfonctionnaient instantanément. En l'espace de quelques heures seulement, son équilibre avait été mis à l'épreuve à deux reprises. La première fois, il avait réagi avec des larmes, mais cette fois il s'exprima comme on lui avait conjuré de le faire tant de fois : avec des mots. Il courut jusqu'à Nora, sans prêter attention aux flaques que ses bottes laissaient à travers la cuisine, et posa la tête contre l'oreiller que sa grand-mère d'adoption possédait à la place du ventre. Il avait pris l'habitude de s'y réfugier dès qu'il avait besoin d'un câlin à l'ancienne pour surmonter une épreuve.

— Papa a dit qu'Archie avait besoin d'un bain avec du sel pour avoir moins mal et arrêter de se réveiller la nuit pleine de douleurs, alors maman l'a emmenée là-haut, même si elle était pas d'accord. Après Ninou elle a dit steuplaît steuplaît steuplaît est-ce qu'on peut sortir sans faire de bruit, et papa il a dit d'accord mais juste pour cette fois. Et on a pas fait de bruit du tout du tout. Hein dis, papa ?

— C'est vrai, confirma Emmanuel en regardant non pas Paul mais Nora, qui avait posé la main tout contre la tête de son fils. Vous avez été des enfants exemplaires.

Les êtres dont Nora avait la charge étaient trempés, ils avaient froid, ils souffraient, ils étaient perdus. Sa vocation momentanément dévoyée se remit sur les rails.

— OK tout le monde, déclara Nora, on rentre au sous-sol. Envoyez envoyez. Dompez toutes vos affaires mouillées dans la salle de lavage. Anthony, monte nous chercher des serviettes de plus, les grandes qu'on prend pour la plage, celles avec les hippocampes dessus, sur la tablette du haut. Je vais mettre du lait à chauffer au micro-ondes pour votre lait au chocolat.

Elle attendit que tous se soient acheminés à la cave et ferma la marche. L'ordre régnait de nouveau dans la maison de la rue Melançon.

35

— J'ai été trop molle, dit Nora en secouant Anthony, qui était sur le point de s'abandonner au sommeil.

— T'es molle juste correct, répondit-il, se lovant tout contre elle et pétrissant sur sa cuisse un renflement de chair moelleux pour le lui prouver.

— Sois sérieux.

— Je suis sérieux.

— Plus sérieux, répliqua-t-elle, soulignant son injonction d'une fessée qui signifiait : « Je ne rigole pas. »

— OK, OK, dit-il, rétrogradant de taquin à grave. Continue, je suis tout ouïe.

— J'ai-tu eu tort de passer l'éponge ? J'aurais-tu dû les chicaner plus durement ?

— Non. Bien sûr que non. Tout le monde avait besoin de décompresser après avoir passé autant de temps encabané, c'est tout. C'était juste un petit écart de conduite pis ça restera exceptionnel. T'as eu raison de laisser faire.

Naïvement, Anthony avait cru qu'ils avaient sucé le sujet jusqu'à la moelle avant de s'effondrer enfin dans leur lit à minuit passé, mais manifestement Nora estimait qu'il restait de l'os à ronger.

— Mais ils sont passés par-dessus mon avis. Je devrais être en beau fusil, non ?

Nora doutait souvent de la légitimité profonde de ses propres impressions. Elle aimait prendre une seconde opinion pour s'assurer qu'elle ne se fourvoyait pas. Anthony se demandait parfois comment elle faisait, avant qu'il entre dans sa vie, pour savoir si elle devait être heureuse ou triste. Marie, son ex-femme désormais décédée, n'avait jamais eu besoin qu'il valide ses émotions avant d'entreprendre de les ressentir. L'incertitude ne faisait pas partie de son architecture. Elle savait instantanément quel parti prendre sur toutes sortes de sujets et se ravisait rarement. Elle y mettait un point d'honneur. Son assurance était admirable, mais au fil des années elle s'était muée en une outrecuidance exaspérante. Anthony trouvait l'insécurité de Nora attachante, par contraste. Savoir qu'il contribuait à réguler la température émotionnelle de la maisonnée lui procurait de la satisfaction, car s'il y avait bien une maison où le thermostat devait être réglé par une main stable, c'était celle de Nora.

— Ils sont pas passés par-dessus ton avis. Leurs ressorts étaient trop tendus pis ils ont lâché. Faque ils sont partis faire un petit tour dehors. Ou un petit tour en haut. Tu veux quand même pas qu'ils te voient comme leur gardienne de prison, hein ?

— Pis si la police était entrée, finalement ?

— Elle est pas entrée. Pourquoi tu te tourmentes avec quelque chose qui s'est pas passé ?

— C'est plus fort que moi. J'arrête pas de les imaginer se faire ramasser.

— Nora, on a déjà parlé de ça des millions de fois. C'est des gens bien, pris au piège d'une situation terrible.

— Mais où c'est qu'ils avaient la tête pour prendre un risque de même… ?

— Je te gage qu'ils savent même pas vraiment où ils avaient

la tête. Ils vivaient leur vie, une fois n'est pas coutume. Comme des gens normaux. Ils faisaient ce qu'ils avaient le goût de faire. Comme nous autres tous les jours. Allez. Sacre-leur donc patience.

— C'est ce que j'ai fait, non ? De leur côté, tout est comme avant.

— Je veux dire, sacre-leur patience *dans ton esprit*. Sinon, ça va se sentir. Ce serait cruel de les garder ici sans leur ouvrir notre cœur.

— T'as raison. Je sais que t'as raison.

— Je sens un « mais » s'en venir…

— Mais rien, dit-elle, à court de mots pour rendre compte de l'imbroglio qu'elle peinait à démêler. Dans le fond, je pourrais dire que, quelque part, ils sont comme ma propre famille. C'est normal d'être choqué contre sa propre famille, non ? D'avoir envie de lui tordre le cou de temps en temps ? Dieu sait comme le cou de Daphne me tente, par bouttes.

— Ouais, j'ai pas pu m'empêcher de remarquer ça, ce soir. Écoute, c'est sûrement pas moi qui va te dire que c'est pas normal. Tu sais que ma famille me met en diable la moitié du temps. Mais ces gens-là dans notre sous-sol sont pas à mettre dans le même sac qu'une petite-fille tête de mule ou un beau-frère pot de colle. Ils vivent même pas sur la même planète. Ils sont brisés, Nora. Je comprends même pas pourquoi je dois te dire tout ça. C'est pas comme si je t'apprenais des choses que tu savais pas déjà. Ils ont besoin que tu sois avec eux autres comme t'étais avant : de leur côté à cent dix pour cent. Autrement, le meilleur service à leur rendre, c'est de les reloger.

— Hors de question.

Il sentait que tout le corps de sa compagne était bouffi de vexation.

— Pourquoi pas ?

Il décida de la pousser plus près du bord pour voir si cette position instable l'aiderait à mettre en forme sa pensée.

— T'as une porte de sortie, pis tu sais ben c'est quoi, dit-il. Un plan B qui ferait la job.

Elle tourna brusquement la tête face au mur, comme si, en évitant de voir les lèvres d'Anthony articuler les mots, elle pouvait s'assurer de ne pas les entendre.

— Allez. Prends-le pas de même. Regarde-moi, lui dit-il en lui attrapant délicatement le menton avec une main et en ramenant sa tête vers lui. Tu pourrais les mettre dans une église. Yvonne elle-même te pousse à faire ça depuis un moment, faque personne t'en voudrait. Je pourrais régler tous les détails si tu voulais. Leur trouver quelque part qui leur convienne, m'occuper des formalités. Les installer dans un lieu *safe*. C'pas obligé d'être toi. Je m'occuperais de tout. Pis pour Archie, ben, on pourrait la confier à Daphne. Tu l'as entendue, après sa course souterraine. Elle est repartie comme en quarante, elle veut récupérer Archie. Tu peux toujours revenir sur ce que t'as dit au souper et la laisser partir. On serait juste nous deux, ton pitou et son minou. Avec nos problèmes à nous pis c'est tout.

— T'as complètement perdu la carte. Comment on pourrait encore se regarder l'un l'autre après ça ? Y pas plus nono, comme suggestion. Tout le monde reste. Mais, toi, je te mets à l'essai.

Cette idée de course souterraine était née du cerveau de Larry. Même s'il avait théoriquement cédé le contrôle du dossier challenge souterrain à Marius, qui s'était montré éminemment capable, Larry ne parvenait pas à lâcher les rênes. Ce client pesait trop lourd dans son bilan annuel. Toutes les semaines, il se rendait au poste de travail de Marius, posait son derrière sur un coin du bureau de son sous-fifre, s'adossait à la cloison, et lui faisait part de sa toute dernière idée destinée à maximiser l'effet waouh du packaging du réseau piétonnier. Jusqu'alors, Marius avait réussi à écarter chacune de ses propositions avec quelques objections bien senties. Mais avant d'annoncer à Marius son idée la plus extravagante, celle qui promettait de larguer une bombe logistique en plein sur la tête de son ex-stagiaire, il avait décidé de le déposséder de son droit de contestation.

Ils allaient organiser une course, avait déclaré Larry, une course jamais vue avant ; une épreuve souterraine avec un parcours couvert de la ligne de départ à la ligne d'arrivée. Comme le Marathon de Montréal. Mais pas pareil. Il suffisait d'y penser. Pas de pollution, pas de côtes, pas de cacas de chien, pas de nids-de-poule, pas de neige ni de *sloche* même si ce serait en hiver. À la place, des rampes toutes lisses et des couloirs entièrement chauffés. Quelques portes tournantes et des *escaliers mécaniques* au milieu de tout ça pour séparer les hommes des garçons. Une expérience urbaine *au boutte*. Intense. Larry était d'avis qu'un événement souterrain qui claque et qui clinque, comme il disait, offrirait au blogue une caisse de résonance.

— Il nous faut quelque chose en 3D, avait-il dit à Marius, pas juste à plat sur du papier. Bon, je sais que le blogue est pas sur du papier, mais t'as l'image. Quelque chose de pas virtuel. Quelque chose avec une véritable animation pis de la sueur pis du bruit pis une foule gonflée à bloc, prête à dépenser ses sous. Quelque chose d'XXL.

C'est ainsi que Daphne s'était retrouvée à la tête d'une cohorte de mille coureurs pendant que les enceintes passaient *YMCA* à fond la caisse et que des badauds se massaient derrière des rubans jaunes avec l'inscription « Danger ». À son maillot était épinglé le numéro un. Les organisateurs auraient dû tenir compte de ses performances de course dans le monde extérieur et lui attribuer un numéro de queue de peloton, qui lui aurait évité de se faire piétiner lorsque retentirait le coup de klaxon signalant le départ, mais par égard pour sa fonction de grand manitou de la ville souterraine, Daphne s'était vu conférer un dossard qui la plaçait devant tout le monde, même devant les Kenyans.

La coureuse numéro un n'avait pas pour objectif de battre le moindre record de vitesse terrestre. Elle participait juste pour profiter du paysage, même si ce paysage était pour elle du réchauffé. Elle constata avec satisfaction que les coureurs qui l'entouraient, moins coutumiers de cet environnement, se délectaient du parcours insolite, puisque plusieurs prenaient des photos en cours de route avec leur smartphone, même si leurs arrêts promettaient de torpiller leur chrono.

Elle devait rendre à Marius ce qui était à Marius. Larry avait exigé de l'exceptionnel, et Marius avait respecté le cahier des charges. Mais le parcours avait beau être à couvert des dangers extérieurs, il n'en était pas moins ardu. Un circuit intérieur générait ses propres obstacles urbains. L'eau renversée par terre aux postes de ravitaillement rendait le carrelage dangereusement glissant ; la brigade de nettoyage n'arrivait pas à suivre. En outre, Daphne et ses camarades de course ne s'étaient jamais exercés à courir en descendant des escalators en mouvement. Les lois de la pesanteur, qui lors d'une course normale en extérieur ne ramenaient pas particulièrement leur fraise, semblaient contraindre les coureurs à un numéro de haute voltige au moment de sauter au pied des escalators. Les plus chanceux, du moins. Les autres se contentaient de trébucher sur la dernière marche et parcouraient les deux mètres suivants avec les genoux en X comme s'ils avaient bu un coup de trop. C'était exactement le genre de course dont Daphne raffolait, survoltée et imprévisible. Non pas qu'elle fût une habituée des courses de vitesse. Son truc à elle, c'était plus la course de fond.

Une fois la barre des trois kilomètres dépassée, elle commença à tricoter des chevilles – les séquelles d'une vieille blessure –, mais elle persévéra jusqu'à la ligne d'arrivée, galvanisée par la foule, avec vigueur à défaut de rapidité, sans jamais ménager ses efforts. Postés quelque part parmi la cohue, sa grand-mère et Anthony étaient venus l'encourager. Daphne les avait invités à regarder la course puis à les rejoindre, Marius et elle, pour le dîner. Elle leur avait réservé une table dans un restaurant, en face du foyer de la Place des Arts, fréquenté par les familiers des concerts qui souhaitaient se fortifier avec des plats du terroir roboratifs avant d'affronter quelques heures de Mahler. Elle commanda un bordeaux pour la tablée dès qu'ils se furent assis. Nora jeta un œil à la carte des vins par-dessus l'épaule de sa petite-fille. La vue des prix lui donna des palpitations.

— On serait peut-être mieux de prendre une demi-bouteille ?

— C'est bon, c'est pour moi. Je vous invite.

Le serveur leur apporta le vin avec une assiette d'amuse-bouche.

— Délicieux, commenta Nora en le sirotant. C'était quand la dernière fois qu'on est sortis nous quatre ?

C'était une remarque étrange dans la mesure où ils n'avaient jamais été tous les quatre dans la même pièce, encore moins pour passer la soirée ensemble. Daphne, Marius, Anthony et Nora s'étaient déjà trouvés combinés et assortis de diverses façons dans le même espace aérien, mais jamais en quatuor. Daphne jeta un regard en coulisse à sa grand-mère pour tâcher d'estimer combien de cases il lui manquait par rapport à la dernière fois qu'elles s'étaient posées toutes les deux pour avoir une vraie discussion.

— On n'est jamais sortis les quatre pour dîner, lui rappela-t-elle. Ou pour quoi que ce soit d'autre…

— Oh, c'est vrai. Que c'est que je dis là ? N'importe quoi. Tu peux arrêter de faire cette face inquiète, Daphne. Va-t'en pas croire que je déraille. C'est juste le vin qui me monte à la tête. Pis d'ailleurs, j'aimerais porter un toast. À Daphne, qui a fini cette course en beauté.

— Mamie, la 834e place, c'est pas un prétexte pour célébrer.

— Y a rien de honteux. T'as eu une médaille.

— Tout le monde a eu une médaille. Tu n'as pas remarqué ? Même le gars qui a fini dernier et qui s'est effondré sur la ligne d'arrivée. L'inscription donne droit à une médaille et un T-shirt. Ça fait partie du dispositif.

— Peu importe, répliqua Nora. Pour moi, parcourir cinq kilomètres en courant, c'est une prouesse.

— C'est ben vrai ça, confirma Marius. Moi, je serais chanceux si je ne mourais pas au bout d'un kilomètre.

— Moi, je pense que je pourrais même pas marcher cinq kilomètres, donc courir..., ajouta Anthony.

Puisqu'ils levaient tous leur verre avec espoir et un air de fierté dénué de toute ironie, Daphne se rangea à l'avis général pour qu'ils puissent trinquer et passer à autre chose.

— Mon short porte-bonheur m'a laissée tomber. Il aurait dû me faire arriver au moins à la 500e place.

— T'as un short porte-bonheur ? s'étonna Marius.

— Moque-toi pas. Mais je crois que je l'ai mis trop de fois au lavage. On dirait qu'il a perdu une partie de son pouvoir mystique.

— Ptêt' ben que c'est ça qu'il me faudrait, dit Nora. Un short porte-bonheur.

— Pour quoi faire, mamie ? Y a-tu une petite virée au casino de prévue avec Anthony ?

— Non, pas pour ça. Pour la maison, tout ça. Un coup de pouce magique, ça nous ferait pas de mal.

— Il y a du nouveau, ou toujours les mêmes problèmes ?

— Du nouveau, si on peut dire. C'est l'avocat.

— Ton gars qui travaille *pro bono* ?

— Tu veux que je te dise, il vaut exactement ce qu'on le paye.

— À ce point-là... ?

— Pire.

Mais avant que Nora ait pu dresser toute la liste des insuffisances de Maître Teasdale et faire jaillir l'écume de sa rage, Anthony lui coupa la parole.

— Pas de défaitisme, ce soir, dit-il en tapant du poing sur la table tel un magistrat usant de son marteau pour conférer à son prononcé la solennité qui s'impose. On est supposés fêter l'événement.

Il jugea qu'une soirée de vacances loin de leurs problèmes en tous genres leur ferait le plus grand bien. Il orienta la conversation vers un terrain qu'il estimait moins glissant.

— Faque, Daphne, ta thèse, c'en est où ?

Daphne aurait préféré se cantonner au sujet de l'avocat-tocard, parce qu'elle n'avait pas de bonnes nouvelles à rapporter sur sa thèse. Désormais, il s'agissait davantage d'une *hypo*thèse.

Elle avait tant d'autres préoccupations qui tiraient sur ses jupons pour réclamer son attention – Archie, sa grand-mère, les Demel, le blogue – que sa thèse était tombée tout en bas de la pile des priorités, où ses chances de résurgence étaient infinitésimales. Elle avait laissé sans réponse l'avalanche de courriels du professeur Séguin s'enquérant de son avancement, honte à elle. Qu'aurait-elle pu lui répondre ? Que la vie l'avait rattrapée et que sa thèse allait devoir attendre son tour ? Elle s'en était tellement éloignée qu'elle parvenait à peine à se rappeler sur quoi elle portait.

— Ben, j'ai été pas mal occupée par mon travail pis tout le reste. Par le blogue. On dirait pas, vu comme mes billets sont courts, mais c'est hyper chronophage.

— As-tu envoyé des nouveaux chapitres à relire à ton professeur depuis que t'es ici ? lui demanda Nora. Au moins un ?

— Pas encore, en fait.

Nora ne pouvait s'empêcher de pincer les lèvres. « Pas encore » dans la langue de Daphne était synonyme de « Cours toujours ». Tout se passait exactement comme elle l'avait craint. Daphne ne terminerait jamais ses études. Il ne fallait pas chercher plus loin. Elle avait eu beau argumenter que cette année en vase clos lui offrirait la liberté de s'atteler à l'écriture, ce n'était que du flan. Sa petite-fille ressortirait de son passage par le monde souterrain avec le teint un cran plus pâle, sans s'être rapprochée d'un iota de son rêve de décrocher un poste stable d'enseignante-chercheuse. S'il y avait une chose que Nora voulait éviter à tout prix, c'était que Daphne règle son pas sur le sien et devienne une abeille ouvrière, mais elle voyait venir ça d'ici. Les Parques, déesses du destin, semblaient avoir décidé que les gens de leur acabit devaient plafonner à un niveau inférieur à l'enseignement supérieur.

Marius tenta de voler au secours de Daphne.

— Elle a déniché des tas de pépites aussi étranges que merveilleuses pour le blogue. Elle a créé un buzz énorme. Ils sont très contents, au bureau. Larry est aux petits oiseaux. Attendez un peu de lire son billet sur la No Pants Montreal Metro Ride. Vous allez triper au boutte.

— Regarde-moi pas comme si j'étais capotée, dit Daphne à sa grand-mère. C'est quelque chose qui existe. Pas seulement ici. C'est international. Un jour par année, partout dans le monde, dans les grandes villes avec un métro, Paris, New York, même Moscou, les gens se rassemblent sur le quai, principalement des étudiants, habillés normalement à part qu'ils sont sans pantalons. Pis ils montent dans la rame en bobettes [1] comme si de rien

1. « En sous-vêtements. »

n'était. Ils s'assoient, font leur Sudoku, écoutent leurs tounes, travaillent sur leur ordi. C'est une impro géante. Allez voir sur Internet si vous ne me croyez pas.

— Pis tu fais passer ça avant ta thèse ? lui demanda Nora, arborant sa célèbre expression atterrée qu'elle accompagnait généralement d'un « Où va le monde ? ». Écrire sur des épais qui voyagent tout nus dans le métro ?

— C'est pas de ma faute. C'est ma job de couvrir les événements souterrains, et là c'est un événement majeur.

Anthony était d'accord avec Nora pour dire que c'était du délire – ces jeunes participants allaient tous attraper la mort – mais il essaya la légèreté pour calmer l'agitation de sa compagne.

— Nora, nous deux on est juste deux vieux chnoques. On peut pas comprendre dans quoi les jeunes sont prêts à s'embarquer.

— Elle écrit quasiment un blogue porno, protesta Nora, cherchant un appui dans le regard d'Anthony.

— Mamie !

— Comment tu fais pour garder la tête haute ?

— On va pas prendre les nerfs, là, intervint Anthony, qui voyait s'amenuiser rapidement ses espoirs de libérer la soirée de tout négativisme. C'est sa job, comme elle a dit.

— On a toujours travaillé honnêtement, dit Nora à sa petite-fille. On était peut-être pas riches, mais on a toujours travaillé honnêtement.

— Quoi ? T'es-tu en train d'insinuer que je me prostitue ?

— Je dis juste, Daphne Elizabeth, que tu devrais pas te laisser aveugler par le salaire que ces gens-là te payent.

— Toi, ce salaire-là, tu t'es pas gênée pour en profiter. C'est pas grâce à ça que tu procures de la nourriture et tout le tralala à tes nombreux... invités – appelons-les comme ça ?

Nora maintint un silence volcanique.

— Eh ben ? Oui ou non ?

Marius venait de saboter la soirée en beauté. Il avait pourtant pleinement conscience que ce dîner avec Nora et Anthony comportait un sous-texte ; c'était bien plus qu'une fête d'après course. Pour Daphne, ce devait être la rampe de lancement d'un nouvel argumentaire en faveur du retour d'Archie chez elle, arrosé de juste ce qu'il fallait de vin pour mieux faire glisser le projet dans le gosier de sa grand-mère que la fois précédente, où Nora l'avait rembarrée tout net. Il ne restait plus grand-chose de cette idée.

— Ta réaction est complètement disproportionnée, continua Daphne. Je n'ai absolument rien fait de honteux. Si tu as honte de moi, ben c'est ton problème, là, pas le mien. Si tu préfères refuser ce que tu considères comme de l'argent sale, c'est ton problème, pas le mien. Tu n'as qu'un mot à dire pis je ferme le robinet.

— Les menaces te vont pas, jeune fille.

Anthony fit une nouvelle tentative de pacification :

— Nora, on est sortis pour passer une bonne soirée. On va pas la gâcher.

— C'pas moi qui la gâche, là.

— Si ça te fait plaisir de croire ça…, observa Daphne.

— Fais-toi pas d'idées, rétorqua Nora. Ton image en prend un coup, là.

— D'où est-ce que tu m'accuses ? Mon intégrité n'a pas bougé d'un iota. Tu te prends pour la juge suprême mais t'as clairement piqué la toge !

— Crois-tu que j'ai pas des yeux pour voir ?

— Tu serais peut-être mieux de te servir de ces yeux-là pour te regarder dans le miroir.

— Ça va faire, les coupa Marius, qui avait dépassé son seuil de tolérance en matière d'invective. *Game over.*

Personne n'avait jamais entendu Marius élever la voix. Ses voisins de table ne savaient même pas qu'il en était capable.

— On rate une occasion rare de se détendre pis de prendre du bon temps. Vous croyez que ce n'est pas important ? On est ensemble, là. On est en santé et en sécurité. Je connais deux ou trois personnes, et vous aussi, qui donneraient n'importe quoi pour pouvoir sortir manger un repas tout simple au restaurant, s'asseoir dans un lieu public gai et éclairé pis jaser sans devoir surveiller constamment leurs arrières. Ptêt' ben qu'on gagnerait à relativiser un peu, là.

Sa remontée de bretelles ramena le niveau de courtoisie à sa position du début de la soirée. Ou presque.

Daphne embrassa la scène du regard et imagina une tout autre tablée : Emmanuel présidant la table dans une chaise tout au bout, Yvonne à sa droite et, calé dans une chaise haute coincée entre eux deux, Philippe, mâchouillant un quignon de baguette à coups de gencives. Bérénice et Paul, assis côte à côte à la gauche d'Emmanuel, s'étaient mis *sur leur trente-six* pour l'occasion. Postée à côté de Paul, Archie, qui avait depuis longtemps jeté aux ordures sa dureté de façade, l'aidait à couper son poulet. Ce fut cette image qui poussa Daphne à purger sa voix de toute pointe d'irritation résiduelle, bien qu'elle fût normalement lente à décolérer.

— Sinon, comment vont les Demel ? demanda-t-elle, affichant une volonté de réconciliation.

— Oh, ils lâchent pas la patate, lui répondit Nora, fournissant un effort comparable pour faire abstraction des séquelles de leur chicane afin que chacune puisse mettre de l'eau dans son vin.

— Je ne sais pas comment ils tiennent, dit Marius. Dans leur situation sans avenir.

— Oh mais ils ont un avenir, objecta Anthony. Reste à savoir s'ils ont la couenne assez dure pour y faire face… L'avenir, c'est une chose qui fait peur, vu sous n'importe quel angle.

— Ça me déchire de les imaginer en train de se faire expulser, dit Nora.

— Brûlons pas les étapes. Pour l'instant, ils sont sains et saufs dans leur petit nid chez nous, observa Anthony, désireux de préserver leur conversation d'un nouveau naufrage. Il y a une solution. Il faut juste qu'on trouve quel chemin prendre.

— Buvons à ces bonnes paroles ! s'exclama Daphne.

Ils levèrent une nouvelle fois leur verre. Cela devint rapidement une habitude. Ils trinquèrent maintes et maintes fois au moindre grain d'espérance qu'ils trouvèrent à puiser dans leur vie. Ils n'avaient même pas encore réfléchi à leurs plats qu'ils durent se faire apporter une nouvelle bouteille pour continuer à porter des toasts. Grisée par ces entrechocs, la soirée laissa place, après un départ chaotique, à une moelleuse décontraction.

— Pis Archie, ça va ? demanda Marius.

— Elle se ramieute, on touche du bois, répondit Nora. Ç'a été laborieux, mais elle sera bientôt remise. Niveau look, il y a un gros mieux. Sa face est passée du noir et bleu à une belle nuance de jaune. On devine sa jolie binette. J'ai toujours su que sa beauté se cachait là quelque part à l'arrière-plan.

— C'est vrai, enchaîna Anthony. Ses bleus ont fini de l'achaler. Pareil pour ses côtes. Pis ses brûlures ont bien guéri, sans laisser trop de cicatrices. Elle a été chanceuse de ce côté-là. C'est ses jambes qui suivent pas. Emmanuel veut qu'elle marche plus souvent pour les raffermir, mais bon, tu connais la situation. Elle a pas ben ben d'espace de circulation, la pauvre petite, comme une génisse dans un enclos.

Béni soit Anthony. Il venait d'offrir une ouverture à Daphne, et pile au moment où elle s'était résignée à ne plus rien pouvoir tirer de cette soirée. Voilà que l'occasion de décrocher la timbale se représentait.

— Ben, si tu crois que ça pourrait l'aider d'une manière ou d'une autre, commença Mlle Faux Jeton comme si l'idée venait de tomber du ciel, je ne pense pas que ça poserait problème qu'elle vienne s'installer chez moi. Pas longtemps. Discrètement. On pourrait marcher dans toute la ville souterraine pour que ses jambes retrouvent leur forme, pis après elle pourrait revenir chez vous pour les derniers ajustements. C'est exactement les ordres du médecin, me semble.

Marius avait eu beau négocier une trêve, Nora refusait de parapher le codicille afférent au transfert d'Archie. Elle se référa à une instance supérieure pour trancher ce point.

— Non, lâcha-t-elle. Hors de question. Tu dois te concentrer sur ta thèse. Tu as déjà assez de distractions comme ça. Archie est mieux de rester où elle est. On s'arrangera.

Un serveur vint graviter autour de l'épaule de Nora, avec son carnet ouvert et prêt.

— On commande ? dit-elle.

Le sujet était clos.

36

Le moraliste de pacotille à qui l'on devait l'aphorisme : « Un problème confié à autrui est un problème à moitié résolu » ne connaissait pas Archie. Ou peut-être ses compétences en mathématiques n'étaient-elles pas aussi solides que son talent pour l'écriture. Archie ne se sentait pas plus légère depuis qu'elle avait partagé le poids de son passé avec Yvonne. Une fois retombée l'euphorie initiale qu'elle avait goûtée en épanchant son cœur, elle eut même l'impression que son fardeau était plus lourd que jamais, et elle rentrait chaque jour un peu plus profondément dans sa coquille. À présent qu'elle voyait pour la première fois sa propre histoire dans les yeux de quelqu'un d'autre, elle se sentait encore plus sale que du temps où elle seule savait de quoi avait été fait son quotidien.

Une pensée l'obsédait désormais : comment se faisait-il qu'elle n'ait jamais exposé sa situation à quiconque pour trouver de l'aide ? Pourquoi s'était-elle écrasée pendant toutes ces années ? Yvonne ne lui avait peut-être pas posé ces deux questions à voix haute pendant son récit dans la baignoire, mais Archie avait bien perçu son tressaillement d'effroi lorsqu'elle lui avait livré son enfance sur un plateau d'argent. Archie n'était pas dans la même situation que ces enfants dans les séries policières qui vivaient en captivité dans un recoin puant de leur maison à des fins d'exploitation par leurs parents vicelards, dont les capacités intellectuelles avoisinaient celles d'un balai. Elle allait et venait comme n'importe quel enfant de son quartier, partait pour l'école tous les matins avec son sac à dos et son repas, vêtue d'un uniforme propre et bien repassé. Pourtant, elle n'avait jamais profité de sa liberté pour s'extirper de sa condition et s'était contentée de rentrer directement chez elle à reculons tous les après-midi, telle une chienne battue mais conditionnée à retourner auprès de son maître au coup de pied facile. Même si une journée avait bien failli faire exception…

Quand elle avait douze ans environ, son école secondaire avait trimballé tout un groupe de filles en autocar jusqu'à Ville Saint-Laurent pour un concours de gymnastique. Même si Chantal était une empotée congénitale, ses parents l'inscrivaient à la gym d'année en année. C'était sa seule matière périscolaire. Elle n'y allait pas pour concourir. Le niveau de ce tournoi était trop élevé pour ses modestes talents. Mme Galucci, la prof d'éducation physique, levait souvent les yeux au ciel en voyant Chantal et comparait le style pataud de ses acrobaties à un grain de maïs éclatant dans un appareil à pop-corn. Chantal n'était véritablement douée que pour rester sur la touche, chauffant le banc et encourageant ses coéquipières quand elles étaient sur les tapis, pendant qu'elle engloutissait des boissons énergisantes, comme si elle aussi avait eu besoin de se recharger en électrolytes.

Karine, d'un an ou deux son aînée, était assise à côté d'elle sur le banc. Même si elles se connaissaient depuis bien longtemps pour avoir enduré ensemble de nombreuses rondades et sorties de poutre, elles n'étaient pas vraiment ce qu'on pouvait appeler des amies. Chantal n'avait d'ailleurs pas d'amis à proprement parler, car l'unité parentale voyait cela d'un mauvais œil. Elle était si taciturne, en classe comme à l'extérieur, aussi récalcitrante qu'une porte de placard gonflée par l'humidité, que même ceux de ses camarades dont la gentillesse était la marque de fabrique avaient déclaré forfait et la laissaient se tenir compagnie à elle-même.

Karine possédait la carrure filiforme d'une brillante gymnaste, doublée d'une nécessaire propension à la cabriole. Par moments, quand Karine répétait son programme, Chantal se demandait si elle finirait par redescendre sur terre ou si elle resterait suspendue dans la stratosphère jusqu'à ce que l'envie lui prenne de faire pipi. Mais il y avait d'autres moments – la plupart du temps, en réalité – où elle réalisait ses enchaînements machinalement, avec des sauts si indolents qu'ils lui auraient tout juste permis de franchir une crevasse dans un trottoir. La prof n'avait aucun moyen d'anticiper quelle Karine viendrait tel ou tel jour, si bien qu'elle la mettait rarement en avant lors de concours comme celui-ci, dont le trophée était d'une splendeur inouïe, presque plus imposant que la coupe Stanley.

Les deux fillettes confinées au banc observaient les exercices au sol d'une de leurs coéquipières, parachutée sur la liste des concurrentes à la place de Karine. Ce n'était pas une parfaite incapable, mais ses roulades avant impressionnaient plus que ses roulades arrière. Ses départs possédaient la vigueur de Superman volant au secours de la veuve, mais elle se réceptionnait systématiquement avec la grâce d'une boule de bowling chutant dans les gouttières. Dans un élan d'indignation qui lui ressemblait peu, en soutien à sa camarade mise à l'écart, Chantal se tourna vers Karine et lui dit :

— C'est toi qui devrais être là-bas, pas Nadja. T'es cent fois meilleure qu'elle.

C'était la première fois que Chantal abordait de but en blanc avec elle un sujet plus personnel que la magnésie ou les maniques, effort qui nécessita tout son aplomb. Karine n'avait pas plus d'amis que Chantal, mais l'idée de s'en faire semblait présenter peu d'intérêt pour elle. Alors que Chantal était contrainte de s'isoler à cause de sa situation, Karine était entourée d'un champ de force qui signifiait : « Approchez à vos risques et périls. »

— J'm'en contrecrisse. A peut ben prendre ma place, la maudite, si a la veut à c'point-là.

— Ça t'dérange pas ?

— Tu m'niaises-tu ? C'pas comme si la gym c'était important pour moi. Si chus là, là, c'est juste parce que mes parents m'forcent. Y veulent que j'vienne ? Pas d'trouble. J'viens. Mais qu'y s'attendent pas à m'voir faire plus que l'strict minimum.

— Y sont pas en maudit contre toi ?

— *So* ? J'm'en tabarnak, moi.

Chantal commençait à apprécier Karine. Elle avait toujours admiré sa pugnacité sur la piste, mais à présent cette admiration s'étendait à son caractère, marqué d'un sceau comparable. Sa trempe de mercenaire lui en imposait tellement que, quelques années plus tard, quand Chantal fuguerait vers la ville souterraine, c'est le personnage de Karine qu'elle endosserait. Son propre caractère, trop guimauve, ne lui aurait jamais permis de survivre dans cet endroit. Indiscutablement.

— Moi aussi c'est mes parents qui m'forcent, lui confia Chantal. Sinon j'aurais jamais choisi la gymnastique non plus.

Cet aveu, si modeste fût-il, constituait pour elle un gigantesque pas de côté, un salto avant carpé dans l'inconnu.

— J'm'en doutais, vu comment t'es poche.

Le dézingage perpétré par Karine ne vexa pas Chantal le moins du monde. Ce n'était jamais que la vérité.

— Faque pourquoi y t'obligent à continuer ? demanda

Karine. Y sont-tu aveugles ? Pourquoi y t'laissent pas switcher avec la robotique, si c'est là-d'dans qu't'as du fun ?

Chantal aurait pu tout naturellement vider son sac à ce moment-là en lui révélant que si ses parents avaient besoin que leur lourdaude de fille fasse de la gymnastique, c'était pour pouvoir justifier, au cas où quelqu'un aurait exprimé un jour des soupçons, les marques noir et bleu qui constellaient fréquemment son anatomie et dont l'origine était moins socialement acceptable. Mais au moment de se lancer, elle fut incapable de prononcer les mots. Son habitude de courber l'échine devant sa famille avait la vie dure. Même pour sauver sa peau, Chantal ne parvenait pas à se confier. Ce fut à cet instant qu'elle prit conscience qu'elle avait bien mérité son sort.

Archie ignorait si Yvonne avait rapporté le récit de son passé aux autres occupants de la maison, mais même si elle l'avait gardé pour elle, le reste de la tribu ne tarderait pas à être au courant. Ils vivaient tous et toutes dans une telle promiscuité depuis si longtemps qu'un esprit de ruche s'était développé. Les pensées, quoique inexprimées, sautaient d'une tête à l'autre comme des poux. Et une fois que les autres auraient appris ses antécédents, ils ne pourraient que trouver Archie dégoûtante, n'en déplaise à Yvonne qui lui avait assuré le contraire. Son histoire prendrait trop de place, et l'espace dans la cave était restreint. La situation l'oppresserait. Elle n'arriverait plus à respirer. Sa réaction initiale dans la baignoire avait été la bonne. Il fallait qu'elle se prépare. Il fallait qu'elle parte. La ville souterraine, anonyme, où personne ne savait quelle souillon elle était, l'accueillerait de nouveau sans lui poser de questions.

L'étape numéro un de sa stratégie de sortie consisterait à raser les murs, à passer davantage pour un rouage du Montréal souterrain que pour un parasite, du moins au début, tant qu'elle serait encore présentable. Archie s'était teint les cheveux en bleu une semaine avant de partir de chez elle, premier semblant de rébellion après que ses parents avaient lâché ce boucher sur elle pour qu'il lui arrache son fœtus au couteau à dépecer. Elle comprenait aujourd'hui que cette coloration avait été une erreur : elle aurait mieux fait de se fondre dans le décor. Toujours est-il que lors de ses derniers jours sous leur toit, elle n'avait pas pu résister à cette envie compulsive de virer bleue. D'autres filles auraient préféré s'ouvrir les veines pour se prouver qu'elles n'étaient pas inconsistantes, pour affirmer qu'elles étaient bien vivantes et maîtresses d'elles-mêmes, mais Archie n'était pas fan du rouge sang. Cette teinture avait été son euphorisant, mais désormais, ce bleu, même s'il se ternissait et que ses cheveux repoussaient, devait disparaître.

Sur la table se trouvaient les gros ciseaux que Nora laissait souvent dans la cave après ses orgies de découpage de bons d'achat. Archie s'en saisit et les présenta à Bérénice en les tenant par les lames.

— Tout l'bleu au boutte des cheveux, déclara-t-elle. Tu coupes.

Bérénice, normalement prompte à jouer les esthéticiennes, eut l'air hésitante.

— Tes parents diront rien, ajouta Archie avec un signe de tête en direction de la porte fermée de la buanderie, derrière laquelle Yvonne et Emmanuel se livraient à l'un de leurs conciliabules. T'as mon autorisation.

— Ils sont méga-gros, ces ciseaux, dit Paul à sa sœur.

— Je suis plus une petite fille. Je sais me servir de gros ciseaux. C'est pas parce que toi t'as pas le droit…, lui répondit Bérénice.

Archie voyait bien toutefois qu'elle tergiversait. C'était Bérénice qui avait proposé de sortir jouer dans la neige le soir de la course à pied de Daphne, et cette suggestion avait eu de fâcheuses retombées. Elle ne voulait pas causer davantage de grabuge.

— Tu pourrais lui couper un morceau d'oreille, fit remarquer Paul. Qu'est-ce que maman dirait, après ?

— Tu me prends pour une gourde ?

— Je crois pas qu'on a la permission de se servir des ciseaux quand elle est pas là.

— Paul a ptêt' raison, dit Archie. J'peux faire ça moi-même. J'voudrais pas vous mettre dans l'trouble. Tiens-moi juste le miroir. Ça, c'est autorisé, me semble.

Bérénice était partagée.

— Tu ressembleras à rien si tu le fais toi-même. Tu pourras pas voir derrière toi pour bien couper l'arrière, dit-elle.

— Ben, si j'ai pas le choix…

— Pourquoi Anthony peut pas le faire pour toi ? demanda Paul.

Anthony était le coiffeur attitré de la maisonnée. Malgré le léger tremblement qui agitait sa main droite, il s'en tirait plutôt bien. Bérénice gratifia Paul d'un regard de grande sœur exprimant tout le dédain de rigueur. Il commença à piger qu'il s'agissait d'une séance de coiffure top-secret, organisée en catimini, dont aucun adulte ne devait faire partie ni avoir connaissance. Archie aurait pu demander à Anthony, Paul avait raison, mais elle ne souhaitait pas avoir à rentrer dans le pourquoi du comment de sa requête. Elle voulait faire passer sa nouvelle coupe pour une surprise, un rafraîchissement, voilà tout.

Bérénice prit les ciseaux de la main d'Archie.

— Assieds-toi. Je vais le faire.

Elle entreprit d'éparpiller des journaux par terre autour de la chaise, comme elle avait vu Anthony le faire.

— Je vais le dire, annonça Paul avant de se diriger vers la buanderie de sa démarche boudeuse.

— Tu fais ça et tu vas le regretter.

C'était une menace en l'air et Paul le savait. Sa gentille sœur était si peu versée dans la langue de l'intimidation que jamais elle n'aurait fait peser sur lui la promesse d'un supplice comme une petite frappe expérimentée. Toutefois, face à cette provocation falote, il s'arrêta net dans son élan. Si cette coupe clandestine revêtait assez d'importance pour que Bérénice se lance dans le chantage, alors il préférait se ranger à ses côtés.

Quand Yvonne sortit de la buanderie avec son mari, Bérénice était en train d'en terminer avec Archie, ôtant le drap qu'elle avait passé autour d'elle à la manière d'une cape de coupe. M. Paul, l'assistant visagiste, s'empressait de ramasser les mèches bleues qui avaient échappé aux journaux. En essayant d'égaliser la longueur des deux côtés, Bérénice avait eu la main lourde sur les ciseaux, de sorte qu'Archie arborait désormais une tignasse en broussaille à la garçonne, à des années-lumière de la coupe visée par Bérénice, mais sa cliente se déclara pleinement satisfaite du résultat quand on lui présenta la glace. Trop courts ou non, ses cheveux châtains étaient de retour, et tant mieux. Yvonne se répandit en compliments auprès de la coiffeuse comme de la coiffée, mais elle aurait raconté les mêmes fadaises si Bérénice avait déchiqueté les cheveux d'Archie jusqu'au bulbe façon déportée d'Auschwitz. Tout ce qui comptait pour Yvonne désormais, c'était l'événement que cette coupe présageait dans le grand ordre de l'univers, et hélas elle avait deviné lequel.

37

En 1989, alors que le mur de Berlin se faisait découper en tronçons, le réseau piétonnier souterrain fit l'acquisition d'un beau segment de l'ancienne barrière de protection à un prix massacré, l'achemina jusqu'à Montréal par la voie des airs, et l'érigea sur un socle au Centre de commerce mondial, près du miroir d'eau. Les touristes adoraient ce morceau mastoc de béton bariolé de graffitis ; c'était un aimant à selfies. Daphne entretenait avec lui une relation plus conflictuelle. À ses yeux, il symbolisait et matérialisait son confinement : il lui rappelait, du haut de ses trois mètres soixante, qu'elle était coincée dans l'inverse d'une communauté résidentielle fermée, une qui l'empêchait de sortir et non d'entrer. Parfois, elle aurait juré l'avoir entendu se moquer d'elle en passant devant : « Pourquoi tu rouspètes, *mein kleines Edelweiß* ? lui disait le mur. Un an en captivité, c'est de la gnognotte. Moi, j'ai coupé mes concitoyens du monde pendant vingt-huit ans. Ça, c'est de la barricade. Ton petit séjour ici ? Du pipi de chat. » Est-ce qu'elle perdait la raison ?

Daphne tâchait de s'affairer pendant sa quarantaine pour se changer les idées, remplissant chaque minute à ras bord afin de reléguer Archie aux confins de son esprit. Si elle voyait une file d'attente, elle s'y joignait, s'il y avait un rendez-vous à prendre, elle s'en chargeait. Résultat : elle était parfaitement à jour sur le plan administratif. Son passeport, pourtant inutile dans l'état de musellement où elle se trouvait, était flambant neuf ; idem pour son permis de conduire. Dans des bureaux et antichambres aux quatre coins de la ville souterraine, elle prenait un ticket et patientait pour renouveler la panoplie de cartes qui se déployaient en accordéon quand elle ouvrait son portefeuille. Sa grand-mère n'aurait jamais reconnu sa petite-fille, pour qui respecter les délais avait toujours été une affaire à géométrie variable. D'un point de vue esthétique, elle n'avait jamais été aussi bichonnée : elle programmait chaque intervention qui s'offrait à elle. Daphne se servait copieusement dans les bons d'achats que son challenge souterrain lui avait fournis gratis pour se faire manucurer, pédicurer, masser, gommer la peau, épiler les sourcils au fil et le reste du corps à la cire. Le tatouage discret représentant une méduse sur sa hanche gauche, regretté avant même que l'encre ait fini de sécher, disparut aux oubliettes moyennant laser. Bon débarras. Elle alla même jusqu'à faire prendre ses empreintes digitales un jour qu'elle croisa une cohorte qui orbitait devant un service de dactyloscopie en attendant son ouverture.

Du matin jusqu'au soir, elle croulait sous une interminable succession de tâches superflues qu'elle s'assignait pour s'occuper, mais cette frénésie d'activité ne suffisait pas. Les préoccupations de Daphne liées à Archie étaient aussi irréductibles qu'un village gaulois : impossible d'en venir à bout ni même d'en voir le bout. Elles constituaient une réalité indécrottable dont elle devait s'accommoder. Ses pensées ne cessaient de s'évader sans son consentement vers le numéro de téléphone figurant sur l'avis de recherche, qui constituait son unique piste. Elle ne l'avait pas composé mais s'en était servie de toutes les manières possibles. Elle l'avait passé dans tous les moteurs de recherche imaginables pour voir s'il la mènerait quelque part, et quand ses efforts s'étaient soldés par un flop, elle avait fait appel à Ludovic pour qu'il travaille au corps ses anciennes relations dans la police. Si la vie avait été une série policière, Daphne aurait obtenu un nom et une adresse pour ce numéro en un rien de temps, mais le SPVM, quoique d'ordinaire enclin aux prestations illégales, semblait conserver un levain de rancune vis-à-vis de ce flic retraité reconverti en entrepreneur propriétaire d'un café, et refusait de cracher pour lui la moindre info.

À l'autre bout de la ligne téléphonique associée à ce numéro se trouvait une famille qui voulait récupérer Archie. Les parents d'Archie étaient une présence spectrale et malveillante dans l'esprit de Daphne ; elle ignorait la nature précise de leurs méfaits. La puissance imaginative de Daphne portait de grosses chaussures de randonnée : elle adhérait parfaitement au terrain des blogues mais manquait de souplesse pour concevoir les ronces de perversion qui infestaient le foyer des Clark, même si Daphne percevait l'ambiance délétère qui régnait là-bas et qui avait poussé Archie à déserter les lieux. Elle aurait dû s'estimer heureuse de rester dans l'ignorance.

Yvonne, elle, n'avait pas besoin de faire marcher son imagination. Archie lui avait fait don de la vérité, même si c'était un cadeau empoisonné. À partir de sa description, elle pouvait se représenter ses parents en couleurs et en stéréo, voir derrière leur emballage. Leur anatomie était correcte en tout point excepté le tas de cendres fumantes qu'ils avaient à la place du cœur. Elle les rangea tous les deux dans son panthéon personnel de la cruauté aux côtés des autres monstres croisés au cours de sa vie – des brutes déchaînées et des assassins. Mais quant à savoir où les parents d'Archie se situaient par rapport à ces énergumènes de son passé, qui d'entre tous méritait la première place, elle ne pouvait statuer. La compétition était serrée. Yvonne ne s'était jamais considérée comme une personne revancharde – triste, blessée, furieuse, tout ça oui, mais revancharde, non – jusqu'à ce jour. À tel point que si elle avait eu les parents d'Archie auprès d'elle, côte à côte avec les mains derrière le dos et le corps imbibé d'essence, elle aurait pu craquer une allumette et partir en sifflotant.

C'était Yvonne qui portait sur ses épaules le fardeau de l'histoire que Daphne rêvait d'entendre. Daphne, elle, devait se satisfaire de bribes qui lui parvenaient au compte-gouttes, généralement par l'intermédiaire de Marius, qui n'était pas concerné par ses problèmes de mobilité. Elle l'avait chargé d'être ses yeux et ses oreilles rue Melançon. Depuis sa tentative ratée, après la course, pour obtenir le transfert d'Archie, elle lui imposait de partir en reconnaissance plus fréquemment chez sa grand-mère pour glaner des renseignements, après quoi ils se retrouvaient à La Fabrique de Bagel, juste à côté du mur de Berlin. L'endroit semblait tout indiqué pour leurs débriefings.

La Fabrique était le tout dernier café fétiche de Daphne dans la ville souterraine, une « bagelerie » qui, non contente de confectionner ses propres pains sur place, organisait aussi des ateliers de fabrication de bagels où les participants pouvaient apprendre à malaxer et travailler la pâte puis à la rouler à la main dans la tradition ancestrale, leurs efforts étant suivis d'une dégustation. Son billet de blogue intitulé « L'école du bagel », rédigé un mois plus tôt, avait généré une flopée de commentaires, et La Fabrique la remerciait d'avoir accru sa fréquentation. Elle était déjà en train de consommer l'un de ses combos préférés, brie et poires sur un pain aux pavots, lorsque Marius la rejoignit et s'affala sur une chaise.

— Il y a du nouveau, annonça-t-il.

— Sous le soleil ?

— Plutôt sous la pluie…

— Ben voyons donc. M'as-tu déjà apporté des bonnes nouvelles ? ironisa-t-elle. OK, mon dîner m'a requinquée. Tu peux annoncer la couleur.

Marius engloutit ce qui restait de son sandwich avant d'attaquer son rapport.

— Faque j'ai réussi à me caler quelques minutes seul à seul avec Anthony à la maison. D'après lui, il y a de l'eau dans le gaz.

— Donne-moi un *break* avec ton jargon de détective privé.

— Tu sais qu'Archie s'est coupé les cheveux ?

— Ouais, j'ai vu ça sur Skype.

— Apparemment, Yvonne pense que c'est pas anodin.

— Moins anodin que de se couper les ongles des pieds ? C'est une coupe de cheveux. Pas de quoi capoter.

— Yvonne pense qu'elle se prépare.

— À quoi ?

— Elle pense que c'est un signe. Qu'elle s'apprête à paqueter ses petits.

— À partir ? Pour aller où ?

— Pour retourner dans la ville souterraine, à ce qu'Yvonne pense.

— Pourquoi maintenant ? Il est-tu arrivé quelque chose ?

— Ça, fouille-moi. Je te rapporte juste ce qu'Yvonne pense, dixit Anthony.

Tous ces « Yvonne pense » excédaient Daphne. Elle voulait être celle qui se creuserait les méninges pour Archie. N'avait-elle pas raisonné admirablement quand Archie était apparue, amochée et en sang, devant son appartement ? N'avait-elle pas fait jouer ses relations pour qu'on la conduise d'urgence auprès d'un médecin, pour la mettre en sécurité ? Tout ce qu'Yvonne avait à faire, c'était jouer les nounous, et voilà qu'elle avait la prétention de lire dans les pensées d'Archie ?

Daphne écumait, et Marius savait d'expérience que cela risquait de durer un moment. Il l'encouragea à se dominer pour qu'ils puissent s'occuper de l'affaire en cours.

— On ne peut pas la laisser redevenir itinérante, dit-il. Même avec un pendule on risque de ne jamais pouvoir retrouver sa piste une deuxième fois. Si elle est déterminée à disparaître de la circulation, tu sais bien qu'elle va être capable, pis si elle tombe encore sur les mauvaises personnes, ben, les carottes seront cuites.

Il passa un doigt en travers de sa gorge à titre d'illustration.

Marius avait raison. Avec trente-deux kilomètres de galeries piétonnières, le réseau souterrain était si vaste, ses passages si labyrinthiques, ses frontières si informes, que Daphne ne pourrait pas miser sur une nouvelle rencontre fortuite avec Archie, surtout si elle était résolue à se terrer. Archie était une fille pleine de ressources, elle pourrait se trouver une nouvelle renardière dans une zone où Daphne ne battait pas le pavé, et s'y installer jusqu'à ce que sa substance matérielle ait achevé de s'égoutter de son corps, laissant derrière elle une cosse vide.

— Donc, cheffe, dit-il. C'est quoi, le plan ?

— Le plan ?

Daphne n'en avait pas la moindre idée.

38

— T'as-tu lu cet article-là, à la une ? demanda Anthony à Nora en pointant l'index. En bas, ici ?

Ils reprenaient leur souffle sur le canapé pendant qu'ils s'échangeaient des pages du journal, comme tous les matins après le branle-bas de la préparation du petit déjeuner pour leur smala.

— Celui sur la famille pakistanaise ? J'cré ben que je l'ai lu, oui ! Après, j'ai dû prendre une Tylenol, ça m'a mise en beau joualvert ! Tu peux-tu croire ça ? Comme si ça suffisait pas que cette pauvre petite doive quitter le cocon de l'église et de sa famille à cause d'une crise cardiaque, il faut en plus qu'ils se jettent sur elle à bras raccourcis dans sa chambre d'hôpital pour l'expulser du territoire. Ils débarquent dans son lit, te rends-tu compte ! Ça me dégoûte. Ça m'étonne que cette gang de pas d'allure se soit pas contentée de débrancher toutes ses machines et de la laisser crever sur place, s'exclama Nora en claquant deux fois ses paumes l'une contre l'autre. Problème résolu.

— Au moins, le médecin a eu le cran de leur tenir tête en leur disant qu'elle était trop mal en point pour prendre l'avion. Il les a forcés à lui sacrer patience. Faque y a quand même un héros dans cette histoire-là, observa Anthony.

— C'était un brave gars, ce docteur-là, c'est vrai. Mais il lui a juste offert un sursis, même si ça enlève rien à son geste. Elle peut pas rester éternellement à l'hôpital. Ils lui ont collé l'étiquette « Parasite du système de santé », faque dès qu'elle se sera remise, ouste, dehors, poubelle.

— As-tu vu, ça dit que sa fille est une citoyenne canadienne. J'aurais cru que cet argument-là aurait du poids.

— Ben voyons donc. Séparer les familles leur fait ni chaud ni froid. Te souviens-tu du reportage aux nouvelles il y a quelques semaines ? Des parents qui s'étaient fait expulser je sais plus trop où, mais qui avaient choisi de laisser ici leurs enfants nés sur le territoire ? Même que c'était des tout-petits. J'ose même pas imaginer les cheveux blancs pour prendre cette décision-là. Je suis ben contente de pas avoir été à leur place.

C'était un fait divers qui leur donnait encore des frissons à tous les deux, tant il mettait à nu une vérité cinglante. Le petit Philippe, paisiblement pelotonné dans l'ancien tiroir à chaussettes de Daphne, sous leurs pieds, avait fièrement décroché son certificat de la maternité de l'hôpital Saint-Luc et, en vertu du droit du sol, pouvait légalement prétendre à une feuille d'érable sur sa couche-culotte. Il était le seul Demel autorisé à revendiquer la citoyenneté canadienne, avec tous les droits et privilèges afférents, même si, en pratique, cela signifiait simplement qu'on l'autoriserait à agiter sa menotte pour dire au revoir à sa famille derrière le grillage, si d'aventure elle se faisait interpeller et escorter *manu militari* jusque dans un avion à destination de la Côte d'Ivoire.

— Peut-être que si l'opinion publique discrédite le gouvernement, ils seront obligés de laisser cette femme-là tranquille. C'est déjà arrivé, fit remarquer Anthony. Les gens gueulent pis les politiciens reculent.

— Ce gouvernement-là ? Ben voyons ! Ils connaissent pas le

sens du mot « honte ». Des fois, les pauvres gens qui ont essayé de fuir les atrocités de leur pays subissent des choses tellement barbares qu'on se demande si au gouvernement c'est vraiment des humains, ou bien des espèces de robots – même si je veux pas être désobligeante envers les robots. Je catche pas. Les Conservateurs sont pas entrés au gouvernement tout seuls. Je prie pour que les gens refassent pas la même niaiserie.

Anthony ne s'était jamais résolu à dire à Nora qu'il avait voté pour les Conservateurs aux dernières élections. C'était un de ces détails qui, dans l'émoi de leur nouvelle relation, était passé à la trappe, comme on oublierait de préciser un interdit bancaire ou sa pointure. Désormais, ce n'était plus la peine de passer aux aveux.

Affalé sur les coussins du canapé, le conservateur non assumé se hissa debout.

— Bon, dit-il, quand faut y aller, faut y aller…

Déposer le journal à la cave après l'avoir reconstitué était devenu le moment le moins réjouissant de sa routine quotidienne. Si seulement il avait pu découper en amont les articles susceptibles de heurter les Demel, il n'aurait eu aucun mal à jouer les livreurs de journaux, mais il ne pouvait décemment pas leur remettre des feuilles trouées comme une passoire. Nora et lui avaient débattu de la possibilité de résilier leur abonnement et de servir cette initiative à Emmanuel et Yvonne comme une mesure de réduction des dépenses, mais finalement ils avaient décidé que ce n'était pas à eux d'imposer un embargo sur l'actualité au sous-sol de la maison : Anthony livrerait chaque matin une version non censurée du journal, et les Demel apprendraient ce qu'ils apprendraient, quitte à ce que les nouvelles leur glacent le sang.

Nora embrassa le porteur de presse avant sa tournée et le poussa doucement dans la bonne direction, soulagée que, dans la répartition des tâches au sein de leur couple, cette besogne-là ne lui incombe pas. Elle s'éclipsa vers la salle à manger où l'attendait une nouvelle flopée de menus travaux, délaissant Anthony en haut des escaliers de la cave. Il frappa sur l'encadrement de la porte pour s'annoncer et, la permission reçue, descendit et offrit à Emmanuel le journal plié, avant de s'asseoir avec lui pour leur deuxième café de la journée, conformément à leur rituel. Il n'aurait pas pu en vouloir aux Demel s'ils avaient éprouvé une envie irrépressible d'assassiner leur coursier.

Les journaux renfermaient peu de surprises pour les Demel. Ils n'auraient pas été coincés dans une cave s'ils n'étaient pas déjà parfaitement au courant de ce qui pouvait arriver aux familles comme la leur qui vivaient avec le couperet de l'expulsion suspendu au-dessus de la nuque. Les articles ne faisaient rien d'autre qu'enfoncer le clou au cas où ils oublieraient que, dans le climat politique actuel, ils étaient sûrs de se faire embarquer dès qu'ils mettraient un cil hors de leur sanctuaire. Sans pitié envers lui-même, Emmanuel se mordait désormais les doigts, à retardement, d'avoir commis la folie extravagante d'une sortie en hiver dans le jardin avec les enfants alors que le danger rôdait à chaque coin de rue, même dans leur quartier tranquille. Il en avait déjà fait directement l'expérience. Parfois, le danger s'immisçait dans le salon par la fente de la boîte aux lettres, pourtant digne de confiance puisque son clapet ne se soulevait théoriquement que pour laisser entrer des prospectus de supermarchés et des menus de Pizzédélic, rien de plus sinistre…

Emmanuel avait compris que les nouvelles n'étaient pas bonnes quand il était rentré après sa journée de travail au garage et avait trouvé sur le tapis une mince enveloppe crème des services d'immigration. Il s'y attendait à moitié depuis que le cousin qui avait parrainé sa famille pour les faire venir au Canada, le cousin qui avait tout donné pour faire jouer le piston et les sortir illico presto de leur camp de réfugiés, avait été jeté sous les verrous. Emmanuel peinait encore à le croire : Léon, son cousin binoclard, un homme cultivé, réfléchi et généreux, un homme qui occupait un poste à hautes responsabilités dans la fonction publique, un homme qui habitait une résidence cossue à Baie-d'Urfé, un homme marié. Enfin, anciennement marié, puisqu'il avait violemment frappé Priscilla à la tête avant de la laisser par terre se vider de son sang et d'appeler la police pour confesser son acte. Mais, à l'époque, les attentes à moitié fatalistes d'Emmanuel rivalisaient avec l'espoir à moitié fou que, dans les vastes entrailles bureaucratiques de l'administration canadienne, le lien de parenté entre les Demel et ce meurtrier passerait inaperçu, d'autant qu'il ne portait pas le même nom. L'enveloppe avait douché cet espoir.

D'après la lettre, la commission avait constaté que M. Léon Suma, reconnu coupable de meurtre au second degré, ne pouvait plus prétendre à parrainer la famille Demel à des fins de regroupement familial, conformément au Règlement sur l'immigration et la protection des réfugiés (CP 2011-1316). Conséquemment, la demande de résidence permanente déposée par la famille se trouvait rejetée. La suite du courrier détaillait, dans un jargon juridique sans bavure, les recours dont disposaient les Demel, mais Emmanuel avait eu du mal à se concentrer sur les mots qui suivaient « rejetée ». Lors d'une relecture ultérieure, son cœur ayant cessé de galoper dans sa poitrine, l'expression « faire appel » lui avait sauté aux yeux. Ainsi, il existait une procédure. Ils n'allaient pas se faire expulser demain. Ils pourraient passer devant la commission, qui ne manquerait pas de les déclarer dignes et respectueux des lois, capables de faire honneur à leur nouveau pays, et qui aurait l'occasion de casser la décision initiale. Mais finalement, une fois tous les recours épuisés, la commission n'avait pas su saisir cette occasion, et une autre enveloppe s'était échouée devant leur porte, plus épaisse cette fois, avec une interdiction de séjour et un « avis de convocation ».

Rien sur cette terre n'avait le pouvoir de convaincre Emmanuel de reconduire sa famille dans le pays qui l'avait brutalisée, c'était donc avec une surprenante facilité qu'il avait pris la décision de traiter cette assignation à comparaître comme une assignation à disparaître. Il s'était raisonné : la prochaine élection n'était pas si loin, peut-être qu'un nouveau gouvernement, plus compréhensif et conciliant, abrogerait la loi draconienne sur l'immigration qui avait remonté sa famille dans ses filets et se montrerait désireux de réexaminer leur dossier sous un jour plus humaniste. C'était un plan insensé, il le savait, avec une chance de réussite infinitésimale, mais il avait accepté ce pari. Quelle autre solution avait-il ? Sa famille se terrerait dans la clandestinité.

Si la décision était claire, le mode opératoire était trouble. Comment un citoyen modèle ordinaire s'y prenait-il pour s'évanouir dans la nature ? Comment trouver un travail au noir, signer un contrat de bail, payer son loyer ou scolariser ses enfants quand on était une personne sans identité juridique ? Comment placer en banque ses maigres économies, obtenir un permis de conduire, ou même une carte de bibliothèque ? Sans papiers en règle, comment se faire vacciner, soigner ou même enterrer ? Ce qu'il fallait à Emmanuel et Yvonne, c'était un vade-mecum, mais parmi les centaines de milliers de personnes qui avaient déjà glissé dans les abysses de la clandestinité, aucune n'avait jamais pris le temps d'en écrire un. Comment auraient-elles fait pour toucher des droits d'auteur ?

C'était compter sans Nora.

Il se passait quelque chose chez les voisins. Nora avait entendu des pleurs toute la nuit de l'autre côté du mur de séparation, et ce n'étaient pas ceux du petit Philippe. Ces gémissements-là émanaient de poumons adultes. Les Demel étaient des voisins calmes, ce qui constituait une amélioration notable par rapport aux McLean, qui les avaient précédés dans la maison attenante, et qui faisaient boum-boum-boumer leur sono suffisamment fort pour que les bibelots de Nora dansent la gigue sur leurs étagères. D'habitude, les éclats de voix des enfants Demel en train de jouer traversaient le mur jusqu'aux oreilles de Nora, mais ces gens montaient rarement plus haut le volume sonore. Des sanglots... Voilà qui était inédit. Elle espérait ne pas s'être trompée sur le compte d'Emmanuel. Il lui avait toujours semblé être un homme doux. Mais qui savait ce qui se tramait dans l'intimité d'un couple ? Ils avaient plus vraisemblablement reçu de mauvaises nouvelles de leur pays. Un décès dans leur famille, peut-être. Mais face à une telle crise de larmes, Nora ne pouvait faire l'économie d'une enquête : et si son origine était plus sordide ?

Après six nuits blanches d'affilée, Nora s'était postée sur son perron dans ce que Daphne appelait la position du tigre tapi et avait attendu qu'Yvonne apparaisse. Les deux femmes entretenaient des rapports cordiaux qui n'allaient toutefois pas jusqu'à l'amitié. Leur relation baignait dans des eaux stagnantes depuis trop longtemps au goût de Nora. Le moment était sans doute venu de la faire évoluer. Alors que Nora était assise depuis si longtemps qu'elle commençait à se demander comment retrouver sa verticalité en l'absence de grue de levage, Yvonne avait fini par sortir. Nora l'avait invitée à la rejoindre quelques minutes sur les marches : il faisait si beau. Yvonne avait hésité. Elle était trop ébranlée pour aller papoter avec la voisine, et sa liste de tâches pour la journée était longue à se prendre les pieds dedans, mais comment rabrouer cette vieille dame qui vivait seule et souffrait manifestement d'un manque de compagnie ? Elle s'assiérait quelques minutes et parlerait de la pluie et du beau temps, mais qu'importe les prévisions météo – pluie, neige, sauterelles ou grenouilles –, c'était pour elle du pareil au même. Un seul sujet la rongeait, qu'elle avait promis de garder secret. Emmanuel et elle avaient passé un pacte. Pas une âme qui vive ne devait avoir vent de leur plan qui consistait à disparaître des radars. C'était trop risqué. Ils ne pouvaient faire confiance à personne. Mais sous l'effet de la chaleur maternelle de la cuisse de Nora contre la sienne sur le perron, le sceau du secret avait fondu d'un coup.

— Venez-vous-en donc habiter ici avec moi, dit Nora.

Ainsi fut fait.

39

Normalement, Daphne abordait ses investigations pour son blogue en mode table rase. Elle se rendait à chacun des événements de la ville souterraine en ayant pris soin de planquer ses idées préconçues dans un entrepôt hors site pour s'assurer de l'impartialité de ses reportages, de la fraîcheur de ses observations. Son public fidèle, dont elle avait appris à reconnaître les goûts, n'en attendait pas moins, et elle ne reculait devant rien pour le satisfaire. La première fois que son intrépidité avait été véritablement mise à l'épreuve, c'était au Salon des nourritures du futur, lorsqu'on l'avait invitée à s'asseoir devant une assiette de sauterelles cuites dans une réduction de vinaigre de framboise. Alors que sa gorge s'était paralysée à l'idée d'ingurgiter un membre du royaume Cri-Cri, elle avait fermé les yeux face aux mandibules, et croqué. Personne ne pouvait lui reprocher un manque d'ouverture. Mais quand il fut question du Salon de l'occulte, elle se braqua. Les boules de cristal, le tarot, les chiromanciennes, les voyants, les néopaïens, le druidisme, la wicca, le ouija… On retournait carrément au Moyen Âge. Dans le système de valeurs de Daphne, promouvoir ce salon sur son blogue revenait à vanter les mérites de guérisseurs adeptes de la saignée.

Bien qu'il n'existât aucun serment d'Hippocrate réservé aux

blogueurs pour lui dicter la conduite à tenir, Daphne se força à se montrer magnanime. C'était son travail d'appâter le touriste, malgré son état d'esprit vis-à-vis de ce sujet. Alors, elle ne traiterait peut-être pas l'événement à fond, mais personne, sinon éventuellement Marius, ne s'apercevrait qu'elle avait économisé ses efforts. Après tout, sans doute que certains de ses abonnés, même si elle voulait les croire plus dignes, préféraient une bonne séance de spiritisme à une soirée mojito-comédies à l'eau de rose entre célibataires le vendredi soir. Était-elle en droit de les juger ? N'était-elle pas professionnelle ? Daphne vissa sa casquette de blogueuse sur sa tête et se mit au travail.

Au lieu accueillant la manifestation, elle décerna la note maximale. L'expo de l'occulte se tenait au Palais des Congrès, le principal centre événementiel du Vieux Montréal, une boîte en verre ultramoderne qui faisait la nique à ses voisins de quartier du XIXe siècle. La lumière qui se déversait par les immenses vitres de sa verrière polychrome mouchetait de couleurs l'espace d'exposition. Daphne trouvait toutes ces surfaces teintées quelque peu déconcertantes. C'était comme assister à un événement à l'intérieur d'un cube en gélatine, mais il fallait reconnaître qu'elles conféraient au salon un éclat paranormal. Des stands vantant des consultations gratuites s'alignaient devant une scène sur laquelle, plus tard, des conférenciers débiteraient leurs balivernes transcendantales, mais Daphne remarqua que les chaises réservées aux visiteurs étaient vides devant la plupart de ces kiosques. Assis dans leurs compartiments cubiques, les exposants esseulés avaient le nez collé à leur smartphone pour passer le temps.

Daphne savourait son pouvoir, consciente qu'après avoir croqué le salon et pressé la touche qui propulserait sa critique dans la blogosphère, des paires de fesses viendraient occuper toutes ces chaises. Mais pour l'heure, si elle espérait rendre compte dignement de l'événement, elle allait elle-même devoir en choisir une où s'asseoir, et laisser le surnaturel tenter de la convertir. Elle écarta d'emblée le phrénologue, même si Nora l'avait suppliée à maintes reprises quand elle avait accepté son emploi souterrain de se faire examiner le crâne. Pareil pour le chiromancien. Les discussions sur l'espérance de vie et les lignes de la main lui faisaient froid dans le dos. Exception faite de sa grand-mère, Daphne était issue d'une longue lignée de lignes courtes. La blogueuse voleta de stand en stand sans se poser nulle part, tel un colibri faisant la fine bouche. Après avoir parcouru deux fois le circuit sans pouvoir arrêter son choix comme l'exigeait pourtant sa mission, elle se prit en main et ouvrit le catalogue des exposants. Elle jeta son dévolu sur l'un des noms, à l'aveugle, façon gagnante du Super Loto faisant tourner le globe terrestre. Stand vingt-huit : son index venait de décider pour elle. Élyse Spinelli. Consultations de voyance.

La femme n'était pas attifée de châles flottants comme aurait dû l'être une voyante, mais Daphne s'avoua volontiers coupable d'avoir laissé le cinéma influencer son idée des normes vestimentaires applicables aux diseuses de bonne aventure. Cette exposante-là portait une tunique pastel et de minces lunettes suspendues à une chaîne autour de son cou. Avec son pantalon de yoga et ses Reebok blanches, elle avait plus l'air d'une technicienne en mammographie que de quelqu'un qui agitait l'ésotérique. Daphne fut déçue par sa banalité ; elle avait espéré un peu plus de bling-bling. Elle allait ramer pour tirer un billet affriolant de quelqu'un d'aussi résolument peu extravagant. Elle aurait pu continuer jusqu'au stand d'à côté, où une astrologue accoutrée comme un lustre lui faisait de l'œil dans l'espoir de récupérer la cliente hésitante de sa voisine, mais Daphne s'en tint à son impulsion première et s'assit en face de Mme Tout-le-Monde l'extralucide.

La dégaine sans chichis de la voyante incita Daphne à lui parler franco :

— Je vous imaginais plutôt derrière un rideau ou peut-être quelque chose en velours avec une frange dorée. Sûrement pas assise dans un cubicule.

— Oh, les cubicules, c'est l'avenir, répondit-elle. Toutes les autres patentes, les boules de cristal et les turbans, ça appartient à une espèce qui s'est éteinte en même temps que le dodo. Aujourd'hui, c'est plutôt de la voyance Ikea. Sobre et propre. Centrée sur le client.

— Donc on a droit au titre de clients, maintenant ?

— Vous préféreriez « victimes » ? s'amusa la voyante. Je vous l'ai dit, faut vivre avec son temps.

— Je me dois de vous prévenir, par respect : je suis une sceptique, déclara Daphne.

— C'est l'impression que vous me faites, c'est vrai.

— La lecture psychique a déjà commencé ? Je suis flabbergastée[1] !

— Une enfant de cinq ans aurait pu deviner votre méfiance à votre gestuelle. Le paraverbal, ça vous trahit direct. Faque j'ai aucun mérite là-dedans. Mais peu importe que vous doutiez ou pas. Avec moi, en tout cas. Je suis capable de travailler avec les sceptiques. Ça prend juste un peu plus de temps. Mais j'aime bien ça, les défis.

— Vous voyez défiler beaucoup de sceptiques ?

— Pas mal, oui, surtout à ce genre d'événement gratuit et ouvert au public. Des gens qui passent devant mon kiosque pis qui décident d'essayer. Ils s'assoient pour une consultation-express, pis une minute après ils sont persuadés que vous êtes un imposteur parce que vous pouvez pas leur dire s'ils vont avoir la

1. « Époustouflée. »

job pour laquelle ils ont postulé, ou s'ils seront acceptés à telle ou telle université. Faut bien comprendre que ça marche pas de même. C'est pas strictement à la demande. Des fois, vous bloquez sur des questions importantes pour eux…

— Parce que vos contacts dans l'au-delà dorment au gaz, c'est ça ?

— On peut dire ça comme ça.

Cette femme avait une façon d'être sérieuse dans son travail sans se prendre au sérieux qui parla à Daphne. Si d'aventure elle croisait un jour la route d'une âme en peine désireuse de louer les services d'une voyante dans la ville souterraine, elle lui vanterait de bonne grâce les mérites de cette Élyse, même s'il était sûrement prématuré qu'elle lui donne sa bénédiction alors qu'elle ne la connaissait que depuis trois minutes.

— Pas besoin de craindre une réclamation de ma part, affirma Daphne. Je ne suis pas venue sonder vos talents de clairvoyance. Pas pour mon propre compte, en tout cas.

— Je vous arrête tout de suite, dit Élyse. Une consultation de voyance par procuration, c'est jamais un franc succès. Pour que ça se passe bien, j'ai besoin de parler directement à la personne concernée.

— Non, je me suis mal exprimée. Désolée si ce n'était pas clair. En fait, je blogue sur les événements de la ville souterraine. Je suis ici pour récolter de quoi faire connaître le salon au monde extérieur et essayer d'accroître sa fréquentation. Vous avez peut-être entendu parler de moi ? Le blogue s'appelle *Vue du dessous*.

Élyse secoua la tête de gauche à droite.

— Non, je suis jamais tombée dessus. Mais c'est pas grave. J'ai pas l'habitude de suivre beaucoup de blogues, j'en suis même aucun, mais vous avez vu ce salon, il a besoin d'un maximum de publicité. Si je peux vous aider d'une manière ou d'une autre, ça me fait plaisir.

— Donc ça ne vous dérange pas qu'on fasse une mini-entrevue ?

— C'est parti pour l'entrevue.

Daphne s'installa plus confortablement sur sa chaise.

— Okédou, commençons par votre don. C'est ce mot-là que je dois utiliser ? Vous en avez hérité ?

— Même pas. Mes parents avaient pas un seul chromosome extrasensoriel à eux deux, que je sache. Ma mère a jamais pogné qu'il la trompait jusqu'au jour où il l'a sacrée là, pis mon père était incapable de parier sur le bon poney.

L'exposante eut un instant d'hésitation.

— Vous êtes pas obligée de rapporter ça sur votre blogue, si ça vous dérange pas. Pas dans les détails. Sauf si vous pensez que c'est une atteinte à la liberté de la presse… Si je vous raconte ça, c'est juste pour clarifier. Vous pourriez pas juste écrire quelque chose comme : « Elle n'a pas hérité de son don » ?

— Dix-quatre[1]. Pas de trouble. Vous l'expliquez comment, d'abord ?

— Honnêtement ? J'ai pas la moindre idée de comment c'est arrivé, si ç'a sauté une génération, ou deux, ou ben si j'ai été exposée à une fuite de radon au sous-sol. Tout ce que je sais, c'est que j'ai toujours été capable de sentir des choses que les autres sentaient pas.

— Même petite ?

— D'aussi loin que je m'en souvienne.

— Qu'est-ce que vous en faisiez ? De cette capacité, je veux dire ?

— Rien d'extraordinaire, franchement, quand j'étais jeune. Quand elle s'est aperçue de ce qui se passait, ma mère a voulu

1. « Reçu cinq sur cinq. »

éviter à tout prix que ça s'ébruite. Elle voulait pas qu'on me prenne pour un phénomène de foire.

— Donc elle ne jouait pas les gérants de stars ?

— Tout le contraire.

— C'était sûrement mieux.

— Je pense qu'elle a bien fait.

— Quand vous avez vieilli, qu'est-ce qui vous a donné envie de mettre votre talent au service du grand public ?

— Des amis m'avaient poussée à le faire. Ils trouvaient que je perdais une occasion de changer le monde à ma manière… Ça fait péteux de broue, je sais, mais c'est comme ça que j'ai commencé, à dose homéopathique… En essayant de rendre la vie des gens un peu plus facile.

— Vos motivations étaient humanitaires.

— Oui, dans le fond. À petite échelle, mais oui.

— Les gens veulent savoir quel genre de chose par votre entremise, au juste ?

— Y en a plein qui veulent entrer en contact avec les morts, mais ça je le fais pas.

— Vous ne le faites pas ou vous ne savez pas le faire ?

— Disons que ça crée trop de complications. Si c'est ça qu'ils recherchent, ils peuvent bien trouver quelqu'un d'autre. Je suis pas la femme de la situation.

— Faque vous êtes la femme de quelle situation ?

— Dur de généraliser, mais je dirais qu'il y a ben des fois où ils ont quelque chose d'enfoui au fond d'eux qu'ils cherchent à extérioriser pour s'y attaquer.

— Pis c'est quoi votre rôle, là-dedans ?

— On peut dire que je les aide à faire le ménage dans leur tête.

— En quoi ça vous rend différente d'une psychiatre, si vous sondez le psychisme des gens ?

— Regardez, je prétends pas me substituer aux médecins pis je me crois pas au-dessus d'eux autres. Je voudrais pas que vos fans pensent ça. Dans le processus de guérison, chacun de nous autres a sa place. C'est juste que j'arrive souvent à visualiser la racine du problème, à la lire directement dans l'âme de mes clients. Pas toujours, remarque, mais pas mal de fois.

— Donc ils n'ont pas besoin de cracher le motton pour vingt ans d'analyse. Vous allez à l'essentiel.

— C'est un peu raccourci, mais c'est ça.

— Et je suppose que leur problème doit comporter un élément parapsychique d'un autre monde…

Sa remarque n'était pas dénuée d'un certain ton persifleur. Elle ne pouvait pas s'en empêcher.

— Oh, pensez pas ça. Mes clients souffrent de problèmes très terre à terre, généralement. Des problèmes bien de notre monde. L'élément parapsychique dans cette histoire-là, c'est moi. Ces gens-là, les gens tourmentés, ils choisissent la voie du paranormal pour mieux résoudre des problèmes tout ce qu'il y a de plus normal.

Daphne intériorisa cette explication, qui ébranlait ses préjugés sur les voyants et leur clientèle dépravée. Aucun doute, tenir un blogue avait élargi ses horizons.

— Sans vouloir entrer dans des considérations trop personnelles, improvisa-t-elle, gagnez-vous votre vie, avec ça ?

Sitôt la question échappée d'entre ses lèvres, Daphne eut envie de rétracter ses paroles. Elle crut que l'esprit de sa grand-mère venait d'entrer en elle.

— Pardon, c'était cavalier, comme question.

— Non, c'est une question tout à fait raisonnable. Il y a des gens qui pensent que je peux mettre mon don à profit. Genre délit d'initié. Mais ils se trompent. Si j'essayais, je mourrais de faim. J'ai toujours gardé ma job principale.

— Pis c'est quoi cette job-là ?

— Je suis chercheuse en botanique.

— Une scientifique ? Qui l'eût cru ? Vous n'avez pas de misère à concilier ces deux facettes-là de votre personnalité ?

— Pas pantoute. C'est pas des facettes. C'est moi en intégralité.

Même si Élyse n'avait aucun mal à accorder le yin et le yang, ce n'était pas le cas de Daphne, dont la confusion augmentait au fur et à mesure de l'entrevue – mais tel était le propre de ce milieu nébuleux, sans doute. Plutôt que de continuer à parler du profil d'Élyse, elle tenta de détourner la conversation sur les résultats de ses activités. Voilà ce que réclamaient les lecteurs : du tangible.

— Avez-vous de grandes réussites à votre actif ?

— C'est-à-dire ?

— Vous savez, des prédictions qui ont visé dans le mille. Avez-vous mis des gens en contact, fait des découvertes qui ont changé leur vie ?

— J'ai la prétention de penser que mes interventions ont aidé des personnes dans le besoin, mais je peux pas vraiment vous donner d'exemples concrets. Ces informations-là sont pas accessibles au public, malheureusement.

— Je ne vous demande pas de citer des noms ou quoi que ce soit. Juste de donner à ma communauté un avant-goût de ce que vous pouvez faire.

— Jamais de la vie. Mes clients pourraient se reconnaître dans la description. Je peux pas courir le risque. *Anyway*, vos lecteurs prendraient sans doute leurs problèmes pour de la petite bière, mais faites-moi confiance, pour eux, c'est sérieux. Pour vrai, tout ce que je fais, c'est de leur donner un maximum d'informations, pis après ils font ce qu'ils veulent avec. Ça vend pas du rêve, je sais, mais c'est comme ça. Désolée si je peux pas vous fournir quelque chose de plus sexy pour votre blogue, mais c'est un peu insaisissable, cette affaire-là. Même moi je comprends pas comment ça marche.

Quelque chose de plus sexy eût certes été bienvenu. Ce billet de blogue présentait déjà une énorme lacune, que des généralités ne combleraient pas. Il lui manquait un angle d'attaque, un exemple précis de pouvoir occulte à brandir comme accroche. Autrement, cela ne prendrait jamais. Cette voyante devait bien avoir une anecdote croustillante à raconter. Daphne ne cherchait pas à bâtir un scénario qui puisse rivaliser, en seulement cinq cents mots, avec celui de *L'esprit s'amuse*, mais il ne faisait aucun doute qu'une histoire de ce calibre, à propos d'une médium engagée pour exorciser le fantôme d'une ex-épouse qui hante la résidence de son ancien mari pendant que la seconde femme du type vire zinzin, ça aurait marché du feu de Dieu auprès des lecteurs. Daphne tenta d'amadouer Élyse pour tirer d'elle une telle histoire, mais elle était indéboulonnable, et son refus de lâcher la moindre bribe de phénomène paranormal fit que l'entrevue se termina en queue de poisson. Daphne n'avait pas obtenu grand-chose au regard de tout le mal qu'elle s'était donné, mais elle pourrait broder pour remplir le vide avec le peu d'informations glanées. Elle savait de mieux en mieux y faire.

— Merci de m'avoir accordé tout ce temps-là, conclut-elle en tendant la main pour serrer celle d'Élyse. Je vous enverrai le lien quand ce sera en ligne.

— Wô les moteurs, lui répondit la voyante sans lui lâcher la main. À mon tour.

— OK, c'est de bonne guerre, répliqua Daphne, quoiqu'elle n'eût pas le sentiment qu'un retour d'ascenseur fût de rigueur. Je vous écoute.

— J'avais pas l'intention de vous retenir, s'excusa Élyse, je me doute que vous devez être très occupée, mais je vous sens accablée par une lourde inquiétude. Je peux peut-être vous aider ?

« Lourde », c'était encore peu dire. Daphne aurait plus volontiers qualifié son souci de « dévastateur », mais pourquoi ergoter sur la nomenclature quand le bien-être d'une enfant était en jeu ? Daphne ne voyait pas bien pourquoi elle aurait dû s'ouvrir à une inconnue à propos de l'histoire d'Archie. Trop d'activités illégales en tous genres étaient imbriquées dans cette affaire ; trop de vies tierces contiguës à celle d'Archie risquaient d'être percées à jour. Inutile d'attirer l'attention. En outre, Daphne était parfaitement consciente de sa propre inquiétude ; elle n'avait pas besoin d'une voyante pour la déterrer. Et ce n'était pas comme si cette Élyse s'était montrée particulièrement serviable quand Daphne avait tenté de lui extirper quelques spécimens de son perlimpinpin divinatoire pour divertir son lectorat. Du point de vue de Daphne, elles étaient quittes.

L'approche éculée de la voyante fit baisser celle-ci dans l'estime de Daphne encore un peu plus. Tous les membres de la Confrérie internationale des travailleurs de l'occulte attaquaient probablement leurs séances par une variation sur le thème de « Vous semblez préoccupée ». Qui allait voir une voyante quand tout allait bien ? Daphne s'était attendue à plus d'originalité de la part d'Élyse. Si cette femme était véritablement une superstar de la voyance, ne pouvait-elle pas exhumer ses inquiétudes de sa psyché sans sa coopération ? Élyse n'avait-elle pas déclaré d'entrée de jeu que c'était cette aptitude qui la différenciait des psys ? Dès lors, pourquoi avait-elle dû la questionner de but en blanc sur ses tourments ? Bien que Daphne ne fût pas disposée à en parler, ils étaient si nombreux qu'ils lui sortaient presque par les pores de la peau. Sa dermatologue n'aurait eu aucun mal à les prélever et à les observer au microscope… et cette Élyse en était incapable ? De deux choses l'une : soit les perceptions extrasensorielles qui faisaient la réputation de cette voyante piquaient une sieste, soit c'était une arnaqueuse, et même si elle lui avait bien plu pendant l'entrevue, Daphne ne pouvait que pencher pour cette dernière hypothèse.

— Non. Tout est correct dans ma vie. Juste les inquiétudes banales de n'importe quel Joe Bleau[1]. Rien qui sorte de l'ordinaire, dit Daphne, laissant couler le mensonge entre ses lèvres tout naturellement.

— Faque pas une ombre au tableau. C'est rare, d'après mon expérience.

— Qu'est-ce que vous voulez... La vie est belle présentement, pour une fois. Ma famille est en santé, j'ai une job sûre. Tout baigne dans l'huile.

— Hmm... J'aurais juré que vous aviez l'esprit troublé... Vous dites qu'il y a rien qui vous empêche de dormir la nuit ?

— L'expression « dormir comme un bébé » a été inventée pour moi.

Dormir. Daphne se rappelait vaguement le concept. On pose sa tête sur l'oreiller et on ferme les paupières pendant que le corps coupe le courant avec le cerveau pour nous octroyer quelques bienheureuses heures de répit, loin de toutes les contrariétés qui nous éreintent. Mais dernièrement, le sommeil ne faisait plus que flirter avec elle, la laissant s'abandonner à lui juste le temps que resurgissent ses cauchemars à propos d'Archie.

— Rien en rapport avec votre sœur, par hasard ? insista Élyse.

Cette femme était vraiment à côté de la plaque ; elle tirait à l'aveuglette en espérant mettre dans le mille. Elle devait confondre Daphne avec une autre cliente issue d'une famille nombreuse.

Élyse chaussa ses lunettes pour observer Daphne avec davan-

1. L'équivalent de M. Tout-le-Monde.

tage de décorum. Va savoir ce qu'elle tira de ce regard qu'elle posa sur elle, toujours est-il qu'il la décida à stopper l'interrogatoire.

— Bon, dit-elle, je vais arrêter de me mêler de votre vie. Je peux juste me réjouir que tout soit correct pour vous et les vôtres.

Dans un geste d'adieu et de politesse, Daphne se servit dans une pile de cartes de visite en sachant déjà qu'elle bazarderait le bout de carton à la poubelle de recyclage sitôt rentrée chez elle. Elle se leva et prit le chemin de son appartement. Même si Daphne était convaincue que tout ça était du flan, depuis les investigations d'Élyse elle avait la sensation inexplicable que son cerveau était une éponge venant de se faire essorer. Elle avait hâte de retrouver ses comprimés de Tylenol. Mais, alors qu'elle était rendue à peine quelques stands plus loin, la voyante lui cria :

— Oh, pis… madame ?

Que pouvait-elle lui vouloir encore ? N'avaient-elles pas clos le sujet ? Daphne fit demi-tour à contrecœur et retourna au stand vingt-huit. Élyse se leva pour lui faire face.

— La jeune fille qui vous tracasse autant ? Celle que vous avez peur de voir sacrer son camp ? Bon courage avec elle. J'espère que tout finira bien. Pauvre petite. Elle a ben assez souffert.

40

Il y avait encore quelques cristaux de glace résiduels sur la ligne chaque fois que Nora et Daphne se parlaient au téléphone depuis que Daphne avait couru les cinq kilomètres souterrains. Malgré les trésors de manipulation déployés par Marius pour faire régner l'entente cordiale ce soir-là au restaurant, malgré tous les efforts des deux femmes pour s'embrasser avec les mwah, mwah de circonstance au moment de se séparer, ce n'était pas comme avant, ça ne glissait pas encore tout seul entre elles. Dans le genre rancunier, Daphne n'avait pas son pareil, mais il faut dire qu'elle avait appris dès le berceau auprès d'une préceptrice virtuose en la matière. Ni elle ni sa grand-mère n'aimait lâcher prise la première. C'était une question de fierté. Cette fois, cependant, Nora était prête, exceptionnellement, à faire le nécessaire pour détendre leur relation. Si sa nouvelle vie de grand-mère poule lui avait appris une chose, c'était que les liens familiaux et ceux de l'amitié étaient trop précieux, trop éphémères, pour qu'elle les laisse se distendre prématurément en raison d'une fierté mal placée.

Elle possédait l'outil parfait pour une réconciliation : une fête d'anniversaire. Sa petite-fille adorait qu'on se plie en quatre pour elle. Une soirée en l'honneur de Daphne résorberait la fracture,

Nora en était sûre. Seul un problème logistique mineur compromettait l'organisation – à moins que, tout bien réfléchi, Nora doive le requalifier en problème logistique majeur : Daphne ne pourrait s'y rendre.

Quand l'idée l'avait traversée, Nora s'était dit que cette fête pourrait avoir lieu à l'appartement de Daphne, dans une ambiance intimiste, avec elle, Anthony et Marius comme invités, éventuellement Ethel Marcil, qu'elle pourrait parachuter là pour rendre le mélange moins explosif. La présence d'Ethel mettrait la conversation à l'abri des sujets sulfureux puisqu'elle ignorait toujours que la cave de sa voisine possédait une utilité secrète.

C'était le genou de Nora qui avait donné un coup d'arrêt à ce projet. Les millions de voyages qu'elle avait effectués dans l'escalier de la cave depuis l'arrivée des Demel et d'Archie avaient coûté cher à son articulation déjà rouillée. Son genou gauche possédait désormais la circonférence de son crâne. Elle le chouchoutait autant que possible, négociant les marches sur les fesses pour lui épargner toute tension supplémentaire, selon les conseils de son médecin à domicile. La descente cahotante manquait de classe mais lui permettait de rester mêlée aux intrigues du niveau du dessous, qui étaient devenues aussi vitales pour elle que le fait de respirer. Se traîner jusque chez Daphne nécessitait un degré d'effort que sa jambe ne pouvait tolérer pour le moment, aussi prit-elle la décision stratégique de privilégier sa cave pour la fête. Daphne pourrait participer par Skype. D'accord, l'approche était peu orthodoxe, donner une soirée en l'absence de l'invitée d'honneur, mais on avait sans doute procédé ainsi pour Nelson Mandela pendant toutes ses années de réclusion. Et puis n'était-ce pas l'intention qui comptait ?

Comme elle l'avait anticipé, ce changement de lieu passa mal auprès de la principale intéressée.

— Attends minute, j'ai-tu bien compris ? dit Daphne. Tu organises un *party* pour moi et je ne peux même pas être là ?

— Daff, mon genou me fait mal en maudit.

— Je te crois. Pourquoi tu ne tires pas juste un trait sur l'idée ? Ç'a pas d'allure, *anyway*. Plein de travail supplémentaire, des heures et des heures debout, et pour quoi, finalement ?

— Non. C'pas possible qu'on fête pas ta fête. C'est hors de question. Tous les ans depuis ta naissance on fait un *party*, chaque année sans exception, même celle où t'as attrapé une amygdalite, te souviens-tu ? J'ai pas l'intention de briser la tradition.

— Tu as ma bénédiction. Lâche l'affaire. Que tu organises la fête ou pas, je vais vieillir. Laisse faire. Je sortirai manger du *bulgogi*. Je fêterai ça toute seule. Je vais être correcte.

Le message culpabilisateur que Daphne venait de lui décocher, même s'il était en coréen, piqua Nora au vif comme prévu, mais sa grand-mère s'entêta.

— Mais tu seras pas toute seule. J'ai tout prévu. Marius sera là pour te tenir compagnie. Ils te concoctent des tas de surprises. Ça fait des jours qu'ils s'occupent des préparatifs. Ils seraient donc ben désappointés de devoir annuler.

C'était donc cela. Elle servait seulement de prétexte à cette fête.

— OK, comme tu veux, répondit Mme Pisse-Vinaigre.

Elle ne s'opposerait pas à leur plaisir mais, pour sa part, personne ne pourrait l'obliger à en prendre.

Ce qu'il leur fallait, c'était une fête en odorama, songea Nora. L'idée ne datait pas d'hier, mais elle était excellente. Il existait tellement de technologies farfelues à notre époque qu'elle s'étonna que personne n'ait remis celle-là au goût du jour. Si seulement Daphne avait pu baisser virtuellement la tête au-dessus de la marmite bouillonnante de Nora et flairer son odeur, elle aurait peut-être changé d'attitude. Sa petite-fille était toujours aussi grincheuse à la perspective d'une fête fantôme, si bien que Nora commençait à rétropédaler mentalement. Célébrer à distance l'anniversaire de Daphne était peut-être bel et bien une idée effroyable.

Du temps où Daphne allait à la maternelle, quand c'était l'anniversaire d'un de ses jeunes camarades, la maîtresse laissait cet enfant élire six copains qui auraient le droit de s'asseoir sur un tabouret à une table bleue spécialement dressée pour l'occasion, et de manger du gâteau avec le roi ou la reine de la journée pendant que les autres élèves resteraient assis par terre en demi-cercle dans un silence forcé à regarder les adoubés s'empiffrer. Daphne rentrait toujours à la maison en sanglotant après ces fêtes, car elle était très rarement choisie. Nora avait envie d'étrangler cette institutrice. Elle n'avait jamais oublié son nom : Mlle Jacobs. Comment avait-on pu confier une classe pleine d'élèves impressionnables à cette harpie dont l'empathie n'était même pas assez grande pour remplir une pipette ? Ce souvenir lui donna matière à réfléchir. En préparant cette fête, ne faisait-elle pas que réactiver le traumatisme infantile de Daphne, cette fois dans une version avec des chaises de grandes personnes ? Nora tâcha de refouler cette pensée. Elle ne pouvait plus rien y changer, à présent. Le train avait quitté la gare.

À l'approche de l'événement, tout le monde fut prié de mettre la main à la pâte selon ses capacités. Bérénice se porta volontaire pour s'occuper de la décoration. Nora lui trouva des bannières défraîchies avec l'inscription « Bonne fête » à accrocher où bon lui semblerait pour égayer la pièce, mais quel que soit l'endroit où Bérénice les positionnait, la fillette était insatisfaite de l'effet produit. Ces deux bannières ne suffisaient pas à dissimuler quantité de tuyaux et de solives de plafond. Le minimalisme n'était pas une philosophie de la décoration qui trouvait grâce aux yeux de Bérénice. Il transgressait son esthétique personnelle. Pour pallier le manque, elle farfouilla dans l'abondante réserve de Nora destiné aux grandes occasions, un bric-à-brac acheté au Dollarama et accumulé au fil des ans. Elle y trouva des banderoles « Joyeuse Halloween », « Heureuse Hanoucca », « Bonne et heureuse année », « Bravo aux diplômés » et « 16 ans déjà », qu'elle suspendit à côté des bannières d'anniversaire dans une veine qu'on ne saurait mieux décrire qu'en la qualifiant d'œcuménique. Mais même avec ce décor rehaussé, elle lorgna le plafond avec une moue de déception. La cave n'était pas encore assez relookée à son goût, elle ne donnait pas encore envie de s'enjailler.

Bérénice recruta Papi Anthony pour parcourir le reste de la maison à la recherche de babioles à suspendre pour compléter les bannières, mais c'était un piètre chasseur de trésors. Il revint de sa mission avec rien d'autre qu'une guirlande d'ail ôtée à son crochet dans la cuisine et un philodendron filiforme emprunté à la fenêtre de la salle à manger. À son tour, il embaucha Nora, qui sortit sa boîte à bijoux et prêta quelques colliers de perles en verre dont elle estima qu'ils capteraient sûrement la lumière. À la demande insistante de leur fille, Yvonne hypothéqua son chapelet et Emmanuel son stéthoscope. La maison fut déplumée de tout ce qui pouvait faire office de pendeloque, mais Bérénice était insatiable. Pour combler l'apparent déficit ornemental, elle se retrancha dans le travail à la chaîne, avec Paul. Tous deux produisirent à tour de bras des anneaux en papier de différentes couleurs qu'ils fixèrent dans tous les endroits possibles pour boucher les trous, allant jusqu'à quadriller le plafond de serpentins avec une luxuriance amazonienne. Tarzan aurait pu se balancer d'un bout à l'autre de la cave sans toucher une seule fois la terre ferme.

Et ce n'était que l'étape numéro un. Il faudrait qu'Yvonne apprenne à sa fille à ne pas abuser des bonnes choses, mais cela attendrait un autre jour. Bérénice et son frère élargirent leur gamme, confectionnant lampions, pompons, guirlandes en papier crépon et autres chapeaux pointus, qu'ils enrobèrent d'une épaisse couche de paillettes comme s'ils panaient une escalope. Si le produit de leurs travaux manuels ne scintillait pas à rendre aveugle, il était recalé. Le frère et la sœur n'aspiraient à rien de moins éclatant qu'une cérémonie d'ouverture des Jeux olympiques avec supplément Cirque du Soleil.

Bien sûr, pour Bérénice, cette déco de l'extrême était un moyen de surcompenser l'aversion qu'elle continuait de vouer à Daphne, même si elle n'en avait pas conscience et ne pouvait nommer la chose en ces termes. Elle ne l'avait rencontrée qu'une fois en personne, le jour où elle avait déboulé au sous-sol sans prévenir, glaçant de terreur sa famille au complet. Même son père avait tremblé. Finalement, il s'était agi d'un malentendu, la petite-fille de Nora ne représentait pas pour eux un danger immédiat, mais la peur qu'elle leur avait inspirée au pied des escaliers de la cave ce jour-là n'avait jamais quitté Bérénice. Ce sentiment se mélangeait au souvenir d'autres horreurs, plus anciennes, perpétrées sur un lointain continent, et les deux finissaient par se confondre intégralement. Daphne avait beau être innocente, pour Bérénice elle était coupable par ricochet. Et joyeux anniversaire, surtout !

Les lutins de la maisonnée finirent par siffler la fin de leur marathon des arts décoratifs, et Nora procéda à un ultime tour d'inspection. La table était dressée pour neuf. S'inspirant de la tradition de la coupe du prophète Élie à la Pâque juive, Nora avait ajouté un couvert spécialement pour Daphne, bien qu'elle sût que sa petite-fille participerait dans un univers parallèle, lui aussi chamarré de fanfreluches et approvisionné en mets, qui seraient identiques à ceux de l'équipe organisatrice. Une ségrégation égalitaire. La veille, Anthony était passé déposer les provisions à l'appartement de Daphne et avait chargé Marius de tout installer à l'aide des schémas détaillés fournis par Bérénice, pour que l'habitat naturel de Daphne puisse revêtir l'air de fête adéquat.

L'hôtesse adressa un signe de tête approbateur à l'assemblée des convives. Il était l'heure. Cérémonieusement, elle plaça son ordinateur en bout de table, à la place d'honneur réservée pour Daphne, et initia la session Skype.

— Un deux, un deux, dit Nora, transformée en véritable animatrice de soirée. Tu nous vois-tu ? Y a-tu quelque chose que je dois bidouiller ?

— Laisse de même. C'est bon. Je vois tout le monde.

Daphne était la seule à jouir d'une excellente visibilité. C'était grâce à sa grand-mère, qui avait convaincu l'architecte de la fête de procéder à contrecœur à un élagage sommaire, par égards pour le champ de vision de leur invitée d'honneur. Sur son écran, Daphne pouvait admirer la cave presque dans son intégralité, et elle fut saisie par sa métamorphose. Son sous-sol sombre et sans charme, dont les profondeurs infestées de toiles d'araignées lui flanquaient la chair de poule quand elle était enfant, semblait désormais avoir été repensé par Elton John. Chaque surface étincelait. Elle commença malgré elle à se prendre au jeu. Difficile de rester renfrognée quand tant de gens se dévouaient corps et âme à son plaisir.

Tout le monde s'était fait beau. Les invitations, que Bérénice avait rédigées puis enluminées à la main, et dont l'odeur vaporeuse de feutre magique envahissait la cave, stipulaient « Tenue de soirée exigée ». Emmanuel avait râlé auprès de sa fille car il devait porter une cravate. Quand on était contraint de se terrer, c'était relâche tous les jours sur le plan vestimentaire. C'était l'un des rares avantages, voire le seul.

— Papa, faut que tu mettes une cravate. T'as qu'à faire semblant qu'on va à l'église comme avant.

La requête de sa fille avait conduit Emmanuel à se demander où était passé cet homme qui s'habillait naguère en costume-cravate tous les dimanches. Relégué au même cimetière que l'homme qui portait une blouse blanche quand il rendait visite à ses patients à l'hôpital, et que l'homme qui portait une combinaison de lavage et des bottes en caoutchouc au garage de poids lourds. De combien d'hommes devrait-il feuilleter l'existence, combien de tenues lui faudrait-il endosser pour se trouver lui-même… avant qu'on prenne ses mesures pour lui confectionner l'ultime uniforme, celui de la der des ders – son linceul ?

— Tu veux bien, papa ? avait insisté Bérénice, interrompant sa rumination.

— D'accord, ma beauté, lui avait-il répondu. J'en porterai une si c'est ce que tu veux, mais tu vas devoir m'aider à la nouer. Tu sais bien que mon bras ne coopère pas toujours.

— Ça me dérange pas, papa, avait-elle répliqué.

Puis elle avait sauté sur ses genoux, impatiente de se rendre utile. Le nœud que Bérénice avait réalisé au terme d'un méli-mélo de boucles et d'entortillages était loin du traditionnel Windsor. Il était bien plus grossier, du genre de ceux pour amarrer un youyou à un quai. Il faisait saillie sur le cou de son père comme une prothèse de pomme d'Adam, mais elle s'était déclarée satisfaite du résultat, alors son papa aussi.

Bérénice, quant à elle, avait passé sa tenue de ballet, composée notamment du tutu que sa mère avait cousu à partir d'un nuage de tulle rose. C'était à l'époque où ils habitaient la maison voisine : elle prenait des cours le samedi matin dans un studio ouvert sur la rue et tapissé de miroirs qui, aujourd'hui encore, dégageait de temps à autre des relents de boucherie, car l'endroit avait précédemment accueilli une telle boutique. Quand Yvonne pressait sa fille d'enfiler son justaucorps pour qu'elles ne soient pas en retard à l'école de danse, Bérénice la corrigeait systématiquement :

— C'est une académie de ballet, maman. Une académie.

Ces cours avaient été un luxe que les Demel pouvaient tout juste se permettre, mais Bérénice était tellement accro à la danse qu'Emmanuel avait fait des heures supplémentaires pour les payer. Yvonne était ravie que les habits de danseuse étoile de Bérénice soient ressuscités pour l'occasion plutôt qu'ils restent préservés comme une pièce de musée, reliques d'une vie à jamais éteinte.

Envers la tenue choisie par Paul, qu'il avait sortie du tréfonds du carton à bazar de Nora, Yvonne était moins favorablement disposée. À ses yeux, un costume de caribou ne capturait pas l'essence de l'événement que Nora entendait créer. En outre, c'était une taille pour adolescents, bien trop grande pour son P'tit Paul. La partie supérieure avec les bois possédait l'envergure d'un 747. À une fête normale, tous les invités venus de l'extérieur avec leurs pelures l'auraient prise pour un portemanteau. Si Yvonne cédait et autorisait son fils à la coiffer, deux places à table seraient nécessaires pour accueillir sa carrure caribouesque.

— Tu vas te prendre les pieds dedans, l'avertit sa mère en tentant de lui ôter le vêtement en douceur. Et puis tu n'as pas envie de t'habiller comme papa ? Tu peux mettre ta belle chemise de grand et la cravate rouge avec l'élastique. Je t'ai tout préparé. Tu auras l'air d'un vrai petit homme.

— J'ai pas envie d'avoir l'air d'un homme. Je veux avoir l'air d'un caribou.

— Mais tu as toujours adoré cette tenue.

— Tu laisses bien Ninou mettre son costume de ballerine…

— Il lui va bien. Ce costume-là, il est fait pour quelqu'un de beaucoup plus vieux que toi. De plus grand. Daphne ne saura même pas que tu es dedans. Elle croira que tu n'as pas eu la politesse de venir à sa fête et que tu as envoyé un caribou à ta place. Un caribou qu'elle ne connaît même pas…

— Je veux porter ça.

Paul serrait le costume avec ses poings potelés, frottant la peluche contre son visage. Yvonne remarqua que son pouce, qui avait cessé d'effectuer des escales à l'intérieur de sa bouche voilà seulement quelques semaines, commençait à réemprunter son ancienne trajectoire.

— Tu seras assez grand pour le porter l'année prochaine, lui assura Yvonne, espérant en dépit de tout que cette cave ne serait plus qu'un lointain souvenir d'ici un an. On réorganisera une fête à ce moment-là. On portera tous un costume.

— Non. Maintenant.

Son petit garçon, normalement d'humeur égale, avait choisi le tout dernier moment pour faire valoir son opinion. Il avait les yeux embués. Nora et Anthony se trouvaient à côté. N'y avait-il pas toujours quelqu'un dans les parages ? Ils tentaient d'avoir l'air occupés à autre chose mais ne rataient pas un mot de l'échange, à l'évidence. Déjà qu'Yvonne trouvait difficile de faire de la discipline en l'absence de public, sa nouvelle réalité lui imposait d'assurer l'éducation de ses enfants dans un bocal à poissons.

— D'accord, se résigna-t-elle, adoptant toutefois un ton univoque pour signifier une dernière fois à son fils qu'en réalité elle était tout sauf d'accord.

Mais il préféra ne pas relever le sous-entendu et s'éclipsa pour se transformer en une créature de la taïga.

La dernière arrivée dans leur tanière ne possédait aucune tenue de soirée. Pour peu qu'Archie soit forcée de compter sur sa propre garde-robe, elle devrait aller nue à la fête. Tous les vêtements qu'elle portait au quotidien provenaient des rogatons de Daphne, des articles de second rang disqualifiés d'office avant le déménagement dans la ville souterraine. Personne dans la cave n'aurait été surpris qu'Archie se présente en pyjama ou, si d'aventure l'envie lui prenait de se surpasser en revêtant quelque chose de plus habillé, en sweat-shirt. Et personne ne lui en aurait voulu. En matière d'habillement, on lui passait tout en raison de ses douleurs persistantes. C'est pourquoi lorsqu'elle sortit en robe de derrière le rideau faisant office de paravent, tous furent frappés de stupeur.

— J'ai trouvé ça dans l'tas d'affaires de Daphne qu'tu m'as données à trier, déclara-t-elle à Nora. Elle me fait. Plus ou moins.

Archie tira sur les pans pour mieux couvrir ses jambes. Elle n'avait pas l'habitude d'être ainsi exposée aux regards, mais elle souhaitait fournir un effort pour Daphne, qui avait réussi à la faire entrer dans ce refuge grâce à ses relations alors que l'endroit affichait complet.

Personne ne sut comment réagir en voyant apparaître cette inconnue. Une fille à l'aurore de la nubilité, avec l'allure prévisible d'une jeune femme dans la fleur de son âge printanier. D'instinct, Daphne voulut applaudir cette métamorphose, mais elle craignit de hérisser Archie en lui témoignant trop d'attention. Elle avait été échaudée par le passé. Yvonne eut envie de pleurer devant le papillon qui venait de percer sa chrysalide, cette camisole de force qui l'oppressait depuis si longtemps. Anthony faillit céder à la tentation de siffler Archie comme le loup de Tex Avery, par ironie bien sûr, mais il redouta que son geste soit mal interprété et ôta ses doigts d'entre ses lèvres juste à temps. Les autres étaient pareillement tiraillés, ils ne souhaitaient pas mettre trop en lumière cette nouvelle Archie de peur qu'elle se terre à l'intérieur d'elle-même. Même Bérénice eut la présence d'esprit de ne pas trop en faire. Paul, désormais accoutré de la tête aux pieds, pénétra à pas feutrés au beau milieu de cette coite assemblée. Il promena un regard analytique sur la scène pendant que ses bois tournaient telle une antenne cherchant à capter un signal. Sa panse en peluche pendait, passablement plissée, à croire qu'il était sur liste d'attente pour se faire retendre la peau du ventre chez le vétérinaire.

— On est tous magnifiques, dit-il.

Son approbation à caractère universel des choix vestimentaires arrivait à propos. Elle distribuait le compliment de façon homogène, sans cibler quiconque directement. Ce garçon savait naturellement y faire avec son auditoire. Il ferait un excellent homme politique, un jour.

Le démarrage des festivités fut laborieux. Personne ne savait vraiment comment engager la conversation avec une invitée d'honneur virtuelle. Qu'exigeait l'étiquette ? Devaient-ils défiler devant l'écran l'un après l'autre pour lui présenter leurs respects ? Ou simplement continuer à s'ambiancer pendant que Daphne contemplait la scène par-dessus leurs épaules telle une cyber-cinquième roue du carrosse ? Un hologramme de Daphne aurait été préférable à la version fournie par Skype. Il aurait pu circuler parmi eux. Mais, même mises bout à bout, les compétences technologiques des résidents de la rue Melançon n'étaient pas à la hauteur d'une telle avancée technique. C'était la Daphne de Skype ou pas de Daphne. Alors tout le monde se contenta de rester planté là, gêné, à regarder sur l'écran la reine de la fête, qui affichait un sourire dont Nora sentait bien qu'il devenait de plus en plus forcé.

— Tu vois, dit Anthony à Nora, *mezza voce*. Tu aurais dû m'écouter quand je t'ai dit que je pouvais emprunter les affaires de karaoké de ma cousine Val. Ç'aurait décrispé l'atmosphère.

— Non. Daphne aurait trouvé ça quétaine.

— OK, faque si on fait pas de karaoké, on fait quoi ? Faut que tout le monde lâche son fou. Ce *party*-là décolle pas pantoute.

Nora n'était pas rompue à l'organisation de festivités, mais elle avait donné quelques fêtes dans sa jeunesse, réussies pour autant qu'elle s'en souvienne. Dans son idée, cette soirée allait décoller par combustion spontanée comme les précédentes, qu'elle n'avait pas eu besoin de faire partir à la manivelle. Elle s'était fait une fausse idée. Cette fête en toc n'était même pas encore née qu'elle mourait déjà à petit feu dans d'atroces souffrances, et c'était à elle, Nora, l'instigatrice de cette pagaille ubiquiste, qu'il incombait de la réanimer. Elle éplucha la pièce du regard en quête d'inspiration, et ses yeux se posèrent sur les ballons gonflés à l'hélium qu'Anthony avait achetés chez Party Expert. Elle tira d'un coup sec sur l'un d'eux qui flottait au plafond et pressa Bérénice de la rejoindre. Elle défit le nœud et porta l'ouverture du ballon au niveau des lèvres de la jeune fille.

— Aspire, lui dit-elle. Prends-en un maximum.

— Hein ?

— Inspire l'air de la balloune. Un grand coup. Pis retiens ton souffle et cours voir Daphne pis souhaite-lui bonne fête. Tu peux-tu faire ça pour moi ?

Bérénice était une fille obéissante. Jamais l'idée de refuser quoi que ce soit à Mamie Nora ne l'aurait effleurée, alors elle suivit ses instructions même si sa requête lui parut bizarre.

L'émissaire de Nora avança jusqu'à l'écran et transmit le message à Daphne conformément aux directives. Bérénice n'avait jamais connu cette sensation singulière de dépossession : jamais sa voix ne s'était fait kidnapper et remplacer temporairement par une voix de canard de dessin animé. Dans son pays natal, quand on était invité à une fête, on ne s'abaissait pas à ce genre d'animation pour briser la glace. On discutait, mangeait, chantait.

On ne sniffait pas de gaz récréatifs. Chacun son truc. L'élan de panique qu'elle avait d'abord éprouvé en entendant sa propre voix aplatie comme une crêpe disparut à l'instant où Daphne éructa un gros rire gras. Paul, en entendant la voix familière de sa sœur virer au fausset grâce à la magie des ballons, fonça droit vers Nora pour tenter l'expérience. Tous les adultes présents ici et là-bas tirèrent eux aussi une bouffée, et tout le monde finit par se tenir les côtes. Anthony eut beau apprécier cette caqueterie, il se demanda comment Nora pouvait lui accorder son imprimatur tout en qualifiant le karaoké de *quétaine.* D'après lui, couiner sous hélium équivalait à péter avec ses dessous de bras, mais bon, ça faisait aussi parfaitement office de Dulcolax pour soirées constipées, alors il garda pour lui ses chipoteries. Il avait encore du chemin à faire avant d'arriver à comprendre comment raisonnaient les femmes Elman.

— OK, dit Nora à Anthony, dont la voix était retombée au niveau de l'axe des abscisses après un pic sous hélium, tout le monde a un fun noir et se fend la poire. On attaque le repas avant qu'ils dessoûlent tous.

— Bonne stratégie.

— Marius, cria-t-elle en direction de l'écran, peux-tu servir Son Altesse pendant que je m'active de notre côté ?

— À vos ordres, mon capitaine !

Marius secoua la serviette de Daphne façon maître d'hôtel et la plaça sur ses cuisses.

— Madame, permettez-moi, dit-il.

Il posa l'assiette devant elle.

— Pour sublimer votre expérience gastronomique, déclara-t-il.

— Mamie, tu m'as fait de la lasagne ? T'as-tu tout fait toi-même ? Tu t'es donné tout ce trouble-là ?

— C'est ton plat préféré, non ?

— Oui, mais la dernière fois que tu en as fait toi-même au lieu d'en prendre à emporter, tu m'as dit que tu ne m'aimais pas assez pour en refaire.

— Va-t'en pas me citer mes vieilles phrases. Tu sais ben que j'ai dit ça sans malice. Profite, c'est tout.

— Ben, merci.

— De rien. Eille, tout le monde. Allez-y, attaquez. Faites donc pas des manières.

Et ils croquèrent à belles dents. Dans le tohu-bohu du repas, ils réussirent à greffer Daphne au cœur de leur groupe alors qu'elle n'était que pixels.

— C'est presque comme un *party* normal, non ? demanda Marius à Daphne pendant qu'ils achevaient de saucer leurs assiettes.

— Y a quand même pas de quoi partir en grand…

— Mais c'est agréable, hein ?

— OK, si tu veux, concéda-t-elle. Je te l'accorde. Très cool. Mes compliments à la cuistot, mamie ! cria-t-elle face à son écran en levant une assiette d'une telle propreté qu'elle semblait l'avoir léchée.

— Merci, Babka, mais pas si vite. T'as pas encore goûté au gâteau.

— Faque voyons voir ça… C'est celui auquel je pense ?

— Ben quin !

Nora baissa les lumières et Marius alluma les bougies sur le gâteau.

— Peut-être, dit-il à Daphne en aparté, qu'on devrait se rapprocher de l'alarme de feu. Comme ça on pourrait faire la fête avec les autres…

— Ben comique.

— N'oublie pas de faire un vœu.

Enfant, quand Daphne fermait les yeux pour souffler ses

bougies, elle formait toujours le même vœu : réussir à s'engouffrer dans le passage secret qui, tel qu'elle l'imaginait, s'ouvrait uniquement le jour de son anniversaire et la conduisait jusqu'à ses parents. Dans son fantasme, une petite hélice rouge fringante lui poussait à la base des chevilles comme celle à l'arrière du sous-marin jaune des Beatles, et ses pieds reconfigurés la propulsaient à travers le cosmos jusqu'à l'endroit où l'attendaient sa mère et son père. Quand elle se posait à leurs côtés sur ses pieds redevenus normaux, ils la prenaient dans leurs bras et la couvraient de baisers puis l'emmenaient dans leur salon VIP céleste et s'installaient à une table réservée, où tous les trois partageaient un gâteau d'anniversaire fondant à la noix de coco et rattrapaient le temps perdu. Mais les années avaient passé et Daphne s'était dotée d'assez de bon sens pour comprendre que souhaiter une distorsion spatio-temporelle revenait à gâcher son vœu, alors elle s'était durci le cœur et, logiquement, ses demandes étaient devenues plus pragmatiques, c'est-à-dire estampillées du signe du dollar. Pour autant, Daphne n'était pas cupide. Elle ne souhaitait pas gagner à la loterie. Qui avait besoin de soixante millions ? Elle n'espérait rien d'autre qu'une modeste rentrée d'argent, une mini-manne tombée du ciel qui aurait facilité un temps le cours de sa vie. Et elle avait conservé ce mode opératoire. Jusqu'à cette année.

À présent, son seul souhait était que son hélice reprenne du service et l'expédie là où elle trouverait une solution pour Archie. Tous ses désirs, ses aspirations, ses prières convergeaient vers le bonheur et la sécurité d'Archie, vers une vie de liberté qu'elle puisse vivre au grand jour, sous la tutelle attentive de gens remplis d'affection. En guise de vœu bonus, elle souhaita que ses désirs soient exaucés sans danger pour le reste de l'entourage d'Archie, cette famille d'accueil qui hébergeait sans le savoir une mineure en cavale. Daphne s'avisa qu'il existait un risque que son vœu protéiforme soit requalifié en vœux multiples ayant fait l'objet d'une tentative de rapiéçage illégal, et qu'il se solde par une disqualification, mais hors de question pour elle de lâcher sur quoi que ce soit, car chaque aspect était essentiel, alors elle n'apporta aucune retouche et continua sur sa lancée, soufflant les bougies avec assez de vigueur pour laisser une trace de brûlure sur l'écran de l'ordinateur. Cette année, peut-être son vœu recevrait-il l'attention qu'il méritait.

Tandis que mouraient les derniers accords de « Bonne fête Daphne », Bérénice tira sur la main de Nora. Celle-ci lui adressa un signe de tête puis fit tinter son verre avec son couteau pour réclamer l'attention de tous.

— Maintenant, on va passer à la partie « Animation » de notre programme.

— Il y a une animation ? s'étonna Marius devant Daphne. Personne ne m'a parlé de cette partie-là.

— Peut-être ben qu'ils m'ont fait venir un magicien, dit Daphne, ou un gars qui fait des animaux avec des ballounes. J'en rêve depuis toujours mais on n'a jamais eu les moyens.

Nora continua :

— Notre Mlle Bérénice Demel nationale s'en va nous offrir une scène de *Casse-Noisette* fidèle à la représentation de l'Académie de ballet des Érables. Musique, s'il vous plaît, maestro ?

Bérénice tendit à Anthony un vinyle qu'il plaça sur la platine du vénérable tourne-disque de la cave, et elle déposa précautionneusement l'aiguille de lecture. Au pied de la table, investissant les cinq mètres carrés qui tenaient lieu de scène, la ballerine commença son numéro de danse.

Au départ, Nora avait prévu que le point d'orgue de la fête soit un florilège sur le thème d'« Il était une fois Daphne », avec des photos imprimées au format affiche et de vieilles séquences vidéo extraites des archives de leur Caméscope sénile : un son et lumière intégralement consacré à sa petite-fille. Mais Nora avait eu beau arranger et réarranger les images, l'histoire qu'elles racontaient fichait un sacré coup au moral. D'abord, sa mère six pieds sous terre, puis son père ; un parcours universitaire somme toute brillant, mais on était loin de Harvard, une tripotée de petits amis la laissant sur sa faim et de petits boulots la laissant à découvert, le tout parachevé par une année bizarre de servitude dans le ventre de la Terre. Nora avait fait une croix sur l'idée. Son choix avait été vite fait. Bérénice en demi-pointes pétillerait plus que n'importe quelle rétrospective de la vie de Daphne.

Nora s'adossa au mur et se lova contre Anthony pour regarder Bérénice dérouler ses déboulés. La soirée s'achevait sur une note satisfaisante. Après la représentation, il ne resterait plus que les cadeaux, et s'il y avait bien une chose qui ne loupait jamais, c'étaient les cadeaux. L'hôtesse, qui normalement n'était pas du genre à octroyer un pouce en l'air ou un pouce en bas avant le générique de fin, déclarait déjà la fête une réussite totale.

— Mission accomplie, chuchota-t-elle à Anthony dans le creux de son oreille, qu'elle caressa furtivement avec sa langue dans la foulée, en signe de victoire.

— Affirmatif. Regarde comme elle est heureuse. C'est reparti comme en quatorze entre elle pis toi. Ça valait la peine que tu te donnes autant de misère.

Enfin, pour la première fois depuis que Daphne et elle s'étaient bagarrées après la course, Nora pouvait se détendre. Tout allait à merveille.

41

Bérénice se défoulait dans la danse. Ses membres expulsaient des mois entiers d'énergie tassée au fond d'elle. En l'absence de Mme Lydia, qui dirigeait son académie comme un mini-Bolchoï, Bérénice s'autorisa à adjoindre à son propre numéro de danse ceux de ses anciennes camarades ballerines pour prolonger son quart d'heure de gloire. Son public en adoration était scotché au moindre de ses mouvements. Seule Daphne décrochait par instants. Cette fillette était mignonne, indéniablement, mais même la mignonnerie finissait par lasser n'importe qui, sauf des parents ou des grands-parents tenus par contrat de pousser des oh et des ah jusqu'à la dernière pirouette. Le regard de la blogueuse se déroba à l'attraction principale et flâna dans la cave, jusqu'à s'éblouir devant quelque chose de si stupéfiant qu'elle eut besoin de faire confirmer sa vision par une source indépendante. Le coup qu'elle porta dans les côtes de Marius fut aussi subtil qu'un coup d'aiguillon à bétail.

— T'es pas bien, cibole ?

— Regarde, chuchota Daphne en lui montrant l'enchevêtrement de serpentins suspendus au plafond, animés d'un vague mouvement, quasi imperceptible. Regarde. Là.

Marius suivit son doigt jusqu'à l'endroit indiqué.

— C'est Archie ? demanda-t-il. Qu'est-ce qu'elle fait ?

— Ce qu'elle fait ? Elle monte l'escalier. C'est ça qu'elle fait. Et elle a un sac avec elle.

— Tu ne penses pas que…

— Oh que oui, je le pense.

La compréhension que Daphne possédait du pouvoir de la mignonnerie était imparfaite. Une légende urbaine voulait que les parents se laissent subjuguer au point de devenir un public littéralement captif lorsque leurs adorables rejetons se donnaient en spectacle. Mais Yvonne était dotée d'une paire d'yeux périscopiques semblable à celle de toutes les bonnes mères, permettant à celles-ci de déceler les dangers qui rôdaient à bâbord comme à tribord, de sorte que, bien qu'apparemment absorbée par la démonstration de pointes de sa fille, elle aperçut Archie en train de se faufiler dans l'escalier derrière elle. Il n'y avait qu'une explication possible.

Sans un quart de seconde d'hésitation, Yvonne abandonna la chair de sa chair qui cabriolait sur leur scène improvisée, et elle grimpa les escaliers en silence pour rattraper sa fille de cœur impulsive. Elle y serait peut-être parvenue si elle n'avait pas méjugé de la vélocité de la fugueuse qui, bien que claudicante depuis si longtemps, arrivait encore à se déplacer à une allure étonnamment vive. Quand Yvonne eut gagné le rez-de-chaussée, l'objet de sa poursuite avait déjà disparu, partie seule rejoindre le vaste monde extérieur, un monde qui n'attendait que de l'écrabouiller. Par la fenêtre, elle entrevit Archie près du bout de la rue. La distance était trop importante pour espérer la rejoindre, mais si elle voulait pouvoir continuer à vivre avec elle-même, elle devait essayer.

Yvonne éprouva toutes les peines du monde à se lancer à ses trousses. Bien qu'il n'y eût pas plus de dix maisons d'écart entre elle et Archie, elle crut être en expédition vers une lointaine galaxie et devoir réadapter son corps à une nouvelle atmosphère. Contrairement à son mari et ses enfants, qui avaient sauté sur l'occasion de filer en douce pour s'ébattre dans la neige au mépris de l'interdit et s'étaient déjà fait fouetter par l'air frais vivifiant, elle n'avait pas mis le pied dehors une seule fois depuis le jour où sa voisine les avait fait entrer chez elle. En conséquence, son système respiratoire s'était peu à peu accommodé de l'atmosphère confinée qui lui était imposée, comme un bébé dans un orphelinat surpeuplé apprend à se passer de câlins. La perpétuelle moiteur de la cave lui donnait l'impression que des colonies de champignons germaient à l'intérieur de ses poumons, disputant le terrain aux molécules d'oxygène. Par solidarité, elle respirait superficiellement pour laisser de l'air aux autres. Yvonne économisait son énergie pour survivre sous terre jour après jour. Mais voilà que, dehors, en avalant sans restriction d'énormes goulées d'air froid, elle se rappela ce que c'était d'avoir le corps qui fonctionnait à plein régime.

— Archie. Attends.

Archie fit volte-face en entendant le son de cette voix dont elle croyait s'être séparée pour toujours, cette voix qui n'avait rien à faire dehors.

— Yvonne, non ! hurla-t-elle – un cri perçant à fendre le plafond nuageux. Qu'est-ce tu fais icitte ? Rentre te mettre en sécurité.

— Non. Pas question que tu t'en ailles seule. Si tu es déterminée à partir, je t'accompagne.

— Tu capotes, ou quoi ? Tu peux pas être icitte. Rentre.

Archie inspecta le cul-de-sac d'un regard affolé au cas où la policière zélée qui avait tant tenu à l'interpeller aurait été en planque dans les buissons, espérant remettre ça.

— Non, répliqua Yvonne. Pas sans toi.

— *No way.* Compte pas là-dessus.

— Bon, alors c'est réglé. Allons-y.

— On va aller nulle part toi pis moi main dans la main. Toi, tu vas rentrer chez Nora, pis là où moi j'm'en irai quand tu seras rendue en sécurité en dedans, c'pas de tes affaires.

Malgré le caractère explicite des consignes d'Archie, Yvonne refusa de bouger.

— T'es qui, là ? dit Archie. J'te reconnais même plus. As-tu oublié tes enfants ? Tes vrais enfants ? Pis eux autres, han ? T'es correcte d'les sacrer là pis d'te pousser[1] ?

— Ils ont leur père. Toi, tu as qui ?

Archie laissa tomber son sac par terre. Elle passa ses ongles dans ses cheveux.

— Fais-moi pas ça, dit-elle à Yvonne. Penses-tu que chus trop cave pour voir à quel jeu tu joues ? Parce que j'vois clair, tsé, pis j'vois qu'c'pas ben juste.

— Juste…, répondit Yvonne. Qu'est-ce qui est juste, dans la vie ? Rends-moi service, éclaire ma lanterne. Penses-tu que c'est juste que j'aie perdu ma jolie petite Grâce ? Qu'elle se soit fait massacrer sous mes yeux ? Hein ? Ne te retourne pas pendant que je te parle. Trouves-tu ça juste que la seule famille qu'il me reste soit enfermée dans une cave qui ressemble à une tombe et qu'elle croupisse là-dedans ? Penses-tu que c'est juste que tu te sois fait maltraiter par ces monstres qui ont le culot de se prétendre tes parents ? Penses-tu ?

Yvonne avait toujours pris soin d'amortir les peines d'Archie en enveloppant les vérités les plus dures dans du papier à bulles, car elle ne tenait pas à augmenter le compte de bleus de cette fille qui en avait déjà récolté une belle moisson. Mais Yvonne avait entrepris cette expédition en extérieur avec une telle

1. « De ficher le camp. »

précipitation qu'elle avait oublié de prendre des gants avant de sortir.

— Reste pas plantée là, aboya-t-elle. Réponds-moi.

Archie se cabra devant cette nouvelle version d'Yvonne couverte d'épines. Comment lui répondre ? Il n'existait aucune justification adéquate au torrent d'injustices qui s'était déversé sur les occupants de la cave, Archie comprise, avant que Nora leur propose de les abriter sous son parapluie, alors en l'absence de réponse, la seule idée qui la traversa fut de se carapater. C'était sa solution prête à l'emploi ces temps-ci, même si elle ne faisait que déplacer le problème. Son regard oblique mit la puce à l'oreille d'Yvonne : la jeune fille s'apprêtait à se sauver à toutes jambes. Elle tendit le bras et agrippa celui d'Archie avec une poigne d'acier. En quittant la maison de Nora, Yvonne avait risqué son avenir. Elle n'avait plus ni le temps ni l'envie de barguigner.

— Tu ne veux pas parler ? D'accord. Alors tu vas écouter. Mais tu n'iras nulle part tant que je n'en aurai pas fini avec toi.

— Lâche-moi, protesta Archie en se tortillant pour dégager son bras. Ce serait plus facile pour tout l'monde que j'disparaisse, surtout pour toi.

— Tu ne crois pas qu'on est déjà liées l'une à l'autre dans cette histoire ? Tu penses que je peux me séparer de toi en sachant ce que je sais ? Si oui, tu as tout faux. Dès le moment où tu me l'as racontée, l'horrible histoire de ton enfance a enfoncé ses griffes dans ma chair. C'est notre problème à toutes les deux, maintenant, pas seulement le tien. Et on doit le résoudre ensemble.

— Regarde, là. Chus ben capable de m'occuper d'moi toute seule. Sois cool et pousse-toi d'la rue avant qu'on t'voie, pis moi j'm'organise. Juré craché. Retourne chez Nora pis j'm'organise. Deal ?

— Si tu penses que c'est négociable, ma grande, tu te trompes lourdement.

— Combien de fois as-tu besoin que j'te jure que j'm'organise toute seule, là ?

— Et c'est comme ça que tu t'organises ? En t'enfuyant ? En repartant vivre dans la rue ? Tu appelles ça t'organiser ? Je ne vais certainement pas te laisser recommencer à saboter ta vie dans ce trou à rats. Je sais que c'est là-bas que tu vas. Inutile de prétendre le contraire. Tu n'as sûrement pas besoin que je te rappelle que tu as été chanceuse de sortir vivante de cet endroit.

— Chanceuse en maudit, oui...

— Comment ça ?

— Rien.

Ce n'était pas rien. Le sous-texte des paroles d'Archie déchira Yvonne. Elle y décela le mal de vivre de quelqu'un qui a touché le fond. Cela la poussa à renouer avec sa douceur d'avant. Maintenant qu'elle avait accidentellement pris conscience de l'usure du cordage qui amarrait Archie à ce monde, elle jugea que le fouet n'était plus l'instrument adéquat pour s'adresser à elle.

— Archie, ma chère enfant, tu n'es pas obligée de faire semblant de pouvoir gérer ça toute seule. Personne n'y arriverait. C'est trop dur. C'est trop terrible.

— J'ai déjà dealé avec pire, répliqua Archie. Penses-tu que chus pas autonome ? Chus toujours deboutte, non ? J'sais qu'tu veux m'sauver, pis j't'aime *full* pour ça. J'ai jamais eu quelqu'un comme toi d'toute ma vie. C'est justement pour ça qu'tu dois rentrer à maison. Tout d'suite. Avant qu'y soit trop tard. J'dois faire ça pour toi. Laisse-moi croire qu'j'ai fait au moins une chose de bien dans ma vie.

— Oublie-moi. Moi, ce n'est pas important. Il est temps que tu penses à toi et à personne d'autre. Que tu te libères. Que tu te débarrasses une fois pour toutes du poids écrasant de ces deux monstres qui t'ont réduite en esclavage. Pourquoi tu n'aurais pas besoin d'aide pour t'en sortir ? Pas seulement de ma part. L'aide de quelqu'un d'exercé. L'aide d'un professionnel. Je vais te montrer vers qui te tourner. Je te le promets.

Archie dégagea furieusement son bras, s'efforçant une dernière fois de s'affranchir à la fois d'Yvonne et du fardeau de cette aide qui lui tombait sur le dos.

— Pis si t'étais complètement dans l'champ ? s'écria-t-elle. Ptêt' ben qu'au fond d'moi chus un monstre, moi aussi. C'est ben obligé, avec les parents qu'j'ai, non ? Tu comprends pas ? Chus mieux d'me cacher. D'infliger à personne la créature que j'suis. Faut que j'm'en aille.

— C'est ce que tu penses ? dit Yvonne.

Plus que jamais, Archie, dans sa situation misérable, avait l'air de l'enfant qu'elle était. Comment Yvonne avait-elle pu la prendre pour quoi que ce soit d'autre ?

— Tu es tout le contraire d'eux, ajouta Yvonne.

— Comment tu peux être aussi sûre ?

— Tu crois qu'après tout ce temps, je ne te connais pas ?

— Tu penses ptêt' me connaître, mais tu m'connais juste en surface. Des fois, on dirait qu'y a une personne complètement différente qui s'cache à l'intérieur de moi, une étrangère, pis qu'elle va s'échapper un jour, et j'ai une peur bleue de c'qu'elle va faire. Mes gènes, c'est du pur poison. J'en ai hérité des deux côtés. Chus une bombe à r'tardement. Tu le pognes pas, ça ?

Où était Emmanuel quand Yvonne avait besoin de lui ? Elle ne possédait pas l'expérience clinique nécessaire pour éloigner du bord du gouffre une adolescente désespérée, une adolescente dont la santé mentale était sous assistance respiratoire et qui contemplait le reflet de sa propre image dans un miroir brisé.

— Archie, Archie, Archie. Aucune loi ne décrète que tu dois obligatoirement être comme tes parents. Certaines personnes, des personnes plus fortes que toutes les autres, sont capables de briser les chaînes de leurs origines, et je suis là pour attester que toi, tu es plus forte que toutes les autres personnes dont j'ai croisé la route. Tu t'es façonnée toute seule, je ne sais par quel miracle, sans aucun modèle pour t'inspirer ; tu as forgé ta personnalité pour devenir quelqu'un de bien, une personne droite, pleine de bonté. Et tu l'as fait sans être influencée par qui que ce soit, seulement par toi-même. J'ai foi en toi. Pourquoi tu n'y arrives pas, toi ?

— Tu dis ça, mais tu sais rien pantoute.

— Archie, un peu de bon sens ! Les meurtriers n'engendrent pas toujours des meurtriers, ou les voleurs des voleurs. Tu peux contrôler ton destin. Tu en es capable. Tu as juste besoin d'aide pour y arriver. Tu ne veux pas m'autoriser à t'aider ?

Yvonne caressa les cheveux d'Archie comme elle l'avait fait auparavant, en passant ses boucles indisciplinées derrière ses oreilles. Elle posa les mains de part et d'autre de la tête d'Archie et la pencha doucement en avant pour déposer un baiser au sommet de son crâne. C'était une reconstitution de leur rituel du coucher. La plupart des soirs, ce baiser servait à passer un coup d'éponge superficiel sur le tableau noir des souvenirs d'Archie pour qu'elle puisse fondre dans un sommeil paisible. Un cadeau d'une valeur inestimable. Yvonne se baissa pour ramasser le sac qu'Archie avait fait tomber, puis l'enlaça d'un bras.

— Viens, ma chérie. Il est temps.

L'envie de s'abandonner aux petits soins d'Yvonne, de se voiler à nouveau sous la moustiquaire de sa protection, ébranla la résolution qu'Archie avait prise plus tôt. Elle s'était persuadée qu'elle pourrait s'en aller, qu'elle pourrait reprendre sa vie souterraine là où elle l'avait laissée, mais alors que son idée se concrétisait, elle se laissa finalement guider vers la maison. Accrochées l'une à l'autre, elles redescendirent la rue.

— Eille, dit Archie quand elles manquèrent de bifurquer vers l'allée devant chez Nora. On est pas parties depuis ben ben longtemps. T'as-tu déjà oublié où c'qu'on habite ?

En chemin vers chez Nora avec Archie sur ses talons, Yvonne avait fait une croix sur son plan initial. Il lui avait paru trop peu ambitieux. Si elle se contentait de ramener Archie à la maison, ce serait retour à la case surplace pour tout le monde. C'était le moment ou jamais de rompre le cycle.

— Archie, commença Yvonne en se retournant pour la regarder, ce que je m'apprête à te dire ne va pas te plaire, mais tu dois me faire confiance. On ne va pas retourner dans cette maison.

— Quoi ?

— Je sais bien que tu as été très heureuse chez Nora, dit Yvonne en songeant : « Quelle ironie, la période la plus heureuse de la vie de cette malchanceuse, c'est celle qu'elle a passée à se remettre de son agression par une bande de sauvages. » Mais ton corps est presque guéri. Il est temps que tu passes à autre chose. Je t'emmène au poste de police, où tu pourras raconter ton histoire, commencer à te décharger de ton passé.

En entendant le mot « police », Archie émergea de la transe dans laquelle elle avait eu la faiblesse de plonger un court moment par la faute d'Yvonne.

— La police ! Attends, que j'comprenne ben, là. On va aller à la police et s'identifier ? Comme ça ? Pis tu vas dire quoi ? « S'il vous plaît, monsieur le policier, j'vous amène cette pauvre fille qui a été maltraitée par ses parents pendant des années. Vous seriez mieux d'les mettre en d'dans, pis d'la refourguer à la DPJ [1]. — Et qui êtes-vous, madame ? qu'ils demanderont. — Moi ? Oh, juste une clandestine parmi d'autres. Si ça vous dérange pas, j'veux bien qu'vous me rameniez à maison quand on aura ter-

1. Direction de la protection de la jeunesse.

miné, vous pourrez en profiter pour ramasser le reste de ma famille pis nous expulser tous. Pourquoi faire deux voyages ? » Pis tu veux qu'j'me sente responsable de ça ? J'pense pas non, tabarnak. Rentre, pis laisse-moi donc faire mes affaires.

— Archie, aller voir la police, c'est la première étape si on veut faire les choses correctement.

— Vous êtes cinq dans ta famille, pis moi y a juste moi. Fais l'calcul.

— Ça veut dire que tu comptes pour du beurre ? Que tu es prête à faire un sacrifice humain en payant de ta personne ?

— Toi, t'as l'air prête à l'faire. Pourquoi pas moi ?

C'était le paradoxe de l'objet inamovible opposé à la force irrésistible : l'impératif prioritaire de la sécurité des Demel terrassait le bref flirt d'Archie avec le lâcher-prise. Dans les faits, cela supposait qu'Archie mette une distance de sécurité maximale entre eux et la police. Bien que séduite par l'idée d'une intimité avec Yvonne, elle refusait de dévier de son cap une seconde fois. Toutes deux s'enracinèrent sur le trottoir devant chez Nora comme si elles portaient les crampons dont Priscilla avait vanté l'utilité.

— On a plus beaucoup d'temps, on le sait ben toutes les deux, finit par dire Archie, espérant les sortir de cette impasse. Dans quequ'minutes, quand Bérénice va être tannée de danser, y vont regarder autour d'eux pis s'apercevoir qu'on est plus là et ça va barder là-dedans. J'te gage tout c'que tu veux qu'Nora sera pas capable de convaincre Emmanuel de rester en dedans pendant qu'elle va sortir nous chercher avec sa patte folle. Y va être tellement vite rendu en haut qu'ça va faire comme une tornade dans l'escalier. Pis si les enfants catchent qu'Emmanuel panique, comment penses-tu qu'y vont réagir ? Y vont l'suivre, c'est sûr et certain, en braillant leur vie, les yeux comme des champlures ; y vont courir partout après toi, y vont checker sous les haies, avec

Anthony juste derrière eux qui va essayer d'étouffer ça comme toujours. Pis on va se r'trouver toute la gang dehors alors qu'on aurait pas dû. Un tannant de beau show, ça. La voisine d'en face, la Mère Michel, là, celle qui fouine toujours dans les affaires des autres, c'est forcé qu'elle remarque le remue-ménage, pis elle va venir mettre son grain de sel comme la fois passée. Ce s'ra pas bon signe. Faque, avant qu'tout l'monde déboule par la porte d'entrée, regarde c'que j'te propose, mais faut qu'tu décides vite. J'vas aller à la police, si c'est ça qu'tu veux. J'vas l'faire. Pour toi. Mais à condition qu'tu rentres drette chez Nora.

Yvonne ne se laissa pas abuser par cette promesse en l'air. Jamais Archie ne ferait spontanément la démarche de solliciter de l'aide pour mettre de l'ordre dans sa vie. Cette mission solitaire auprès des autorités, cette offre promotionnelle à durée limitée, était une expédition fictive. Sa petite Archie accidentée était trop effarouchée pour se tourner vers la police. Toutes ces années d'exploitation obscène lui avaient appris à baisser les yeux, jamais à les lever vers la lumière. Pour qu'Archie se rende à la police, il allait falloir l'y conduire. Aucun doute là-dessus dans l'esprit d'Yvonne, mais elle avait besoin de plus de temps pour l'amadouer, temps dont elles ne disposaient pas, comme Archie le lui avait astucieusement fait remarquer. Yvonne avait déjà épuisé toute sa réserve de carottes et de bâtons pour raisonner Archie. À l'exception d'un dernier recours.

Yvonne tourna les talons et commença à remonter la rue, suivant le même chemin qu'Archie lorsqu'elle s'était échappée de la maison.

— Tu vas où ? lui cria Archie. T'as pas entendu c'que j'ai dit ?

— Je t'ai entendue, lui répondit Yvonne, ménageant une courte pause.

— *So ?*

— Entendre et croire, ce sont deux choses différentes. Je refuse de retourner dans cette maison avant d'avoir fait ce qu'il faut pour toi. Si tu ne m'accompagnes pas, j'irai toute seule faire un signalement, faute de mieux.

— Tu penses que j'vas t'suivre, hein ?

— Je ne sais pas ce que je pense, répondit Yvonne.

Elle n'exagérait pas. Elle n'était plus en état de penser, plus en état de raisonner. Son instinct lui ordonnait de marcher, alors elle marcha, chaque pas la rapprochant un peu plus du lieu où elle déclencherait la succession d'événements qui mènerait forcément les siens à leur perte. Pourraient-ils comprendre un jour ? Pourraient-ils seulement lui pardonner ? Inutile de se livrer à des conjectures. Elle avait choisi sa trajectoire, ou plus précisément, sa trajectoire l'avait choisie. Yvonne pressa le mouvement. Autant en finir.

— Yvonne, stop.

Elle entendit son appel mais n'y prêta pas attention. Il y avait des moments où le mouvement était la seule réponse.

— Yvonne, attends donc. S'il te plaît.

La voix qu'Yvonne entendit s'élever derrière elle avait quelque chose d'un halètement entrecoupé de soufflements rauques, le genre d'inspiration saccadée qui accompagne souvent les larmes. En dépit de toutes les souffrances physiques qu'Archie avait endurées pendant son intermède chez Nora, de cette douleur qui l'assaillait parfois par vagues entières malgré tous les efforts d'Emmanuel, Archie n'avait jamais cédé aux larmes. Jusqu'à cette soirée de révélations sur sa famille dans la baignoire, les valves à l'entrée de ses canalicules lacrymaux avaient dû être coincées sur la position « À quoi bon larmoyer ? ». Mais désormais, à l'entendre, les pleurs semblaient avoir gagné. Yvonne dut mobiliser ses dernières forces pour ne pas se retourner et offrir à Archie de petites caresses circulaires dans le dos, sur l'air d'allons allons ça va aller.

— Yvonne, il faut que je te parle. Attends, je…

Mais sa voix se brisa, usée par une toux. Yvonne ne put s'empêcher de regarder derrière elle.

— Rentre te mettre en sécurité, Yvonne, lui dit Daphne, peinant à reprendre son souffle tandis qu'elle se servait de sa manche pour chasser la sueur qui ruisselait sur son front. Je vais prendre le relais, maintenant.

Daphne était certaine d'avoir établi un record de vitesse terrestre en courant de son appartement à la rue de sa grand-mère : une prouesse remarquable dans la mesure où sa foulée avait été entravée par la jupe crayon de sa tenue de fête. Au QG où l'activité de son bracelet électronique était enregistrée et analysée, la clochette de Daphne avait dû se décrocher à force de sonner. En chemin pendant sa course, elle s'était imaginé une antique clochette en cuivre, semblable à celles suspendues au mur du réfectoire des domestiques à Downton Abbey, celles qui tintaient doucement quand Lady Edith réclamait sa dose matinale d'earl grey, mais le bruit s'approchait sûrement davantage d'un ululement strident de sirène antiaérienne. Doux ou strident, peu importe. Dans un cas comme dans l'autre, elle était foutue. Même avec les ruses les plus adroites de Marius, elle ne pourrait jamais revenir en arrière.

Yvonne et Archie s'approchèrent d'elle toutes les deux comme pour s'assurer qu'il ne s'agissait pas d'une apparition surnaturelle.

— Qu'est-ce tu fais là ? lui demanda Archie. Tu vas pas t'faire sacrer dehors de ta job de blogueuse ?

Daphne haussa les épaules.

— La solitude commençait à me peser là-bas, de toute façon, répondit-elle, coupant court à toute éventuelle compassion.

À cet instant, tout bavardage oiseux, surtout au sujet de sa décision d'abandonner son poste, était dangereux. Cela l'aurait forcée à réfléchir à son acte, et il n'y avait qu'un pas de la réflexion au regret. La situation exigeait qu'elle aille de l'avant sans vaciller.

— Bon, dit-elle en les pressant d'avancer, maintenant que je suis là en chair et en os, passons aux choses sérieuses. Yvonne, rentre donc en dedans.

L'ancienne première dame des souterrains prenait la direction des opérations.

— Pis toi, mademoiselle..., dit-elle en se tournant vers Archie. Pas question que tu repartes sous terre. Je ne peux pas cautionner ça. Tu rentres à l'appart avec moi, on va se poser calmement et trouver une solution.

Yvonne n'était pas d'humeur à se laisser diriger. Les objectifs mous du genou de Daphne n'étaient pas les siens. Pour le meilleur et pour le pire, Yvonne avait manipulé Archie jusqu'à l'usure. Elle ne voulait surtout pas que Daphne tire Archie vers elle par la ceinture pour l'éloigner de la rambarde alors qu'elle avait besoin qu'on la pousse un bon coup pour la faire basculer dans le canot de sauvetage. Il n'y avait qu'un seul endroit où Archie devait se rendre, et ce n'était certainement pas chez Daphne pour papoter peinarde devant une part de gâteau d'anniversaire. Si Archie n'allait pas au poste de police tout de suite, alors qu'Yvonne venait de la mettre en condition, ce moment ne se représenterait jamais, ce qui rendrait vains tous les risques pris par Yvonne depuis qu'Archie et elle avaient quitté le domicile de Nora pour accomplir leurs missions suicides respectives.

— Tu ne peux pas la ramener chez toi, déclara Yvonne.

Daphne n'apprécia pas qu'elle lui dise de remballer sa générosité. Yvonne n'était pas la seule à avoir brûlé ses vaisseaux aujourd'hui en détalant vers ce territoire interdit qu'était le monde extérieur. Elle aurait quand même pu lui témoigner un peu plus de solidarité.

— Pardon ?

— Je dis qu'elle ne peut pas t'accompagner chez toi.

— Pourquoi pas ?

— Parce qu'elle doit se rendre autre part. Maintenant.

Daphne se tourna vers Archie pour voir si elle était du côté d'Yvonne, qui semblait lui servir de porte-parole. Figée entre les deux femmes, la jeune fille semblait prête à les laisser se taper dessus pour elle. L'Archie naguère fougueuse que Daphne avait appris à connaître dans la ville souterraine, l'Archie à la langue bien pendue, avait déserté la place.

— Archie ? l'interrogea Daphne dans l'espoir de ressusciter l'ancienne version.

Mais elle la gratifia d'un silence pour toute réponse. Existait-il une cohérence dans la vie de cette fille ?

— Je ne comprends pas, dit Daphne à Yvonne, puisque à l'évidence elle était vouée à parler à Archie par l'entremise d'une interprète. Elle ne va nulle part depuis des mois. Elle est coincée dans la cave de ma grand-mère, avec tout le monde à ses petits soins, et tu me dis que tout à coup elle a un rendez-vous ? Qu'est-ce qu'il y a ? Elle a manqué sa manucure ?

— Pas vraiment. Tu es arrivée au moment où on partait voir la police.

C'était une légère entorse à la vérité, puisque Archie ne s'y était pas encore engagée, mais Yvonne souhaitait soumettre un scénario bien ficelé à l'appréciation de Daphne.

— La police, répéta Daphne.

C'était plus une affirmation qu'une question. Cette destination ne la surprit qu'à moitié. Voilà qui fournissait quelques pièces manquantes, que l'avis de recherche avait seulement permis d'entrevoir, même si le puzzle demeurait incomplet.

— Pourquoi la police ? demanda-t-elle.

— C'est une histoire qu'il ne m'appartient pas de raconter, dit Yvonne. Archie ?

Le regard éperdu d'Archie passa de l'une à l'autre des deux femmes, ces deux inconnues il y a peu de temps encore, qui désormais étaient prêtes à voir leur vie voler en éclats pour lui permettre de s'épanouir. Debout dans la rue devant une impasse, elles écoutèrent les secondes s'égrener. Archie jeta un œil à la porte de la maison de Nora. Elle était toujours fermée, mais plus pour très longtemps. Bérénice devait commencer à s'essouffler. D'une minute à l'autre, elle relèverait la tête après son salut et découvrirait, en promenant son regard sur son minuscule public, que sa mère l'avait abandonnée.

Archie sauta au cou d'Yvonne et l'écrasa entre ses bras comme si elle cherchait à faire fusionner leurs deux corps. Elle se força à relâcher son étreinte et, dans un élan de résilience puisé dans sa réserve presque vide, elle fit pivoter Yvonne et la poussa en direction de la maison. Archie se tourna vers Daphne.

— J'te raconterai en chemin vers le poste.

42

À mes abonné·es fidèles,

Avec le billet d'aujourd'hui, je vous fais mes adieux. Je sais, je vous avais juré que vous et moi, on se tiendrait compagnie une année entière, mais que voulez-vous… La vie s'est interposée.

Vous avez été tellement nombreux à me contacter pendant mon mandat, que vous habitiez à Rosemont ou à Chicoutimi. Il faut que vous sachiez que je vous considère tous et toutes comme mes ami·es. Je vous remercie du fond du cœur pour vos commentaires, vos questions, vos combines, vos corrections, vos encouragements, vos conseils et vos demandes en mariage (OK, une seule demande en mariage). J'ai été honorée d'être celle qui a mis en lumière les moindres recoins de la ville souterraine pour vous. J'avais beau vivre dans un endroit avec des limites physiques restreintes, mon univers me semblait infini grâce à vous.

Je lance la serviette avant d'avoir atteint la ligne d'arrivée, donc je dois à chacun et chacune d'entre vous une explication. Comment est-ce que je vous dirais bien ça ? Il se trouve qu'une occasion de faire une vraie bonne action s'est présentée à moi. Combien de fois ça nous arrive dans une vie de pouvoir se donner vraiment de la misère pour faire du bien ? J'ai honte de dire que, par le passé, chaque fois qu'une situation de même se présentait, je regardais de l'autre côté et j'espérais que quelqu'un se lance dans le tas à ma place. Mais vous autres, mes lecteurs et lectrices qui vous êtes montrés si fins et généreux envers moi, vous m'avez appris à me comporter autrement. J'ai donc suivi l'exemple que vous m'avez donné, quitte à devoir trahir mes engagements envers vous.

J'espère juste que vous comprendrez et me pardonnerez. Vous et la ville souterraine, ensemble, vous m'avez transformée. Et puis pour ça, je vous dis humblement merci.

DAPHNE, qui tire la plogue[1] de *Vue du dessous*

1. « Qui se déconnecte définitivement. »

43

— Ça te dérange pas de dormir dans ton ancien lit, Babka ?

Nora était blottie contre sa petite-fille, enchantée de ne plus devoir s'adresser à la Daphne virtuelle.

— Ça fait mon affaire.

— Quelle adhésion enthousiaste...

— Scuse, mamie. Je n'ai pas voulu dire ça. Tu sais ben que je suis contente d'être rentrée à la maison. Mais c'est toujours le souk dans ma vie...

— Comment on dit, encore ? « On fait pas d'omelette sans casser des œufs. »

— Ben présentement, j'ai des coquilles d'œufs jusqu'aux chevilles, mais je ne vois aucune omelette se former.

— C'est Archie, l'omelette, nounoune ! C'est Archie, l'omelette ! Elle est *safe* grâce à toi. Pis Yvonne pareil. Pis par extension, les autres aussi. Tu devrais te féliciter un peu plus, Daff, pour tout ce que tu as fait.

— Faque pourquoi j'ai l'impression d'avoir un éléphant assis sur la poitrine ?

— Daff, ç'a pas été facile pour toi, toute cette misère-là que t'as eue. Y a rien qui a été facile. D'abord Archie, ensuite de ça ton appart pis ta job qu'on t'enlève d'un coup. Toute ton existence virée à l'envers en un éclair. C'pas surprenant que t'en arraches pour te remettre sur le piton[1]. T'en as vraiment vu des vertes pis des pas mûres.

— Ç'a été tellement dur de la laisser s'en aller, mamie…

— Je sais, Babka, je sais, dit-elle en caressant les cheveux de Daphne, un geste tendre dont Nora était peu coutumière.

Daphne roula sur le côté, s'écartant de sa grand-mère, et enfouit sa tête dans l'oreiller. Nora n'était pas bien douée pour remonter le moral de Daphne, sans doute parce qu'elles avaient toutes les deux le cafard, mais elle tenta une nouvelle tactique censée leur donner un coup de fouet.

— Sais-tu quoi. Retrousse donc tes manches pis descends au sous-sol. Pique une jasette avec les Demel. Moi, ça me réchauffe toujours le cœur d'être avec eux autres. Ils adoreraient ça, te voir. Envoye, dit Nora en tirant sur le pyjama de Daphne, t'es encabanée dans ta chambre depuis ben trop longtemps. Un peu de compagnie, ça te ferait du bien.

— Achale-moi pas, OK? Je suis pas prête. Je suis encore ben trop poquée.

— Daff, ça va pas juste passer en dormant…

— Laisse-moi quand même essayer.

Accompagner Archie au poste de police et lui servir de porte-parole avait privé Daphne de presque toutes ses forces. Se faire renvoyer n'avait pas manqué de détruire le peu qu'il lui restait.

Les grosses huiles du challenge souterrain agirent vite. Dès que Tourisme Montréal eut reçu la confirmation que Daphne s'était fait la malle, ils lui envoyèrent un courrier express de mise en demeure formalisant la rupture de leur contrat et l'obligeant à quitter son appartement séance tenante. Daphne avait senti le

1. « Sur pied. »

vent tourner, mais elle s'étonna qu'ils procèdent avec autant de célérité. Elle s'était tenue prête à faire courtoisement ses valises, mais ces salauds ne lui laissèrent même pas l'occasion de se montrer courtoise. Ils envoyèrent des huissiers pour l'escorter. Comme si elle risquait d'opposer une résistance ! C'était une blogueuse, *calvaire*, pas une terroriste, mais ils lui infligèrent tout de même l'humiliation de devoir arpenter le couloir sous le regard avide de ses voisins.

Elle allait connaître pire. De retour sous le toit de sa grand-mère, Daphne balança dans un coin de sa chambre ses sacs-poubelle pleins de ses affaires rapportées de la ville souterraine. Ils formèrent une pyramide bancale qu'elle ne tarda pas à oublier. Nora lui offrit un coup de main pour les déballer, mais Daphne la rembarra et ferma la porte derrière elle. À présent, une seule tâche méritait son attention : composer son dernier billet de blogue, celui qui expliquerait à ses abonnés pourquoi elle avait dû les abandonner puis implorerait leur pardon. Tout le reste attendrait. Elle s'assit par terre avec son ordinateur portable, et les mots jaillirent : une courte missive, sincère et conforme à la vérité. D'un seul jet, elle écrivit précisément ce qu'elle souhaitait dire ; pas une fois elle n'appuya sur la touche retour. Désormais libérée de son fardeau, elle pourrait peut-être refermer cet étrange chapitre souterrain et poursuivre sa vie. Daphne relut son texte une dernière fois, se félicita du résultat, et cliqua sur « Publier ».

Rien ne se produisit. Son billet demeura fixe sur son écran, comme si le tapis de convoyage habituellement préposé à l'expédition de son texte brut vers le site de *Vue du dessous* avait été réquisitionné pour une autre tâche. Elle cliqua une nouvelle fois sur « Publier ». Puis encore et encore, pour le même résultat, c'est-à-dire un résultat nul. Son billet se contentait de la dévisager. Elle laissa le logiciel se reposer quelques minutes ; ses clics effrénés avaient dû le désorienter. Après un bref temps de latence, sa patience fut récompensée. Une nouvelle fenêtre apparut. Sauf qu'il ne s'agissait pas de la fenêtre d'usage lui confirmant que son article avait été publié avec succès. Celle-ci affichait à la place : « Requête refusée ».

C'est là que Daphne sortit de ses gonds. L'idée que sa famille d'abonnés puisse supposer qu'elle les avait plantés là pour saisir une offre plus juteuse lui était insupportable. Elle sortit en trombe de chez Nora, fonça au siège de Tourisme Montréal, et se mit en pétard. Les superviseurs du challenge n'étaient pas équipés pour faire face à une blogueuse hors d'elle. Toutes leurs précédentes transactions avec leur salariée en mission dans la ville souterraine s'étaient déroulées soit virtuellement, soit par l'intermédiaire de leurs boys de l'agence de com'. N'était-ce pas à cela que servaient les sous-fifres ? Mais voilà qu'ils avaient dans leur bureau une employée lourdée qui poussait un coup de gueule. Comment avait-elle fait pour passer devant Louise, leur rottweiler du standard ? En fin de compte, ils cédèrent. Ce n'était pas la peine de contrarier davantage cette désaxée. Elle était sans doute capable de trouver l'adresse de leur domicile. Ils l'autorisèrent à écrire un ultime billet, à condition qu'ils puissent exercer un droit de regard, et c'est une Daphne désamorcée qui, munie d'un mot de passe à usage unique, sortit de leur bureau pour retourner chez Nora.

— *Come on !* la pressa une nouvelle fois Nora en tirant brusquement la couette sous laquelle se trouvait sa petite-fille, pour que le froid l'oblige à obtempérer. Viens leur parler. Ça te fera sortir de ta coquille.

Nora souhaitait que Daphne descende mais avait une idée derrière la tête, comme souvent lorsqu'elle souhaitait quelque chose, car elle ne pensait pas de manière unidimensionnelle mais en plusieurs épaisseurs. Elle espérait que la présence de Daphne dans la cave contribuerait à évacuer la tension entre Emmanuel et Yvonne. Ils se montraient distants l'un envers l'autre ces derniers temps – elle l'avait remarqué lors de ses voyages au sous-sol – et leurs échanges étaient brefs et glaciaux. Elle devinait facilement pourquoi en retraçant l'enchaînement des événements. Tout remontait au soir où Yvonne s'était éclipsée de la cave pour tenter de secourir Archie. Son mari comprenait les intentions qui l'avaient poussée à déserter leur sanctuaire et à mettre tout le monde en danger, mais il y avait un fossé entre comprendre et pardonner. Ils formaient un couple solide. Ça, Nora le reconnaissait volontiers, ayant été l'une des deux moitiés d'un couple pas du tout solide dans sa jeunesse. Emmanuel finirait par changer. Avec le temps. Ce n'était pas un homme sans cœur. Mais elle misait sur une réconciliation accélérée si elle transplantait Daphne dans la cave.

Quand Daphne finit par se traîner jusqu'au sous-sol pour rendre visite aux Demel tard dans la soirée, ils dissimulèrent leur acrimonie sous leur hospitalité naturelle.

— Alors, les parents ? demanda Yvonne en posant une tisane sous le nez de Daphne.

— Ils sont en garde à vue. Les policiers sont capables de travailler vite quand ils veulent. Archie leur a donné tous les renseignements pour qu'ils puissent débarquer chez eux et les pogner.

— Ils l'ont crue, alors. Ils l'ont prise au sérieux, observa Yvonne. Je craignais qu'ils ne puissent pas agir sur son simple témoignage, que trop de temps ait passé et qu'elle n'ait aucun moyen de prouver les faits.

— Crois-moi, ce qu'elle leur a dit, c'était largement suffisant. Oblige-moi pas à en répéter le moindre bout. Je suis pas capable.

— Qu'est-ce qui va leur arriver ? On te l'a dit ?

— La première comparution n'est pas avant mardi, répondit Daphne, mais si c'était moi qui décidais, je sais ce que je ferais.

D'abord, je les empalerais, pis je laisserais les corbeaux leur arracher les yeux, pis je fourrerais leur corps dans un hachoir à viande, pis j'emporterais les restes et je les foutrais sous un…

— Chuuut, Daphne, ça va faire, la coupa Nora.

— Quoi, penses-tu qu'ils méritent pas ça ?

— Oui, mais pas devant les *K – I – D – S*, épela Nora en chuchotant.

— Ils ne dorment pas ?

— En théorie…

— Désolée. Je me suis emportée.

Yvonne partit regarder ce que faisaient Bérénice et Paul et revint satisfaite de savoir qu'ils dormaient comme des souches et n'espionnaient pas la conversation des adultes.

— Et notre Archie ? demanda-t-elle en se rasseyant.

Elle ne pouvait pas se résoudre à l'appeler par son vrai nom, celui que ses parents lui avaient choisi, alors elle s'en tint à son alias.

— Ben, vous êtes déjà au courant, me semble, qu'on l'a sacrée dans un foyer de groupe, continua Daphne. C'est la première étape, apparemment, quand il n'y a pas de famille.

— J'ai entendu dire que ça pouvait être ben *rough* dans ces foyers-là, s'inquiéta Nora.

— Fais-toi-z'en pas. Elle va s'en sortir sans trouble, dit Anthony sur un ton aussi guilleret que possible. Elle était pas déjà dans un foyer, ici ? Elle est habituée. Grâce à nous, elle est rodée.

Ses faibles efforts pour redonner la frite à l'assemblée n'épluchèrent même pas le début d'une pomme de terre.

— Ils vont-tu pouvoir la placer quelque part ? demanda Nora. Chez quelqu'un, je veux dire ?

— Loin de la foule déchaînée ? Ce n'est pas impossible, répondit Daphne. Mais faut être réaliste… C'est-tu ben raisonnable d'espérer qu'ils vont être assez chanceux pour trouver une famille d'accueil à une ado de quinze ans alors que la loi va l'autoriser à s'arranger toute seule à dix-huit ? À mon avis, ils vont juste laisser faire le temps. À part de ça, il doit y avoir des centaines d'enfants devant elle sur la liste d'attente. Des milliers, même. On peut supposer qu'elle va être coincée là-bas un bon bout de temps…

— C'est ptêt' pas si pire, rétropédala Nora, tentant de se convaincre. Pour vrai, je connais ça juste par les films et la télé. Peut-être qu'ils sont ben corrects, ces foyers-là. Je veux dire, ça se peut, hein ?

— Vous pensez qu'elle aura l'idée de refaire une fugue ? s'enquit Yvonne.

— Pour quelle raison ? demanda Daphne. La fois passée, elle a fugué pour échapper à ses parents, mais là ils sont en dedans pour un moment.

— Peut-être pas pour échapper à quelqu'un, mais pour retrouver quelqu'un d'autre, répondit Yvonne, la voix empreinte de nostalgie. Pour *nous* retrouver ?

— Elle ferait pas ça, dit Anthony. *No way.* Pas après la misère que vous avez mangée pour la mettre où elle est.

— Mais si elle est malheureuse là-bas ? demanda Yvonne.

— Elle sera pas heureuse là-bas, dit Nora. C'est un fait. Pas heureuse comme elle était ici. C'est certain, même s'ils la parkent dans un palace. Mais Archie, elle est tenace, cette petite-là. Toi pis Daphne, vous lui avez transmis ça. Fini de fuir. Fini de se cacher.

— Ce qui me gosse, dit Daphne, ce qui me gosse ben raide, c'est que si j'avais encore mon appart et mon salaire mensuel, je pourrais sûrement les convaincre de me la confier, mais je ne peux quand même pas leur dire de venir faire une inspection chez nous ici, hein ? Donc ce plan-là est mort et enterré. Ç'aurait été la solution parfaite, non ? Elle serait venue vivre avec moi. J'aurais pris soin d'elle. Elle serait venue vous visiter ici. Tout se serait bien passé.

— Toi ? Famille d'accueil ? s'étonna Nora.

— Ouais. C'est quoi qui te choque ? Tu penses que je ne serais pas capable ?

— C'est juste que ça t'a jamais ben ben intéressée, euh, tsé, les enfants.

C'était vrai que Daphne n'avait jamais eu la fibre maternelle. À l'époque, toutes les autres filles de son *cégep* faisaient du *gardiennage* d'enfants ou travaillaient comme monitrices de *camp de jour* pour se faire un peu d'argent de poche, mais Daphne évitait toutes les offres qui supposaient de travailler avec des petits à proximité. Le fait que sa mère était morte en couches l'avait peut-être définitivement dégoûtée des enfants. À moins que ce fût le fait d'être constamment pointée du doigt à l'école parce qu'elle était la seule élève sans mère. L'un dans l'autre, les enfants et elle n'étaient pas faits pour s'entendre.

— Je suis sûre que tu serais capable, ajouta Nora. L'idée me surprend, c'est tout. C'était pas toi qui m'avais dit qu'une femme a pas besoin d'avoir de bébé pour être épanouie ?

— Quand est-ce que j'ai dit une chose de même ?

— Dis-moi pas que t'as oublié. Ça m'avait marquée en maudit. C'était comme remonter le temps pis parler à une gang de féministes des années quatre-vingt.

— Ben, les temps changent, les gens changent, observa Daphne. Tu n'es pas obligée de te souvenir de toutes les niaiseries que je déclare. Pis on ne parle pas d'un bébé, là. C'est pas pantoute la même chose.

— Allez, mange pas ton nez et respire par le bas. *Anyway*, comme t'as dit, ça arrivera pas.

— Donc voilà ? interrompit Yvonne. Elle reste là-bas, et c'est tout ?

— L'important à pas oublier, dit Nora, chassant ses propres doutes pour pouvoir rallier les troupes, c'est qu'elle est rendue loin de chez ses parents pis qu'ils sont plus une menace. Elle vit dans une place *safe*, avec de quoi manger, un suivi psychologique, pis elle va retourner à l'école. On peut faire quoi d'autre ? Faut faire confiance au système…

Emmanuel et Yvonne se regardèrent. Il n'avait pas été tendre envers eux, le système. Il les avait croqués puis recrachés. Emmanuel prit les mains de sa femme et les pressa doucement entre les siennes, un geste qu'elle attendait depuis longtemps.

44

— Larry, faut que tu regardes ça, dit Marius.

— Tantôt.

— Pas tantôt. Tout de suite.

Cela ne ressemblait pas à Marius d'être péremptoire au travail. Surtout avec son patron. Son ton impératif était une exception, et il porta ses fruits puisque Larry marcha jusqu'à l'endroit où se tenait son laquais, qui serrait dans sa main une liasse de documents imprimés.

— Faque t'as quoi là qui est tellement important ?

Marius avait passé toute la matinée à clore le dossier « Challenge souterrain », à faire les comptes, à lire les commentaires postés après le billet final, à ficeler le tout avec un ruban noir et à l'enfouir dans les archives de l'entreprise à la lettre D, pas comme « Daphne » mais comme « Désastre ». Mais ce qu'il avait découvert au cours de sa matinée de travail l'avait poussé à attendre un peu avant d'ensevelir le dossier dans la crypte.

— Regarde ici. Cette ligne-là.

— Qu'est-ce que je suis censé voir ?

— C'est le nombre de gens qui ont commenté le billet final de Daphne, moins les mabouls.

Larry prit la mesure du chiffre, qui comportait une ribambelle de zéros à la queue leu leu.

— C'est bien, non ? dit-il.

— Bien ? C'est pas juste bien, c'est phénoménal. Elle a toujours eu des bonnes stats, en tout cas après les premières semaines pas terribles, mais là, je te le dis, c'est une star du rock underground.

— Tu m'apprends rien que je sache pas déjà. Tourisme Montréal s'est tiré une balle dans le pied en se débarrassant d'elle. Elle fait exactement ce qu'ils veulent, leur amène des touristes à la pelletée avec du cash en masse, s'arrange pour que les locaux flaubent des sommes plus colossales que jamais, pis eux autres, là, qu'est-ce qu'ils font ? Ils la relâchent dans la nature. Ces gars-là seraient pas capables de reconnaître une bonne idée même si elle leur sautait dans face. Pis leurs avocats non plus. Mais ils ont beau être épais, c'est eux autres les clients.

— Faut dire qu'elle avait signé un contrat, fit remarquer mollement Marius.

— Ouais, mais ils auraient pu trouver un moyen. Il y a toujours des failles, des lacunes, des vides juridiques. Ils auraient pu rattraper le coup au lieu de jeter toutes leurs billes par la fenêtre avec l'eau du bain.

Marius ne suivait pas bien la figure de rhétorique de Larry, mais il était content de voir son patron en rogne. Depuis que le challenge souterrain avait été rayé de son carnet de commandes, le Larry habituellement volubile broyait du noir au bureau. Longtemps, ses employés avaient espéré qu'un événement se produirait qui le forcerait à la boucler, mais maintenant que ce moment était arrivé, ils regrettaient l'ancienne version, le Larry survolté.

— Je leur avais-tu dit ou je leur avais pas dit dès le départ que leur bracelet électronique, c'était une idée de marde ? Hein ? Que ç'allait chirer ? Qu'il fallait avoir confiance ? Mais non, ils savaient mieux que nous autres. S'ils avaient pas insisté pour qu'elle ait c'te maudite affaire-là à sa cheville, elle serait toujours en train de s'en donner à cœur joie avec son blogue, notre petite, de nous ramener des bidous. Au lieu de ça, elle a dû prendre la porte.

— Ça, c'est vrai. Elle a pris la porte au pied de la lettre pis leur a claquée au nez, répondit Marius, inspiré par le vernaculaire pétulant de Larry.

— Qu'est-ce ça peut faire qu'elle soit sortie une fois en cachette visiter sa grand-mère. C'pas comme si elle était sortie visiter son dealer. Elle est allée voir si la vieille madame était correcte, pis elle est rentrée tout de suite après. Quoi, on n'a pas le droit d'avoir un peu de cœur dans toute cette affaire-là ? Je leur aurais ben dit ça, mais ils m'ont même pas contacté avant d'agir, se lamenta Larry. Savais-tu ça ? Ils ont joué solo et tiré la plogue. Je pensais qu'on était une équipe ?

— Ben, techniquement, ils avaient le droit de tout débrancher sans nous consulter si elle ne se pliait pas aux…

— T'es de quel bord coudonc ?

— Je dis juste ça comme ça…

— Ben tu dis rien d'abord.

— Message reçu.

Larry nourrissait un fort ressentiment à l'égard de Tourisme Montréal, qui l'avait traité comme un minus situé tout en bas de l'échelle, rang auquel sa famille peu sagace l'avait toujours relégué jusqu'à ce qu'il finisse par révéler un talent d'entrepreneur. Il pensait que ce temps-là était derrière lui, mais à l'évidence la vie ne nous permettait pas toujours de remiser le passé au passé. Il faisait les cent pas dans le couloir devant Marius.

— Tu sais quoi ? lui dit-il. Peut-être que je vais aller faire une saucette chez eux…

— Maintenant ?

Marius avait espéré rallumer la flamme de Larry en lui

montrant les statistiques, mais il ne pensait pas que le feu prendrait aussi rapidement.

— Ben quin, maintenant. Y a pas meilleur timing que maintenant. Laisse-moi faire. Je m'en vais te les faire changer d'avis. On m'appelle l'Enfirouapeur. C'est mon deuxième prénom.

Marius, en l'occurrence, savait que c'était « Arnold ». Il regarda néanmoins son patron se lancer dans cette mission perdue d'avance. Il n'aurait pas pu choisir meilleur moment. La visite de Larry à son ex-client laisserait le champ libre à Marius pour filer discrètement. Dans une demi-heure, il avait rendez-vous avec Daphne autour d'un café pour les besoins du challenge. C'était programmé depuis des mois. Maintenant que le projet avait tourné court, leur réunion était obsolète, mais Marius était curieux de voir si Daphne ferait quand même le déplacement.

Leurs réunions à intervalles réguliers allaient lui manquer. Elles étaient devenues de plus en plus informelles avec le temps. Carrément sympa, même. Ils se débarrassaient de toutes les questions relatives au challenge dans les premières minutes, puis bavassaient jusqu'à laisser refroidir leurs cafés. La plupart du temps, la conversation tournait autour de ce qui se passait dans la cave de sa grand-mère, sujet providentiel inépuisable, mais au fil des semaines leur propre vie s'était fait doucement une place. Tous deux étaient reconnaissants d'avoir trouvé chez l'autre une oreille attentive car, du côté de Daphne comme de Marius, le poste de confident était à pourvoir depuis bien trop longtemps.

Daphne était assise à une table dans un coin quand Marius arriva. Une assiette était posée devant elle, mais elle avait fini de manger. Elle avait pris le quignon orphelin sur sa table et l'écrasait en de minuscules miettes bonnes à jeter aux oiseaux.

— Je ne savais pas si tu serais là, dit-il en s'asseyant en face d'elle.

— Je ne savais pas si tu serais là non plus.

Daphne remarqua sa veste et sa cravate.

— Donc Larry t'a gardé ?

— Ouais. Il m'a refourgué le dossier Hamel. C'est suffisant, comme punition. Pour l'instant, le meilleur slogan qu'on a trouvé, c'est « *Cheese if you please* ».

— Oupelaille…

— Comme tu dis. Pis la version française est encore plus poche : « Rendons hommage au fromage. » Mais au moins il ne m'a pas clairé, faque je suis reconnaissant.

— Moi aussi. Je n'aurais pas supporté ça que tu perdes ta job par ma faute.

— Par ta faute ? La vieillesse te fait perdre la mémoire. J'étais pas là, peut-être, quand tu t'es sauvée de ton appartement ? J'étais pas d'accord à cent pour cent que tu devais partir ? Ça commence-tu à te revenir ? On était ensemble dans cette aventure-là. À ce moment-là, Archie et Yvonne avaient plus besoin de toi que le challenge. Peu importe les conséquences. Pour toi comme pour moi. Faque fais-toi donc pas de reproches.

— Compris. Merci.

— Comment ça se passe, la vie chez ta grand-mère ?

— C'est dur, bien plus dur que je pensais. Tout me fait penser à Archie, là-bas. Sa présence est presque palpable. Mais le pire, c'est qu'ils me persécutent pour savoir dans les moindres détails comment ça s'est passé quand j'ai emmené Archie à la police, le déroulement des procédures administratives. Ils ne sont jamais tannés de les entendre. Ils veulent tout passer au peigne fin. Faque je me retrouve à revivre ça en boucle. Je ne sais pas combien de temps je vais pouvoir toffer [1].

— Qu'est-ce que tu veux… Présentement t'es la seule qui les

1. « Tenir le coup. »

rattache à Archie. Tu ne peux pas les blâmer d'avoir le goût de savoir comment ça s'est passé.

— Je ne les blâme pas. Je leur raconte tout ce qu'ils veulent savoir. Toute la vérité, pis juste ça.

Elle baissa la tête avant d'ajouter :

— Sauf une portion spécifique.

— Quelle portion ?

— La portion où j'ai menti.

Marius n'était pas certain d'avoir bien entendu.

— Tu leur as menti sur Archie ? Comment t'as pu faire ça ? *Pourquoi* t'as fait ça ?

— Ç'a l'air terrible, dit comme ça, mais c'est pas ben grave, s'empressa-t-elle de le rassurer, alors qu'elle-même s'était affolée en s'entendant. J'ai dû leur dire huit neuvièmes de la vérité.

Du temps où ils venaient de commencer à se fréquenter, si Daphne s'était justifiée à coups d'expressions mathématiques, elle aurait tapé sur les nerfs de Marius. Qui d'autre aurait eu l'idée de mesurer en neuvièmes ? Mais maintenant qu'il connaissait mieux son fonctionnement, il ne lui en tint pas rigueur. Il était disposé à lui pardonner cette fraction pourvu qu'elle lui explique de manière satisfaisante pourquoi elle avait masqué la vérité.

— Pis le neuvième manquant ?

— C'était quand la travailleuse sociale de la DPJ est venue pour emmener Archie. J'ai dit à tout le monde à la maison qu'elle avait été forte, qu'elle s'était éloignée courageusement en direction du soleil couchant, prête à affronter sa nouvelle vie…

— Pis c'était faux, j'imagine ?

— Oh, Marius, c'était horrible. Je n'avais jamais vécu quelque chose de même, et je prie pour ne pas avoir à revivre ça. Archie braillait, braillait, braillait, pis elle s'accrochait à moi tellement fort que je pouvais à peine respirer. Ils ont littéralement dû la décoller de moi, à la fin. Elle n'en finissait plus de me supplier de ne pas l'abandonner. Mais je n'avais pas le choix, non ? Pour son bien, hein, on connaît le refrain, sauf que moi je n'avais pas l'impression que c'était pour son bien. Elle était là devant moi, épeurée[1], à m'implorer de m'occuper d'elle, pis tout ce que je pouvais faire c'était me tasser et les laisser l'emmener. La traîner, je devrais dire. Elle ne coopérait pas pantoute. Elle refusait de bouger. Elle était plantée là. Elle s'accrochait aux meubles pour rester dans la pièce, comme un *kid* qui pique une crise. Pis tout le long, elle me criait : « J'peux pas rester avec toi ? Tu veux pas m'laisser vivre chez toi ? J'ferai pas d'trouble. J'te l'jure. » Crois-moi, ça m'a pognée au cœur.

— Daphne, même si c'était très dur, pis je te crois que c'était horrible, tu sais qu'elle va être bien prise en charge là-bas.

— Ouais, ben, c'est comme quand il y a un décès et que tout le monde aux funérailles dit : « Oh, elle nous a quittés pour un monde meilleur », mais je te gage que la personne dans le cercueil n'est pas de cet avis-là.

— Arrête de t'en vouloir. T'as fait ce qu'il fallait.

— Pour ce que ça me soulage… La madame de la DPJ, elle avait l'air d'une madame sympathique, capable, pas d'une ogresse ni rien, mais peu importe. Archie ne devrait pas être là-bas, ça saute aux yeux, elle devrait être avec moi. Seulement, je ne peux pas l'accueillir. Mon opération sauvetage, tu parles d'une imposture… !

Des pleurs se mirent à couler sur les joues de Daphne. Jamais elle ne s'était autorisé une telle mise à nue en présence de Marius. Sans réfléchir, il allongea le bras au-dessus de la table et essuya les larmes avec son pouce. L'ancienne Daphne aurait eu un mouvement de recul. L'ancienne Daphne aurait envoyé

1. « Apeurée. »

balader sa main avec une telle fermeté que le poignet de Marius aurait eu besoin d'un bandage adhésif. Mais la nouvelle Daphne, celle dont les émotions avaient fini par trouver la sortie de la chambre froide, fit bon accueil à cette minuscule ébauche de proximité. Quand Marius se trouva dépassé par la cadence de ses larmes, il s'installa auprès d'elle de l'autre côté de la table pour tenter de les tarir une fois pour toutes. Avec ses lèvres, songea-t-il. Oui, ce serait la meilleure solution. Mais avant de pouvoir mettre sa nouvelle méthode à l'épreuve, son téléphone sonna. « Larry » s'afficha sur l'écran.

— Réponds, lui dit Daphne. Tu es mieux de ne pas t'exposer à des problèmes. Ta job est au bord de sauter, me semble ?

— Non, ça peut attendre, répondit-il avant de rejeter l'appel.

Le plus urgent d'abord. Les lèvres de Marius se rapprochaient stratégiquement de leur cible quand le téléphone de Daphne sonna à son tour, affichant également « Larry » sur l'écran. Elle n'avait eu aucun contact avec lui depuis le jour où elle avait signé le contrat. Marius leur avait toujours servi d'intermédiaire.

— Je dois décrocher, tu penses ? demanda-t-elle.

Marius commençait à faire le rapprochement. Il espéra qu'il recoupait correctement les informations. Il se recula avec regret.

— Ouais, dit-il. Vas-y. Vois ce qu'il veut.

Daphne tenta de contrôler sa voix.

— Allô ? … OK, merci… Non, non, je suis correcte, j'ai juste le nez un peu pris… À quel sujet ? … Oui, je suppose… Oui, je peux venir… Très bien, au revoir.

— Il voulait quoi ?

— Il veut que je vienne le voir dans son bureau. Maintenant.

— Pour quoi faire ? Y t'a-tu dit ?

— Non. Il m'a dit qu'il m'expliquerait sur place.

Daphne hésita.

— Écoute, reprit-elle, ce serait-tu trop te demander de… Je

veux dire, ça te dérangerait-tu, si tu as le temps, évidemment, de m'accompagner à ce rendez-vous-là ? Dans l'état où je suis, je suis mieux d'avoir une deuxième paire d'oreilles, je pense.

— Essaye de m'en empêcher.

— Oh, vous êtes là tous les deux. Excellent. Assoyez-vous, assoyez-vous.

Larry voleta à travers le bureau, s'empressant de les mettre à l'aise, leur prodiguant des bouteilles d'eau aromatisées à la fraise issues d'une caisse promotionnelle laissée par un client de l'agence.

— Faque je reviens de Tourisme Montréal, annonça-t-il en s'asseyant. Je vous talonne, si je comprends bien, madame Elman.

Daphne se tut. Marius n'avait pas besoin d'être au courant de son récent caprice à l'office du tourisme. Elle attendit que Larry poursuive.

— Vous serez peut-être surprise d'apprendre que nos amis là-bas ont une bonne nouvelle pour vous. En tout cas, je pense que vous prendrez ça pour une bonne nouvelle.

Daphne conclut à la seule bonne nouvelle qu'elle pouvait imaginer :

— Oh, vous les avez convaincus de me rendre ma job de blogueuse, c'est ça ? Fantastique. Vous êtes un génie. Je ne sais vraiment pas comment vous remercier. J'étais tellement…

— Non, non, la coupa-t-il. Pour ce qui est de votre ancienne job, votre chien est mort. Vous pouvez l'oublier. Ils avaient aucun moyen de la ressusciter après ce que vous avez fait, petite baveuse…

Si Daphne fut brisée se s'être fait berner, Marius le fut deux fois plus. Après que Larry avait téléphoné à Daphne pour la prier de rappliquer, il s'était convaincu que le Confiteor récité par son patron à Tourisme Montréal avait porté ses fruits, mais il savait maintenant s'être trompé. C'était cruel de la part de Larry de leur promettre une bonne nouvelle alors qu'on lui avait probablement juste glissé un vague dessous-de-table, ou peut-être Larry leur avait-il extorqué une indemnité de licenciement maigrichonne. Marius se demanda combien de temps il réussirait à supporter ce boulot, au train où allaient les choses.

— Mais tout est pas perdu, continua Larry, roulant les mécaniques. On m'a autorisé à vous proposer une autre jobine...

— Ah oui ?

— Eh oui madame, affirmatif. Vous pensiez que je vous avais convoquée sans raison ? Que diriez-vous... (Il s'interrompit pour un roulement de tambour imaginaire.)...d'être la première écrivaine en résidence dans la ville souterraine ?

Il se cala dans son fauteuil et attendit que Daphne se répande en éloges.

— Han ?

— « Han » ? C'est tout ce que vous trouvez à dire ? Pour une blogueuse, vous semblez avoir ben de la misère à trouver vos mots.

— Qu'est-ce que vous me chantez ? Écrivaine en résidence ?

— Écoutez. Ce que je vous propose là, c'est un poste quasiment identique au précédent.

— Comment ça quasiment identique ?

— OK. Le vif du sujet. Vous blogguerez toujours une fois par jour pour promouvoir la ville souterraine, vous vivrez toujours dans votre ancien appartement, vous toucherez toujours un salaire. La grande différence, pis je pense qu'elle va vous plaire, c'est qu'en résidence, ça veut pas dire en captivité. Vous vivrez sous terre, mais vous serez libre d'aller et venir comme n'importe quelle personne normale qui vit là-bas. C'est une solution sage, si vous voulez mon avis. Dans le fond, c'est de l'enfumage. Pour les avocats. Ça règle toutes les considérations juridiques en créant directement un nouveau poste. Oh, et c'est illimité. Dans le temps, je veux dire. En autant que ça se passe bien, votre travail continue.

Daphne bondit de sa chaise et embrassa Larry sur sa tonsure. Marius fut tenté d'en faire autant. Il ne lâcherait peut-être pas son boulot tout de suite, finalement.

45

Tout le monde dans la cave rue Melançon visionnait en boucle la vidéo extraite du journal télé. Comme le reste du pays. On y voyait le nouveau Premier ministre Justin Trudeau, en bras de chemise, en train d'aider une famille de réfugiés syriens fraîchement débarquée à enfiler une parka avant qu'elle prenne possession de son nouveau domicile. Il n'était en exercice que depuis un mois mais avait déjà réussi à soigner l'allergie aux réfugiés dont souffrait le gouvernement. Avant lui, dans l'hypothèse improbable où son prédécesseur aurait eu un contact physique rapproché avec un réfugié, vu la politique qu'il avait menée, il aurait été flanqué de ses laquais, prêts à distribuer du gel hydroalcoolique.

C'était un coup de com', les Demel n'étaient pas dupes, mais quand même. Ce jeune Premier ministre à fossettes, parfaitement à l'aise au milieu de ces nouveaux arrivants, qui offrait un nounours à leur bambin en déclarant : « Bienvenue chez vous » du fond du cœur, cela augurait un changement de cap gouvernemental, peut-être même celui qu'ils attendaient.

— Vous avez entendu ce que le père de cette famille a dit ? s'émerveilla Emmanuel. « On s'est sentis respectés. On s'est sentis humains. »

— Elle semble sympathique, cette famille-là, observa Anthony. Elle est donc ben *cute*, la petite, avec sa couronne de marguerites. Espérons que leur vie se passe bien.

— Il a l'air d'un bon Jack, ce M. Trudeau, dit Yvonne, adoptant une des expressions de Nora qu'elle n'avait jamais eu l'occasion d'utiliser en public.

Nora gloussa devant son vocabulaire.

— J'utilise la mauvaise formule ? s'enquit Yvonne.

Elle avait entendu Nora qualifier Anthony de « bon Jack » auparavant, alors elle croyait avoir saisi le concept.

— Pas pantoute. Un homme bon et fiable, avec toutes les qualités qu'il faut. Espérons que ce soit pas juste de la frime.

— Ben, intervint Daphne, comme Zhou Enlai l'a dit un jour à propos des conséquences de la Révolution française : « Il est trop tôt pour se prononcer. »

Archie grogna.

— Sur ce, dit Nora, Anthony pis moi, on va vous laisser. Daff, Archie, vous rentrez chez vous ?

— Ouais. Le souper était ben bon. Vendredi prochain, c'est nous autres qui apportent, répondit Daphne.

— Astheure, j'essaye d'perfectionner mon ragoût végane, leur dit Archie.

— Ou, comme je préfère l'appeler, son ragoût sans ingrédients, répliqua Daphne.

— Y est écœurant[1] !

— Vertueux, plutôt. Mais « écœurant », je n'irais pas jusque-là…

— Si y est pas bon, pourquoi t'en as mangé autant quand j'en ai fait y a quelques semaines, donc ?

1. L'expression courante « écœurant » signifie « délicieux » et non « dégoûtant » en français québécois.

— J'ai dû en manger en grand pour ne plus avoir faim.

— Ha, ha.

— Allez, dit Daphne. Tu sais ben que c'est une *joke*. Il était délicieux. On en apportera un chaudron la semaine prochaine.

Bérénice et Paul s'accrochèrent à Archie comme chaque fois que Daphne et elle s'apprêtaient à partir. Même Philippe fit quelques pas hésitants vers elle sur ses petits petons.

— Tu peux pas coucher ici ? demanda Bérénice.

— J'aimerais ben ça, mais ce soir j'peux pas. J'ai une répétition demain matin, encore une. J'dois être à l'école aux aurores. Mais si la *boss* veut ben, OK pour la semaine prochaine.

— La *boss* dit oui pour la semaine prochaine, cria Daphne du haut des escaliers de la cave. Maintenant, on déguédine. Tu sais qu'il n'y a pas beaucoup d'autobus à cette heure de la soirée.

— OK, OK, je m'en viens, répondit Archie, en prenant une dernière fois tout le monde dans les bras avant de décoller pour leur appartement de la ville souterraine.

Yvonne dut batailler pour coucher les enfants une fois que les autres eurent tous levé le camp. Les visites hebdomadaires d'Archie et Daphne ne manquaient jamais de mettre en ébullition les petits, qui intégraient toutes les nouveautés que leur sœur libérée leur rapportait du monde extérieur, au-delà de leurs frontières.

— Maman ? chuchota Bérénice pendant qu'Yvonne la bordait.

— Oui, ma belle ?

— Elle a l'air géniale, l'école d'Archie, pas vrai ?

— Oh ça oui.

— Tu savais qu'on lui avait donné un instrument de musique et qu'elle avait le droit de le rapporter chez elle ? Avec un étui et tout. Même qu'elle a pu choisir celui qu'elle voulait. Elle a pris une trompette.

— C'est ce que j'ai entendu dire…

— Sa prof, elle sait jouer de tous les instruments, et elle leur apprend.

— Tu imagines ça, une personne qui sait jouer d'autant d'instruments. Elle doit avoir beaucoup de talent.

— Si je pouvais, je sais quel instrument je choisirais, moi.

— Lequel ? La flûte ?

— Deuxième chance.

— Le violon ?

— Tu refroidis.

— La clarinette ?

— Toujours froide.

— La guitare, peut-être ?

— Glaciale.

— La trompette, comme Archie ?

— Tu te réchauffes.

— Je ne sais pas. Je donne ma langue au chat. Dis-moi.

— Le tuba.

— Le tuba ? C'est si gros que tu pourrais te cacher dedans. Tu ne réussirais même pas à le soulever.

— Bien sûr que si. Et puis j'aurais envie d'un qui fait beaucoup, beaucoup de bruit, après tout ce temps sans pouvoir dire un mot.

Emmanuel entendit le souhait de Bérénice. Le raisonnement de sa fille vint alourdir sa peine. Il l'imagina dans une fanfare : elle avait l'air minuscule à côté de son instrument mais le portait héroïquement et soufflait avec assez de force pour contrebalancer une enfance entière de silence. Il attendit que ses trois enfants ronflent et reniflent comme ils savaient le faire, signe qu'ils dormaient à poings fermés, puis s'enfonça dans son lit à côté d'Yvonne. Il lui chuchota à l'oreille :

— J'ai réfléchi, et tu sais ce que je me dis ?

— Oui, figure-toi, mon mari. Je sais exactement ce que tu te dis.

— Il est temps, tu ne crois pas ?

— Oui, dit Yvonne, il est temps.

— Tu es prête à le faire ? Vraiment prête ?

— C'est le moment d'essayer, aujourd'hui plus que jamais. On ne peut pas rester ici éternellement, même si on sait bien qu'Anthony et Nora ne nous demanderaient jamais de partir.

— Alors on va aller à cette église à Verdun. Celle dont les journaux parlent tout le temps. Ils ne nous rejetteront pas. Ils considéreront notre situation. Ça a marché pour d'autres familles. Qui sait ? Peut-être que dans ce nouveau contexte, le gouvernement nous traitera mieux qu'avant.

— Et si ce n'est pas le cas ?

— Je refuse de penser en ces termes-là, dit Emmanuel. On doit bien ça à notre famille. D'essayer. Laissons le peuple canadien nous connaître et nous juger. Fini de se cacher, tu as dit à Archie. Fini de fuir. Eh bien, maintenant, ça s'applique à nous. Prenons Archie comme source d'inspiration.

— On ne pourrait pas rêver mieux.

REMERCIEMENTS

J'ai passé beaucoup de temps à arpenter le Montréal souterrain afin d'effectuer des recherches pour ce roman. Heureusement, quand je remontais à la surface pour reprendre de l'air, j'étais toujours bien accueillie par mes ravitailleurs, Ron Rudin, David Rudin et Felicia Gabriele. Ils m'ont offert des repas, des conseils en matière d'écriture et de publication, et une forte dose de remotivation. Je veux leur dire à tous les trois ma reconnaissance. Quel travail solitaire c'eût été s'ils ne m'avaient entourée.

J'étends la liste de mes remerciements à Kendall Wallis et à Hilary McMahon, mes bêta-lecteurs qui m'ont aidée à donner corps à cet ouvrage, à Ann Lambert et à toute l'équipe d'Inanna ; à Renée Knapp, Rebecca Rosenblum, Beate Schwirtlich, Claudia Urlic, Brenda Cranney, et à la regrettée Luciana Ricciutelli. Ce fut un plaisir que de travailler à leurs côtés.

*

Le traducteur remercie James Anderson pour son éclairage. Il adresse un remerciement tout particulier à Myriam Joly, qui l'a aidé à prêter aux dialogues une saveur québécoise sans lui dire une seule fois *va chez l'yâbe !*

Composition : IGS-CP à L'Isle-d'Espagnac (16)
Achevé d'imprimer
par CPI Firmin-Didot
à Mesnil-sur-l'Estrée, en janvier 2025
Dépôt légal : janvier 2025
Numéro d'imprimeur : 182637

ISBN : 978-2-7152-6320-8/Imprimé en France

622616